Was habe ich getan?

Die Autorin

Amanda Prowse lebt mit Ehemann Simeon und ihren zwei Söhnen Ben und Josh im Südwesten Englands. Bevor sie ihrer Berufung zum Schreiben folgte, arbeitete sie zehn Jahre als Unternehmensberaterin. *Was habe ich getan* ist ihr zweiter Roman.

Amanda Prowse

Was habe ich getan?

Roman

Aus dem Englischen
von Theresia Übelhör

Weltbild

Die englische Originalausgabe erschien 2013 unter dem Titel *What have I done?*
bei Head of Zeus Ltd., London.

Besuchen Sie uns im Internet:
www.weltbild.de

Übersetzung: Theresia Übelhör
Projektleitung: usb bücherbüro, Friedberg/Bay
Redaktion: Claudia Krader, München
Umschlaggestaltung: Johannes Frick, Neusäß
Umschlagmotiv: Arcangel Images (© Yolande de Kort)
Satz: Datagroup int. SRL, Timisoara
Druck und Bindung: GGP Media GmbH, Pößneck
Printed in the EU
ISBN 978-3-95973-140-9

2019 2018 2017 2016
Die letzte Jahreszahl gibt die aktuelle Ausgabe an.

Dieses Buch ist allen Frauen gewidmet, die im Schatten der Kontrolle leben. Ihr werdet euer Glück finden, wenn ihr den Mut aufbringt, euch zu befreien …

Ich werde all die kleinen Splitter aufsammeln,
die du abgeschlagen, in Schubladen gesteckt,
unter den Teppich gekehrt und hinter Kissen versteckt hast
und ich werde wieder ich selbst sein.
Ich werde all das werden,
was ich einst für möglich gehalten habe.
All den Träumen werde ich nachjagen, die ich hatte,
bevor du mich vernichtet hast.

Vor zehn Jahren

Kathryn Brooker schaute zu, wie er sein Leben aushauchte. Sie war überzeugt zu sehen, dass der böse Geist seinen Körper verließ, sogleich im Boden verschwand und sich immer tiefer abwärts schlängelte.

Sie lehnte sich auf ihrem Stuhl zurück und atmete tief durch. Sie hatte ein Hochgefühl erwartet oder zumindest Erleichterung. Was sie nicht vorausgesehen hatte, das war die Benommenheit, die sie im Moment umfing. Als ihr in den Sinn kam, dass ihre Kinder nebenan schliefen, schloss sie die Augen und wünschte ihnen einen tiefen, gesegneten Schlaf. Sie wusste, es würde für eine ganze Weile der letzte sein. Wie immer kreisten ihre Gedanken darum, was für ihren Sohn und ihre Tochter das Beste war.

Das Zimmer wirkte trotz der blutüberströmten Leiche auf dem Bett ziemlich leer. Die Atmosphäre war friedlich, die Temperatur gerade richtig.

Kathryn verspürte einen leichten Anflug von Enttäuschung: Sie hatte erwartet, mehr zu fühlen.

Nachdem sie in ihre Jeans geschlüpft war und sich einen Pullover übergezogen hatte, stand sie gelassen neben dem Bett, auf dem der bleiche Leichnam ihres Mannes lag. Nach reiflicher Überlegung wählte sie zum ersten Mal in ihrem Leben die 110. Es fühlte sich unwirklich an, das in die Tat umzusetzen, was sie in Gedanken seit einer Ewigkeit immer wieder durchgespielt hatte. Allerdings hatte es sich bei dem Notfall in ihrer Vorstellung immer darum gehandelt, dass sich eines ihrer Kinder ein Bein gebrochen hatte oder in einem leeren Haus in der Nachbarschaft Feuer ausgebrochen war, um nichts allzu Dramatisches jedenfalls.

»Notrufzentrale, mit wem kann ich Sie verbinden?«

»Ach, hallo, ja, ich bin mir nicht sicher, mit wem Sie mich verbinden sollten.«

»Sie sind sich nicht sicher?«

»Ich glaube, wahrscheinlich mit der Polizei oder dem Notarzt, vielleicht mit beiden. Tut mir leid. Wie gesagt, ich bin mir nicht sicher ...«

»Darf ich fragen, worum es geht, Madam?«

»Ach ja, selbstverständlich. Ich habe gerade meinen Mann umgebracht.«

»Entschuldigung. Sie haben was getan? Die Verbindung ist furchtbar schlecht.«

»Verstehe. Tut mir leid, ich werde ein bisschen lauter sprechen. Die Leitungen hier sind immer schlecht, selbst wenn ich jemanden ganz in der Nähe anrufe. Das liegt daran, dass ich oben im Schlafzimmer bin und der Empfang miserabel ist. Mein Sohn meint, das könnte an den vielen hohen Bäumen um unser Haus herum liegen. Wir haben sie einmal stark zurückgestutzt, aber ich kann mich nicht erinnern, ob sich der Empfang dadurch verbessert hat. Außerdem gibt es Störungen durch die Computer im Nachbargebäude. Wir hatten geplant, das einmal überprüfen zu lassen, aber das spielt jetzt keine Rolle mehr. Also, ja. Ich sagte, dass ich meinen Mann umgebracht habe.«

Kathryn blinzelte zur sirrenden Neonröhre hinauf, die über ihrem Kopf flackerte. Die Röhre musste ausgetauscht werden. Das war eine Ablenkung, die einem schnell auf die Nerven gehen konnte.

»Hast du es getan?«

Roland Gearing stützte sein Gewicht auf die gespreizten Finger, und seine Hände bildeten kleine Pyramiden, die erstaunlicherweise seinen muskulösen Oberkörper trugen, als er sich so über den Tisch beugte. Er senkte die Stimme um eine Oktave. Diese Frage musste er ihr stellen, und er fürchtete sich vor ihrer Antwort.

»Ob ich es getan habe?«

»Ja, Kathryn, hast du es getan?«

Er blickte ihr fest in die Augen und hoffte, damit Vertrauen zu wecken, ihr eine ehrliche Antwort zu entlocken. Mit Lügen kannte er sich aus und vertraute auf sein Bauchgefühl. Jahre der Arbeit hatten ihn gelehrt, genau auf die Pupillen des Befragten zu achten.

»Das ist eine Frage, die ich normalerweise nicht in einem so frühen Stadium der Ermittlungen stellen würde, aber als dein Freund – und auch als Marks Freund – bin ich der Meinung, dass ich das tun muss. Ist das okay?«

»Ja, ja, natürlich. Ich verstehe.«

Sie lächelte ihn kurz an, während sie mit Daumen und Zeigefinger die Haare erst hinter das linke, dann hinter das rechte Ohr schob.

Ihre gelassene Haltung verwirrte ihn. Sie zeigte nichts von der Hysterie oder der Angst, die solche Befragungen gewöhnlich kennzeichneten. Frauen in ähnlichen Situationen waren häufig fast wahnsinnig vor Panik, Wut oder der Angst vor Ungerechtigkeit. Doch Kathryn machte einen gelassenen Eindruck.

Sie erinnerte sich an die glasigen Augen ihres Mannes. An die Art und Weise, wie seine Finger von der unsichtbaren Würgeschlinge abglitten, die ihm den Atem abschnürte. Sie rümpfte die Nase. Noch immer glaubte sie den schwachen Eisengeruch von Marks austretendem Blut wahrzunehmen. Es war, als könnte sie ihn hinten im Gaumen schmecken. Weder hatte sie sich bemüht, seine Todesqualen zu lindern, noch irgendein Wort des Trostes gesprochen. Tatsächlich hatte sie gelächelt, als könnte er davonkommen, als wäre er noch immer der starke, tüchtige Mann, der Holz sägen, Wände streichen und seine Hand gegen sie erheben konnte.

Vielleicht hatte sie sogar vor sich hin gesummt. So, als schwanke sie nicht. Zu sehr wünschte sie sich, Zeugin dieses Ablebens zu werden, das das Ende des ganzen elenden Kapitels bedeuten würde. Als sie zu ihm gesprochen hatte, war ihr Tonfall beiläufig gewesen.

»Du brauchst dich nicht zu beeilen. Ich habe stundenlang Zeit, ich muss nirgendwohin und habe das ganze Leben vor mir. Versprochen ist versprochen.«

Ihr frivoler Pragmatismus kaschierte, dass ihr Herz vor Erleichterung ächzte.

»Mir bleibt nicht mehr viel Zeit.«

Seine Stimme wurde leiser, war kaum noch ein Flüstern. Er stieß seine letzten Worte zwischen stockenden letzten Atemzügen aus.

»Zu langsam, zu qualvoll. Dafür wirst du bezahlen.«

In Gedanken löschte sie diese Worte, bevor er sie ausgesprochen hatte. Sie würde sie niemals wiederholen, davon berichten oder sich daran erinnern.

»Ach, Mark, ich habe schon bezahlt.«

Sie beugte sich weit vor, bis ihr Gesicht nur wenige Zentimeter von seinem entfernt war. Dabei atmete sie die übel riechende Luft ein, die er ausstieß, und wartete auf seinen allerletzten Atemzug. Kathryn wunderte sich über die Fähigkeit des Menschen, sich an die Gegenwart zu klammern. Das war trotz der offenkundigen Zwecklosigkeit wirklich beeindruckend, ja sogar faszinierend.

»Ja, ja, ich habe es getan, Roland. Ich war es. Ich ganz allein.«

In ihrem Geständnis schwang ein Hauch von Stolz mit, als berichte sie über eine besondere Leistung. Roland fand das sehr verwirrend. Er schüttelte den Kopf. Selbst nachdem er sie beobachtet und ihr Geständnis gehört hatte, konnte er das Ganze nicht recht glauben. Er blickte die gepflegte Frau mittleren Alters mit dem hübschen Gesicht an, die ihm gegenübersaß. Die gleiche Frau, die ihm Appetithäppchen auf mit Tortenspitzen verzierten Tabletts gereicht, ihm Filterkaffee serviert und selbst gebackenen Kuchen angeboten hatte. Die Fakten wollten einfach nicht zusammenpassen. Sie war mit Mark Brooker verheiratet gewesen, einem Mann, den er mochte und bewunderte. Ein Mann, den er mit der Erziehung seiner einzigen Tochter betraut hatte.

Roland atmete langsam aus und kratzte sich an der Stelle am Kinn, an der die Haut vom Bartwuchs am meisten gereizt war. Die stickige, angespannte Atmosphäre im Befragungsraum schien seiner empfindlichen Haut nicht gerade zuträglich zu sein. Er wollte nach Hause und unter die Dusche gehen. Besser noch, er wollte den Tag zurückspulen, nicht um 3 Uhr in der Früh einen Anruf entgegennehmen, der seine Familie aus dem Schlaf reißen und sein gewohntes Umfeld stören sollte.

Kathryn spürte seine Verwirrung, da sie wusste, dass er zu jenen Menschen zählte, die großen Wert auf ihren Schlaf legten. Sie stellte ihn sich zu Hause vor, wie er am frühen Abend eine Seebrasse mit gedünstetem Gemüse und dazu einen gekühlten Weißwein zu sich genommen hatte. Zuvor war er eine Stunde im Fitnessstudio gewesen, um sich seinen flachen Bauch zu bewahren. Keiner konnte ahnen, dass sein Sonntag so enden würde, dass er ihr zu dieser unchristlichen Stunde in der Polizeistation Finchbury am Tisch gegenübersitzen und herauszufinden versuchen würde, was zum Teufel wirklich passiert war.

»Bist du sicher, dass du mit mir sprechen willst?«, fragte er.

Sein Jackett sprang auf und ließ das rosa Futter seines maßgeschneiderten Anzugs aufblitzen. Sie malte sich aus, dass seine Kollegen ihn damit aufzogen. Aber sie kannte Roland gut und wusste, welch großen Wert er auf sein Erscheinungsbild legte. Er würde ihrer Neckerei keinerlei Beachtung schenken. Ihn sah man nie in den zerknitterten billigen Klamotten, die einige seiner Zeitgenossen trugen.

Kathryn erinnerte sich, ein Gespräch zwischen ihm und Mark aufgeschnappt zu haben, bei dem er sich über den Verlust seiner Uniform beklagt hatte – eine unvermeidliche Begleiterscheinung seiner Beförderung zum Chief Inspector. Es hatte ihm Freude gemacht, Knöpfe zu polieren, Stiefel zu putzen und Fussel von der wollenen Uniformjacke zu bürsten.

Sie beobachtete, wie er mit der Handfläche über seine Bauchmuskeln strich und eindeutig genoss, wie diese sich unter dem frischen weißen Hemd anfühlten.

»Ja.«

»Bist du dir sicher, dass das mit einem Fremden nicht leichter wäre?«

Sie bemerkte das hoffnungsvolle Flackern in seinen weit aufgerissenen Augen.

»Ich bin mir absolut sicher, Roland. Danke, dass du mich fragst, aber es gibt niemanden, mit dem ich lieber sprechen würde. Ich weiß es zu schätzen, dass du eigens aufgestanden und hierhergekommen bist, ehrlich.«

Es war, als begreife sie nicht, was gerade vor sich ging. Sie verhielt sich, als habe sie ihn auf einen kurzen Besuch eingeladen, und nicht, als sei sie sich im Klaren darüber, dass er in aller Frühe aus seinem Bett gerissen worden war – wegen des ersten mutmaßlichen Mordfalls in seinem Revier seit achtzehn Jahren. Da war kein Zittern in ihrer Stimme, kein Zögern oder erkennbare Nervosität. Ihre Hände lagen ordentlich gefaltet in ihrem Schoß. Sie sah so gelassen aus wie jemand, der auf seinen Termin beim Arzt wartet.

Roland war seit zwanzig Jahren bei der Polizei. Er hatte viel gesehen – grausige, ungerechte und amüsante Dinge. Aber so etwas? Ihr Verhalten ergab keinen Sinn und schockierte ihn. Er war bestürzt, ja erschüttert.

»Du machst angesichts deiner aktuellen Situation einen sehr ruhigen Eindruck.«

Er fragte sich, ob sie womöglich unter Schock stand.

»Weißt du, es ist lustig, dass du das sagst, weil ich wirklich ruhig bin. Sehr ruhig.«

»Das beunruhigt mich ja so.«

»Ach, Roland, es gibt keinen Grund, sich Sorgen zu machen, überhaupt keinen. Für mich ist dieses Gefühl der Gelassenheit eine erfreuliche Abwechslung. Ich hatte fast vergessen, wie es sich anfühlt! Genau genommen glaube ich nicht, dass ich mich so gefühlt habe, seit ich ein Kind war. Das war eine schöne Zeit in meinem Leben. Ich brauchte mir um absolut nichts Sorgen zu machen und wurde sehr geliebt. Das war eine wunderbare Kindheit, ein wunderbares Leben. Ich bin nicht immer so gewesen, weißt du.«

»Wie?«

»Ach, du weißt schon – verängstigt, gereizt, verschlossen. Ich war sehr zielstrebig. Nie feurig oder wild, aber ich habe fest daran geglaubt, dass ich die Welt zum Leuchten bringen, neue Wege einschlagen kann. Ich dachte, ich würde viel erreichen. Meine Eltern sagten mir immer, die einzige Begrenzung meiner Leistungsfähigkeit bestehe in meiner Fantasie, und ich glaubte ihnen. Sie sind inzwischen beide gestorben. Ich denke nicht mehr häufig an sie.«

»Warum nicht?«

Sie atmete langsam aus.

»Um die Wahrheit zu sagen, Roland, ich habe immer gedacht, die Toten könnten irgendwie über uns wachen, ja sogar in der Lage sein, uns zu beschützen. Falls meine Eltern mich die ganze Zeit beobachtet haben, dann schäme ich mich für alles, was sie haben mit ansehen müssen. Ich schäme mich dafür, was aus mir geworden ist. Andererseits, falls sie in der Lage waren, mich von ihrer Beobachtungsgalerie da oben aus zu beschützen, warum haben sie es dann nicht getan? Ich weiß gar nicht mehr, wie oft ich um Hilfe gefleht, um Hilfe gebetet habe. Vergebens. Deshalb mache ich mir lieber keine Gedanken darum. Es ist viel zu verwirrend, und noch mehr Verwirrung war genau das, was ich nicht gebrauchen konnte.«

»Wenn du es getan hast, Kathryn, dann stellt sich die Frage, warum? Warum hast du das gemacht?«

Mit dem schwachen Lächeln einer Frau, die unsicher ist, wo sie anfangen soll, aber trotzdem weiß, dass sie anfangen muss, formulierte Kathryn ihre Antwort mit Bedacht.

»Das ist im Grunde ganz einfach. Ich habe es getan, damit ich meine Geschichte erzählen kann, ohne Angst zu haben.«

»Deine Geschichte?« Roland war verdutzt.

»Ja, Roland. Ich muss meinen Kindern, der Familie, unseren Freunden, der gesamten Öffentlichkeit meine Geschichte erzählen können, ohne Angst zu haben.«

»Angst wovor?«

Er hatte ihr eine Weile zugehört, trotzdem verstand er noch immer nicht.

Ein Lächeln huschte über ihre Lippen. Zugleich rollte ihr eine ungebetene Träne über die Wange.

»Ach, Roland, ich weiß gar nicht, wo ich anfangen soll! Angst vor Schmerzen, Todesangst, aber vor allem die Angst, dass ich mich in mich zurückziehen und nie wieder auftauchen würde. Ich weiß nicht, wo mein Ich geblieben ist, verstehst du? Ich weiß nicht, wo die Person geblieben ist, die ich einmal war. Es ist, als wäre aus mir ein Nichts geworden, als würde ich außerhalb der Gesellschaft leben, obwohl ich mich in ihrer Mitte befinde. Mein Leben hat so belanglos gewirkt, als spielte es keine Rolle, was aus mir wird. Ich bin unsichtbar geworden. Ganz oft sage ich etwas, aber niemand hört mir zu. Heute ist etwas passiert, was mich verändert hat, Roland. Ich kann nicht sagen, dass es etwas Großes, Bedeutsames oder Denkwürdiges war, aber etwas ist passiert, und ich wusste, dass ich genug hatte. Es war Zeit. Meine Zeit war gekommen.«

Er sann über ihre Worte nach und beschloss, noch nicht zu fragen, was dieses »Etwas« gewesen war, das sie verändert hatte.

»Du musst dir überlegen, was du sagst, Kathryn. Ich möchte, dass du gut darüber nachdenkst, was du sagst und zu wem du es sagst. Ab diesem Augenblick können deine Aussagen und Handlungen dramatischen Einfluss darauf haben, wie die Sache für dich ausgeht. Jede noch so unwichtige Information, die du uns lieferst, wird festgehalten werden und deine Zukunft beeinflussen.«

Wieder dieses schwache Lächeln.

»Du liebe Güte. Meine Zukunft? Ich finde es lustig, dass ich über nichts mehr gründlich nachdenken muss. Ich habe bereits nachgedacht. Jahrelang hatte ich Zeit, darüber nachzudenken.«

Roland schwieg. Er wog die Möglichkeiten ab und versuchte zu entscheiden, wie er am besten vorgehen sollte. Plötzlich weiteten sich seine Pupillen. Es gab eine Möglichkeit, wie die Frau des Schuldirektors davonkommen konnte.

»Ich denke, es wäre eine gute Idee, wenn du einen Arzt konsultieren würdest, Kathryn. In deinem eigenen Interesse.«

»Ach ja! Einen Psychiater, nehme ich an? Das wäre gut. Du wirst feststellen, dass ich es sehr gut beherrsche, auf Suggestionen einzugehen, Feststellungen zuzustimmen und Befehlen zu gehorchen. Genau genommen kenne ich den Unterschied zwischen diesen Begriffen gar nicht mehr! Aber ich sollte dich warnen, dass er oder sie dir nach sorgfältiger Einschätzung und Diagnose einen langatmigen, teuren Bericht schreiben wird, in dem steht, dass ich hundertprozentig zurechnungsfähig, vernünftig und im Vollbesitz meiner geistigen Fähigkeiten bin. Tatsache ist, dass ich allein und im vollen Wissen um meine Tat und ihre Konsequenzen gehandelt habe. Aber mach nur. Lass dir das alles von jemandem bestätigen, der ein goldgerahmtes Diplom über seinem bequemen Bürosessel hängen hat, wenn dir das die Sache leichter macht.«

»Es geht nicht darum, was es für *mich* leichter macht! Himmelherrgott, Kathryn, ich kann nur vermuten, dass du eine Art von Zusammenbruch erlitten hast und dass dein Handeln die Folge einer Art von Umnachtung war, ob vorübergehend oder nicht.«

Sie lachte.

»Vorübergehend oder nicht? Das gefällt mir. Tatsache ist, Roland, dass ich die Wahrheit sage und zwar im Vollbesitz meiner geistigen Kräfte. Darf ich dir etwas sagen?«

Er hoffte auf eine aufschlussreiche Begründung, eine Tatsache oder ein wissenswertes Detail, irgendetwas.

»Ja, selbstverständlich.«

»Es hat in den vergangenen zwei Jahrzehnten Zeiten gegeben, in denen ich meinen Verstand ganz leicht hätte verlieren können. Zeiten, in denen die Lage so trostlos und traurig wirkte, dass ich mich gefragt habe, ob es nicht einfacher wäre, mich in eine Depression fallen zu lassen und mich auszuklinken. Zwei Menschen haben mich davon abgehalten, egal, wie verlockend die Vorstellung auch war. Dominic und Lydia. Sie waren für mich der Grund, bei Verstand zu bleiben und weiterzumachen. Ich hätte mich nicht um sie kümmern können, wenn ich durchgedreht wäre. Das war allerdings ein harter Kampf, so sehe ich das wenigstens. Tag für

Tag habe ich mein verzerrtes Gesicht im Spiegel angestarrt und mich gefragt, wie lange ich den Schein wohl noch würde wahren können. Eine ganze Weile, wie sich herausgestellt hat!«

Sie brach in ein kurzes, unnatürliches Gelächter aus.

Roland starrte sie an und war überzeugt, dass sie trotz ihrer gegenteiligen Beteuerungen tatsächlich den Verstand verloren hatte.

»Kathryn, als Freund, nicht als Chief Inspector, muss ich dir sagen, dass ich mir Sorgen um dich mache, sehr große Sorgen.«

Gelächter unterbrach ihn. Dann seufzte sie und wiegte sich ein wenig hin und her, während sie ein feuchtes Stück Küchenpapier aus dem Ärmel ihrer Strickjacke zog, sich Augen und Nase abtupfte.

»Tut mir leid, Roland. Ich weiß, ich hätte nicht lachen dürfen. Ich bin ein bisschen aufgewühlt. Die letzten zwei Tage waren anstrengend.«

Keiner von beiden ging auf die krasse Untertreibung ein.

»Ich lache, weil ich mir in den vergangenen achtzehn Jahren immer gewünscht habe, dass sich jemand Sorgen um mich macht und mir hilft. Im Augenblick brauche ich jedoch zum ersten Mal seit dem Tag meiner Hochzeit niemanden, der sich um mich sorgt, weil ich endlich in Sicherheit bin.«

Sie legte ihre Handflächen auf den Tisch, als könne er durch seine Stabilität bekräftigen, dass sie auf eigenen Beinen stehen konnte.

Roland erhob sich und ging in dem kleinen Befragungsraum der Polizeistation auf und ab, seine Hände in die Hüften gestemmt, seine Arme weit abgespreizt. Allmählich verlor er die Geduld. Sein Frustrationspegel stieg proportional zum Mangel an Fortschritten. Er hatte den Eindruck, dass dieses Gespräch Stunden so weitergehen könnte, und das waren Stunden, die er nicht zu verschwenden hatte.

»Okay, Kathryn, ich will offen sein. Ich befinde mich in einer sehr schwierigen Lage. Nicht beruflich, sondern psychologisch. Ich habe große Schwierigkeiten zu verstehen, was mit dir los ist. Ich kenne dich und Mark seit ... wie lange? Fast zehn Jahre?«

Kathryn hatte die Ankunft seiner Tochter Sophie im Alter von acht Jahren in der Mountbriers Academy mit dem kleinen Lederranzen, dem angsterfüllten Blick, den Sommersprossen und dem schwingenden Faltenrock noch vor Augen. Inzwischen war Sophie eine selbstbewusste Sechzehnjährige, die nicht nur die Aufmerksamkeit ihres eigenen Sohnes erregt hatte, sondern auch die jedes anderen Jungen in ihrer Klasse. Kathryn nickte. Fast zehn Jahre.

»Und in der ganzen Zeit habt ihr beide, du und Mark, als ein sich sehr nahe stehendes, liebevolles Ehepaar gegolten. Er spricht – sprach – von dir in den höchsten Tönen, Kathryn, immer. Verstehst du also, wieso das ...?«

Roland blickte kurz zur Decke hinauf, fasste sich und änderte den Kurs.

»Himmelherrgott, Kathryn, ich kämpfe darum, das höflich auszudrücken, deshalb gebe ich diesen Versuch auf und komme direkt auf den Punkt. Mark ist ... war ... ein hoch angesehenes und geliebtes Mitglied der Gesellschaft. Er war der Schulleiter, Herrgott noch mal! Erst kürzlich hat er eine nationale Auszeichnung erhalten, er wurde von allen sehr geschätzt. Und du erwartest von mir – und von allen anderen –, dir zu glauben, dass du hinter diesen hohen Backsteinmauern und Schiebefenstern in den vergangenen achtzehn Jahren ein elendes Leben geführt hast? Wohingegen wir immer ein starkes, glückliches Paar gesehen haben, das einander allem Anschein nach innig zugetan war? Verstehst du, dass die Leute damit vielleicht Schwierigkeiten haben könnten?«

Sie zeigte ihr zögerliches Lächeln und wählte die Worte sorgfältig.

»Roland, ich kann verstehen, dass manche Leute immer nur das sehen, was sie sehen wollen. Das weiß ich. Aber es ist genauso wichtig zu erkennen, dass manche Leute großartige Blender sind. Mark war ein großartiger Blender, und bis zu einem gewissen Grad war ich das auch. Er war ein Monster, das sich als guter Mensch ausgab, und ich war ein Opfer, das so tat, als wäre es keines. Schuldig im Sinne der Anklage.«

»Kathryn, bitte bemühe dich, diesen Ausdruck nicht zu verwenden.«

Sie wusste nicht, ob er Spaß machte.

»Okay, Roland. Ich möchte damit sagen, dass es mir wirklich egal ist, was die Leute denken oder zu wissen meinen. Ich kenne die Wahrheit, und eines Tages werden auch meine Kinder die Wahrheit erfahren. Das ist das Einzige, was für mich eine Rolle spielt. Tatsache ist, ich bin schuldig und erwarte, die Strafe abzusitzen. Du musst wissen, dass es für mich keine Strafe gibt, die schlimmer sein kann als das Leben, das ich als Marks Frau geführt habe. Überhaupt keine. Ich habe keine Angst, jetzt nicht mehr.«

Roland nahm ihr gegenüber an dem rechteckigen Tisch

Platz. Er streckte die Beine aus, legte sie an den Knöcheln übereinander, verschränkte die Hände hinter dem Kopf und seufzte. Seine Gedanken wanderten zu den vielen Gelegenheiten zurück, bei denen er in der gemütlichen Küche der Brookers am Tisch gesessen hatte, während Kathryn ihre geblümte Schürze trug und aus der gepunkteten Kanne Tee einschenkte. Mark hatte nach der Sonntagsmesse seinen großen Auftritt und machte Späße, diskutierte über die neuesten Kricketergebnisse, während zum leichten Klirren von Porzellan im Hintergrund der Klassikradiosender lief.

Das ergab alles keinen Sinn. Roland war voll konzentriert und bereit zuzuhören. Es war entscheidend, dass er zuhörte, weil er zuhören musste. Wichtiger noch, er musste begreifen.

Er strich sich mit der Hand über das Gesicht, dann kratzte er sich den Schädel und tätschelte seinen Seitenscheitel.

»Ich mache diesen Job schon lange, und ich weiß, dass solche Dinge passieren können. Manchmal ganz spontan. Schlimme Dinge, Unfälle.«

»Ich glaube, ich weiß, worauf du hinauswillst«, unterbrach ihn Kathryn. »Aber ich muss dich gleich bremsen. Das war kein Unfall. Nicht etwa, dass ich es geplant und ausgeheckt hätte oder so, aber es war kein Unfall. Ich habe Mark bewusst erstochen. Als ich das Messer in der Hand hielt, wollte ich ihn töten. Wenn ich es mir recht überlege, wollte ich das tief in meinem Inneren schon lange tun. Deshalb war es zwar spontan, wie du es nennst, aber kein Unfall.«

Roland schüttelte den Kopf. Sie tat sich damit nicht gerade einen Gefallen.

»Ich sage dir, was mir wirklich weiterhelfen würde. Warum nennst du mir nicht ein paar Beispiele?«

»Beispiele?«

»Ja, irgendetwas, das mir hilft, wirklich zu begreifen, was du durchgemacht hast. Erzähl mir etwas Typisches.«

»Etwas Typisches?«

»Ja. Entwirf eine Momentaufnahme, wenn du willst. Ein konkretes Bild würde mir helfen, es zu begreifen. Erzähl mir, wie es war. Erkläre mir, was er dir Schlimmes angetan hat. Beschreibe mir mit einfachen Worten, was du durchgemacht hast. Du sprichst von Angst und Qualen – das musst du mir verständlich machen. Erzähl mir, was er getan hat, das dir solche Angst eingejagt hat. Erzähl mir, was er getan hat, das dich dazu getrieben hat, ihn umzubringen.«

Roland hatte seinen freundschaftlichen Ton aufgegeben und war durch und durch Polizist.

»Du willst eine Momentaufnahme?«

»Ja, wenn es dir recht ist.«

»Lass mich überlegen. Eine Momentaufnahme, etwas Typisches.«

Sie legte eine Pause ein.

»Es ist schwierig zu wissen, wo ich anfangen muss, wie viel ich dir erzählen soll.«

»Erzähl mir irgendetwas, Kathryn, aber verzichte auf den Satz: *Mein Mann war ein Monster*. Der ist ein bisschen zu allgemein und dramatisch, um wirklich sachdienlich zu sein. Gib mir irgendetwas Greifbares, etwas, was mir hilft zu verstehen, ein Detail, mit dessen Hilfe ich es anderen erklären kann.«

»Also gut. Aber eines will ich dir sagen, bevor ich anfange: Ich werde mich an die Tatsachen halten und weder über- noch untertreiben. Ich habe dir bisher die ganze Wahrheit und nichts als die Wahrheit gesagt – so lautet der Ausdruck doch?«

Roland nickte. »Ja, das kommt dem ziemlich nahe. Ich bin bereit, wenn du es bist.«

Kathryn atmete scharf ein und drehte ihren Ehering mit dem linken Daumen um den Finger. Sie war noch gar nicht auf den Gedanken gekommen, ihn abzulegen. Doch in diesem Augenblick beschloss sie, das zu tun, sobald sie allein war. Sie schob den Goldreifen ein Stück nach oben und dachte kurz darüber nach, was für eine Furche er in ihren Finger gegraben hatte. Wie lange würde es wohl dauern, bis der schmale Abdruck wieder verschwand? Das würde für sie einen großen Schritt hin zur Selbstständigkeit bedeuten.

»Na ja, Mark war sehr etepetete, genau genommen besessen von Details. Ich durfte nie Jeans oder sonst irgendwelche Hosen anziehen, nur Röcke. Ich musste mehr oder weniger über jede Minute meines Tagesablaufs Rechenschaft ablegen. Es gab nur sehr wenig Zeit zur freien Verfügung. Ich durfte entscheiden, welche Route ich zum Supermarkt nehme oder welches Gemüse ich zum Abendessen zubereite, aber das war auch schon alles. Wie und wo ich die Vorräte verstaue, wann ich das Essen serviere, das war alles vorgeschrieben. Ich musste jeden Tag eine bestimmte Anzahl von Arbeiten erledigen. Häufig sinnlose und monotone Aufgaben, die nur dazu gedacht waren, mich fertigzumachen und meinen Willen zu brechen.«

Roland kniff mit Daumen und Zeigefinger die Haut unter den Augen zusammen. Er konnte sich durchaus vorstellen, dass diese Worte vor Gericht wiederholt wurden: »*Ich habe meinen Mann ermordet, weil er ein bisschen pingelig war und mich am liebsten im Rock gesehen hat. Und ich hatte Haushaltspflichten zu erledigen.«* Himmelherrgott, wenn sie damit durchkam, dann hatten die meisten Frauen in diesem Land eine Rechtfertigung. Er hoffte, dass noch etwas Besseres nachkommen würde.

»Und am Abend sind wir dann zusammen die Treppe hinaufgegangen. Während mich nur eine Rigipswand von meinen Kindern trennte, kniete ich am Fuß unseres Bettes, und Mark gab mir Punkte, je nachdem, wie schlecht ich meine Arbeiten an diesem Tag seiner Meinung nach erledigt hatte. Weitere Punkte wurden hinzugefügt, falls ich irgendetwas getan hatte, was ihn irritierte oder ärgerte.«

Nun hatte sie seine ganze Aufmerksamkeit.

»Diese Punkte wurden auf einer Skala von eins bis zehn vergeben – zehn war schlecht. Je nachdem, wie schlecht ich abgeschnitten hatte, wurde entschieden, was als Nächstes kam.«

Kathryns Tränen bahnten sich den Weg in das wartende Stück Küchenpapier. Ihr Atem ging stockend, und ihr Kummer war sowohl auf die Scham zurückzuführen, das zu erzählen, wie auf die Erinnerung an die Ereignisse.

»Punkte?«

Roland schüttelte den Kopf. Kathryn konnte nicht sagen, ob das Ausdruck von Mitleid oder Fassungslosigkeit war.

»Ja. Und dann hat er mir wehgetan.«

Das sagte sie im Flüsterton. Roland spitzte die Ohren, damit ihm nichts entging.

»Wie lange ging das so, Kathryn?«

Sie hustete, fasste sich und sprach recht fröhlich weiter, als könnte sie sich selbst vormachen, dass alles in Ordnung sei.

»Na ja, im Nachhinein ist mir klar geworden, dass ich von dem Augenblick, als wir uns kennenlernten, drangsaliert wurde. Zuerst ging es um Kleinigkeiten: Kritik an meiner Kleidung, an meiner Frisur, die Ablehnung aller meiner Freunde. Er setzte meiner Karriere als Englischlehrerin ein Ende, was eine Schande war. Er machte alles, was ich vor unserem Kennenlernen besessen hatte, kaputt oder warf es weg, überwachte meine Anrufe, solche Sachen. Ganz allmählich wurde ich meiner Familie entfremdet. Sein ganzes Handeln war darauf ausgerichtet, mich aus dem Gleichgewicht zu bringen und von ihm abhängig zu machen. Er trennte mich von allen meinen Verbündeten und zerstörte mein Selbstwertgefühl, sodass ich bereits Opfer und ganz allein war, als er mit den wirklichen Misshandlungen anfing. Ich sah mich nicht mehr in der Lage, eine Entscheidung zu treffen, so groß war meine Verwirrung. Meine Stimme zählte nicht. Zumindest hatte ich diesen Eindruck.«

»Und wie lange ging das mit dem, was du als *wirkliche Misshandlungen* bezeichnest?«

»Hm, lass mich nachdenken – seit ich mit Dominic schwanger war.«

»Der jetzt sechzehn ist?«

»Ja, stimmt, auch wenn mir das fast unmöglich erscheint. Sechzehn. Die Zeit vergeht so schnell, nicht wahr? Du musst das doch auch bei Sophie feststellen. Manchmal habe ich den Eindruck, ich bin gerade einem pummeligen Kleinkind durchs Haus nachgerannt, dann habe ich ihm für eine Sekunde den Rücken zugekehrt, und stelle fest, dass er sich mit einem Mal zu dieser zu einem Teenager mit einem nicht zu bändigenden Lebenswillen entwickelt hat. Tut mir leid, Roland. Ich weiche vom Thema ab, oder?«

Sie musterte seinen Gesichtsausdruck und begriff, in welch misslicher Lage er steckte. Kathryn wusste, dass es nicht plausibel klang. Es klang absolut verrückt, dass sie von Mark Brooker, dem Schulleiter, sprach! Sie wusste, dass Roland und alle anderen Eltern sich Mark immer nur als einen Mann vorstellen konnten, der sie mit einem festen Händedruck und einer geistreichen Bemerkung begrüßte. Sie würden alle der Meinung sein, dass die ganze Sache höchst schockierend war. Was würde Judith, Marks Sekretärin, davon halten?

Kathryn schmunzelte in sich hinein, als sie sich die Reaktion der Frau ausmalte, und konnte sich ihre Aussage vorstellen: *Mark hat nicht wie ein schlechter Mensch ausgesehen, genau genommen war er sogar ziemlich umwerfend.*

Kathryn hoffte, dass die Leute sich die eine wichtige Frage stellen würden, sobald alle Fakten ans Tageslicht gekommen waren: Wenn ihr Leben so perfekt gewesen wäre, wie Roland und alle anderen geglaubt hatten, wieso hätte sie es dann tun sollen? Warum sollte sie den ganzen Albtraum heraufbeschwören und um Bestrafung bitten, wenn es nicht wahr wäre? Dann müsste sie doch völlig verrückt sein. Und Kathryn war entschlossen zu beweisen, dass sie keineswegs verrückt war.

Roland atmete tief ein und bereitete sich darauf vor, seine Fragen zu wiederholen.

Vor sieben Jahren

Im Gefängnis von Marlham herrschte niemals Ruhe. Wenn der Fernseher mit seinen endlosen Wiederholungen todlangweiliger Serien nicht gerade plärrte, dann hörte man die Schreie durchgedrehter Gefangener, Lachsalven und unflätige Ausdrücke, die offenbar nur aus voller Lunge herausgebrüllt werden konnten. Kate, wie sie hier genannt wurde, wusste inzwischen aus Erfahrung, dass niederträchtige Bemerkungen viel bedrohlicher waren, wenn sie leise ausgesprochen wurden, langsam und in unmittelbarer Nähe. Dadurch war man gezwungen, wirklich zuzuhören und ihre Bedeutung zu verarbeiten. Schreien war nur etwas für Anfänger.

Nicht einmal in der Nacht war es still. Die Zellen hallten vom unweigerlich lauten Schluchzen der jungen Häftlinge und der Neuankömmlinge wieder. Kate fand das herzzerreißend. Sie konnte es sich nicht verkneifen, das Bild ihrer Tochter Lydia auf die weinenden Gesichter zu projizieren, und sehnte sich danach, sie mit einer Umarmung und einem freundlichen Wort zu trösten. Ihr Heulen wurde von dem Getrommel verzweifelter, wütender Hände unterbrochen, die mit Schuhen und Haarbürsten gegen Metallgitter und Bettgestelle schlugen und einen Rhythmus klopften, einen Morsecode: *Lasst mich raus hier, ich will nach Hause. Bitte lasst mich nach Hause gehen.*

In den frühen Morgenstunden bellten mitleidlose Wärterinnen und übermüdete Insassen Befehle: »Seid endlich ruhig, haltet den Mund und schaltet das verdammte Licht aus!« Sobald die Gefangenen schließlich verstummten und die Wärterinnen sich in ihr Büro zurückgezogen hatten, erwachte das Gebäude selbst zum Leben. Die Rohrleitungen aus viktorianischer Zeit knarrten und ächzten, Heizkörper knackten und knarzten, Glühbirnen surrten in ihren Fassungen, und der Wind pfiff durch die Ritzen zwischen Fensterscheibe und Rahmen.

Für Kate stellte der unablässige Lärm eine der größten Herausforderungen des Gefängnislebens dar, etwas, womit sie nicht gerechnet hatte. Sie hatte sich gegen den Verlust der Freiheit und die Langeweile gewappnet, doch es waren die kleinen Dinge, die die stärksten und gänzlich unerwarteten Auswirkungen hatten. Am meisten litt Kate unter völlig unbedeutenden Entbehrungen, die sie frustrierten. Ihre Füße in zu heiß getrocknete, steife Socken zwängen zu müssen war täglich eine Qual. Nicht in der Lage zu sein, sich selbst eine Tasse Tee zu kochen, entmutigte sie so sehr, dass sie fast in eine Depression versank. Die kühle, milchige Brühe, die ihr drei Mal am Tag serviert wurde, war das genaue Gegenteil dessen, was sie unter einem guten Tee verstand. Selbst nach drei Jahren hatte sie sich nicht daran gewöhnt.

Aber sie hatte sich nie danach gesehnt, wieder in Mountbriers, in der Küche des Schuldirektors, zu stehen – nicht ein einziges Mal, niemals.

Bei ihrer Ankunft war es ziemlich anstrengend gewesen, sich an den Tagesablauf, die Regeln und den Fachjargon der seltsamen Umgebung zu gewöhnen. Das meiste lernte sie, indem sie die anderen Gefangenen beobachtete und ihre Reaktionen auf den Klang einer Glocke und unverständliche Rufe nachahmte.

Sie stellte fest, dass Neuankömmlinge in zwei Kategorien zu unterteilen waren: Jene, die gegen das System aufbegehrten, das sie ungerechterweise aus einem Leben gerissen hatte, das ihnen gefiel. Sie nutzten jede Gelegenheit zu toben, zu protestieren oder um sich zu schlagen. Daneben gab es jene, die, wie sie, eine gewisse Fröhlichkeit an den Tag legten. Das ließ darauf schließen, dass das Gefängnis in Wahrheit eine Zuflucht vor dem darstellte, was ihnen draußen Schaden zugefügt hatte.

In den ersten Wochen ihrer Haft musste Kate sich immer wieder daran erinnern, wo sie war und warum. Es war genau so, wie irgendjemand einmal behauptet hatte: eine Art von Wahnsinn, ob vorübergehend oder nicht. Innerhalb von wenigen Stunden war sie Single, Witwe und Mörderin geworden. Sie war von ihren Kindern getrennt worden, und Mark war tot.

Die Kinder waren bei ihrer Schwester in Hallton, North Yorkshire. Zu verschiedenen Tages- und Nachtzeiten geriet Kate plötzlich in Panik, ob es ihnen auch wirklich gut ging. Hatte sie Francesca je gesagt, dass Dominic auf Cashewkerne allergisch reagierte? Was war, wenn sie ihm nichtsahnend welche gab, und er sein Gegenmittel nicht bei sich hatte? Die Angst vor den möglicherweise fatalen Folgen quälte sie tagelang, sie konnte an nichts anderes mehr denken.

Hätte Kate logisch gedacht, dann hätte sie sich beruhigt. Ihr Sohn war im Teenageralter und durchaus in der Lage, seine Tante auf seine Allergie aufmerksam zu machen, aber sie war kein logisch denkender Mensch mehr. Sie war ein

Mensch, der versuchte, mit der Ungeheuerlichkeit zurechtzukommen, von den eigenen Kindern getrennt zu leben.

Wenn es mit dem Einschlafen nicht klappen wollte, stellte Kate sich immer wieder die gleichen entscheidenden Fragen: *Bereust du es? Kannst du dir vorstellen, dass es besser gewesen wäre, ruhig zu bleiben, die Hand von der Schürze fernzuhalten, das Messer in der Schürzentasche zu lassen? Wäre es nicht für alle besser gewesen, dein Leben so weiterzuführen wie zuvor? Dann würdest du die Kinder wenigstens jeden Tag sehen.*

Bei diesen Gelegenheiten entfaltete sie stets einen der Briefe ihrer Schwester und verschlang, was sie geschrieben hatte.

Francesca begann immer mit *Hey, Katie*, was die Uhr auf eine Zeit zurückdrehte, in der sie beide noch jung waren und sich nahestanden. Eine Zeit, bevor Mark Brooker das süße junge Mädchen, das keine ernsten Sorgen kannte, in seine Gewalt bekam. Der Ausdruck war jedoch mehr als ein die Zeit zurückdrehender Kosename. Er war auch eine Erinnerung daran, dass dieses Mädchen, als es Mark Brooker heiratete, zum letzten Mal aus ihrem freien Willen heraus gehandelt hatte und nicht als verängstigte Marionette. *Hey, Katie* war für Francesca inzwischen ein Ausdruck der Vergebung. Nun konnte sie endlich verstehen, was all die Jahre hinter dem kühlen und gekünstelten Verhalten ihrer Schwester gesteckt hatte. Es war ihre Art und Weise zu sagen: »Alles ist vergeben. Schwamm drüber!«

Immer wieder las Kate die Informationsschnipsel über ihre Kinder und war ihrer Schwester unendlich dankbar, dass sie, als Kate in größter Not war, die beiden einfach geschnappt und in Sicherheit gebracht hatte, so wie Kate es vorausgesehen hatte. Ebenso fesselnd waren die beiläufigen Hinweise darauf, dass das normale Leben trotzdem weiterging: »Ich muss schnell die Lammpastete in den Ofen schieben!« Sie versetzten Kate in die Lage, sich die Familie um den Tisch sitzend auszumalen, wie sie sich miteinander unterhält und das Gericht verspeist, für das ihre Schwester bei Freunden und Bekannten berühmt war. Und dann gab es die wichtigeren Details: Dass Lydia *an der Kunsthochschule für den Grundkurs angenommen worden ist.* Dass Dominic *Luke und dessen Vater dabei hilft, die Innenausstattung für ein Hotel zu planen. Für ein Boutiquehotel! Er hat fantastische Ideen, und zum Glück kommt die Firma langsam wieder auf die Beine.*

Nachdem Kate Francescas letztes Schreiben noch einmal gelesen hatte, war es für sie klar. Nein, es wäre nicht besser gewesen stillzuhalten und das Messer in der Tasche zu lassen. Mark hätte sie irgendwann umgebracht, da war sie sich sicher.

Es hatte fast drei Jahre der Gefangenschaft gebraucht, bis Kate aufging, dass sie ihr Selbstvertrauen und ihr Selbstwertgefühl langsam zurückgewann. Während ihrer Ehe hatte sie kaum bemerkt, dass sie ihr abhandengekommen waren. Doch jetzt gewann sie allmählich den Eindruck, dass sie tatsächlich etwas wert war, dass sie etwas Wertvolles zu sagen hatte. Sie konnte zumindest Nein sagen, ohne sich schuldig zu fühlen – sie konnte tatsächlich zu allem Nein sagen, sei es zu einer Einladung zum Tee oder einer aggressiven sexuellen Anmache. Schließlich begriff sie, dass sie das Recht hatte, Nein zu sagen.

Kate wusste jedoch, dass sie ihre Erfahrungen für immer

und ewig in jeder Faser ihres Körpers mit sich herumtragen würde. Sie würde den Menschen, der sie einmal gewesen war, wie einen wassergetränkten Schwamm mit sich herumschleppen. Hätte sie die Wahl gehabt, dann hätte sie einen Gefühlsausbruch vorgezogen, lautstarkes Trauern, das sie geläutert zurückgelassen hätte. Aber das war nicht ihre Art. Stattdessen litt sie unter einer unterschwelligen Traurigkeit, die, solange sie unterdrückt wurde, den Rest ihres Lebens bestimmen würde. Das akzeptierte sie mit einer gewissen Resignation. Die Angst vor Mark war verschwunden. An ihrer Stelle lauerte ein Gespenst, das auf ihrer Schulter im Badezimmerspiegel auftauchen oder mitten in der Nacht unter ihre Decke kriechen konnte, um sich an sie zu schmiegen. Diese vorübergehenden Anflüge, diese Erinnerungen, die ihr einen Schauer über den Rücken jagten, waren dem erbärmlichen Terror, unter dem sie gelebt hatte, absolut vorzuziehen.

Der Verlust des Kontakts zu ihren Kindern lag Kate wie ein Mühlstein auf der Brust. Der Schmerz ihrer Abwesenheit war stark und stechend. Er erschwerte ihr das Atmen und machte es ihr nahezu unmöglich, etwas zu essen. In ihren Träumen wurde sie von Erinnerungen verfolgt. Sie wachte regelmäßig tränenüberströmt auf, weil sie sich nicht mehr an das Grübchen in Lydias Kleinkinderfinger erinnern konnte oder an Dominics blauen Wollfäustling, den er auf dem vereisten Gartenweg verloren hatte. Die tiefe, nagende Sehnsucht, die sie nach ihnen verspürte, lenkte sie von allem ab, was sie zu tun versuchte. Sie war lähmend und allgegenwärtig und begleitete sie jeden Tag, in jeder Sekunde bei allen ihren Arbeiten. Doch wie jemand, der in der Wüste nach

Wasser dürstet, konnte sie das Problem nicht lösen. Worte der Entschuldigung und Erklärung lagen ihr auf der Zunge, aber da keines der Kinder zuhörte, schienen ihre Bemühungen vergebens. Die Frustration trieb ihr häufig Tränen in die Augen. So sehr sie sich auch bemühte, ihre Gefängniswärterinnen konnten oder wollten nicht verstehen, dass es nicht das Gefängnis an sich war, das ihr zusetzte, sondern die Zeit, die sie allein mit ihren Kindern brauchte. Nur eine Stunde oder zwei, in denen sie ihnen alles erklären, sie trösten konnte. Konnte denn niemand die beiden zwingen, sie zu besuchen? *Bitte.*

Das Bild, wie sie sie als Neugeborene gestillt hatte, jedes Baby winzig, perfekt und geliebt, war ihr stets präsent. Sie malte sich ihre winzigen, gespreizten Finger an ihrer gedehnten weißen Haut aus, auf der sich schmale blaue Adern zu ihren suchenden Rosenknospenmündchen schlängelten. Sie beobachtete, wie ihre Lider allmählich mit langsamen, trägen Wimpernschlägen zufielen, das Bäuchlein voll, bereit einzuschlafen. Dann zog sich ihr Bauch durch das vertraute Gefühl der Sehnsucht zusammen, ganz ähnlich wie damals beim Stillen. Wenn sie die Uhr doch nur auf diese Zeit zurückdrehen und den Mut finden könnte ...

Das gleichmäßige Klatschen von Flip-Flops auf dem Linoleumboden sagte Kate, dass die Post kam. Die schmuddelige junge Frau, deren Aufgabe es war, die Briefe auszuteilen, verlangsamte ihren Wagen und blätterte einen Stapel brauner Briefumschläge durch. Kate konnte immer spüren, wenn ein Brief zu ihr unterwegs war. Sie lächelte, während sie sich vorstellte, wie ihre Schwester ihn an ihrem kleinen Schreibtisch schrieb, zwischendurch einen Schluck Kaffee trank und die Küchenschränke abwischte. Die wunderbare Francesca.

Das Post-Mädchen warf einen Umschlag durch die offene Tür auf Kates Bett. Da das Mädchen selbst nie einen Brief erhalten hatte, wusste es nichts davon, wie viel Freude und Ablenkung ein solcher bringen konnte.

»Danke.« Kate meinte es ehrlich.

Die junge Frau nickte ganz kurz. Sie legte keinen Wert auf das Dankeschön. Ihr ging es nur um die paar Pence, die sie für ihre Mühen bekam.

Wie ein Feinschmecker, der einen erlesenen Wein oder einen guten Käse kostet, hatte Kate gelernt, die Sache nicht zu überstürzen. Sie schob das Öffnen des Briefes immer hinaus, hielt den Umschlag fest, überprüfte den Verschluss und wog das Kuvert in der Hand, bevor sie die krakelig geschriebene Adresse betrachtete. Diskret legte sie den Daumen über ihre Gefängnisnummer, die mit schwarzer Tinte oben in die linke Ecke geschrieben war. Sie ignorierte, dass der dünne Klebestreifen bereits entfernt worden war, um den Inhalt zu überfliegen, und dass der Stempel *Geprüft* in roter Farbe auf der Umschlagklappe prangte. Für eine Sekunde oder zwei gelang es ihr, den Gedanken zu verdrängen, dass ein Gefängnisbeamter den Klatsch und Tratsch bereits gelesen hatte, der eigentlich nur für sie gedacht war, und so zu tun, als wäre sie eine andere, die Nachrichten erhielt und die Verbindung mit dem Rest der Welt genoss.

Kate drehte das harmlose braune Rechteck hin und her, bis es flach auf ihrer Hand lag. Ihr Herz machte einen Sprung. Es war nicht die geschwungene Schrift des Füllers ihrer Schwester, die ihr entgegen starrte, sondern die unverwechselbaren winzigen, präzisen Striche der Handschrift ihrer Tochter.

»Ach! Er ist von meiner Tochter!«

Kate wusste nicht, wem sie das zurief, da sie die Worte fast unbeabsichtigt ausstieß. Die Freude sprudelte ihr aus dem Mund.

»Schön für dich«, kam die gleichgültige Antwort aus einer der Nachbarzellen.

Das war erst der zweite Brief, den sie in drei Jahren von Lydia erhielt. Kate hatte das dünne Blatt des Vorgängers so gut wie verschlissen. Dieser kostbare neue Talisman würde ihre Gedanken stundenlang beschäftigen. Sie würde sich sehr schnell jedes Wort einprägen, doch der Text und seine Bedeutung waren nicht alles. Das Stück Papier in den Händen zu halten, auf dem die Finger ihres kleinen Mädchens gelegen hatten, und die Worte nachzufahren, verband sie in einer Weise mit ihr, wie es die Erinnerung allein nicht vermochte. Am Papier zu schnuppern, an dem ein leichter Hauch des Parfums ihrer Tochter hing, übertragen durch die flüchtige Berührung ihres Handgelenks, erfüllte sie mit unbeschreiblicher Freude. Kate las die zwei Seiten an diesem Tag mindestens zwanzigmal. Das Lesen dieses Briefes würde in Zukunft zu einem festen Bestandteil ihres Tagesablaufs werden.

Du meine Güte, Mum,

beinahe drei Jahre, die so schnell vergangen sind. Francesca ist immer noch total verrückt, aber fantastisch, und sie erinnert mich oft an dich. Ich kann ein paar deiner Gesichtszüge bei ihr erkennen und umgekehrt. Vermutlich habe ich zuvor nie genügend Zeit mit ihr verbracht, um diese Ähnlichkeiten zu bemerken. Sie hat die gleiche Stimme wie du, und am Anfang, als ich hierhergekommen bin, war ich jedes Mal völlig durcheinander, wenn ich sie am Telefon gehört habe oder wenn sie mich zum Essen gerufen hat. Aber inzwischen habe ich mich daran gewöhnt, und manchmal tue ich einfach so, als wärst du unten und würdest mir mein Essen kochen, und dann muss ich lächeln.

Kate hielt inne, um sich die Tränen aus den Augen zu wischen, die ihre Sicht trübten. Sie dachte an die unzähligen Male zurück, die sie die Treppe hinauf gerufen hatte: »Kinder, das Abendessen ist fertig!« Daran, wie sie die beiden dann entweder lachend oder miteinander streitend die Treppe heruntertrampeln gehört hatte. Wie sehr sie es vermisste, ihnen ihre Mahlzeiten aufzutischen, ihr Stöhnen zu hören, zuzusehen, wie sie sich ihr Essen schmecken ließen, Getränke auf dem Tischtuch verschütteten und mit ihren Schuhen auf dem Holzfußboden herumschrammten.

Das College ist fantastisch! Ich lerne jede Menge, und wenn sie mir neue Aufgaben zuteilen, denke ich, ja, super! Während viele meiner Freunde von der Arbeitsbelastung einfach angepisst sind. Ich denke, das bedeutet, dass ich die Kunst mehr liebe als sie. Es heißt, ich bin recht gut, vor allem mit meiner Malerei, und das macht mich glücklich!

Ich weiß, dass ich lang nicht geschrieben habe. Ich fange immer wieder Briefe an, schreibe sie aber nicht fertig. Ich hoffe, ich beende diesen hier. Falls nicht, dann versuche ich es nach einer Weile wieder. Ich finde es schwierig, Mum, ehrlich. Ich weiß nicht, wie ich dir schreiben soll, falls das irgendwie Sinn ergibt.

»Ich weiß, mein Liebes, ich weiß, dass es schwierig ist, aber gib nicht auf, Lyds. Es bedeutet mir alles.«

Kate war sich gar nicht bewusst, dass sie laut gesprochen hatte.

»Hast du etwa Besuch?«, kreischte ihre Nachbarin durch den Korridor.

Kate ignorierte sie. Sie unterhielt sich mit ihrer Tochter.

Ich habe viel Zeit gebraucht, bis mir klar wurde, dass das, was passiert ist, Wirklichkeit und nicht nur ein böser Traum war. So hat es sich lang angefühlt. Ich bin in York zu einer Art Beraterin gegangen, und das hat mir geholfen. (Das hatte ich nicht für möglich gehalten, aber es war so. Dom will nicht hingehen, aber ich denke, das sollte er.) Es hat mir geholfen zu verstehen, dass Dad mein Dad war, egal, was er getan hat oder nicht. Ich vermisse ihn und trauere um ihn, weil er mein Dad war, und bevor das alles passiert ist, war er ein wunderbarer Dad. Ich war so stolz darauf, dass er der Direktor war. Dadurch habe ich mich in der Schule als etwas Besonderes gefühlt. Ich erinnere mich nur daran, in seiner Gegenwart wirklich glücklich gewesen zu sein, an nichts anderes. Ich trauere auch um dich, Mum. Du warst immer da und immer mit irgendetwas beschäftigt, obwohl mir das nicht bewusst war. Wie mein Hintergrundgeräusch. Jetzt fühlt sich meine Welt still an, weil ich dich verloren habe. Ich habe euch beide verloren.

»Nein, das hast du nicht, mein Schatz. Ich bin doch hier!«

Kates Stimme war ein angestrengtes Flüstern, weil ihre Stimmbänder vor Kummer ganz angespannt waren.

Dom und ich reden manchmal darüber. Nicht ständig, wie du vielleicht vermutest, aber manchmal. Es ist, als hätten wir ein Geheimnis, und wenn wir darüber sprechen, dann flüstern wir. Falls wir es mit den Terminen und so hinkriegen, versuchen wir, dich in den Trimesterferien zu besuchen.

Ich vermisse dich und hab dich lieb wie eh und je,

Lyds xx

Kate drückte sich das Blatt an die Brust, nahm die Worte in ihrem Herzen auf. Sie wusste, dass Lydia recht hatte: Euer Dad war euer Dad, egal, was er getan hat oder nicht. Sie würde niemals versuchen, ihre wunderbaren Kinder auf die eine oder andere Weise zu beeinflussen. Sie musste sie ihr ganzes Leben lang beschützen, und das würde sie wieder tun.

Ein Satz leuchtete heller als alle anderen: »... versuchen wir, dich in den Trimesterferien zu besuchen«. Allein der Gedanke, die Kinder zu sehen, löste bei ihr Schwindelgefühle aus. Ihre Bauchmuskeln zogen sich vor lauter Vorfreude zusammen. Ihr standen alle vier Wochen zwei Besuche von sechzig Minuten zu. Bislang hatte sie nur zwei gehabt, einer von einem vom Gericht bestellten Seelsorger und letztes Jahr einen von Francesca, die quer durchs ganze Land gereist war, um eine Stunde lang in der angespannten Atmosphäre des beengten Besucherraums zu sitzen. Kate hatte ihr versichert, dass sie ihre Zeit in Hallton sinnvoller verbringen würde, wo sie für Dom und Lydia alles so angenehm wie möglich machen konnte. Die Stunde war ihr wie Minuten vorgekommen, und die beiden hatten einander unbeholfen an den Händen gefasst. Sie hatten geweint und sich Abschiedsworte zugeflüstert, die ihre wahren Gefühle gar nicht zum Ausdruck bringen konnten. Es war schrecklich gewesen.

Vier Wochen vergingen, dann waren es sechs, schließlich acht. Kate hörte auf, sie zu zählen. Sie kamen nicht.

Inzwischen akzeptierte Kate den Gedanken, dass die Wahrscheinlichkeit eines Besuchs umso geringer wurde, desto mehr Zeit verstrich. Es war, als würde die Kluft, die sie zu überwinden hatten, mit jedem Tag größer und tückischer.

Die einzige Besucherin, auf die sie sich verlassen konnte, war ihre beste Freundin, Natasha, deren erste Fahrt nach Marlham ein Ereignis war, das sie niemals vergessen würde. Es war ein paar Wochen nach der Verurteilung gewesen, als sie von dem speziellen Quietschen der Gummisohlen einer Wärterin aufgeschreckt wurde.

»Du hast Besuch, Kate.«

»Was?«

Sie hatte sehr wohl gehört, war über die Worte aber so verdutzt, dass sie sie gern wiederholt haben wollte. Die Wärterin stieß die Zellentür auf. Kate war für einen Moment verwirrt. Sie bekam so selten Besuch, dass sie den Drill ganz vergessen hatte. Einen Sekundenbruchteil spürte sie Bedauern, dass sie ihre Lektüre unterbrechen musste. Paulo Coelho würde warten müssen. Ihr Herz pochte laut in ihrer Brust, ihr Mund war auf einmal ganz trocken.

Lydia, Dominic oder beide: Wer von beiden hatte endlich beschlossen zu kommen? *Ach, bitte gib, dass es beide sind*, betete sie. Ihre Hände zitterten in ihren Kitteltaschen. Während sie den Korridor entlangmarschierte, kämmte sie mit den Fingerspitzen ihren Pony, ungeachtet der Tatsache, dass ihre Frisur die Kinder wohl am allerwenigsten interessierte.

Der Besucherraum war funktional und schmucklos, kleiner, als sie ihn in Erinnerung hatte. Rechteckige Tische und Plastikstühle wie jene in der Schulaula von Mountbriers waren in drei Reihen zu jeweils vier Plätzen ordentlich aufgestellt. In jeder Ecke blinkten Überwachungskameras. Der Linoleumboden war poliert worden, sodass er hell glänzte. *Gott stehe jedem bei, der in Socken hier hereinkommt*, schoss es Kate durch den Kopf, als sie durch das Sicherheitsglas oben in der Tür spähte.

Die Besucher hatten bereits Platz genommen, und einige ihrer Mitgefangenen saßen ihnen gegenüber. Für Kate war es faszinierend, ihre Mitgefangenen zu beobachten, wie sie sich mit ihren Familien und Freunden unterhielten. Eine unverschämte blonde Schlägerin namens Moll heulte, während sie mit zugekniffenen Augen auf ein Foto stierte. *Sie war also doch keine so knallharte Spinnerin.*

Jojo, eine Zellennachbarin von Kate, trug ein Top, das die abgemagerten Arme einer Süchtigen freilegte. Sie lümmelte sich auf einen Stuhl einer Frau gegenüber, die unverkennbar ihre Mutter war, aufgedonnert mit Perlen und einer protzigen Uhr. Die ältere Frau saß mit gespitzten Lippen da, ihr Blick huschte ständig zur Uhr an der Wand, und verströmte aus jeder Pore Missbilligung und Enttäuschung.

Kates Blick wanderte über den Rest der Tische. *Wo seid ihr, wo seid ihr?*

Ihr Blick hellte sich auf, als sie ein vertrautes Gesicht erspähte. Es war Natasha, die Kunstlehrerin von Mountbriers, Kates beste und einzige Freundin. Sie lächelte breit, um ihre

Enttäuschung zu kaschieren. Nicht ihre Kinder, heute jedenfalls nicht.

Natasha saß da, säuberte und bewunderte ihre Fingernägel, dann drehte sie die Anhänger ihres klobigen Armreifs herum, damit sie am besten zur Geltung kamen. Sie betrachtete die Einrichtung, als handelte es sich um ein Rendezvous an einem sonnigen Tag im Café Costa, und nicht um einen Besuch bei ihrer inhaftierten Freundin.

Natasha sah aus, als käme sie direkt aus einem Straßencafé in St. Tropez. Ihre Haut glänzte frisch gebräunt. Mit Spangen aus Silber und Strass versuchte sie, ihr widerspenstiges Haar in Schach zu halten, das sie sich schulterlang hatte wachsen lassen. Ihr Top, unter dem sie keinen BH trug, lag eng an ihrem schlanken Oberkörper an, und ein bunter Patchworkrock fiel wie ein Fächer um die Beine ihres Stuhls.

Kate wusste, dass es ihrer Freundin niemals in den Sinn gekommen wäre, sich für etwas Dezentes oder Zurückhaltendes zu entscheiden. Sie nahm Natasha gegenüber Platz und machte sich kurz Sorgen, wie sie das Gespräch beginnen sollte. Doch Natasha zuckte kaum mit den Wimpern, als hätten sie sich vor wenigen Minuten, nicht vor vielen Monaten, zum letzten Mal gesehen.

»Okay, ich habe im Alter von zwölf Jahren einmal eine Flasche Limo geklaut, hatte aber solche Angst, dass ich die Übung nicht wiederholt und die Klauerei auf der Stelle aufgegeben habe. Jedes Mal, wenn es früh am Abend an der Haustür klopfte, dachte ich, das wäre die Polizei, die mich holen kommt! Dann habe ich mich versteckt, unter meiner Bettdecke geschwitzt, bis mein Dad sie endlich wieder weggeschickt hatte.«

Kate schüttelte den Kopf und versuchte, den Gedankengängen ihrer Freundin zu folgen.

»Es war mehr eine Mutprobe und überhaupt nicht mein Ding. Ach, und ich habe auch einmal heimlich in dein Notizbuch geschaut, als du es in Mountbriers auf dem Küchentisch hast liegen lassen. Ich habe eine Liste von Aufgaben gelesen, alles ganz normal, und ein Bild von einer Blume gesehen, das du hingekritzelt hattest und das nicht sonderlich gelungen war, deine Perspektive war ganz falsch. Ich erinnere mich, gedacht zu haben, mein Gott, ich hoffe, das ist ein verdammter Code für etwas Außergewöhnliches und Aufregendes – kein Mensch kann doch ein so langweiliges Leben führen! Und schließlich, bitte einen Trommelwirbel, war ich ein ganz kleines bisschen in Cattermole, den Schulseelsorger, verknallt. Ich glaube, ich habe mich selbst in einer verbotenen Liebesaffäre wie in *Die Dornenvögel* gesehen, in der der arme Kerl zwischen seiner Hingabe an die Kirche und seinem Verlangen nach mir hin und her gerissen ist.«

Natasha zog eine ihrer elegant gebogenen Augenbrauen hoch und grinste Kate boshaft an.

»Also, das ist sie, Kate, meine Beichte. Dinge, die ich dir nicht gesagt habe, aber wahrscheinlich in dem Wissen hätte erzählen müssen, dass du mich nicht verurteilt, sondern mich trotzdem geliebt und mir geholfen hättest. Jetzt bist du an der Reihe!«

Kate lachte, bis ihr die Tränen kamen.

»Ach, Tash, ich habe es niemandem erzählt. Ich konnte es nicht.«

»Ich ziehe dich auf, meine Liebe. Wir haben doch alle Zeit der Welt.«

»Ja, vermutlich. Ich habe es gehasst, dir und allen anderen etwas vorzumachen, vor allem aber dir. Dann bin ich an einem Punkt angelangt, an dem ich einfach nicht mehr konnte.«

»Weißt du was? Ich wusste, dass da etwas nicht gestimmt hat. Er war ein vielerlei Hinsicht ein Schwein, aber ich hatte keine Ahnung, wie sehr du gelitten hast. Ich habe vermutet, dass er dich ein bisschen tyrannisiert, aber als ich das ganze Ausmaß erfahren habe ...« Natasha verstummte, um sich zusammenzureißen. »Ich halte dich für eine bemerkenswerte Frau, Kate. Stärker als alle, die ich sonst kenne, weil du das, was du getan hast, auf dich genommen hast, nur um es vor den Kindern geheim zu halten. Ich bewundere dich dafür sehr.«

»Ich bin mir nie wie ein starker Mensch vorgekommen, ganz im Gegenteil, nicht einmal jetzt.«

»Na ja, das solltest du aber. Die meisten Menschen wären nicht in der Lage gewesen zu funktionieren, ganz davon zu schweigen, sich nichts anmerken zu lassen und den anderen gegenüber so zu tun, als sei alles normal. Du bist unglaublich.«

Kate lächelte, da sie es nicht gewöhnt war, so über ihre Gefühle zu sprechen, und erst recht nicht, Komplimente zu bekommen. »Wie geht es dir jetzt?« Natasha wirkte besorgt.

»Ich ...« Wie ging es ihr? Das war schwer in Worte zu fassen.

»Mir geht es ganz gut. Mir gefällt der Friede, den ich hier drin habe, ich kann lesen. Aber natürlich vermisse ich ... Ich habe ein paar Briefe von Lyds erhalten, aber von Dom habe ich nichts gehört. Sie meinte, sie würden ... ich dachte, sie würden …« Kates Augen brannten, ihre Nase lief, und sie verzog den Mund zu einer hässlichen, kummervollen Grimasse.

»Ich habe sie gesehen.«

Die Worte ihrer Freundin erschütterten und beruhigten sie gleichermaßen.

»Ach! Ach, Tash!«

Sie hatte so viele Fragen, die ihr trotz des in ihr aufsteigenden eifersüchtigen Zorns auf der Zunge lagen. *Das sind meine Kinder, meine Kinder! Wie kommst du dazu, dass du sie siehst und ich nicht?*

»Sie sind mal wütend und mal verwirrt, wie du dir vorstellen kannst, aber es geht ihnen sehr gut. Lydia bringt ihre Gedanken durch ihre Kunst zum Ausdruck und ist sehr ausgeglichen und entschlossen. Sie ist so stark wie du. Dominic ist eher ein wandelndes Pulverfass, aber das war er ja schon immer.«

Beide Frauen dachten kurz an ihre gemeinsame Zeit in Mountbriers zurück.

»Es wird ja nicht immer so bleiben, Kate, und deine Schwester macht das wunderbar. Sie hält dich jeden Tag durch Kleinigkeiten präsent – eine komische Bemerkung und eine lockere Erzählung über deine Kindheit, solche Sachen.«

Es tat gut, das zu hören. »Danke.«

Das Wort entschlüpfte ihren mit Spucke bedeckten Lippen. Vor lauter Sehnsucht tat ihr das Herz weh.

Meine Babys, meine Kinder.

Kate setzte ihr Lächeln auf und betrat das Klassenzimmer. Achtzehn Monate nach ihrer Verurteilung und dank ihrer vorbildlichen Führung war sie gebeten worden, für ihre Mitgefangenen Unterricht in englischer Literatur zu geben. Inhaftierte Englischlehrer mit der Bereitschaft zu unterrichten erwiesen sich als dünn gesät.

Ihre Mithäftlinge waren ein bunt zusammengewürfelter Haufen. Die meisten hatten einen sozialen Hintergrund, der Kate ziemlich fremd war. Mehr als achtzig Prozent waren Drogensüchtige und saßen wegen Straftaten im Gefängnis, die sie begangen hatten, um ihre Sucht zu befriedigen. Viele dieser Frauen wollten ihr ihre Geschichte erzählen. Sie waren zwischen achtzehn und sechzig Jahre alt, aber ihre Geschichten ähnelten einander erstaunlich.

Alle erzählten vom eisernen Griff der Sucht, der bedeutete, dass die Beschaffung des nächsten Schusses jeden anderen Aspekt ihres Lebens in den Hintergrund drängte. Dafür verkauften sie alles, auch sich selbst, und machten vor nichts Halt, um an ihre Droge zu gelangen. Die meisten waren so viele Male ins Gefängnis gesteckt und wieder entlassen worden, dass man genauso gut eine Drehtür zwischen dem Heroin oder Crack auf der einen Seite und ihrer Zelle auf der anderen hätte anbringen können. Das Gefängnis schien ihnen die Ruhepause zu gönnen, die sie brauchten, und sie in die Lage zu versetzen, klar zu denken und Versprechungen zu machen, von denen sie wussten, dass sie sie wahrscheinlich nicht halten würden.

Kate taten vor allem die jüngeren Frauen leid, von denen die meisten von Anfang an schlechte Karten gehabt zu haben schienen. Kate war sich sicher, dass sie sich mit ein wenig mehr Führung und viel mehr Freundlichkeit vielleicht hätten aufraffen können, Kunst zu studieren oder Hotels zu entwerfen, wie ihre eigenen Kinder, anstatt sich zwölf Stunden am Tag langweilige Fernsehsendungen anzuschauen und sich von der anderen Seite des Zimmers über ihre Doppelgängerinnen lustig zu machen.

Als Kate ihre erste Unterrichtsstunde gab, verspürte sie ein überwältigendes Erfolgsgefühl. Das war nicht gerade die Umgebung, die sie sich vorgestellt hatte, als sie vor über zwanzig Jahren ihren Universitätsabschluss machte. Dennoch, jetzt war sie Lehrerin, sie war endlich jemand. Ihr Unterricht war immer beliebter geworden, und inzwischen nahmen alle daran teil. Mit Begeisterung betrat sie den Raum.

»Gut, Mädels, *Hamlet* ruft! Wenn ihr also bitte die Seite aufschlagen würdet, bei der wir letzte Woche aufgehört haben, an der Stelle, wo Ophelia traurigerweise beginnt, den Verstand zu verlieren, dann können wir weitermachen.«

Die versammelten »Mädels« lechzten alle danach, etwas zu lernen und dem Alltag zu entfliehen. Wünsche, die Kate nur allzu gut verstehen konnte.

»Was halten wir von Ophelia? Denken wir, sie ist wirklich verrückt? Oder geht da etwas anderes vor sich?«

»Ich glaube, sie ist verrückt, ja – weil sie sich den ganzen Mist von Hamlet gefallen lässt!«

Diese kurze Zusammenfassung rief gedämpftes Gelächter hervor.

Auch Kate lachte.

Hier gab es keine richtigen oder falschen Antworten, nur gesunde Meinungen.

»Das gefällt mir, Kelly. Du hast natürlich recht. Ophelia scheint allen männlichen Figuren in ihrem Leben ausgeliefert zu sein. Sie ist ein Opfer. Hamlet benutzt sie, um Rache zu nehmen. Ich denke, sie leidet wegen der Art und Weise, wie die Männer in diesem Stück die Frauen sehen. Selbst ihr Vater und ihr Bruder bestimmen ihr Leben. Glauben wir, dass es die Schuldgefühle wegen Hamlets angeblichem Wahnsinn und dem Mord an ihrem Vater sind, die ihr den Verstand rauben?«

Kate verstummte und blickte sich im Raum um, die Handflächen nach oben gedreht, um zur Wortmeldung aufzufordern.

Jojo richtete sich auf. »Ich kann nicht glauben, dass Frauen bereits in den alten Zeiten, in der Zeit Hamlets, wie Dreck behandelt worden sind. Es ist, als hätte sich seit Hunderten von Jahren nichts geändert.« Sie schüttelte den Kopf.

Kelly wollte das nicht gelten lassen. »Vielleicht ist das bei dir der Fall, Jojo. Ich habe mir von einem Kerl noch nie etwas gefallen lassen. Mann, das ist erbärmlich! Wenn ein Typ mich schlecht behandelt hat, bin ich gegangen, jedes Mal. Ophelia hätte das Weite suchen sollen.«

Kate war daran gewöhnt, an dieses Abschweifen vom vorliegenden Text zum wahren Leben und wieder zurück. Sie hatte niemals mit einer solch angeregten und interessanten Debatte gerechnet. Das war wunderbar.

»Jedes Mal, Kelly?«, fragte sie. »Was ist, wenn es andere Umstände gibt, die sie davon abhalten, ihn zu verlassen, andere Faktoren?«

»Was zum Beispiel? Es gibt nichts, was mich veranlassen könnte, bei einem verdammten Scheißtypen zu bleiben, überhaupt nichts.«

»Okay, dann lasst uns versuchen, ein bisschen auf die Sprache zu achten – obwohl Shakespeare ein großer Liebhaber von

Flüchen war! Ich vermute, wir sprechen über zwei verschiedene Dinge. Ophelia wurde sowohl durch die Zeit, in der sie lebte, als auch durch die Umstände in die Enge getrieben, und ihr sagt, dass ihr euch heutzutage ein solches Maß an Unterdrückung nicht gefallen lassen würdet, richtig?«

»Ja.« Kelly nickte. Das war genau das, was sie hatte sagen wollen.

»Kelly, ich bitte dich nur, darüber nachzudenken, was wäre, wenn du Gründe hättest zu bleiben, ob die anderen diese Gründe für triftig halten oder nicht. Das könnten selbst auferlegte Gründe sein, wie zum Beispiel Schuld- oder Pflichtgefühle. Oder praktische Gründe: kein Zufluchtsort, Armut, kein Dach über dem Kopf.«

Die Frauen starrten sie an. Kate wurde klar, dass viele, wenn nicht alle, mit Armut und Obdachlosigkeit zu kämpfen gehabt hatten. Diese Aspekte des Lebens wurden akzeptiert, ja man musste sogar mit ihnen rechnen. Die Latte lag so niedrig. Sie beschloss, einen anderen Kurs einzuschlagen.

»Was wäre, wenn ihr Kinder hättet? Was wäre, wenn ihr bleiben müsstet, damit ihr euch um sie kümmern könnt?« Sie stellte sich Lydia und Dominic im Alter von sieben und acht Jahren vor, wie sie die beiden ins Bett bringt, ihnen einen Kuss auf die Stirn drückt und ihre Nachtlampen anknipst.

»Man müsste schon von Anfang an eine Vollidiotin sein, wenn man mit einem so miesen Kerl Kinder bekommt.« Kelly war noch nicht fertig.

Jojo meldete sich zu Wort und sah Kelly direkt an. »Ich hatte Kinder mit so einem. Das Problem war, dass er am Anfang ganz in Ordnung war und ich auf ihn hereingefallen bin. Dann hat er sich aber als wirklich übler Kerl entpuppt, als Scheiße erster Güte, als Lügner und absolute Drecksau.« Instinktiv schlang Jojo die Arme um ihren Oberkörper und beruhigte sich mit dieser Umarmung selbst.

Kate lächelte Jojo an. Sie hatten mehr miteinander gemein, als die junge Frau je hätte erahnen können. Sie dachte, sie könnte eine verwandte Seele entdeckt haben.

»Bist du wegen der Kinder bei ihm geblieben?«

»Nein, ich bin wegen den Drogen geblieben. Meine Kinder waren schon im ersten Jahr, als er bei mir eingezogen ist, in Pflege gegeben worden. Ich habe keinen Kontakt mehr zu ihnen.«

Jojo spuckte die Sätze angeberisch aus. Aber Kate bemerkte das Aufblitzen ihrer Pupillen und das Erröten ihrer Wangen, als sie von ihren Kindern sprach. Und ihr war aufgefallen, dass Jojo unbewusst kurz die linke Brust umschloss, die diese Kinder gestillt hatte.

Das sagte ihr, dass sie gern eine gute Mutter gewesen wäre, wären die Umstände nur ein bisschen einfacher gewesen.

Kate schaute in das Buch vor sich: »Schwachheit, dein Name ist Weib.«

Sie saß auf ihrem Stuhl vor der Klasse und bemerkte, dass alle Augen auf sie gerichtet waren. Es brach ihr allein bei dem Gedanken über diese Vergeudung das Herz. Kate überkam ein Gefühl der Sinnlosigkeit: Was für einen Zweck hatte es, diese Frauen mit Shakespeare vertraut zu machen? Würde es Jojo ihre Kinder zurückbringen oder dazu beitragen, dass Kelly stabil wurde? Natürlich nicht. Ging es nicht vielmehr um ihren albernen, schwelgerischen Wunsch zu unterrichten?

Kate war sich bewusst, dass sie etwas tun musste. Sie schluckte kräftig und klappte das Buch zu.

Dann sagte sie mit freundlicher Stimme: »Manchmal ist es einfach, andere vorschnell zu verurteilen oder zu behaupten, wie man in einer bestimmten Situation reagieren würde. Ich glaube jedoch, unsere Gemeinsamkeit besteht in der Tatsache, dass wir wissen, wie schwierig es ist, richtige Entscheidungen zu treffen, wenn man vor lauter Müdigkeit, Angst oder Drogen ganz verwirrt ist. Wir verurteilen Ophelia genau wie die Leute uns alle verurteilen. Dabei werden sie wahrscheinlich nie erfahren, wie es ist, an unserer Stelle zu sein. Ich weiß, dass ich mir, wenn ich mich ein bisschen verloren fühle, wenn ich so erschöpft bin, nicht einmal eine Tasse Tee kochen kann, ohne zu heulen, geschweige denn, eine gute Entscheidung treffen. Was ich damit sagen will: Das Leben verläuft nicht immer geradlinig oder ist einfach. Aber das brauche ich gerade euch wohl nicht zu erzählen.«

Ein paar Frauen lachten in sich hinein, doch im Allgemeinen herrschte Schweigen. Jede dachte an die schlechten Entscheidungen, die sie in dieses von Neonröhren beleuchtete Klassenzimmer im Marlhams Frauengefängnis geführt hatten.

Beim Kratzen metallener Stuhlbeine auf dem Fußboden blickten sich alle um. Janeece hatte ganz hinten im Klassenzimmer gesessen, aufmerksam zugehört und sich wie immer jede Menge Notizen gemacht. Kate hatte ihr bei ihrer ersten Begegnung einen Ölzweig zugeworfen, und Janeece, die nie von irgendjemandem irgendeine Art von Unterstützung erfahren hatte, hatte ihn mit beiden Händen ergriffen.

Sie stand langsam auf und zupfte in dem Bemühen, ihren rundlichen Bauch zu kaschieren, am Saum des grauen T-Shirts.

Dann wandte sie sich an die Klasse, was ihr allen Mut abverlangte.

»Ich denke, manchmal ist es am einfachsten, abzuhauen. Man braucht Mut, sich nicht aus dem Staub zu machen. Es muss schwieriger sein, sich einer unheimlichen oder schrecklichen Situation zu stellen, als zu gehen. Meine Mum ist abgehauen, sobald irgendetwas schwierig geworden ist. Ständig, bis sie eines Tages für immer verschwunden ist. Da war ich sechs. Es war ziemlich beschissen, wenn sie da war, aber es wurde noch viel beschissener, wenn sie fort war. Es hätte ihr viel Mumm abverlangt, dazubleiben und das Chaos in Ordnung zu bringen. Ophelia sagt: *Wir wissen, was wir sind, aber wissen nicht, was wir sein könnten.* Ich denke, das bedeutet, dass wir alle gute Entscheidungen treffen können, wenn wir uns bemühen. Dass wir werden können, was wir sein wollen. Es liegt an uns.«

Kate strahlte.

Wenn sie Janeece die Zuversicht vermittelt hatte, aufzustehen und vor den anderen Shakespeare zu zitieren, dann war ihre Arbeit vielleicht doch nicht so sinnlos oder egoistisch.

Sie und Janeece hatten seit ihrer ersten Begegnung einen langen Weg hinter sich gebracht. Damals war Kate gerade erst seit einem Monat im Gefängnis. Sie war glücklich, dass ihre ersten Wochen ohne Zwischenfälle vergangen waren. Sie hatte es geschafft, eine Art Tagesroutine einzuhalten, und konnte trotz des nächtlichen Lärmpegels relativ gut schlafen.

Damals saß sie wie fast jeden Nachmittag an dem großen Tisch im Gemeinschaftsbereich im Erdgeschoss. Die meisten Frauen hatten sich entweder vor dem Fernseher versammelt, spielten Poolbillard oder strickten. Doch sie hatte wie gewöhnlich die Nase in ein Buch gesteckt. An jenem Tag war es Thomas Hardys *Die Liebe der Fancy Day* gewesen.

Ihre Haare waren noch immer ordentlich zu einem makellosen Bob geschnitten. Die vielen Jahre, in denen sie sich die Haare selbst geschnitten hatte, um eine gepflegte, schicke Frisur zu haben, zahlten sich hier jedenfalls aus. Sie spürte einen Stoß in ihrem Rücken, fuhr herum und sah sich einem riesengroßen Mischlingsteenager gegenüber, dessen Gesicht von Pickeln übersät war.

»Ja, kann ich dir helfen?«

Die Antwort des Mädchens kam schnell und klang feindselig.

»Du hockst auf meinem Platz, du Schlampe«, schnauzte sie und biss die Zähne zusammen.

»Ach ja, und wer bist du?«

Kate hatte jahrelange Übung darin, ihre Angst zu verbergen und ruhig zu bleiben. Sie wusste, dass es am besten war, auf Provokationen nicht zu reagieren. Trotzdem pochte ihr das Herz auf einmal bis zum Hals. Würde sich das hier zu ihrer ersten heiklen Situation entwickeln? Sie lächelte das Mädchen an, als kümmere sie sich um eine verloren gegangene Sechsjährige, die allein im heimischen Supermarkt herumirrt.

»Janeece.«

»Janeece, schön dich kennenzulernen. Ich bin Kate.«

Sie streckte die Hand aus.

Zögerlich öffnete das Mädchen die Faust und streckte ihr die Hand entgegen. Kate schüttelte sie, und Janeece, die an Körperkontakt nicht gewöhnt war, zog sie schnell wieder zurück.

»Janeece, erstens denke ich, dass dieser Platz für jeden da ist, der ihn haben will, und zweitens ist es nicht gerade höflich, jemanden mit ›Schlampe‹ zu begrüßen. Außerdem würde man eher sagen: ›Du *bist* oder du *sitzt* auf meinem Platz.‹ Ist dir der Unterschied klar?«

Völlig verdutzt musterte Janeece die Frau mittleren Alters, die aussah wie eine Lehrerin und wie Mary Poppins daherredete. Sie nickte.

Kate fuhr fort. »Ich bin gerade im Begriff *Die Liebe der Fancy Day* von Thomas Hardy anzufangen. Hast du das Buch gelesen?«

Janeece schüttelte den Kopf.

»Nö, ich hab's nicht so mit dem Lesen.«

»Nun, das ist sehr schade, Janeece. Dir entgehen dadurch Millionen verschiedener Welten, in die du eintauchen könntest. Das kann eine sehr gute Sache sein, wenn die eigene Welt aus diesen düsteren Mauern hier besteht. Was ist denn der Grund dafür, wieso du es nicht so mit dem Lesen hast?«

Das Mädchen starrte sie an, antwortete jedoch nicht, sondern biss sich wütend, verlegen und beschämt auf die Unterlippe. Wie die Antwort höchstwahrscheinlich lautete, wusste Kate mit einer Sicherheit, als hätte Janeece die Worte laut ausgesprochen: »Weil ich es nicht sonderlich gut kann. Ich lese nicht, weil ich nicht gut lesen kann, ich kenne nicht alle Wörter.«

»Hat dir deine Mutter oder deine Lehrerin nie ein Buch vorgelesen? Meine Tochter hat das immer geliebt.«

Janeece schüttelte den Kopf. Zugleich wollte sie damit das Bild ihrer Mutter und der schlagenden flachen Hand mit den langen Fingernägeln, die kratzten, aus ihrem Kopf verbannen und die Stimme vertreiben, die sie in Maschinengewehrstakkato anbrüllte: »Du bist ein fettes, nutzloses Stück Scheiße. Du bist nichts und wirst nie etwas sein, genau wie dein beschissener Vater.«

»Würde es dir gefallen, wenn ich dir vorlese?«

Kate zeigte ihr das Titelbild.

»Was?«

Janeece zog die Schultern hoch. War diese Frau verrückt? Sah sie vielleicht wie ein Baby aus, das eine Geschichte hören will?

»Ich habe gefragt, ob es dir gefallen würde, wenn ich dir vorlese? Es ist eine wunderbare Geschichte, und ich denke, du wirst sie mögen. Aber Janeece, sei gewarnt, sobald du dich in Hardy verliebst, kann das wie eine Sucht werden. Dann würden wir natürlich mit *Die Herrin von Thornhill* und *Tess* weitermachen müssen.«

Wortlos schlurfte Janeece um den Tisch herum und zog Kate gegenüber einen Stuhl hervor.

»Wie viel liest du davon?«

Vielleicht würde sie ja zuhören, nur ein bisschen.

»Ach, Janeece, ich werde alles lesen, von Anfang bis Ende, Wort für Wort, das ganze Buch. Nicht achtzig Wörter mal hier und mal da, sondern alles, und dann fange ich, wenn ich Lust habe, vielleicht wieder von vorne an und lese alles noch einmal.«

»Aber dann weißt du doch schon, was passiert!«

Janeece schüttelte den Kopf, als wäre Kate diejenige, die das Konzept des Bücherlesens missverstanden hatte.

»Ich habe das schon oft gelesen. Aber das ist das Schöne an Büchern. Sie erzählen nie zweimal genau dieselbe Geschichte.

Jedes Mal stelle ich mir etwas anderes vor, lerne ich etwas dazu, und das Ende überrascht mich immer ein wenig. Es ist, als steuere man auf ein bestimmtes Ziel zu, nehme aber jedes Mal einen anderen Weg dorthin. Die Art und Weise, wie man jedes Mal dabei neue Dinge entdeckt und wahrnimmt, ist ein wenig rätselhaft. Und wenn man ankommt, versteht man nicht, wie genau man dahin gelangt ist. Also, Janeece, möchtest du diese Reise mit mir antreten?«

Das Mädchen überlegte.

»In Ordnung. Aber die meisten Frauen wollen nichts mit mir zu tun haben, weil ich gefährlich bin.«

»Nun, ich bin nicht wie die meisten anderen. Ich glaube, wir können alle ein bisschen gefährlich sein, wenn wir provoziert werden. Und, sitzt du bequem, wie es so schön heißt?«

»Wieso bist du drin?«

»Janeece, sollen wir mit diesem Buch anfangen oder nicht?«

»Ja, aber ich will wissen, wieso du drin bist. Ich will wissen, mit wem ich es zu tun hab.«

»Ich weiß zwar nicht, warum das wichtig ist, aber wenn du darauf bestehst. Ich bin hier, weil ich jemanden umgebracht habe. Ich habe meinen Mann mit einem scharfen Messer erstochen und zugeschaut, wie er verblutet ist. Ich bin nur dagesessen und habe zugesehen, bis er gurgelnd seinen letzten Atemzug gemacht hat. Er hat versucht, um Hilfe zu bitten, versucht zu flehen, aber ich habe auf seine Bitten nicht gehört und ihm schon gar nicht geholfen.«

Kate versuchte, Eindruck zu schinden.

»Warum hast du das getan?«

Das Mädchen war ganz Ohr. Bingo!

Kate beugte sich über den Tisch und flüsterte verschwörerisch: »Er war nicht sehr nett zu mir, Janeece.«

Darauf wusste Janeece keine Antwort.

Kate begann zu lesen.

Für Waldbewohner hat beinahe jede Baumart ihre eigene Stimme wie auch ihre besonderen Merkmale. Bei jedem Windhauch seufzen und ächzen die Tannen nicht weniger deutlich wie sie schwanken; die Stechpalme pfeift, wenn sie mit sich selbst kämpft; die Esche zischt, wenn sie erbebt; die Buche raschelt, wenn sich ihre flachen Äste heben und senken. Und der Winter, der den Ton jener Bäume, die ihr Laub abwerfen, abwandelt, verändert nichts an der Unterschiedlichkeit dieser Töne.

Die Erinnerung an den Tag, an dem sie Janeece mit der Welt des Lesens bekannt machte, erfüllte Kate stets mit einem leichten Anflug von Stolz. Ja, sie war im Gefängnis. Ihre Haut wurde durch den Mangel an Frischluft und gesundem Gemüse allmählich grau, aber das spielte alles in allem keine Rolle. Was eine Rolle spielte, das waren die kleinen Veränderungen, die sie im Leben anderer herbeiführen konnte.

Ihre Zellentür stand halb offen, und Kate bemerkte, dass jemand davor stand. Die riesenhafte Gestalt von Janeece, ein Blatt Papier in der Hand, sperrte auf einmal das Licht aus.

»Ist alles in Ordnung, meine Liebe?«

Das Mädchen kam nur selten in Kates Zelle. Sie trafen sich gewöhnlich im Leseraum oder im Klassenzimmer. Kate konnte ihre Miene nicht recht deuten.

»Ich hab es geschafft, Kate! Ich hab es geschafft, verdammt!«

Tränen blockierten Janeece' Nase und Kehle. Sie hatte seit Jahren nicht geweint. Ihre Kindheit hatte sie gelehrt, dass das Weinen zwecklos war. Doch dieses Mal war es anders, dieses Mal waren es Freudentränen.

Kate sprang auf, weil sie sofort wusste, wovon sie sprach.

»Und? Wie hast du abgeschnitten?«

Die Begeisterung sprudelte aus ihr heraus.

»Ich habe eine Eins plus in Englisch und eine Eins in Französisch und eine Zwei in Mathe. Ich hab es geschafft, Kate. Ich kann es nicht fassen, aber ich hab es geschafft, verdammt!«

Kate eilte zu ihr und schloss das Mädchen in die Arme, hielt die massige Gestalt fest, so gut sie konnte. Sie sprach in die Haare hinein.

»Ich bin so stolz auf dich, Janeece. Ehrlich.«

»Ich finde es anstrengend, aber das hält mich nicht davon ab. Ich gebe mein Bestes, auch wenn es nicht leicht ist.«

»Nichts, was etwas wert ist, ist je einfach, meine Liebe. Wenn du hier rauskommst, dann liegt eine großartige Zukunft vor dir, Janeece. Es ist, wie du gesagt hast: Wenn man sich anstrengt, kann man werden, was auch immer man werden will. Es liegt nur an dir. Die vielen Stunden, die du gelernt hast, werden sich alle auszahlen.

Den schwierigsten Teil hast du hinter dir, nämlich an dich selbst zu glauben. Schau nur, wie sehr du dich verändert hast, wie weit du gekommen bist. Der Rest sollte ein Spaziergang werden, und du wirst dabei nicht allein sein. Ich bin für dich da.«

»Das alles habe ich dir zu verdanken, Kate. Du hast mein Leben verändert, das warst nur du. Ich hatte nichts, und jetzt habe ich etwas. Ich werde auf die Universität gehen und jemand sein, und alles nur dank dir.«

Sie flüsterte an die Schulter ihrer Lehrerin, sodass niemand sonst ihre Worte hören konnte, aber Kate vernahm sie, laut und deutlich.

Vor zehn Jahren

»Morgen, Mrs Brooker.«

»Guten Morgen, Mrs Bedmaker.«

Die beiden Jungen sprachen gleichzeitig – nur ein geübtes Ohr konnte die beiden Begrüßungen unterscheiden und den zweiten Namen heraushören, der auf besondere Fähigkeiten anspielte, die Zimmermädchen nachgesagt wurden. Beide Internatsschüler lächelten unter ihren modisch langen Haaren hervor. Kathryn hätte es viel lieber gesehen, wenn die Bestimmungen es vorgeschrieben hätten, dass die Haare von Jungen nur bis zum Kragen reichen durften und über den Ohren zu enden hatten. Sie war der Meinung, dass dies die Schüler besser auf die Konformität der Arbeitswelt vorbereitet hätte. Aber sie kannte sich mit Teenagern gut genug aus, um solche Gedanken für sich zu behalten.

Die beiden schlenderten ohne Eile vorbei, um dahin zu gelangen, wo immer sie hinwollten. Sie stießen sich mit den Schultern gegenseitig an, um den anderen vom Weg zu schubsen, was sie zum Lachen brachte. Wenn einer hinfallen würde, wäre das urkomisch gewesen. Die schmuddeligen, eselsohrigen Bücher in ihren Händen, die aus der Hose hängenden Hemden, die ein wenig zu locker um den Hals liegenden Krawatten und die hochgekrempelten Pulloverärmel sagten Kate alles. Sie wusste, als was die beiden sie betrachteten.

Wäre Mark oder einer der strengeren Lehrer an diesem Morgen draußen gewesen, dann hätten sie die Hemden schnell in die Hosen gesteckt, die Bücher verborgen, die Ärmel heruntergerollt. Aber nicht ihretwegen, ihr brachte man diese Höflichkeit nicht entgegen.

Sie lächelte die beiden an: zwei nette Jungs. Sie waren schon im Alter von acht oder neuen Jahren nach Mountbriers gekommen. Kathryn hatte sie zu Teenagern voller Leben, Freude und Verheißungen heranwachsen sehen. Wie immer durchflutete sie eine Woge unterschiedlicher Gefühle: Sie freute sich darüber, dass die beiden sie als weichherzig betrachteten und sich in ihrer Gegenwart entspannt fühlten. Gleichzeitig machte es sie traurig, dass sie sich herausnahmen, sich über sie lustig zu machen, indem sie sie mit *Mrs Bedmaker* ansprachen. Möglicherweise hielten sie sie für zu begriffsstutzig, es zu bemerken. Aber sie täuschten sich, sie merkte es immer. Jedes Mal.

Sie nahm sich die Wäscheklammern aus dem Mund und lächelte, als wäre ihr nichts aufgefallen.

»Guten Morgen, Jungs! Was für ein schöner Tag heute. Seid ihr auf dem Weg zum Unterricht?«

Sie nickten.

»Was habt ihr in der ersten Stunde, ein interessantes Fach?«

»Altphilologie, leider! Wirklich langweilig«, antwortete Luca für beide.

Keiner der drei hatte Mark auf seinen weichen Sohlen auf dem Kies auftreten gehört. Fast schlich er sich an die Wäscheleine heran, an der seine Frau beschäftigt war.

»Langweilig, Mr Petronatti? Habe ich richtig gehört, dass du ein gutes und informatives Fach wie die Altphilologie als langweilig bezeichnest?«

»Nein, Sir! Na ja, schon, Sir! Das ist es, aber nicht, wenn Sie den Unterricht halten.« Luca griff hastig zu Schmeicheleien als einer Art verbalem Rettungsanker.

»Ich bin wirklich froh, das zu hören, Luca. Sehe ich das richtig, dass ihr beide zum Wohngebäude zurückgeht, um euch ordentlich anzuziehen? Ich bin mir nicht sicher, ob Mr Middy es gern hören würde, wenn Jungs von Peters House wegen unangemessener Kleidung Strafaufgaben bekommen. Zudem bin ich mir ganz sicher, dass er euch so schäbig nicht zum Schulhaus hätte gehen lassen. Wie habt ihr das geschafft? Habt ihr nach dem Frühstück abgewartet, bis er mit dem Aufrufen der Namen fertig war, und euch dann durch die Hintertür hinausgeschlichen?«

Die Jungs kicherten hinter vorgehaltenen Händen. Genauso hatten sie es gemacht.

»Das habe ich mir gedacht.« Mark nickte schmunzelnd.

Wortlos machten die beiden auf dem Absatz kehrt. Hoch erhobenen Hauptes gingen sie den Weg zurück, den sie gerade gekommen waren.

»Jungs, habt ihr das von dem Spiel gestern Abend mitbekommen?«, rief der Direktor ihnen nach.

Sie blickten sich um, während sie ihren Weg fortsetzten.

»Ja, Sir! Niederschmetternd. Man hat uns um den Sieg gebracht.«

»Aha! Das zeigt doch nur, dass wir euch trotz eures schicken italienischen Schuhwerks schlagen können.«

»Sie hatten Glück, Sir, das ist alles.«

»Tatsächlich? Und übrigens, Jungs, wenn ihr schon versucht, Fußballerslang zu gebrauchen, dann sagt besser: Die haben uns beschissen. Um den Sieg gebracht – das hört sich eher an, als würdet ihr über ein vornehmes Kricketmatch reden. Verstanden?«

Die beiden lachten noch lauter und beschleunigten ihre Schritte auf das Wohngebäude zu. Sie liebten Mark. Das taten alle Schüler.

Mark ging an seiner Frau vorbei und schlenderte auf das Rosenbeet zu, das die hüfthohe Begrenzung ihres Privatgartens darstellte. Die Hände in die Hüften gestemmt, betrachtete er die Szene vor sich. Das Haus bildete einen separaten Flügel am Oberstufengebäude. Davor erstreckte sich ein großes makelloses Rasenstück, von dem aus man die weitläufigen Sportanlagen überblickte.

Die Schule war zum Teil im gotischen Stil erbaut, wies aber im Wesentlichen georgianische Architektur auf. Das Verwaltungsgebäude mit seinen vier großen, symmetrisch angeordneten quadratischen Fenstern und der holzgetäfelten Eingangstür mit dem Türklopfer in Form eines Löwenmauls erinnerte Kathryn an ein zu groß geratenes Puppenhaus. Manchmal stellte sie sich vor, wie es wäre, die Frontseite abzunehmen und im Inneren kleine Püppchen hin und her zu bewegen. Die Klassenzimmer waren in zwei quadratischen Gebäuden untergebracht. Außerdem gab es eine hübsche Kapelle aus dem frühen neunzehnten Jahrhundert.

Es handelte sich um eine jener schönen englischen Einrichtungen, die von jedem Winkel aus ein Postkartenmotiv boten und deren Charakter und Geschichte weit beeindruckender waren, als es der Alltagsbetrieb hätte erahnen lassen. Sie stand im Ruf, elitär, eingebildet und über den Rest erhaben zu sein, und das aus gutem Grund. Die Mountbriers Academy bot in vielen Fächern, von der Naturwissenschaft bis zur Kunst, überragende Ausbildungsmöglichkeiten. Zu den ehemaligen Absolventen zählten hochrangige Militärs, Premierminister, berühmte Wissenschaftler und Mediziner. Der Besuch dieser Schule war deshalb zwangsläufig mit einem gewissen Leistungsdruck verbunden.

Das kunstvolle Goldemblem der Schule mit den ausgebreiteten Adlerflügeln und dem lateinischen Motto *Veritas Liberabit Vos* – die Wahrheit wird euch befreien – zierte nicht nur sämtliche Sporttrikots und Schuluniformen, sondern auch die Taschen, Fahrzeuge und sogar die Mülleimer der Schule. Alles war gleichermaßen gekennzeichnet. Die Schule ließ keine Gelegenheit aus, mit dem elitären Symbol zu werben, das ihre Schüler von anderen abhob. In Finchbury und Umgebung wurde es sofort als Privileg für wenige Glückliche erkannt. Nicht etwa, dass dies den zahlenden Eltern etwas ausgemacht hätte. Das alles war Teil einer sorgfältig organisierten PR-Kampagne, damit weiterhin die Gebühren flossen.

Vorbei waren die Tage, in denen die Zulassung auf Empfehlung eines ehemaligen Schülers und einer strengen Eingangsprüfung erfolgte. Die Tage, in denen viele adlige Familien im holzgetäfelten Korridor auf und ab schritten und die Angestellten anschnauzten, während sie nervös darauf warteten, den cremefarbenen, mit dem Wappen geprägten Umschlag ausgehändigt zu bekommen, dessen Inhalt den Lebensweg des Sohnes entweder ebnen oder erschweren würde.

Heutzutage war das alles ganz anders. Solange die Eltern das erforderliche Bankguthaben besaßen, konnte man in dem Rugbyhemd, das normalerweise nicht mehr als vierzehn Pfund kosten würde, auch Amok laufen. Da es aber mit dem

Logo von Mountbriers versehen war, musste man es im schuleigenen Shop für knapp vierzig Pfund erstehen.

Viele Ehemalige fanden jedoch die Tatsache wesentlich schockierender, dass die Schule inzwischen auch weibliche Wesen aufnahm. Sprösslinge neureicher Familien, die verzweifelt nach sozialem Aufstieg lechzten; Kinder von Oligarchen, die den Aufstieg in die europäischen Eliten im Blick hatten; Scheckbuchhippies, deren ehrenwerte Eltern sich zusätzliche Pullover überzogen, um sich gegen die Feuchtigkeit ihrer verfallenden Landhäuser zu schützen – sie alle drängten sich inzwischen in den von Porträts gesäumten Korridoren und den von Efeu überrankten Wegen. Jeder Schritt bekräftigte, wie glücklich sie sich schätzen konnten.

Mark summte eine Melodie seiner Lieblingsouvertüre aus Tschaikowskys *Romeo und Julia* – die einzige, die er kannte. Er machte einen Schritt nach vorn, zog aus der Innentasche seines Jacketts eine Nagelschere hervor und schnitt die offene Blüte einer Rose ab. Das war eine von Kathryns Lieblingssorten, eine leuchtend pinkfarbene Rose namens *Change of Heart*.

Kathryn biss sich auf die Lippen. Ein Trick, den sie stets anwandte, um sich die Worte der Missbilligung zu verkneifen, die ihr so häufig auf der Zunge lagen. So war es einfacher. Im Stillen zuckte sie zusammen, weil sie dachte, dass diese Blume wohl noch etwa eine Woche schön geblüht hätte, mit ein bisschen Glück vielleicht sogar zehn Tage, wenn kein starker Wind ihre hübsche Blüte zerzaust hätte. Jetzt würde sie innerhalb von einer Stunde verwelken.

Mark steckte sich die Blüte ins Knopfloch und hob das

Revers an, um den Duft einzuatmen. Zufrieden bückte er sich noch einmal und schnitt sorgfältig eine zweite Blüte ab. Er drehte sich zu seiner Frau um, streckte die Hand aus und überreichte ihr sein Geschenk.

»Amor vitae meae.« Er sprach leise und deutlich.

Liebe meines Lebens. Kathryn hob den Blick nicht vom Boden, sondern nahm die dargebotene Blüte zwischen Daumen und Zeigefinger. Marke legte den Zeigefinger unter ihr Kinn und hob ihr Gesicht an, bis sie ihm in die Augen sah.

»So ist es besser, meine wunderschöne Frau. Jetzt kann ich dein hübsches Gesicht richtig sehen. Was sagst du dazu?«, fragte er. »Was sagst du zu dem Geschenk der Rose?«

»Danke«, flüsterte sie.

Er schob ihren Kopf herunter und drückte ihr einen Kuss auf den Scheitel.

»O mein Gott, ihr beiden Turteltauben, sucht euch ein Zimmer.«

Ihre fünfzehnjährige Tochter, beladen mit einem Ranzen voller Bücher, tat im Vorbeigehen so, als müsse sie sich übergeben. Die schwarze Strumpfhose schien ihr um die dürren Beine zu schlackern. Ihre langen dunklen Haare sahen ganz verfilzt aus, weil sie zu viel Haargel verwendet hatte. Doch dies war der modisch korrekte Look, über den man kein Wort verlieren durfte.

Es amüsierte Kathryn, zu sehen, wie weit die Kinder die Grenzen der Bekleidungsvorschriften ausdehnten. Für ein ungeübtes Auge sahen die Schüler alle identisch aus – trotz eines hochgekrempelten Ärmels, einer unkonventionell gebundenen Krawatte oder einer Strumpfhose, die nicht den Vorschriften entsprach. Egal, wie schäbig sie sich kleideten, wie sehr sie herumschlurften oder fluchten, sie konnten den Geruch nach Privilegien und Reichtum nicht loswerden, der ihr gestyltes Auftreten umwehte.

Kathryn ignorierte die Bemerkung ihrer Tochter.

»Kommst du zum Mittagessen nach Hause, Lydia, oder gehst du zu deinem Kunstkurs?«

»Weiß nicht. Ich gebe dir Bescheid.«

»Okay, Schatz. Gut. Ich wünsche dir einen schönen Tag. Und bitte, iss etwas zu Mittag.«

»Ich gehe mit dir, Lyds. Warte einen Augenblick, ich muss nur schnell meine Tasche holen.«

Mark freute sich über die Gelegenheit, sein kleines Mädchen zu begleiten. Sein hektischer Tagesablauf hatte zur Folge, dass er nur ganz selten Zeit allein mit einem seiner Kinder verbringen konnte.

»Nein, Dad, bitte lass das. Ich treffe mich mit Phoebe, und es ist einfach absolut uncool, mit dir im Klassenzimmer zu erscheinen.«

»Uncool? So etwas habe ich ja noch nie gehört!« Er tat so, als fühle er sich gekränkt. »Ich bin ein sehr hipper und angesagter Dad, dass du es nur weißt.« Er lachte über ihre Ablehnung.

»O mein Gott, bitte sei still! Wenn du das wirklich wärst, würdest du wissen, dass man nicht *hip* und *angesagt* sagt. Ihr beide seid so peinlich. Zuerst knutscht ihr in der Öffentlichkeit herum, und dann versuchst du, mein Kumpel zu sein. Das ist dermaßen uncool! Warum bloß habe ich keine normalen Eltern? Zur Abwechslung hätte ich gern mal eine langweilige Mum und einen Dad wie alle anderen, eben Eltern, die nicht alles so furchtbar ungeschickt angehen.«

Ihre Mutter meldete sich zu Wort. »Das kann man wohl kaum als Knutschen bezeichnen, Lydia.«

Keiner hörte sie.

Der Direktor und seine Tochter verschwanden um die Ecke. Das Echo ihrer ausgelassenen Neckereien warf abgehackte Silben und spitze Schreie zu ihr zurück. Sehr spaßig. Kathryn sog die Lippen ein und biss fest darauf.

Als sie allein im Garten stand und ihren Aufgaben nachging, überlegte Kathryn, wie es wohl wäre, einen Ort zu haben, an den man gehen musste – ein Büro, ein Geschäft, ein Klassenzimmer. Wie es wohl wäre, zu jenen Personen zu zählen, deren Verschwinden Leuten auffallen würde.

Als ihr klar wurde, dass sie die Blüte in der Hand hielt, drückte sie die Rose so lange zusammen, bis ihr der Saft aus den Blütenblättern über das Handgelenk rann und der berauschende Duft ihr ein paar Sekunden Freude schenkte. Die Blüte zerfiel auf ihrer verschmierten Handfläche. Kathryn ging zum Blumenbeet, wo die Verwandten und Cousinen der Rose stolz und aufrecht dastanden, schob eine Handvoll Erde zur Seite, legte die Rose in die Mulde und begrub sie.

Als sie die Hände frei und an ihrer Schürze sauber gewischt hatte, wandte sie sich wieder der Wäsche zu. Sie steckte eine Ecke des Leintuchs fest, zog das andere Ende straff und befestigte es mit einer Holzwäscheklammer.

Die Klammer gehörte zu einem Set, das sie schon seit einer Ewigkeit besessen hatte, möglicherweise schon als kleines Mädchen. Sie wusste nicht mit Sicherheit, wann man ihr die Klammern geschenkt hatte, aber sie wusste definitiv, dass sie aus der Vorratskammer ihrer Mutter stammten. Sie hatte die Blechbüchse mit den aufrecht marschierenden Spielzeugsoldaten auf dem Deckel deutlich vor Augen, in der sie früher aufbewahrt worden waren. Die Großmutter hatte sie ihrer Mutter geschenkt. Aus irgendeinem Grund hatte Mark ihr erlaubt, sie zu behalten. Wahrscheinlich waren sie zu unbedeutend, um seine Aufmerksamkeit zu erregen.

Im Laufe der Jahre hatte sie viele Packungen leuchtender Plastikklammern gekauft und wieder weggeworfen. Die schwachen, kleinen Federn gaben häufig schon nach kurzer Zeit den Geist auf. Doch diese langen Holzklammern mit dem Kugelkopf und dem von Hand präzise ausgesägten Spalt würden sie alle überleben. Irgendwann würde sie sie Lydia vermachen. Bei diesem Gedanken musste sie kichern. Sie konnte sich ausmalen, wie Lydia bei der Aussicht die Augen verdrehen würde, ein Set Wäscheklammern zu erben. Als kleines Mädchen hatte Lydia Interesse gezeigt, hatte sorgfältig eine Klammer ausgesucht und mit einem dicken schwarzen Filzstift zwei Punkte als Augen und einen lachenden Mund aufgemalt. Kathryn hatte dieser speziellen Klammer den Namen Peggy gegeben, und diese entlockte ihr täglich ein Lächeln. Vielleicht würde Lydia die Sache anders sehen, wenn sie älter war. Ihre eigenen Ansichten unterschieden sich weiß Gott inzwischen auch sehr von denen, die sie hatte, als sie im Alter ihrer Tochter gewesen war.

Kathryn erinnerte sich, sich in den ersten Jahren ihrer Ehe durch das Wissen beruhigt gefühlt zu haben, dass sie diese lustigen kleinen Gegenstände wahrscheinlich in der dritten Generation benutzte. Häufig überlegte sie, welche Kleidungsstücke damit festgeklammert worden waren. Drei Generationen von Kleidern, in denen ihre Familie geschlafen, gearbeitet und geliebt hatte. Dann fingerte sie an der Klammer herum und fragte sich, ob diese wohl das Arbeitshemd ihres Großvaters oder den Seidenslip ihrer Mutter berührt hatte.

Sie machte sich häufig Gedanken darüber, ob ihre Mutter und Großmutter beim Anblick einer Leine voller sauberer Wäsche wohl ebenso viel Freude empfunden hatten wie sie. Die Erwartung, die vom Wind getrocknete Wäsche abzunehmen, auf den Arm zu laden und den frischen Duft einzuatmen, bereitete ihr an sich schon eine einzigartige Freude. Das Falten und Glätten sauberer Kleidungsstücke war befriedigend und erfüllte sie gewöhnlich mit einer tiefen Zufriedenheit. Das Waschen und Bügeln von Kleidungsstücken waren ein handfester Beweis, dass das Familienleben harmonisch verlief.

Doch die Freude, die sie bei der Erledigung der Wäsche früher empfunden hatte, war mit dem Tag ihrer Hochzeit vor siebzehn Jahren und fünf Monaten mit einem Schlag dahin gewesen. Inzwischen hatte dieses tägliche Ritual nichts Freudiges mehr, überhaupt nichts. Abgesehen von ihren beiden Kindern hatte sie in ihrem Leben überhaupt sehr wenig Anlass zur Freude.

Kathryn wusste schon seit geraumer Zeit, dass sie den Spitznamen Mrs Bedmaker hatte. Sie hatte ein Murmeln hinter vorgehaltener Hand gehört und Gekritzel auf verschiedenen Flächen gesehen, zum Beispiel auf der Unterseite eines Schultischs und auf der Rückseite einer Klotür beim Gemeinschaftsraum der Unterstufe. Von kühneren Schülern wurde sie regelmäßig so gerufen, doch jeder hoffte, dass sie es nicht hören und nichts dazu sagen würde. Selbstverständlich »hörte« sie es nie und sagte nichts dazu, wodurch sie die Schüler zum Weitermachen ermunterte. Es störte sie jedoch nicht allzu sehr. Sie hatte andere Sorgen, größere.

An besseren Tagen fand sie es sogar lustig, dass die Gerüchteküche unter den Schülern verbreitet hatte, sie sei eine Sexbesessene, die jede Nacht auf einem intensiven und wilden Liebesleben bestand.

Welchen Grund hätte es dafür gegeben, ständig die Bettwäsche zu wechseln? Stups, stups, zwinker, zwinker ... die aufreizende Mrs Brooker, der glückliche Mr Brooker. War das womöglich der Grund dafür, wieso sie immer so erschöpft, so schwach aussah und er so glücklich, so selbstzufrieden?

Manchmal starrte sie ihr Spiegelbild an, betrachtete ihren dünnen Körper und den nervösen Gesichtsausdruck, ihre Blässe, die dunklen Ringe unter ihren Augen, ihre Cellistinnen-Finger mit den gerade geschnittenen Nägeln und ihren langweiligen Bob-Haarschnitt. Wenn sie dann ihre olivfarbene Strickjacke über ihr Leinenkleid zog, dachte sie: *Genau, ich bin eine echte Sexbombe.*

Nur ungern verließ Kathryn den warmen Sonnenschein des frühen Morgens und kehrte in die Küche zurück, um die Frühstückssachen vom geschrubbten Kiefernholztisch zu räumen, der den Raum beherrschte.

Ein mit Marmelade beschmierter Teller und ein leerer Kaffeebecher waren der einzige Beweis, dass ihr Sohn Dominic mit ihnen noch immer unter dem georgianischen Dach lebte. Sie sahen sich nur höchst selten, deshalb freute sie sich über die kleinen Hinweise, dass er noch immer da war, im gleichen Haus lebte, obwohl sie ihn nicht wirklich zu Gesicht bekommen hatte.

Im Augenblick schien er die Rolle des zurückhaltenden Untermieters zu spielen, der bei jeder Gelegenheit in seinem eigenen Zimmer Zuflucht suchte. In Wahrheit, so vermutete sie, schlich er sich bei jeder sich bietenden Gelegenheit davon, um in einem anderen Zimmer Zuflucht zu finden, einem Zimmer im Mädchentrakt. Sie war sich ziemlich sicher, dass Emily Grant das jüngste Objekt seiner Zuneigung war, aber es hatte keinen Sinn, sich dazu zu äußern oder sich einzumischen – in wenigen Wochen würde es nur ein weiteres hübsches Phantombild mit glänzenden Haaren sein. So schien das heutzutage zu funktionieren.

Im Leben ihres Sohnes gab es so viele Aspekte, die Kathryn nicht verstand, nicht nur seine Rituale in Sachen Liebeswerben. Sie missbilligte das jedoch keineswegs – in Wahrheit freute sie sich für ihn, freute sich für ihre beiden Kinder. Sie war glücklich, dass sie ein erfülltes, heiteres Leben voller Spaß und Trubel führten und eine Menge von Möglichkeiten vor sich hatten. Sie musste wissen, dass es genauso war und dass sich ihnen da draußen eine ganze Welt bot, die sie nur mit beiden Händen zu ergreifen brauchten. Was hätte alles sonst auch für einen Sinn gehabt?

Die Familie Brooker lebte inzwischen seit sieben Jahren in diesem Haus. Sie waren im September eingezogen, nachdem Mark vom stellvertretenden Schulleiter zum Direktor befördert worden war. Das war eine fantastische Leistung – er war der jüngste Direktor der Schule aller Zeiten. Das bedeutete ein glückliches Leben für sie und ihre Familie. Das musste so sein, weil jeder ihr das erklärt hatte, selbst ihre Schwester Francesca. Kathryn hatte bei ihr einen leichten Anflug von

Neid entdeckt, und wenn Francesca neidisch wurde, dann musste es in jedem Fall wahr sein.

Sie wusste, dass die Außenwelt sie als die glückliche Kathryn Brooker ansah, die mit ihrer perfekten Familie und ihrer rosigen Zukunft ein erfülltes Leben in einem hübschen zweihundert Jahre alten Haus führte. Viele beneideten sie um die Geborgenheit ihres Daseins, ihr Ansehen und ihren materiellen Wohlstand. Ganz davon zu schweigen, dass sie sich den ziemlich gut aussehenden Mark Brooker geangelt hatte – an *jenem* Tag hatte sie eindeutig in einer anderen Liga gespielt. Das amüsierte Kathryn, weil sie wusste, dass die anderen schreiend die Flucht ergriffen hätten, würden sie auch nur einen Tag und eine Nacht an ihrer Stelle verbringen müssen.

Sie hätten sich an Felsen geklammert, bis ihnen die Fingernägel abbrachen, wären über Mauern geklettert, bis ihre Knie aufgeschürft waren, und hätten mit bloßen, blutigen Händen im Fundament gescharrt, um einen Fluchttunnel zu graben. Sie würden alles versuchen und vor nichts Halt machen, um sich aus dem geborgenen Leben zu befreien, das sie führte.

Dass sie in einem Gebäude auf dem Schulgelände wohnte, in einem Haus, das zur Schule gehörte, hatte zur Folge, dass sie nie den Eindruck hatte, es gehöre wirklich ihr. Und das war auch richtig so – es gehörte ihnen nicht. Meist fühlte Kathryn sich eher wie eine Kuratorin oder Verwalterin, nicht wie eine Hausfrau. Sie achtete ganz besonders auf den schwarzen gusseisernen Herd, die noch ursprünglichen Fensterzüge und den Parkettboden, als würde sie nach dem Zustand beurteilt, in dem sie dieses ehrwürdige Anwesen erhielt und an ihre Nachfolgerin weitergab. Selbstverständlich hätte die Geschichte sie genauso beurteilt, hätte nicht ein anderes, bedeutendes und ein wenig schockierendes Ereignis stattgefunden, das die Frage, ob ihre Fenster sauber und deren Seilzüge staubfrei waren, ziemlich irrelevant machte.

Die Kinder waren noch klein gewesen, als sie einzogen, und es hatte eine Weile gedauert, bis sie sich alle an ihre neue Umgebung gewöhnt hatten. Lydia konnte nach ihrem Bad nicht mehr splitterfasernackt herumlaufen, weil ständig Lehrer und Schüler unangekündigt vorbeischauten. Und Dominic hatte sich widerstrebend von seinen geliebten Hühnern, Nugget und Kiev, verabschieden müssen. Sie konnten das Risiko nicht eingehen, sie einfangen zu müssen, wenn sie auf dem Kricketfeld herumpickten. Einmal war schon genug gewesen, um die Mannschaft von Millfield zu verärgern, die bis zum heutigen Tag davon überzeugt war, dass es sich um eine ausgeklügelte Taktik gehandelt hatte, um sie abzulenken und zu besiegen.

Aus den Kindern waren inzwischen Teenager geworden. Lydia war fünfzehn, Dominic sechzehn. Kinder des Direktors zu sein bedeutete, dass man aus stets den falschen Gründen entweder äußerst beliebt oder unbeliebt war. Die Brooker-Kinder hatten jedoch das Glück, dass sie bereits ein paar Jahre an der Schule gewesen waren, bevor ihr Dad zum Direktor befördert wurde. Sie waren so bereits etabliert und akzeptiert. Außerdem war es hilfreich, dass sie beide bei den Gleichaltrigen als attraktiv galten. Sie hatten Kathryns langgliedrigen Körperbau geerbt, und die auffälligen Züge ihres Vaters machten sich sehr gut auf den markanten jungen Gesichtern. Die beiden waren lustige, coole Teenager, die ungeachtet der Stellung ihrer Eltern beliebt waren.

Mark blühte in dieser Umgebung natürlich auf, in der er in seine Rolle schlüpfte und stets bereit war, diese zu spielen. Er ließ sich auf Neckereien mit den Schülern ein und legte den jovialen Kameradschaftsgeist an den Tag, durch den er bei den Lehrern so gut ankam. Er beruhigte die Eltern und schmierte ihnen Honig ums Maul, bot den reichen Vätern einen festen Handschlag an und hatte alle Zeit der Welt, um mit den gut frisierten, frisch getönten Müttern alle möglichen Kleinigkeiten zu besprechen. Er hatte alles, was ihm unterstand, unter Kontrolle und war ein sehr glücklicher Mann.

Doch Kathryn hatte beim Einzug in das große Haus das Gefühl gehabt, ihre Rückzugsmöglichkeiten würden auf null beschränkt. In einer früheren Phase von Marks Karriere in Finchbury lebten sie in einer Mietwohnung, dort hatte sie sich zumindest tagsüber seiner zwanghaften Kontrolle entziehen können. Bis er von der Schule nach Hause kam, war niemand da gewesen, der sie beobachtet hatte. Niemand achtete darauf, wie sie ihre Sachen erledigte, welche Kleider sie trug, was sie sagte oder aß, mit wem sie zusammensaß, mit wem sie sich unterhielt, wann sie kam oder ging. Das Leben im Haus des Direktors war ganz anders. Die Liste der Dinge, die verboten oder erlaubt waren und die von ihr erwartet wurden, war lang und änderte sich ständig. Sie existierte in einem ungewissen Zustand andauernder Überwachung. *Existieren* war das Wort, das Kathryn gebrauchte, wenn sie über ihre Situation nachdachte. *Leben* hätte bedeutet, dass sie ein Leben hatte, und das hatte sie nicht. Kathryn hatte überhaupt kein Leben.

Während sie die Frühstücksabfälle in den Müll kratzte und die Teller zusammen mit dem Rest des Geschirrs in die

Spülmaschine stellte, wanderten ihre Gedanken zurück zu den frühen Morgenstunden jenes Donnerstags im Juni vor neunzehn Jahren. Sie war einundzwanzig gewesen, ihre Schwester Francesca neunzehn. Sie lebten beide noch immer zu Hause bei ihren Eltern, bewohnten in der schmalen Doppelhaushälfte angrenzende Zimmer.

Kathryn war in Francescas Zimmer getapst und hatte ihre schlafende Schwester vorsichtig an der von der Bettdecke verhüllten Schulter geschüttelt. Sie hatte sie nicht wecken wollen, aber sie wusste, dass sie höchstwahrscheinlich platzen würde, wenn sie die Nachricht nicht loswurde, die aus ihr herauszusprudeln drohte.

»Francesca, schläfst du?«

»Hm, geh weg«, murmelte Francesca.

»Wach auf! Ich muss dir unbedingt etwas erzählen.«

Selbst in ihrem Dämmerzustand merkte Francesca am Tonfall ihrer Schwester, dass Widerstand zwecklos war. Sie streckte den Arm aus und knipste die Nachttischlampe an.

»Um Himmels willen, Katie, hoffentlich ist es etwas Gutes.«

Sie rieb sich die Augen und fixierte den Blick auf das errötende Gesicht ihrer Schwester.

»Also, dann schieß los!«

Francescas gereizte Aufforderung nahm ihr den Wind aus den Segeln, aber sie fuhr trotzdem fort.

»Rate mal!«

»Was?«

»Francesca, du sollst raten! Los, mach schon!«

»Du meine Güte, Katie, du gehst mir wirklich auf die Nerven. Wir sind keine Kinder mehr. Es ist drei Uhr in der

Nacht, verdammt. In drei Stunden muss ich aufstehen. Also, entweder sagst du mir jetzt, warum du mich geweckt hast, oder du verschwindest und lässt mich in Ruhe!«

»Okay, du Miesepeter, du wirst es nicht glauben, aber Mark hat mir einen Heiratsantrag gemacht.«

Kathryn klatschte in die Hände und ließ die Nachricht der Wirkung halber in der Luft hängen. Francesca streckte den Arm aus und setzte sich die Brille auf die Nasenspitze. Sie beugte sich vor, als würde die verbesserte Sicht ihr helfen, sich zu konzentrieren.

»Er hat dir einen Heiratsantrag gemacht?«

»Ja! Kannst du dir das vorstellen?«

Ihre Schwester überlegte ein paar Sekunden. »Ehrlich gesagt, nein. Ich dachte, du würdest sagen, dass du mit ihm gevögelt hast.«

»Um Himmels willen, Fran, was bist du ordinär! Ist das nicht wunderbar?«

»Ehrlich, Süße? Ich weiß nicht.«

»Was meinst du damit, du weißt nicht?«

»Ich meine ... Schau, Katie, ich hab dich lieb, aber du bist ein bisschen wie die bei den *Fünf Freunden*, der nicht klar ist, dass es da draußen eine große, böse Welt gibt. Auch wenn ich die Jüngere bin, habe ich immer den Eindruck gehabt, dass ich dich beschützen muss. Das haben wir übrigens alle.«

»Tatsächlich?« Es war für sie keine Neuigkeit, dass Francesca sie für eine Vollidiotin hielt, aber taten das auch ihre Eltern?

»Ja, so in etwa. Und dieser Mark ... Es ist wunderbar, dass du so glücklich bist, aber er ist dein erster richtiger Freund.

Du kennst ihn erst seit Kurzem, und ihr habt nicht einmal, du weißt schon ... Sex ist sehr wichtig.«

»Ach, um Himmels willen, eine Beziehung besteht aus mehr als nur aus Sex.«

»Wirklich? Okay, schau nicht so entsetzt drein, ich mache doch nur Spaß, gewissermaßen. Ich freue mich, wenn du glücklich bist, aber ich denke, du solltest nichts überstürzen.«

»Genau genommen gehen wir seit dreieinhalb Monaten miteinander, und ich liebe ihn, Fran, und er liebt mich.«

Kathryn entschied sich dafür, sich nicht über die wilden Küsse und das aggressive Knutschen auszulassen, das dazu führte, dass sie sich erregter und lebendiger fühlte als je zuvor. Das verhieß, wie sie wusste, für die Zukunft ein befriedigendes Liebesleben.

»Pah! Reich mir den Eimer!«

Kathryn gab ihrer Schwester einen Klaps auf den Arm.

»Ich freue mich wirklich für dich, Schwesterherz, aber Mark hat etwas an sich, was mich irgendwie verunsichert.«

»Was meinst du?« Kathryns Stimme war ein schriller Aufschrei, und sie sah aus, als wäre sie den Tränen nahe.

Francesca beschloss zurückzurudern.

»Ach, ich weiß nicht. Vielleicht liegt es nur daran, dass ich ihn noch nicht richtig kenne, oder vielleicht ist er bei uns nicht entspannt, weil das alles für ihn neu ist.«

Diese Feststellung ließ Kathryn wieder strahlen. Ja, so musste es sein.

»Katie, ich sage ja nur, warum gönnt ihr euch nicht eine lange Verlobungszeit, bringt das mit dem Sex hinter euch, lernt euch ein bisschen kennen und schaut, wie es funktioniert? Im schlechtesten Fall behältst du am Ende den Verlobungsring. Im besten Fall hast du die Liebe deines Lebens gefunden.«

»Ich brauche nicht zu warten oder eine lange Verlobungszeit. Mark ist die Liebe meines Lebens, er ist so fantastisch, und er fühlt genauso, das wissen wir einfach.«

»Woher wollt ihr das einfach wissen? Erinnerst du dich, wie du Pellkartoffeln geliebt hast, als du klein warst, und wie du dann die Nudeln entdeckt hast und die auf einmal dein Lieblingsessen waren? Womöglich ist Mark deine Pellkartoffel?«

»Du meine Güte, er ist nicht meine Pellkartoffel! Ich kann es dir nicht erklären, aber wir wissen es. Mark sagt, warum sollen wir warten, wenn wir bereits den Richtigen gefunden haben und mit der weiteren Suche nur unsere Zukunft vergeuden würden. Es wäre, als würden wir Jahre verschwenden, nur um zu dem Schluss zu gelangen, dass wir von Anfang an recht hatten!«

»Na ja, Süße, wenn du es so siehst.«

»Fran, ich weiß, dass du mich veräppelst, aber das macht mir nichts aus, jedenfalls heute Nacht nicht.«

»Katie, ich freue mich für dich, aber kannst du nicht eine nette, kleine Liebesaffäre haben und schauen, ob sie sich wieder legt? Nur für den Fall?«

»Mark sagt, wir sollten das Eisen schmieden, solang es heiß ist.«

»Mark sagt, Mark sagt. Mensch, Katie, da wirst du vorsichtig sein müssen.«

»Was meinst du mit ›vorsichtig‹? Warum?«

Sie konnte die leichte Gereiztheit in ihrer Stimme nicht verbergen. Sie befand sich in der ersten Phase der Liebe, und jeder negative Kommentar über das Objekt ihrer Sehnsucht fühlte sich an, als hätte man ihr einen Dolch mitten ins Herz gestoßen.

»Weil du ein starkes, schlaues Mädchen bist und weil ich nicht will, dass du irgendetwas von deinem Selbst verlierst, niemals. Kein Mann ist das wert.«

Das war ein Satz, den Kathryn in den folgenden Jahren viele Male in Gedanken wiederholte. Sie hätte auf ihre kleine Schwester hören sollen, die klüger und prophetischer war, als man bei ihrem Alter hätte vermuten können. Sie wünschte sich, sie hätte auf sie gehört.

Jetzt wiederholte sie den Satz, während sie den handbemalten Becher in ihrer Hand betrachtete. *Ich will nicht, dass du irgendetwas von deinem Selbst verlierst, niemals.*

Was würde sie ihrer Schwester heute darauf antworten? Sie malte sich aus, wie sie versuchte, die Worte zu formulieren. Sie sahen einander inzwischen so selten, dass es bei ihrem Zusammentreffen immer etwa eine Stunde dauerte, bis sie ihre Verlegenheit abstreifen konnten, weil sie erst wieder lernen mussten, wie sie sich in Gesellschaft der anderen zu verhalten hatten.

Es war so anders, als mit einer Freundin oder Kollegin zusammen zu sein. Mit einer Schwester zusammen zu sein, das war einzigartig.

Ungeachtet der Tatsache, was jede von ihnen erreicht hatte oder wie viel Zeit verging, war es für Kathryn schwer, die Rolle der zufriedenen Erwachsenen zu spielen, ihre Schwester zu täuschen. Nicht nach allem, was sie gemeinsam erlebt hatten. Francesca kannte ihre Schwester in- und auswendig. Es gab so viele schöne Erinnerungen, die sie sich wieder und wieder erzählten, bis sie in hysterisches Gelächter ausbrachen. Kathryns Lieblingsgeschichte war die über einen Abend in den Sommerferien in Cornwall, als sie beide im Alter von sechs und acht Jahren in einem angerosteten Wohnwagen dicht nebeneinander Kopf an Fuß und Fuß an Kopf lagen. Sie hatten so viel Schokolade gegessen, dass Kathryn sich übergeben musste. Sie wollte sich aus dem Fenster beugen und stellte zu spät fest, dass es geschlossen war. Ihre Eltern verbrachten einen großen Teil des nächsten Tages damit, mit dem Wasserschlauch Schokolade von der Velourseinrichtung ihres gemieteten Heims zu spritzen.

Ein Teil ihrer jetzigen Verlegenheit war auf die Tatsache zurückzuführen, dass Mark sie nie auch nur für eine Sekunde allein ließ. Es war, als überwache er sie und veranlasse sie, ihre Unterhaltung zu zensieren. Er lenkte sie sorgfältig auf Themen, die er für angemessen hielt, und er war stets ein wenig angespannt, bis ihre Schwester wieder gegangen war. Niemandem sonst fiel seine Nervosität auf. Doch Kathryn bemerkte, dass er ein bisschen schneller sprach als gewöhnlich und ein wenig zu laut lachte. Er brauchte sich keine Sorgen zu machen, sie hätte es niemals erzählen können. Sie würde es niemals erzählen.

Das war alles zu schwierig. Was sollte sie ihrer Schwester denn sagen?

Du hattest recht, Fran, ich hätte auf dich hören sollen, weil ich nicht nur ein bisschen von meinem Selbst verloren habe, ich habe mich ganz verloren. Ich wünschte, ich hätte auf dich gehört, aber das habe ich nicht, oder?

Mit der wunderbaren Gabe der späten Einsicht war es so einfach, ihre früheren Entschlüsse und Entscheidungen zu beurteilen. Es war so einfach, sich die Person anzuschauen, die diese Entscheidungen getroffen hatte, und die Person, zu der sie sich entwickelt hatte. So einfach, dabei die Risse zu entdecken und sich zu überlegen, was sie hätte anders machen können. *Selbstverständlich hätte ich auf meine Schwester hören sollen! Aber ich dachte, ich wüsste es besser. Ich war leichtfertig, geblendet und dachte, ich wüsste es besser.* Was konnte man aus der Rückschau sagen? *Du hast es definitiv nicht besser gewusst, Kathryn, du konntest es nicht besser wissen, du warst zu sehr damit beschäftigt, gegen eine tosende Woge von Hormonen und deine Vernarrtheit anzukämpfen.*

Kathryn kniff die Augen fest zusammen und versuchte, die Erinnerung an den letzten Anruf auszulöschen, den sie von ihrer Schwester erhalten hatte. Selbst nach drei Wochen lastete er noch immer schwer auf ihrem Gemüt, und sie fragte sich, ob sie den Schaden je wiedergutmachen konnte.

»Kathryn.« Mark hatte sie gerufen.

Sie hatte gerade die Kartoffeln für das Abendessen geschält, doch beim Klang seiner Stimme erhob sie sich instinktiv von ihrem Stuhl, wie ein Soldat, dem eingetrichtert worden war, beim Erscheinen eines Vorgesetzten Habachtstellung einzunehmen. Nach den vielen Jahren kam das inzwischen ganz automatisch.

»Deine Schwester ist am Telefon.«

Er zeigte ihr ein kurzes, flackerndes Lächeln, das innerhalb von Sekunden erschien und wieder verschwand. Es sagte ihr, dass er überhaupt nicht froh war, Francesca an der Leitung zu haben. Noch mehr irritierte es ihn, dass seine Studierzeit unterbrochen wurde, weil er den Anruf entgegennehmen und hereinkommen musste, um ihr Bescheid zu sagen.

Sie nickte und ging zum Wandtelefon über der Spülmaschine.

»Hallo?«

Sie wartete auf das Klicken des Hörers, wenn der im Arbeitszimmer auf die Gabel gelegt wurde, aber es kam nicht. Mark hörte mit und würde ihr Gespräch weiterhin belauschen, wie es seine Gewohnheit war. Es waren zwei Monate vergangen, seit die Schwestern miteinander Kontakt gehabt hatten. Kathryn wusste, dass das Gespräch wieder gekünstelt und unbehaglich verlaufen würde, weil ihr Mann zuhörte. Weil sie alles, was sie sagte, zensieren musste. Sie wusste, dass ihre Schwester das mitbekommen und sie für distanziert halten würde. Wieder einmal hatte Kathryn das Gefühl, in der Falle zu sitzen, und war den Tränen nahe.

Francesca hatte sie beschuldigt, in letzter Zeit ein bisschen verschlossen zu sein, was Kathryn die Sprache verschlagen hatte. Sie war nicht in der Lage gewesen zu erklären, dass sie ihr so viel erzählen wollte, aber aus verschiedenen Gründen nicht konnte. Zunächst einmal, weil ihr Gespräch nie privat war. Mark würde zuhören und, was noch wichtiger war, ein Urteil fällen.

»Ach, Kate, ich musste dich unbedingt anrufen.« Ihre Schwester brach sogleich in lautes Schluchzen aus.

»Ist schon okay, ist okay. Um Himmels willen, Francesca, hör auf zu weinen! Was in aller Welt ist denn los?«

Kathryn konnte hören, dass Regen gegen eine Fensterscheibe schlug und Wasser unter sich schnell auf dem Asphalt drehenden Reifen zischte. Sie stellte sich vor, wie Francesca in ihrem Auto saß, ihre Strickjacke über die Schultern, um sich gegen die Kälte von North Yorkshire zu schützen.

Sie wartete, bis Francesca sich laut geschnäuzt hatte.

»Ach, Kate, es ist etwas Schreckliches passiert.«

»Was ist geschehen? Wie geht es Luke?« Kathryns erster Gedanke galt immer ihren eigenen Kindern. Das Schlimmste, was passieren konnte, wäre, wenn ihnen etwas zustoßen sollte. Deshalb dachte sie natürlich sofort an das Kind ihrer Schwester.

Kathryn wusste, dass ihre Schwester unter den leichten Schuldgefühlen einer Mutter litt, die ihren Sohn zu Höchstleistungen angestachelt hatte. Er war immer mit einer Dosis Druck ermuntert worden, für Prüfungen zu lernen und für besondere Auszeichnungen zu büffeln. Die Gebühren für seine Ausbildung, die sie vierteljährlich bezahlten, mussten sie zusammenkratzen. Seine Schulzeit bedeutete für sie Verzicht auf Auslandsreisen, auf neue Teppiche, ja sogar auf Friseurbesuche.

Kathryn bewunderte ihre Schwester für die Opfer, die sie brachte, aber sie wusste, dass Francesca im Gegenzug etwas erwartete: gute Noten, einen Platz an einer der Spitzenuniversitäten oder zumindest eine kristallklare Stimme, eine akzentfreie Sprache und den korrekten Händedruck in den richtigen Kreisen. Luke enttäuschte sie nicht, er war tüchtig und fleißig, ein wunderbarer Junge.

Es wäre unfair gewesen, Francesca als neidisch zu beschreiben, aber Kathryn wusste, dass sie sich ihrer eigenen Stellung als Frau des Direktors einer der besten Privatschulen des Landes bewusst war. Für ihre Schwester war es wichtig, sich ihr in jeder Hinsicht ebenbürtig zu fühlen, wenn sie sich bei einem ihrer Treffen über das Schulleben im Allgemeinen unterhielten, und zu wissen, dass ihr Luke genauso gut war wie sein Cousin und seine Cousine.

Kathryn fand den Gedanken zum Lachen, dass ihre Familie meinte, sie führe in ihrem subventionierten Haus mit ihrem aufmerksamen Ehemann und ihren perfekten Kindern ein sorgenfreies Leben. Wenn die nur wüssten ...

»Nein, nein, zum Glück ist es nichts dergleichen, niemand ist verletzt, aber unser Betrieb ist insolvent. Wir haben uns so sehr bemüht, Katie. Wir haben uns die Bank und die Lieferanten eine Weile vom Leib gehalten, aber am Ende ist alles zusammengebrochen. Es tut mir so leid für Luke, für uns alle. Gerry und ich dachten, wir würden in seine Zukunft investieren, aber wir haben alles verloren.«

Francesca hielt inne, um einen Schluchzer zu unterdrücken.

»Wir haben jeden Penny in die neue Baufirma gesteckt. Wir dachten, Luke würde zum richtigen Zeitpunkt in die Fußstapfen seines Vaters treten. Wir dachten, die Firma würde eine Lebensgrundlage für ihn werden, aber der Bauunternehmer war ein Scharlatan, Kate, ein widerlicher Betrüger. Ich kann es noch immer nicht fassen! Wir könnten sogar das Haus verlieren.«

»O Fran! Das ist ja schrecklich. Ich weiß noch, wie aufgeregt ihr alle gewesen seid.«

Kathryn wusste, dass der Anteil ihrer Schwester am Erbe ihrer Eltern die Grundlage für Gerrys Betrieb gebildet hatte. Ihr Vater hatte sein ganzes Leben lang so schwer gearbeitet. Gelegentliche Ausflüge nach Abersoch ans Meer waren alles, was er sich gegönnt hatte. Ansonsten hatte er gespart und gespart, um am Ende in Croydon eine schmale Doppelhaushälfte mit drei Schlafzimmern zu besitzen, die jetzt ebenfalls dahin war.

Was sollte Kathryn als Nächstes sagen? Sie wollte sagen: *Mein armer Schatz, meine arme kleine Schwester, das sind ja fürchterliche Nachrichten. Kommt für ein paar Tage hierher, ihr drei, damit ich mich um euch kümmern und euch verwöhnen kann. Wir können Tee trinken und einen Plan schmieden. Nichts ist so schlimm, wie es auf den ersten Blick aussieht. Ich kann zwar nicht alle Schwierigkeiten beheben, aber es würde euch guttun, ein bisschen Abstand zu gewinnen. Luke kann Zeit mit Dom und Lyds verbringen, und wir können lange aufbleiben, wie wir es früher immer getan haben, und Wein trinken und uns unterhalten. Es wird schon gut werden, Darling, weil ich deine große Schwester bin und dafür sorgen kann, dass ihr euch besser fühlt.*

Als sie einen schwachen Seufzer von Mark vernahm, der am Hörer im Arbeitszimmer allmählich die Geduld verlor, hörte sie sich stattdessen abgehackt und automatisch sagen: »Na ja, wenn ihr irgendetwas braucht, meldet euch nur. Mark und ich tun natürlich alles, was wir können, um euch zu helfen.«

Kathryn gebrauchte Marks Namen, um sich bei ihm einzuschmeicheln, weil sie hoffte, dass er ihre Loyalität würdigen würde. Sie lauschte dem Schweigen ihrer Schwester. Sie konnte sich vorstellen, wie Francesca ihre Worte in Gedanken ungläubig wiederholte: *Meldet euch nur?*

Sie versuchte, die Stille mit dem erstbesten Thema zu füllen, das ihr in den Sinn kam.

»Wie ist das Wetter in York?«

Ihre Frage war banal und erbärmlich. Ein Tränchen rann ihr über die Wange. Sie zwang ihre kleine Schwester gedanklich, ihre unausgesprochene Entschuldigung zu vernehmen.

Francesca konnte ihr Erstaunen und ihre Enttäuschung nicht für sich behalten.

»Wie das Wetter in York ist? Kathryn, hast du denn nicht gehört, was ich dir gesagt habe? Wir haben alles verloren. Alles! Und du willst über das verdammte Wetter reden?«

»Ich ... ich ...«

Dicke Tränen liefen Kathryn über das Gesicht, und sie versuchte, schnell die richtigen Worte zu finden. Worte, die alle zufriedenstellten. Worte, die ihre geliebte Schwester im Augenblick der Not beruhigen und trösten und keinen Zornausbruch ihres Mannes auslösen würden. Leider gab es keine solchen Worte.

»Weißt du was, Kate, vergiss es! Vergiss, dass ich dich angerufen habe und vergiss, was ich dir erzählt habe. Wir kommen schon zurecht. Sitz du nur bequem in deiner georgianischen Pracht mit vier Schlafzimmern und genieße deine verdammten Kaffeekränzchen am Vormittag und den Blick aufs Kricketfeld. Wir werden das schon selbst regeln.«

»Francesca, ich ...« Sie versuchte, ihre Schwester zu unterbrechen.

»Nein, mach dir nicht die Mühe, noch ein Wort zu verschwenden. Ich bin fertig mit dir – nicht, dass das einen großen Unterschied machen würde. Du hast uns seit Jahren nicht mehr besucht. Ich vermute, ich spiele nicht in deiner Liga. Weißt du was, Katie? Ich hätte nie gedacht, dass ich das einmal sagen würde, aber du hältst dich für so großartig und einflussreich. Du magst ja ein idyllisches kleines Leben führen, aber mir gefällt der Mensch nicht, zu dem du dich entwickelt hast.«

Francesca ließ den Satz in der Luft hängen und beendete

den Anruf. Ein leichter Druck auf eine Taste, und sie war weg, einfach so.

Kathryn hielt den Hörer zwischen den Handflächen und ließ den Kopf hängen. Obwohl ihr niemand zuhörte, flüsterte sie unter Tränen: »Mir auch nicht, mein Schatz. Mir auch nicht.«

Mark kam in die Küche und legte ihr die Hand auf die Schulter, er machte sie damit auf seine Anwesenheit aufmerksam und veranlasste sie, sich aufzurichten und ihre Tränen hinunterzuschlucken.

»Ist alles in Ordnung, Kathryn? Deine Schwester hat dich doch nicht unangenehm überrascht, oder?«

Sie starrte sein Gesicht an, das nicht den geringsten Hinweis verriet, dass er das ganze Gespräch belauscht hatte, und schüttelte den Kopf.

»Nein, Mark.«

»Nun, es freut mich sehr, das zu hören. Wir sind sehr beschäftigte Leute mit großer Verantwortung, und ich möchte nicht, dass du dir über irgendetwas Sorgen machst, das uns nicht direkt betrifft.«

Es klang fast wie eine Anweisung. Er beugte sich vor und küsste sie lange und fest, drückte sich an sie, während er den Arm auf ihren unteren Rücken legte. Ihre Tränen hatten dazu geführt, dass ihre Atmung ihren natürlichen Rhythmus verloren hatte. Sie hatte keine andere Wahl, als während des Kusses die Luft anzuhalten. Ihr Kopf fühlte sich leicht an, die drohende Ohnmacht benebelte ihr die Sinne. Der Kuss schien endlos zu dauern.

Endlich ließ er sie los.

»Ich sag dir was, Liebes. Warum gehst du nicht schnell

nach oben und sorgst dafür, dass du gepflegt und hübsch aussiehst? Dann kannst du den Wasserkessel aufstellen, und wir trinken zusammen eine Tasse Tee.«

Wieder nickte sie, weil sie wusste, dass dieser Vorschlag genau genommen ein Befehl war. Langsam stieg sie die Treppe hinauf und versuchte, ihre Tränen zu unterdrücken. Als sie an ihrem Frisiertisch saß, wiederholte sie in Gedanken die Worte ihrer Schwester: *Du magst ja ein idyllisches kleines Leben führen, aber mir gefällt der Mensch nicht, zu dem du dich entwickelt hast.*

Oh ja, dachte Kathryn. *Ich führe ein idyllisches kleines Leben.*

»Ich bin's nur!«

Judiths Stimme riss Kathryn aus ihren Gedanken an dieses fürchterliche Telefongespräch vor drei Wochen. Marks Sekretärin kündigte sich stets auf diese Weise an. Sie kam durch die Hintertür in die Küche, was Kathryn ärgerte, aber das war nur einer von fast tausend Punkten, die sie an Judith ärgerten. Genau genommen war das eines ihrer geringeren Vergehen. Das schlimmste Vergehen war, dass Judith von Mark immer als vom »Herrn Direktor« sprach, als wäre er ein Mensch von solcher Ehrwürdigkeit und solchem Status, dass er nur mit solcher Hochachtung angesprochen werden konnte, wie der Papst oder die Madonna. Hätte sie nur gewusst, wie er wirklich war.

Judith war Ende vierzig, Single und extrem übergewichtig, aber ohne jene Verlegenheit und Unbeholfenheit zu zeigen, die Menschen ihres Umfangs manchmal an den Tag legten. Sie griff nicht auf geschickt gewählte Kleidung zurück, um ihre Figur zu kaschieren, noch entschied sie sich für schwarze, lange oder mehrschichtige Kleider, oh nein. Unbekümmert trug Judith ein ärmelloses Top und dazu khakifarbene Shorts, und sie genoss die Blicke und das zweite Hinschauen sowohl der Schüler als auch der Lehrerschaft. Denn sie deutete diese Blicke fälschlicherweise als Interesse, nicht als Abscheu.

»Guten Morgen, Kathryn. Was für ein schöner Tag!«

Kathryn nickte, sagte aber nichts, sondern blickte nur kurz vom Spülbecken auf. Ihr stand der Sinn nicht danach, sich auf diese Frau einzulassen und über Nichtigkeiten zu scherzen. Sie hatte weder Lust noch Energie dazu. Sie wusste, dass das Gespräch umso schneller vorbei sein würde, desto weniger sie sagte.

»Der Herr Direktor hat mich gebeten, vorbeizuschauen, um Sie daran zu erinnern, dass heute Abend *dans la cuisine* eine Lehrersitzung stattfindet. Also bitte das Übliche: Dips, einfachen Wein und so weiter, und für Mr Middy natürlich glutenfrei. Wir wollen doch nicht noch einmal einen solchen Vorfall mit der geschwollenen Zunge und den Blähungen riskieren, die letzten Monat beinahe die Firmenkontaktmesse der elften Klasse ruiniert hätte. Wir haben es gerade noch geschafft, die Teppichfliesen im Gemeinschaftsraum der Oberstufe zu ersetzen. Wie auch immer, ich dachte, es wäre am besten, Sie vorzuwarnen. Ist alles okay?«

»Ja, bestens.«

Mehr brachte Kathryn nicht heraus. Ihr missfiel die Art und Weise, wie Judith sie behandelte, als gehörte sie zum Gefolge des Herrn Direktor. Das vermittelte ihr den Eindruck, als wäre sie eine Hausangestellte und nicht die Frau des besagten Herrn Direktor. Aber es ärgerte sie nicht mehr.

Genau genommen war sie über die Ablenkung fast froh, weil sie wusste, dass es besser war, die Zeit mit etwas – irgendetwas – zu füllen, als Zeit zum Nachdenken zu haben.

»Der Herr Direktor ist heute Morgen ziemlich guter Stimmung. Er hat von der Lehrerschaft mehrere bewundernde Bemerkungen über sein Blumenaccessoire bekommen. Was immer Sie ihm zum Frühstück serviert haben, geben Sie ihm morgen bitte das Gleiche! Es erleichtert mir das Leben, wenn er nicht sauer und übellaunig ist.«

Was sollte sie darauf antworten? *Judith, das erleichtert uns allen das Leben. Du hast ja keine Ahnung, Judith, wie schlimm es sich auf mein Leben auswirkt, wenn er sauer und übellaunig ist. Lass mich in Ruhe, Judith, du dummes Ding, lass mich einfach in Ruhe. Du hast keine Ahnung, wie mein Leben ist, wie ich hier wirklich lebe.*

Stattdessen lächelte sie.

»Alles klar, Judith.«

Sie war sich nicht ganz sicher, was sie ihr da zusagte, aber sie wusste, dass es ausreichen würde, Judith zu beruhigen und ihr den Eindruck zu vermitteln, dass ihr Auftrag erfüllt war und ihre Botschaft verstanden wurde, klar und deutlich.

In ihren gemeineren Momenten formulierte Kathryn widerwärtige Gedanken über Judiths Unbeliebtheit oder ihr widerlich kriecherisches Verhalten Mark gegenüber. Auf diese würde unweigerlich die Frage folgen: *Wie kannst du es wagen, solche Gedanken zu hegen, wo deine eigene Situation doch so schlimm ist?* Dann schlich sich ein anderer Gedanke in ihren Kopf: *Ich muss tatsächlich so dumm sein, wie Mark behauptet, denn wie sonst habe ich mich in dieses verdammte*

Schlamassel gebracht? Ich bin wie einer dieser kleinen Käfer, die von einer Venus-Fliegenfalle gefangen werden, und die Ironie dabei ist, dass ich umso tiefer hineinrutsche, desto mehr ich mich winde. Ich sitze in der Falle.

Kathryn wünschte sich, irgendjemand würde ihr eine Fluchtmöglichkeit, einen Ausweg bieten. Häufig träumte sie von Freiheit in einer anderen Zeit und an einem anderen Ort. Sie konnte sich nur eine Lösung vorstellen, die einfach war, weil sie weder Lust noch die Möglichkeit hatte, sich etwas Komplexes auszudenken. Doch egal, wie sehr sie sich bemühte, eine einfache Lösung wollte ihr partout nicht einfallen. Jede Idee, jede Umsetzung ließ sie am Ende obdachlos und fern von ihren Kindern zurück. Mit der Obdachlosigkeit würde sie gerade noch fertig werden, aber ohne ihre Kinder zu leben und nicht da zu sein, um sie zu verteidigen, sollte ... sollte ... Das konnte sie nicht. Sie würde ihre Kinder immer in ihrem Herzen tragen und brauchte ihre Nähe. Ihre Kinder waren das Beste, was sie hervorgebracht hatte. Sie wollte und konnte sich ein Leben ohne sie nicht vorstellen.

Kathryns Großmutter war eine schlanke streitlustige Frau gewesen, deren Kleidung und Verhalten sie eindeutig in der viktorianischen Epoche verankerten. Trotz ihrer bescheidenen Herkunft und ihres mit schwerer Schufterei im Londoner East End verbrachten Lebens strahlte sie eine Würde aus, die über die Armut hinwegtäuschte, in der sie aufgewachsen war. Kathryn erinnerte sich daran, wie sie ihr die Nachricht mitgeteilt hatte, dass sie Mark Brooker heiraten würde. Die Reaktion ihrer Großmutter brachte sie zum Lachen, obwohl sie ihr jetzt gar nicht mehr so lustig vorkam.

»Meine Liebe, überlege dir das mit dieser Ehe gut. Man sollte natürlich sicherstellen, dass man außerhalb seiner eigenen Postleitzahl heiratet, aber nie außerhalb seiner Schicht. Dein Vater hat die Universität besucht, und damit bist du jemand. Ich fürchte, es reicht nicht aus, dass der Junglehrer Brooker hohe Erwartungen an seine Position hat. Es erleichtert die Dinge sehr, wenn man dieselben Bekannten hat und den gleichen Standard an Tischmanieren besitzt.«

In gewisser Hinsicht fand sie es noch immer lustig, dass Marks Mangel an Kenntnissen, welches Besteck er benutzen sollte, sein Gebrauch des Wortes *Tee* für *Abendessen* und seine Vorliebe für Kunststoff- anstelle von Holzfenstern in Wahrheit ihre geringste Sorge war.

Kathryn dachte wie so oft an Natasha. Allein schon die Erinnerung an sie hellte ihre Stimmung auf. Natasha war einer der wenigen Lichtblicke in Kathryns Leben gewesen. Fast drei Jahre lang war sie ihre Freundin, ihre einzige Freundin gewesen. Sie war sich sicher, dass Natashas erst kürzlich erfolgter Wechsel an eine Schule am anderen Ende des Landes zum Teil für die sich zunehmend verdüsternde Wolke verantwortlich war, die sich über ihrem Kopf zusammenzubrauen schien. Sie kam sich wie eine Comicfigur vor, die ständig von Schauern aus einer kleinen Regenwolke verfolgt wird, während alle anderen sich in der Sonne aalen.

Natasha war fortgezogen, um in einer Schule in der Nähe von York zu arbeiten, wo sie behinderte Kinder unterrichtete und ihnen half, sich mithilfe der Kunst auszudrücken. Kathryn fand, das passte viel besser zu ihr als das Hauen und Stechen in Mountbriers. Sie war nach Alne gezogen und lebte nicht einmal eine Meile von Francesca entfernt.

Irgendetwas hielt Kathryn jedoch davon ab, die beiden miteinander in Kontakt zu bringen. Das lag zum Teil daran, dass sie ihre Freundin mit niemandem teilen wollte. Sie wusste, sie hätte es unerträglich gefunden, davon zu hören, dass die beiden sich miteinander und ohne sie amüsierten. Aber da war auch die uneingestandene Angst, die beiden könnten bei einer Tasse Kaffee oder einem Glas Wein sitzen und über Kathryns Leben diskutieren. Sie könnten ihre Beobachtungen vergleichen und zu einer Schlussfolgerung gelangen, die niemand hören wollte, vor allem Kathryn nicht.

Den Tag, an dem Natasha in ihr Leben trat, würde sie niemals vergessen. Es war zu Beginn des neuen Schuljahrs gewesen, und alle wichtigen Leute hatten sich in der Aula versammelt, um die Ansprache des Direktors und seine bedeutungsvollen Ankündigungen zu hören.

Ein paar Schüler wurden für ihre Leistungen in Musik und im fremdsprachigen Lyrikvortrag ausgezeichnet – dieselben vier Kinder, die immer ausgezeichnet wurden. Kinder, deren vielfältige Talente in der ganzen Schule berühmt waren. Kathryn war jedoch nicht überzeugt davon, dass die Fähigkeit Mandarin zu sprechen, gleichzeitig mit brennenden Fackeln zu jonglieren und in Rekordzeit einen Zauberwürfel richtig hinzudrehen, eine angemessene Kompensation dafür war, dass man keine Freunde hatte.

Mark hatte so lange gesprochen, weil er den Klang seiner eigenen Stimme und die Bühne liebte, auf der er sie einsetzen konnte, dass die Schüler und die meisten Lehrer nach fünfzehn Minuten nicht mehr zuhörten – an das Thema seiner Rede konnte sie sich inzwischen sowieso nicht erinnern.

Während die Lehrerschaft durch die Doppeltüren hinaus in den Schulhof strömte, ging Natasha schnurstracks auf Kathryn zu, die gelangweilt allein dastand und sich nicht sicher war, wie schnell sie sich verdrücken konnte, ohne unhöflich zu wirken. In einer Schule wie dieser spielten solche Dinge eine Rolle. Man musste dabei gesehen werden, wie man das Richtige tat, zur richtigen Zeit und auf die richtige Art und Weise.

Timing war alles.

Kathryn sah die Frau zielstrebig auf sich zukommen und zog ihre Jacke gerade, während sie sich gedanklich darauf vorbereitete, jede Frage zu beantworten, die ihr gestellt werden könnte. *Können Sie mir sagen, wo ich den Kunstsaal C finde? Um wie viel Uhr ist die Pause? Wo befindet sich die nächste Lehrertoilette?* Doch ihr erstes Zusammentreffen hätte nicht überraschender verlaufen können.

Kathryn sah, wie sowohl Lehrer als auch Schüler Natasha bewundernd nachblickten, während sie sich von ihnen entfernte und sich der Aufmerksamkeit, die sie erregte, gar nicht bewusst war. Ob sie diese nicht bemerkte oder ob sie ihr gleichgültig war, konnte Kathryn heute nicht mehr mit Sicherheit sagen. Sie trug einen langen, fließenden weißen Baumwollrock und flache, klobige Sandalen, die aussahen, als wären sie aus wiederverwerteten Autoreifen hergestellt und dann rosa gefärbt worden. Ob es sich bei ihrem giftgrünen Strickoberteil um eine Jacke oder einen Pullover handelte, war nicht auszumachen. Es war eine Art wollener Überwurf, der auf der Schulter mit einer riesigen weißen Blüte festgehalten wurde. Ihre kurzen braunen Haare waren mit mindestens drei Haarklammern geschmückt, die jeweils mit einem funkelnden Schmetterling verziert waren – jene Art von Accessoire, die man eher mit einem neunjährigen Mädchen in Verbindung bringen würde. Aber das spielte für Natasha keine Rolle, die diese Haarklammern gesehen hatte und sie trug, weil sie ihr gefielen. Sie war apart, außergewöhnlich und frisch, und sie sah wunderschön aus. Es war, als hätte sie das Handbuch *Was Lehrer an Schulen wie dieser tragen sollten* nicht gelesen oder, falls doch, beschlossen, die Ratschläge einfach zu ignorieren. Sie ließ alles und jedes um sich herum grau und langweilig erscheinen. Kathryn sollte erfahren, dass dies etwas war, was ihr immer gelang, egal in welcher Jahreszeit oder bei welcher Gelegenheit. Sie leuchtete wie ein Licht in der Dunkelheit.

»Hallo, ich bin Natasha Mortensen. Heute ist mein erster Tag hier, Kunst und Design.« Ihre Aussage war zuversichtlich und prägnant.

»Ach! Ich wusste, dass Sie kommen, na ja, nicht Sie direkt, sondern eine neue Lehrerin. Ich freue mich, Sie kennenzulernen, Natasha. Ich bin Kathryn. Willkommen in Mountbriers.«

Die beiden schüttelten sich kurz die Hand, beide ein wenig verlegen über eine solch maskuline Begrüßung.

»Danke, Kathryn. Ich habe Sie in der Halle gesehen und komme, um Ihnen zu sagen, dass ich Sie zu meiner Freundin auserkoren habe. Sie sehen mir am ehesten wie die Art von Mensch aus, mit dem ich befreundet sein möchte. Nicht wie ein paar von den Alten in der lustigen Truppe. Und was ist mit diesem bombigen Vollidioten von Mark Brooker? Was für ein fürchterliches Arschloch! Kann der jemals die Klappe halten? Mein lieber Herr Gesangsverein, der labert ja ohne

Ende! Die Kinder waren zu Tode gelangweilt und hätten sich am liebsten verdrückt, und ich bin zweimal beinahe eingenickt. Ich sehe schon, dass er und ich fantastisch miteinander auskommen werden. Nein, ganz im Gegenteil!«

Kathryn war von Natashas Direktheit so überrascht, dass ihr keine Antwort einfiel. Sie zerbrach sich den Kopf und versuchte, sich zu erinnern, was sie am Abend zuvor zufällig aufgeschnappt hatte, als Mark über die neue Kunstlehrerin gesprochen hatte.

»Bei der bin ich ziemlich ratlos«, hatte er sich beklagt. »Max Whittington hat mich gebeten, ihr eine Chance zu geben. Er hält sie für die beste Kandidatin. Ich denke, er hat ein wenig einen Narren an ihr gefressen, und so sehr es mir auch gegen den Strich geht, ich kann es einfach nicht riskieren, dass er es sich anders überlegt und davon Abstand nimmt, die Renovierung der Unterstufenbibliothek zu sponsern. Aber wenn es nach mir gegangen wäre, wäre sie nicht über unsere Schwelle gekommen. Ich habe Frauen ihres Schlages schon früher gesehen – eine fürchterliche Revoluzzer-Lesbe.«

Kathryn dachte, dass er im letzten Punkt wahrscheinlich ausnahmsweise einmal recht hatte. Aber fürchterlich war Natasha keineswegs.

Natasha fuhr fort: »Schauen Sie nicht so verdutzt drein! Ich mache das einfach so, Kathryn. Ich suche mir Leute heraus, die meine Freunde werden, und dann haben sie mich am Hals, ob sie es wollen oder nicht, ich kann nicht anders. Das habe ich schon immer so gemacht, und die Gründe, wieso ich mir meine Freunde aussuche, sind häufig sehr zweifelhaft. Wenn Sie mir nicht glauben, dann fragen Sie

Ellie Simpson und Hannah Hartley. Ich habe sie in der Grundschule für mich herausgepickt, und die beiden haben mich heute noch am Hals.«

»Warum haben Sie sie ausgewählt?«

»Ellie hat das allerschönste Lächeln, und sie hat ihre Süßigkeiten mit mir geteilt. Ich weiß, dass sie immer alles teilen wird, sie ist die Güte in Person. Hannah hat Grübchen und hat sich ständig ausgeschüttet vor Lachen, das tut sie noch immer.«

»Und warum haben Sie mich ausgesucht?«, fragte Kathryn neugierig.

»Hauptsächlich, weil Sie wie Mia Farrow aussehen, aber Sie sind auffälliger. Außerdem haben Sie etwas Geheimnisvolles und Zurückhaltendes an sich. Allein Ihre Miene bei der Versammlung – ich wusste, dass Sie bei dem ganzen Tamtam dasselbe fühlen wie ich. Sie haben ausgesehen, als wären Sie lieber anderswo.«

Kathryn antwortete nicht, sondern presste die Lippen fest zusammen, damit sie nicht damit herausplatzte, dass ihre neue Freundin absolut recht hatte: Sie wollte *immer* anderswo sein. Doch sie lachte unwillkürlich.

Mia Farrow? Sie hatte nur Bilder aus den 1960er-Jahren vor Augen, als Mia Farrow elfenhaft und umwerfend gewesen war. Das gefiel ihr sehr gut. Sie verstand es als das Kompliment, als das es gedacht war.

Natasha hatte kaum Luft geschöpft und sprach gleich weiter. »Und, was unterrichten Sie, Kathryn, wie lang sind Sie schon hier? Kürzen Sie den Namen Kathryn eigentlich ab? Es klingt für ein Boho-Chic-Girl wie Sie ein bisschen formell.«

»Kate«, schlug sie vor, während sie herauszufinden versuchte, welche Frage sie zuerst beantworten sollte, was ein Boho-Chic-Girl war und ob es ihr gefiel, eines zu sein, oder nicht. Es war komisch, dass ihr der Umgangsname ihrer Jugend so schnell in den Sinn gekommen war und sie daran erinnerte, was für ein Mensch sie früher einmal gewesen war.

»Okay, Kate, ja, das ist viel besser. Und, was unterrichtest du, Kate?«

Ihre neue Freundin gebrauchte den Namen gleich zweimal, um ihn zu testen und sich mit ihm vertraut zu machen.

Verlegen legte Kathryn die Hand vor den Mund. Ein vertrautes Gefühl erfüllte sie: Sie hatte kein Recht, hier zu sein. Sie war keine Lehrerin, sondern nur Beobachterin.

»Ach, ich unterrichte nicht. Na ja, genau genommen habe ich das Examen abgelegt – Englisch wäre mein Fach. Aber ich habe nie unterrichtet. Das Leben hat gewissermaßen meine Pläne durchkreuzt, Babys und so weiter.« Sie stieß ein kurzes Kichern aus und war entsetzt, wie banal sie klang. »Nein, in Wahrheit bin ich die Frau dieses bombigen Vollidioten Mark Brooker.«

An diesem Punkt hätten die meisten Leute gelacht, geweint oder sich verlegen die Hand über den Mund gelegt, sich entschuldigt und wortreich erklärt, dass das alles ein schreckliches Missverständnis und ein Scherz gewesen sei. Aber Natasha war, wie Kathryn feststellen sollte, nicht wie die meisten Leute. Sie legte beide Hände auf Kathryns Schultern und blickte ihr in die Augen.

»Ein schweres Los, meine Liebe.«

Und allein schon aus diesem Grund, obwohl es bald viele andere geben sollte, fand Kathryn Natasha wunderbar. Sie war sehr froh, als ihre Freundin auserwählt worden zu sein.

Kathryn verbrachte den Rest des Tages mit der Erledigung einer Unmenge an Aufgaben, zu denen das Putzen der Verandatüren im Esszimmer zählte, das Aufstellen frischer Blumen in Flur und Arbeitszimmer, das Einkaufen und Vorbereiten der Häppchen für das Lehrertreffen am Abend und das Kochen des Abendessens für die Familie. Als diese Arbeiten erledigt waren, nahm Kathryn sich die Familienwäsche vor, bügelte die Bettlaken und legte sie ordentlich in den Wäscheschrank, wo sie darauf warteten, beim Wäschewechsel wieder an der Reihe zu sein. Nach Kathryns Einschätzung würden sie am Mittwoch zum Einsatz kommen.

Schließlich saß sie um kurz vor sechzehn Uhr dreißig an ihrem Frisiertisch und bürstete sich die Haare. Dann trug sie ein wenig Parfum auf und verteilte etwas Rouge auf ihren blassen Wangen. Schließlich zog sie sich einen rosafarbenen Leinenrock und eine hochgeschlossene Strickjacke an, um gemäß der Anweisung ihres Mannes feminin und dezent auszusehen.

Jeden Nachmittag saß Kathryn zu unterschiedlichen Zeiten, je nach Nachmittagsaktivitäten an der Schule und nach Jahreszeit, an dem weiß lackierten Frisiertisch mit seinem dreiteiligen Spiegel und ging der Aufgabe nach, sich zu pflegen und hübsch zu machen.

Der Text eines Songs aus den 1960ern ging ihr dann ungebeten, aber mit alarmierender Regelmäßigkeit durch den Kopf – wie ein programmierter Wecker, von dem sie nicht wusste, wie sie ihn ausschalten konnte:

Hey, kleines Mädchen,
kämm dir das Haar, schmink dich,
bald wird er die Tür öffnen.

Glaub bloß nicht,
du bräuchtest dir keine Mühe mehr geben,
nur weil du einen Ring am Finger trägst.

Vor dem Spiegel trainierte sie ihr Lächeln. Auch das tat sie fast täglich, weil sie von sich aus fast nie lächeln wollte. Ihr war die Lust oder der Wunsch zu lächeln schon vor langer Zeit abhandengekommen.

Stets rechnete Kathryn damit, dass ihr das Gesicht von den Knochen rutschen und in eine Pfütze des Elends rinnen würde, wie etwa Dalís schmelzende Uhr oder das Spiegelei. Sie war immer ein wenig überrascht, wenn sie feststellte, dass ihr Gesicht da saß, wo es hingehörte. Nur das Lächeln war ein Problem: Sie konnte von einem Ohr zum anderen grinsen, doch ihre Augen weigerten sich mitzumachen. Sie blieben starr und verängstigt, egal, wie sehr sie sich bemühte. Sie würde sich einfach ein bisschen mehr anstrengen müssen.

Das war die Antwort, Kathryn: Streng dich ein bisschen an.

Vor fünf Jahren

Das Anwaltsbüro war muffig, vollgestellt mit dicken, staubigen Fachbüchern und dem, was Kate für eine uralte Angelausrüstung hielt. Die Holzgriffe und das lose geknüpfte Netz waren vom Alter gezeichnet und sahen aus, als würden sie nicht einmal dem Zappeln des kleinsten Fischchens standhalten können. Die Fensterbank hatte sich zu einem magnolienfarben gestrichenen Friedhof für Spinnen entwickelt, die zusammengeschrumpft wie weggeworfene Johannisbeeren auf dem Rücken lagen. Staubpartikel und winzige Fusseln tanzten in den Lichtstrahlen, die kreuz und quer in den Raum fielen.

Kate spürte, wie die Hautpartikel und das andere durch die Luft fliegende Material sie im Hals kitzelten. Sie versuchte, den Mund geschlossen zu halten, verkniff sich jedoch die Bitte, dass man ein Fenster öffnen möge. Wahrscheinlich war es besser, den Schmutz und die Abgase des Londoner Zentrums nicht hereinzulassen. Außerdem genoss sie die Stille in Mr Barnes' Zimmer.

Kate war jetzt seit drei Tagen und sechs Stunden draußen. Eine freie Frau, nachdem sie fünf Jahre ihrer achtjährigen Strafe abgesessen hatte und bereit war, sich der Welt zu stellen. Ihre bisher größte Freude war der friedvolle Zustand der Stille, in der sie sich bei drei Gelegenheiten vorgefunden hatte: im Taxi, das sie beim Gefängnis abgeholt hatte, im Bett in dem Hotel in Kensington, in dem sie abgestiegen war, und in diesem schmuddeligen Büro in Knightsbridge, wo sie dem Mann gegenüber saß, dem Mark sein Wertvollstes anvertraut hatte. Sein Geld.

Mr Barnes war ein Anwalt von altem Schrot und Korn: Er hatte ein rotes, aufgedunsenes Gesicht, war in Tweed gekleidet – und wahrscheinlich ein ehemaliger Schüler von Mountbriers. Ein Mann, dessen Anerkennung und Freundschaft Mark geschätzt hätte. Sie konnte sich durchaus vorstellen, wie dieser Mr Barnes ihre Geschichte weitererzählte, wie er sie über den Esstisch hinweg zwischen Schlucken von Rotwein und Bissen von Wild ausschlachtet. Sie würde als diese *fürchterliche Frau* dargestellt werden, die den Schulleiter *um die Ecke gebracht* hat, keinen Geringeren als einen mit Preisen ausgezeichneten Direktor.

Machte ihr das etwas aus? Nur insofern, als solches Gerede Lydia und Dominic oben in Yorkshire zu Ohren kommen könnte, und das beunruhigte sie sehr.

Mr Barnes schob sich die schwere goldgerahmte Brille auf die Knollennase und studierte die Papiere in seiner Hand. Er las aufmerksam, als wären ihm die Informationen neu, die sie enthielten. Vielleicht waren sie das tatsächlich. Außerdem verhalf ihm dies zu einer perfekten Gelegenheit, seine Überlegenheit zu demonstrieren. Es kümmerte ihn wenig, dass sie möglicherweise noch andere Termine hatte oder ihre neu entdeckte Freiheit in diesem trostlosen, stickigen Raum vergeudet wurde. Er führte sie gern in sein Büro und ließ sie dann schweigend dasitzen und darauf warten, ihre finanzielle Lage offengelegt zu bekommen, während er über dem Dokument brütete. Es amüsierte Kate, dass er sie für so bedeutungslos hielt. Er wusste es zwar nicht, aber sie war ganz zufrieden und keineswegs unruhig, gespannt oder nervös wie andere, die vor ihr auf diesem Stuhl gesessen hatten. Sie hatte alle Zeit der Welt.

Schließlich legte er die Papiere mit der beschriebenen Seite nach unten auf den lederbezogenen Schreibtisch und nahm die Brille ab.

»Ich hoffe, Sie sind ...«

Kate wartete darauf, dass er seinen Satz beendete, doch das tat er nicht.

»Ja, ja, das bin ich.«

»Gut.«

Er ließ seine alten, gelben Zähne sehen. Sie erinnerten Kate an Stoßzähne, die sehr gut zu diesem Walross von einem Mann passten. Sie lächelte geduldig über den banalen Wortwechsel.

»Also gut, Kathryn.«

»Ich heiße Kate.«

»Wie bitte?«

»Ich bin nicht mehr Kathryn Brooker. Das war ich eigentlich nie. So hat Mark mich nur genannt. Ich habe als Kind Kate oder Katie geheißen. Kathryn war das Etikett, das Mark mir aufgedrückt hat. Er hat mir alles genommen, sogar meinen Namen. Jetzt bin ich also wieder Kate und habe meinen Mädchennamen Gavier angenommen. Ich werde nie mehr Kathryn Brooker sein.«

Mr Barnes starrte die adrette Frau ihm gegenüber an. Er reckte seinen Hals, indem er seinen Unterkiefer nach vorn schob – eine widerliche Angewohnheit. Diese Frau war eindeutig total verrückt und zweifelsohne eine dieser verfluchten Emanzen. Zu seiner Zeit nahm eine Frau den Namen ihres Mannes an und war froh darüber.

»Wie auch immer. Das hat keine Bedeutung …«

»Für Sie vielleicht nicht.« Sie war nicht bereit, darüber hinwegzugehen. »Aber für mich ist es von großer Bedeutung, deshalb heiße ich von jetzt an wieder Kate.«

»Ja, verstanden. Sollen wir weitermachen?«

»Bitte sehr.« Sie nickte.

Mr Barnes setzte sich die Lesebrille wieder auf und drehte die Papiere um. Kate schmunzelte über diese Theatralik.

»Kate.« Er verstummte, nachdem er ihren Namen mehr oder weniger gerufen und damit seinen Standpunkt klargemacht hatte. »Mark hat Sie sehr gut versorgt zurückgelassen. Er hatte nicht nur eine beachtliche Pension, die sich inzwischen hervorragend entwickelt hat, sondern war auch so klug, eine Lebensversicherung abzuschließen und ein paar andere Investitionen zu tätigen, die wir für Sie kapitalisiert haben. Ihre Situation ist absolut einzigartig. Noch nie war ich mit etwas Ähnlichem konfrontiert. Es haben viele Gespräche zwischen mir und der Versicherungsgesellschaft stattgefunden. Ich räume ein, dass ich zudem von mehreren Kollegen Rat eingeholt habe, aber es hat den Anschein, dass alles gesetzeskonform ist.«

Sie nickte. Sein Tonfall war mehr als nur verhalten anklagend. Um ehrlich zu sein, fühlte es sich wirklich ein bisschen komisch an, die Begünstigte einer Lebensversicherung zu sein, obwohl sie diesem Leben selbst ein Ende gesetzt hatte.

»Hätten Sie einen Mord begangen, dann wäre der Sachverhalt ein ganz anderer. Doch nach Lage der Dinge bin ich verpflichtet, Sie über die Höhe der Summe zu informieren.«

Die Art und Weise, wie er das Wort *verpflichtet* betonte, sagte ihr alles, was sie zu wissen brauchte.

Er schob das oberste Blatt über den Schreibtisch, doch seine Finger klebten ein bisschen, sodass das Papier angehoben wurde. An seinen dicken Fingern hingen die Rückstände eines Brathähnchens. Weder nach dem Mittagessen noch nach dem kurzen Gang zur Toilette hatte er sich die Mühe gemacht, sich die Hände zu waschen.

Kates Blick fiel sogleich auf die rechte untere Ecke, wo die Zahlen zusammengerechnet waren. Die Summe betrug knapp eine Million Pfund. Kate spürte, wie sich ihr vor Erstaunen der Magen zusammenzog. Sie hatte keine Ahnung, wie Mark es geschafft hatte, eine solche Summe anzuhäufen. Sie spürte, dass ihr Mund trocken wurde, während sich in ihrem Kopf Gedanken drehten, was dies für Dominic und Lydia bedeuten könnte.

»Entspricht das dem, was Sie erwartet haben, Kate?« Wieder spuckte er ihren Namen geradezu aus.

Sie nickte und zuckte leicht mit den Schultern, weil sie nicht sicher war, wie sie sonst reagieren sollte. Im Gefängnis hatte sie sich wenig mit Geldangelegenheiten befasst und hätte nie im Traum mit einer so beachtlichen Summe gerechnet. Wie hoch sie auch sein mochte, eine Million oder eine Milliarde, nichts konnte sie angemessen für das Leben entschädigen, das sie mit Mark geführt hatte – geschweige denn für die Entfremdung von ihren geliebten Kindern. Sie hätte jeden Penny dieser Summe hergegeben, wenn sie die beiden bei ihrer Freilassung am Gefängnistor hätte sehen können.

Kate erhob sich und machte damit klar, dass die Besprechung zu Ende war.

»Haben Sie einen Plan, was Sie mit dem Geld anfangen wollen?«, fragte Mr Barnes mit scharfer Stimme.

Sie fand seine Frage unverschämt und unnötig. Es ging ihn überhaupt nichts an, jetzt nicht mehr. Am liebsten hätte sie gesagt: *Ja – ich werde die ganze Summe beim Pferderennen in Kempton auf die Nummer zweiundvierzig setzen, denke ich.*

Aber sie sagte es nicht.

»Na ja, ganz oben auf meiner Liste steht ein Urlaub mit meinen Kindern. Nur wir drei, die die Tage in der Sonne vertrödeln. Ich kann es kaum erwarten. Danke der Nachfrage, Mr Burns.«

»Ich heiße Barnes.«

»Wie auch immer, das hat keine Bedeutung.« Das stellte sie im Hinausgehen über die Schulter hinweg fest und war erleichtert, endlich dieser muffigen Atmosphäre zu entkommen.

Kate lag in ihrem Hotelzimmer auf dem Bett und starrte an die Decke. Unten toste und hupte der Londoner Verkehr. Die Beine hatte sie überkreuzt und senkrecht an die Wand gelehnt. Sie wackelte mit den Zehen in den neuen, weichen grauen Socken – einer der vielen kleinen Luxusartikel, die sie begeisterten. Auf der Matratze neben ihr stand ein kleines Tablett mit einer Tasse starkem Earl-Grey-Tee und zwei Mandelkeksen. Sie schlang sich das geringelte Kabel des Telefons um die Finger: Es war fantastisch, einfach nach dem Hörer greifen und anrufen zu können, beglückend, ein Fenster zu haben, das sich öffnen ließ, und eine Tür, durch die sie hinausspazieren und ein bisschen frische Luft schnappen konnte.

»Hallo, Yorkshire, alles ist geregelt.«

Kates Aufregung sprudelte aus ihr heraus, als ihre Schwester den Anruf entgegennahm.

»O mein Gott, Fran, ich kann es nicht fassen, ehrlich. Es wird absolut himmlisch werden, obwohl ich die beiden, um ehrlich zu sein, überall gern sehen würde – ob in Blackpool, Weston-super-Mare, wo auch immer. Alles wird natürlich umso schöner werden, weil wir uns in der Sonne aalen können. Aber eigentlich ist ja nur wichtig, dass wir ungestört miteinander reden dürfen. Ich kann es nicht fassen, dass ich sie sehen werde. Ich kann es einfach nicht fassen! Und weißt du, was das Allerbeste sein wird? Mit Dom und Lyds unter einem Dach zu nächtigen und sie am Morgen ganz verschlafen und zerzaust zu sehen. Weißt du, wie viele Jahre es her ist, dass ich das erlebt habe? Ich komme mir vor, als wäre Weihnachten, Neujahr, Ostern und jeder einzelne Geburtstag– alles auf einmal.«

»Kate ...«

»Kannst du ihnen ausrichten, dass ich Sonnencremes mit dem höchsten Lichtschutzfaktor gekauft habe, alles was wir brauchen. Vielleicht habe ich es sogar ein bisschen übertrieben. Lyds wird immer ganz schnell braun, die Glückliche, aber Dom neigt dazu, vorher alle Rotschattierungen durchzumachen. Ich habe genügend Lotionen besorgt, dass es für ein ganzes Leben reicht.«

»Kate!« Francescas Stimme klang dieses Mal ein bisschen eindringlicher.

»Ich weiß, ich weiß, Fran. Ich schwafele herum, aber ich kann nicht anders! Ich bin so aufgeregt. Habe ich euch die Abflugzeiten durchgegeben? Das habe ich doch gemacht, oder? Ich will die beiden natürlich sehen, bevor wir abfliegen. Ich denke, ich nehme mir in Gatwick ein Hotelzimmer. Dann können sie entweder am Vorabend kommen oder wirklich ganz, ganz früh, damit wir ein paar Stunden haben, um uns vor dem Abflug quasi wieder kennenzulernen.«

»Sie. Kommen. Nicht. Mit.«

Francesca sprach jede Silbe aus, als würde sie mit einer Ausländerin reden: lauter als gewöhnlich und überdeutlich.

»Ach, nun, das ist okay. Das habe ich mir schon gedacht. Ich kann sie auch am Flughafen treffen. Wenn ich es mir recht überlege, ist es vielleicht sogar besser so. Es könnte für sie einfacher sein, wenn viele Leute um uns herum sind, jede Menge Ablenkung. Genau genommen bietet das uns allen die Chance, einfach zusammen zu sein. Bis wir ankommen, wird es leichter sein, miteinander zu reden. Mir ist es egal – was immer das Beste ist.«

»Nein. Hör zu, Kate. Sie kommen überhaupt nicht, nicht zum Flughafen und nicht mit in den Urlaub. Sie kommen gar nicht. Es tut mir leid.«

Kate ließ die Beine an der Wand herunterrutschen. Sie hörte auf zu plappern und rollte sich auf der Bettdecke um den Telefonapparat zusammen.

»Liegt es an der Reise?«, flüsterte sie. »Ich könnte problemlos kommen und sie abholen. Oder ich könnte Geld für die das Bahnticket schicken, was auch immer.«

»Das nützt nichts, Kate, sie brauchen mehr Zeit.«

»Mehr Zeit? Wie viel Zeit denn noch? Sie hatten fünf Jahre«, quiekte Kate, weil ihr Mund vom Schluchzen verzerrt war. »Ich weiß, Liebes, ich weiß.«

»Du weißt gar nichts, Francesca! Du weißt es wirklich nicht. Tut mir leid, ich weiß, dass es nicht deine Schuld ist, aber bitte, bitte, bring sie zu mir, bitte. Fran, bitte.«

»Liebes, ich habe es versucht. Ich schwöre es, ich habe es

versucht. Ich habe mich mit beiden zusammengesetzt und die Möglichkeiten durchdiskutiert. Katie, hab Geduld mit ihnen, sie brauchen einfach mehr Zeit. Dass du draußen bist, bedeutet eine neuerliche Umstellung, und wir müssen behutsam vorgehen.«

Im Gefängnis war Kate in der Lage gewesen, sich selbst etwas vorzumachen über die vielen Gründe für das Fernbleiben ihrer Kinder: Die Entfernung von York, ihre vollen Terminpläne, die Angst, sie im Gefängnis zu sehen. Heute jedoch musste sie der Realität ins Auge blicken. Es war ihre bewusste Entscheidung gewesen, sie nicht zu besuchen. Schlimmer noch, selbst jetzt, da sie einfach in einen Zug steigen und innerhalb weniger Stunden bei ihr sein konnten, wollten die beiden sie nicht sehen. Sie konnte die unerträgliche Wahrheit nicht länger vor sich selbst verbergen.

»Bitte, Francesca, bitte!«

»Es ist nicht meine Entscheidung, Katie. Ich weiß, dass das schwer ist.«

Zu schwer, es ist zu schwer. Wie soll ich das nur durchstehen?

»Lass uns schauen, wie sie sich fühlen, wenn du wieder zurück bist. Weine nicht, Schwesterherz, es wird alles in Ordnung kommen. Bitte weine nicht.«

Jedes Mal bricht mir das Herz. Jedes Mal.

Die Idee einer Urlaubsreise war Katie erst in den Sinn gekommen, als sie diese dem neugierigen Anwalt gegenüber erwähnt hatte. Doch der Plan ergab durchaus Sinn: Es war eine Chance für sie und die Kinder, sich in neutraler Umgebung wieder anzunähern, eine Chance, beide wieder für sich zu haben und zu versuchen, die Zeit ihrer Trennung aufzuholen. Sie hatte nicht in Betracht gezogen, dass die beiden einfach nicht mit ihr zusammen sein wollten.

Diese Erkenntnis führte dazu, dass sich der winzige Riss in ihrem Herzen noch ein wenig verbreiterte.

Kate quälte sich den ganzen Abend lang, indem sie sich ausmalte, wie sie und die Kinder barfuß durch den Sand laufen und offen miteinander reden, während die Sonne am Horizont versinkt. Es sollte nicht sein. Am Morgen betrachtete sie den Boden, auf dem mit Tränen durchnässte Taschentücher verstreut lagen, und beschloss, trotzdem zu verreisen.

Zum ersten Mal in ihrem Leben hielt sie nichts an einem bestimmten Ort zurück. Es gab kein Haus, keinen Job und keine Familie, die dringend ihre Rückkehr erwartete. Sie konnte ihre Zeit genauso gut im Ausland in einem Hotel verbringen wie in London. Dort wäre sie aber in der Lage, in Ruhe ihre Gedanken zu ordnen und in der Sonne zu sitzen. Saint Lucia – allein der Name klang exotisch.

In Gatwick wurde sie jedoch zunehmend ängstlich und unsicher. Anscheinend wusste in der Abflughalle jeder Reisende außer ihr, was zu tun war. Die achtzehn Jahre der Isolation unter Marks Kontrolle und die Zeit im Gefängnis hatten dafür gesorgt, dass sie sich in einer Menge von fremden Menschen unwohl fühlte. Nach fünf in der Gesellschaft von Mörderinnen und Drogenhändlerinnen verbrachten Jahren war es eigentlich lächerlich, vor Schreck über die mit Rucksäcken bepackte Familie wie gelähmt zu sein, die ihre Malbücher und Erfrischungstücher auf der Sitzreihe gegenüber ausbreitete. Was wäre, wenn die sie ansprechen würden? Gott allein wusste, was sie mit der ziemlich dürren Mutter gemein hatte, die an einem Styroporbecher nippte und hin und wieder über den muskulösen Oberschenkel ihres Mannes streichelte.

Kate musterte das Gesicht der Frau, beobachtete ihren Mund, analysierte ihre Bewegungen. Sie wusste, dass man dem ersten Eindruck nie wirklich trauen konnte. War diese Frau verängstigt? Zurückhaltend? Wurde sie zum Gehorsam gezwungen? Kate musste zugeben, dass sie nicht verängstigt, zurückhaltend oder unterdrückt wirkte. Genau genommen wirkte sie entspannt, locker und zufrieden. Was für ein Glück für diese Frau!

Kate machte ihr Misstrauen anderen gegenüber traurig. Ihre Fähigkeit, über Belanglosigkeiten zu sprechen, war verschwunden. Vielleicht würde sie mit etwas Übung wiederkommen. Eine Sekunde lang gestattete sie sich, sich ein angenehmes Leben an der Seite eines guten Mannes auszumalen. Wie hatte sie nur einen solchen Fehler begehen können?

Sie vertiefte sich in ihr Buch mit Gedichten von Derek Walcott und versuchte, sich unsichtbar zu machen. Eine Zeile faszinierte sie, die ungeheuer passend zu sein schien, deshalb wiederholte sie sie und weidete sich an den Möglichkeiten, die sie verhieß: *Du wirst den Fremden, der du selbst einmal warst, wieder lieben.*

Diese Vorstellung gefiel ihr sehr gut.

Der Lärm einer Schar von Jungen riss sie aus ihren Träumereien. Die Kinder schlenderten in Grüppchen von vier und fünf vorbei, eine ganze Meute. Adrett und herausgeputzt, aber mit der Nonchalance und den Charakteristika jener Jungs, mit denen sie einst vertraut gewesen war, Jungs wie Dominic. Sie waren alle ähnlich gekleidet, in Trainingshosen und Kapuzenpullis, mit gestuften, langen Haaren und mit Lederumhängetaschen über den Schultern. Sie vermutete, dass sie zwischen zwölf und vierzehn Jahre alt waren. Die Jungs waren höflich, doch sie fühlten sich in ihrer noch makellosen Haut unwohl.

Zu Kates großem Unbehagen steuerten die Jungs auf die drei freien Plätze neben ihr zu. Sie stellten ihre Taschen ab und drängten sich zusammen, dem Anschein nach bemerkten sie die Frau gar nicht, die ihre Nase in ein Buch steckte. Sie unterhielten sich über das Rugbyturnier, zu dem sie sich aufmachten, fragten, wann das Gate wohl geöffnet würde und tuschelten über die Tatsache, dass George zu spät dran gewesen war und den Schulbus beinahe verpasst hatte. Dieser George wurde mit mehreren politisch nicht korrekten Begriffen bedacht und abgestempelt, obwohl Kate nicht begriff, was seine Sexualität und ein kaputter Wecker miteinander zu tun hatten. Der Tonfall der Jungs, der ihre Zugehörigkeit zur Oberschicht verriet, und die Tatsache, dass sie sich in einem großen Flughafen ungezwungen bewegten, von dem aus sie ohne Eltern ans andere Ende der Welt fliegen würden, sprach Bände.

Es geschah fast gleichzeitig. Während Kate ihr Buch sinken ließ, drehte einer der Jungs sich um. Das Schulwappen auf seinem Rücken war dadurch deutlich zu erkennen. Ihr stockte der Atem, ihre Haut war sofort von einem dünnen, kalten Schweißfilm bedeckt, und ihre Beine zitterten. Das goldene Emblem mit den ausgebreiteten Adlerflügeln im Hintergrund und darunter dem lateinischen Motto übte noch immer diese Wirkung auf sie aus. Die Wahrheit wird euch befreien. Es stand für Mark, es stand für Folter, es stand für Gefängnis. Es stand für den Verlust von Lydia und Dominic.

Kate griff nach ihrer Tasche und versuchte, ihr Buch und die Flasche Wasser darin zu verstauen. Ihr Herz pochte laut in ihrer Brust, ihr Blick verschwamm. In ihrer Hast ließ sie das Buch fallen. Zwei junge Hände griffen auf den Boden und hoben es auf.

Der dunkelhaarige Teenager reichte ihr das Taschenbuch. »Entschuldigen Sie, ich glaube, das gehört Ihnen.«

»Danke, ja, es ist meins.«

»Der hat den Nobelpreis bekommen, nicht wahr? Ist es gut?«

Kate schaute auf und blickte in die Augen von Guido Petronatti. Als sie ihn das letzte Mal gesehen hatte, war er neun Jahre alt gewesen. Es erstaunte sie nicht, dass er einen Nobelpreisträger erkannte, wenn er einen sah, der kluge Junge.

Sie holte tief Luft und kam zu dem Schluss, dass sie nichts zu verlieren hatte.

»Ich habe es gerade erst angefangen, Guido, aber es ist in jedem Fall vielversprechend. Er schreibt wunderbare Gedichte. Liest du immer noch so viel?«

Kate erinnerte sich an den jungen Bücherwurm mit Brille, der nichts lieber getan hatte, als sich mit dem neuesten Harry Potter in eine stille Ecke der Bibliothek zu verkriechen. Das war eine Ewigkeit her. Der Junge zog verwirrt die Augenbrauen hoch, bis sie ganz schräg standen.

»Ja, das mache ich. Bin ich …? Wie haben Sie …? Oh, Scheiße! Tut mir leid, Mrs Brooker, ich meine nicht Scheiße, ich meine …«

»Ist schon in Ordnung, Guido. Das verstehe ich.«

»Wow. Ich hatte nicht erwartet, Sie jemals wiederzusehen. Sind Sie etwa …? Haben Sie …? Scheiße. Tut mir leid.«

»Wie geht es Luca?«

Sie tat ihr Bestes, um den Jungen zu beruhigen, der offensichtlich dadurch, dass er der berüchtigten Mrs Bedmaker gegenüberstand, ganz aus der Fassung geraten war. Kate hatte Guidos älteren Bruder, der mit Dom befreundet war, immer sehr gemocht.

»Er studiert am King's College Medizin. Mir tun die Menschen allerdings leid, die es mit ihm als Arzt zu tun bekommen, er ist ein solcher Schwachkopf. Ich weiß, dass er und Dom in London häufig miteinander ausgegangen sind. Mein Dad hat Luca, dem Glückspilz, eine Wohnung gekauft.«

»Ach?«

Nachdem der Name ihres Sohnes gefallen war, lehnte Kate sich zurück und rang nach Luft. Von London war es nur ein Katzensprung zum Marlham Gefängnis. Dom hatte die Reise für Luca auf sich genommen, nicht aber für sie. Das war eine neue Information, ein neues Bild für sie, mit dem sie sich in den kommenden Tagen gedanklich beschäftigen würde. Dominic, ihr erwachsener Sohn, mit Luca in London, der schon immer das Zeug zum Playboy hatte. Beim Gedanken an die beiden musste sie schmunzeln. Sie war glücklich – tief getroffen von der neuesten Erkenntnis, aber trotzdem glücklich.

Gut für dich, Dom, mein schöner Junge.

»Geht es Ihnen gut, Mrs Brooker? Kann ich irgendetwas tun?«

Kate war sich nicht bewusst, dass sie inzwischen hemmungslos weinte und die meisten der Jungs sie anstarrten. Wie sie ihre Kinder vermisste, wie sie sich wünschte, sie an ihrer Seite zu haben! Ihre Flugtickets steckten in ihrer Tasche, nur für den Fall, dass sie es sich in letzter Minute anders überlegt hatten.

»Ach, Guido, ja. Tut mir leid. Mir geht es gut. Ich habe Dom nur seit einer ganzen Weile nicht mehr gesehen. Ich vermisse ihn und Lydia.«

Der Junge schrammte mit der Spitze seines Sportschuhs über den glänzend polierten Linoleumboden und starrte auf seine Füße hinab.

»Es war nichts mehr wie vorher, nachdem Sie, Sie wissen schon ...«

Er wand sich, weil er unsicher war, ob seine Worte angebracht waren, beschloss aber dennoch fortzufahren.

»In der Nacht ... nachdem Mr Brooker ... ist Mountbriers härter geworden, ein bisschen brutaler. Ich denke, das hat daran gelegen, dass Sie nicht mehr da waren. Ich habe Sie immer für die Ersatzmutter gehalten, meine war ja immer so weit weg. Obwohl, wenn ich es mir recht überlege, war sie eine ziemlich schlechte Mutter, wenn sie dann mal da war. Sie aber haben mir vor dem Gottesdienst immer die Haare gekämmt, das hat sonst niemand gemacht, weil es den anderen egal war. Mich hat es gestört, dass meine Haare so durcheinander waren, aber ich wusste nicht, wie ich sie selbst in Ordnung bringen konnte.«

Kate weinte nur noch mehr.

»Gut, Jungs! Beeilt euch – wir wollen doch keinen zurücklassen, oder?«

Die Stimme des jungen Sportlehrers dröhnte durch die Halle. Zum Glück hatte Kate ihn noch nie gesehen. Sie wäre nicht in der Lage gewesen, die Begegnung mit einem Bekannten zu verkraften. Die Jungen setzten sich bei seinem Befehl in Bewegung.

Kate beobachtete, wie Guido sich zu seinen Freunden gesellte. Sie flüsterte in sich hinein: »Danke, Guido. Vielen Dank.«

Die Erde schien seit Kates letzter Reise geschrumpft zu sein. Ein ausgedehnter Schlaf, eine Mahlzeit und zwei Filme, und schon war sie in einer anderen Welt.

Nachdem ihr Gepäck vorsichtig im Gepäckraum verstaut war, rumpelte und holperte der kleine rotgelbe Bus den etwas großartig benannten Millennium Highway entlang. Dieser Name beschwor das Bild einer mehrspurigen Schnellstraße herauf, auf der der Verkehr geordnet zwischen Neonschildern und blinkenden Lichtern dahin saust. Kate hatte den Rollsteig aus *Die Jetsons* vor Augen, allerdings hier, auf der Erde. In Wahrheit war die Straße ganz anders, von riesigen Schlaglöchern, von denen einige die Größe einer Badewanne hatten, und merkwürdigen Hindernissen übersät. In England wäre sie im Höchstfall als Landstraße eingestuft worden.

Kate erblickte ein dunkelbraunes Veloursofa, das auf einem Grasstreifen entsorgt worden war. Drei magere Hunde lagen zusammengerollt schlafend auf den dicken Polstern, einer davon ließ ein Bein herunterbaumeln und hatte ein Auge halb geöffnet, als rechnete er damit, dass der Hausherr jeden Augenblick kommen und ihn herunterscheuchen würde. Eine zusammengebundene Ziegenherde hatte beschlossen, sich mitten in einer Kurve niederzulassen. Das war für das Motorrad und den winzigen Suzuki, die daran vorbeischossen, kein Problem, für den sperrigen Bus dagegen schon. Der geschickte Fahrer pfiff und tat sein Bestes, um durch die schmale Lücke hindurchzusteuern, während die Räder der rechten Seite auf dem Kies abzurutschen und der ganze Bus den unbefestigten Hang hinabzustürzen drohte. Kate lenkte sich ab, indem sie auf der anderen Seite zum Fenster hinaussah, bis die Gefahr vorüber war.

Sie staunte über die bunten Häuser, die zumeist auf Pfählen standen. Das war eindeutig die einzige Möglichkeit, an den Hängen der steilen Hügel billig und sicher zu bauen. Aus der Ferne sahen die kleinen Holzquadrate in gedämpftem Rot, hellem Türkis und knalligem Pink wie Häuser aus Marshmallows oder wie die Lebkuchenhäuschen in einem Märchenbuch aus. Aus der Nähe betrachtet wirkten die verblasste Farbe auf den Schindeln, die gepflegten Blumenkästen und die sich im Wind bauschenden kunstvollen Tüllgardinen noch bezaubernder.

Mit Unterhemden bekleidete, zahnlose alte Männer, deren faltige Gesichter tausend Geschichten erzählten, und dunkelhäutige Frauen mit ausladendem Hinterteil und Lockenwicklern in den Haaren rekelten sich auf den wackeligen Balkonen. Entlang der Straße standen vereinzelte Hütten, in denen man Cola, Reis und Erbsen sowie einheimisches Bier kaufen konnte. Obwohl sie sich mitten im Nirgendwo zu befinden schienen, war jeder dieser Verkaufsstände gut frequentiert. Hühner und Hunde streunten in kleinen Gruppen umher. Sie erinnerten Kate an Figuren aus *Chicken Licken*, die sich zu einem Rundgang aufmachen oder losziehen, um Lebensmittel einzukaufen. Sie schaute ein zweites Mal hin, um zu sehen, ob der eine oder andere einen kleinen Korb, einen Regenschirm oder ein Kopftuch trug.

Die Hitze war wie eine warme Decke, die ihren Gelenken guttat und die Muskelverspannungen löste. Sie verspürte einen Anflug von Nervosität und Vorfreude darauf, was ihre Reise wohl mit sich bringen mochte. Bananenstauden und Kokosnusspalmen machten sich in dem dichten Dschungel neben der Straße gegenseitig Platz und Licht streitig. Jede Biegung des kurvenreichen Fahrwegs gab einen neuen verblüffenden Blick auf Berge oder tropische Wälder frei. Das war genau das, was Kate sich von Saint Lucia erhofft hatte. Sie war glücklich.

Die Begeisterung über die Fahrt vom Flughafen sollte nicht lange anhalten. Eine Stunde, nachdem sie ihr Gepäck in den Kofferraum des Busses gehievt hatte, betrat sie die riesige, mit Marmor ausgelegte Empfangshalle des Hotels *The Landings* und wollte sofort wieder nach Hause fliegen. Aber sie hatte kein Zuhause mehr.

Das Hotel sah schön aus. Die Marmorsäulen und -böden glänzten. Die hohe, kathedralenähnliche Decke aus gebogenem Holz erinnerte sie an ein großes Schiff. Elegant, kühl, und teuer. Das waren nur drei der Gründe, wieso sie sich wie ein Fisch auf dem Trockenen vorkam. Die Frauen, zum größten Teil Amerikanerinnen, die sich auf den tiefen Polstersofas versammelt hatten, schienen auf nichts Besonderes zu warten. Sie hatten alle ein Accessoire dabei, das Kate sogleich von ihnen abhob. Einen Mann.

Die Gruppe war elegant gekleidet. Die Frauen umklammerten Designerhandtaschen, Diamanten funkelten an ihren

Handgelenken und an ihren Ohrläppchen. Sie schienen gemeinsam beschlossen zu haben, dass die angemessene Kleidung auf dieser grünen Insel in reinen, leuchtenden Pinktönen und Sandalen mit Absatz bestand, die auf den harten Böden laut klapperten. Außerdem hatte Kate den Eindruck, dass sie sich alle das Gesicht hatten aufspritzen lassen.

Zu Kates Bedauern hatte niemand sie auf den Dresscode hingewiesen. Sie strich sich mit den Handflächen in dem Bemühen über die Hüfte, die Falten aus ihrem Rock mit dem albernen Druckmuster glatt zu streichen, und schob sich ihre billige Baststrandtasche über die Schulter. Sie kam sich eher für eine Schulfete gekleidet vor als in karibischem Schick. Einheimische Männer in marineblauen Bermudashorts und leuchtend weißen Polohemden standen, die Hände hinter dem Rücken verschränkt, da und warteten darauf, dass einer der Gäste sie heranwinkte. Entweder um einen neuen Drink zu ordern oder einen Rat zu erbitten, wo man gut zu Abend essen konnte.

Kate kam schnell zu dem Schluss, dass die beste Überlebenstaktik darin bestand, sich zu verstecken. Sie konnte den Gedanken nicht ertragen, an den Bars herumzusitzen, einer dieser Frauen in die Arme zu laufen oder auf einer Sonnenliege Konversation machen zu müssen: *Ich bin Debbie. Wir kommen aus New York, dem Bundesstaat. Mein Mann? Ach, er ist im Bankgeschäft. Ja, zwei Söhne – einer besucht die Militärakademie, er will Pilot werden, und der andere studiert in Harvard Betriebswirtschaft. Ob es unser erstes Mal ist? Nein, unser sechzehntes Mal. Wir lieben die Inseln einfach. Und Sie?*

Ich bin Kate. Aus England. Es ist meine erste Reise hierher, gewöhnlich fahre ich nach Cornwall, in die Hafenstadt Padstow.

Mein Mann – ist verstorben. Oh, nein, das braucht Ihnen nicht leidzutun, ich war diejenige, die ihn umgebracht hat. Genau genommen bin ich gerade erst aus dem Gefängnis entlassen worden. Meine Kinder? Ach, die reden nicht mehr mit mir, weil ich ihren Dad ermordet habe und so ... Tja, ich finde Ihren Bikini einfach fantastisch!

Kate sah voraus, dass dieser Wortwechsel nicht zum Austausch von Adressen und Weihnachtskarten führen würde. Stattdessen suchte sie Orte auf, die andere Touristen mieden. Die meisten wollten sich höchstens eine kurze Strecke von einer mit einem Papierschirmchen verzierten Piña Colada oder einem Restaurant mit Klimaanlage entfernen, um sich die Beine zu vertreten, sie jedoch nicht.

Kate verbrachte die ersten beiden Tage mit Ausflügen zum Strand, wo sie an der Küste entlangwanderte und dann in die Ruhe ihres Hotelzimmers zurückkehrte. Sie lag auf ihrem riesigen Bett und staunte über den Luxus, der sie umgab. Das Zirpen und Piepen der Tierwelt lullte sie in den Schlaf. Am dritten Tag stieß sie auf eine wahre Goldgrube: Pigeon Island. Das war das Paradies, von dem sie immer geträumt hatte: eine ruhige Oase mit den alten Ruinen einer britischen Bergfestung mitten in der Dschungellandschaft.

Der Weg zum Fort schlängelte sich bergauf und ermöglichte es Kate, erstaunt eine Vielzahl von Bäumen zu betrachten, die sie noch nie gesehen hatte, Bäume mit Namen wie Flammenbaum und Bogenhanf. Sie setzte ihren Weg ohne Probleme bis zum Wachturm fort. Der steile Anstieg war nach den Tagen der Untätigkeit eine willkommene sportliche Betätigung. Allein auf einem Mauerabschnitt in der Mittagshitze sitzend, beobachtete sie die weißen Boote auf dem Meer mit winzigen Wasserskifahrern im Schlepptau, die wie Püppchen von Modelleisenbahnen über das Wasser hüpften. Sie fuhr mit den Fingern über den warmen Granitbrocken, auf dem sie hockte. Wie sie da in der leichten, dem Po angepassten Kuhle saß, fragte sie sich, wie viele Hände den Stein in den zweihundert Jahren, seit er hierher gebracht worden war, berührt hatten.

Kate überlegte, welch übermenschliche Anstrengung es bedeutet haben musste, diesen gigantischen Felsbrocken vom Deck eines Schiffes die ganze Strecke bis zum Gipfel des etwa einhundert Meter hohen Hügels zu befördern. Sie stellte sich die Männer mit gebräunten, schweißglänzenden Muskeln vor, die unter der erbarmungslosen karibischen Sonne schleppten und ächzten und während der Plackerei vielleicht an ferne Häfen und ihre Lieben auf dem feucht glänzenden Pflaster ihrer englischen Heimat dachten. Es machte sie ein wenig traurig, dass diese Anstrengungen herabgewürdigt wurden, indem dieser Teil des Wachturms zum Sitzplatz für müde Hinterteile verkam.

Sie fand es unwirklich, dass sie noch vor wenigen Wochen gegen weiß glänzende Wände, gegen Gefängnisgitter und leuchtend blaue Bodenfliesen gestarrt und auf das Quietschen von Schuhen mit Gummisohlen gelauscht hatte, wenn die Wärterinnen nach Einbruch der Dunkelheit in den Gängen patrouillierten. Es fiel ihr schwer, sich vorzustellen, dass für die Insassen in Marlham alles seinen gewohnten Gang ging. Das gleiche Gefühl hatte sie nach der großen Katastrophe in Hinblick auf Mountbriers gehabt. Sie hatte sich nur schwer ausmalen können, dass die Mühlen der Schule weitermahlen würden. Sie kam zu dem Schluss, dass die plötzliche Abwesenheit eines Menschen oder eine dramatische Veränderung der Situation einer Wunde nicht unähnlich war: Der Verlust mochte am Anfang schmerzhaft sein, würde aber schließlich heilen, sich wie verletzte Haut schließen und zuwachsen.

Auf dem Rückweg vom Wachturm machte Kate am *Jambe de Bois Café* Halt. Die baufällige Holzhütte war für das dort angebotene bunte Kunsthandwerk der Einheimischen bekannt, für gute kalte Drinks an heißen Tagen und das beste Abendessen, das man unter freiem Himmel verzehren konnte – so wurde jedenfalls behauptet.

Kate kaufte sich ein kaltes Bier, bevor sie sich auf dem winzigen Strand neben dem Anlegesteg niederließ. Sie genoss den herrlichen Tag und konnte spüren, wie sich das warme Glühen der Sonne auf ihrer zunehmend gebräunten Haut ausbreitete. Es fühlte sich wunderbar an.

Kate holte langsam und tief Luft, als wollte sie den Kopf freibekommen. Sie freute sich über dieses neue Gefühl von Frieden. Sie konnte tun, was immer sie wollte. Zum ersten Mal allein in ein fremdes Land zu reisen hatte etwas ziemlich Befreiendes. Es vermittelte ihr das Gefühl, abenteuerlustig, waghalsig und jung zu sein. Sie konnte sich die verblüffende Freiheit nur vorstellen, die ein ganzes Jahr Auszeit bot. In ihrer Jugend hatte es so etwas nicht gegeben, und sie konnte nur zum wiederholten Mal bedauern, zu früh geboren worden zu sein.

Ein kleines Mädchen in T-Shirt und Hose stapfte am Ufer entlang, verspritzte Wasser und hielt nur inne, um in den seichten Wellen zu planschen, die seine pummeligen Füße umspülten. Seine Haare waren zu gedrehten Knoten frisiert, jeder inmitten eines Vierecks – ein kunstvolles Design, das Kate faszinierte. Sie schätzte die Kleine, die hinreißend aussah, auf etwa vier Jahre. Ihre großen Augen, die von dichten, gebogenen Wimpern umrahmt wurden, beherrschten das herzförmige Gesicht. Ihr Grinsen war breit und ansteckend. Sie lief auf Kate zu und blieb vor ihr stehen.

»Hallo«, sagte Kate.

Das kleine Mädchen lächelte, antwortete aber nicht. Es streckte den Arm aus, während die Faust ein kleines Objekt fest umklammerte, und machte mit der anderen Hand ein Zeichen, dass Kate es ihr nachtun sollte. Kate streckte den Arm aus und öffnete gerade noch rechtzeitig die Hand unter der des Mädchens, um ein kostbares Geschenk entgegenzunehmen. Es handelte sich um eine etwa zwei Zentimeter lange Muschel. Ihr Ende rollte sich zu einem makellosen Punkt zusammen, der im Sonnenlicht hellrosa glänzte. Sie war perfekt.

Kate erinnerte sich, in Cornwall einmal eine ähnliche Muschel gefunden und sie Lydia geschenkt zu haben, als sie etwa im gleichen Alter wie die Kleine gewesen war.

»Sie hat die gleiche Farbe wie der Regenbogen, Mummy«, hatte ihre Tochter ausgerufen.

»Ja, das hat sie. Das liegt daran, dass es eine Zaubermuschel ist, Lyds.«

»Woraus ist sie gemacht?«

»Winzige rosa Muscheln werden aus den Fingernägeln von Meerjungfrauen hergestellt.«

Kate grub die Zehen in den Sand und hielt die kühle Bierflasche in den Händen. Sie konnte die Jubelrufe eines spontan organisierten Ballspiels auf dem angrenzenden Strand und das wiederholte Klatschen eines Balls gegen einen Schläger hören. Die Geräusche der unbekümmert kreischenden und lachenden Kinder ließen ihre Gedanken zu jenem Urlaub zurückwandern, als Dominic und Lydia noch klein gewesen waren.

Sie waren für ein verlängertes Wochenende nach Padstow gefahren, und für Außenstehende hatte es wie ein idyllischer Sommerurlaub wirken müssen. Tagsüber wanderte die junge Familie durch die Felstümpel und fing in leuchtend bunten Eimern kleine Krebse, verschlang am Hafenkai Fish and Chips und aß jede zweite Mahlzeit im Freien. Wenn die Sonne unterging und die Temperatur sank, wurden die von ihren Abenteuern am Strand erschöpften Kinder in ihre kleinen Betten gebracht. Am Tag machten sie den Strand zu ihrem Spielplatz, lagen auf dem Sand, gruben Löcher und gingen wiederholt zum Wasser, um mit den unhandlichen Eimern eiskaltes Meerwasser zu holen, das sofort versickerte, sobald sie es ausgossen. Trotz der Aussichtslosigkeit, das Loch mit Wasser zu füllen, waren die Kinder stundenlang damit beschäftigt. Sie liefen auf ihren winzigen Füßen auf dem matschigen Sand hin und her und hinterließen schmutzige Abdrücke, die vom Matsch aufgesogen wurden und innerhalb von Minuten wieder verschwanden.

Allerdings war niemand in der Nähe, der das widerwärtige Thema ihrer Unterhaltung hätte aufschnappen können. Während die Familie auf der karierten Picknickdecke saß und Sandwiches aß, beschloss Mark, mit den noch kleinen Kindern eine Debatte zu beginnen.

»Und, Dominic, wen hast du am meisten lieb, Mummy oder Daddy?«

Die drei anderen schauten zu, wie Dominic das kleine Gesicht nachdenklich verzog.

»Beide gleich«, erklärte der kleine Junge, während Lydia angesichts der klugen Entscheidung in die Hände klatschte.

Wenn es damit nur geendet hätte. Doch Mark war keineswegs zufriedengestellt.

»Nein, Dominic.« Dieses Mal war seine Stimme fester. »Du kannst nicht sagen, beide gleich. Du musst einen von uns lieber haben als den anderen, du musst einen von uns am allerliebsten haben. Ist es Daddy? Hast du Daddy am meisten lieb?«

Dominic hatte die Stirn in Falten gelegt, und sein Blick war von seiner Mutter zu seinem Vater und wieder zurück gewandert. Seine Mummy schaute auf den Boden und schien sich an dem Gespräch nicht zu beteiligen. Das erleichterte ihm die Entscheidung. Er konnte die Antwort geben, die sein Dad hören wollte, wie er wohl wusste.

»Dich, Daddy. Dich hab ich am meisten lieb.«

Mark war beschwingt, triumphierte. Zur Belohnung wurde Dominic von seinem Daddy fest in die Arme genommen.

»So ist es richtig, mein kluger Junge. Du hast deinen Daddy am meisten lieb, weil auch dein Daddy dich am meisten lieb hat.«

Das alarmierte Lydia, der trotz ihres Alters nicht die geringste Kleinigkeit entging.

»Und wer hat Lydia am liebsten?«, wollte sie wissen.

Mark zog sie an sich und gab ihr einen Kuss. »Ich, Lyds. Dein Daddy hat dich am meisten lieb.«

»Und wer hat Mummy am meisten lieb?« Lydia war noch

nicht fertig damit, die Situation, in der sie sich befand, zu analysieren und zu begreifen.

Mark schaute ihr direkt in die Augen. »Niemand kann Mummy am meisten lieb haben, Lydia, weil sie eine erbärmliche, dürre Kuh ist. Sie will uns den ganzen Spaß verderben und uns mit ihrer Trauermiene und ihrer Trauerstimme alle traurig machen, und das wollen wir doch nicht, oder, Lyds? Wir wollen Spaß haben. Oder wollen wir etwa traurig sein?«

»Nein.« Dessen war sich Lydia absolut sicher. Das wollten sie auf keinen Fall.

Kathryn hatte geweint, als sie den Kopf auf ihre angestellten Knie stützte. Sie hatte das Gesicht nach vorn gewandt und aufs Meer hinausgeblickt, um ihre Kinder nicht zu beunruhigen.

An diesem Abend, als die Kinder tief und fest in ihrem mit Meeresmotiven gestalteten Kinderzimmer schliefen, wo Anker auf den Boden gemalt waren und sich an den Wänden Segel blähten, bereitete sich Kathryn darauf vor, die Treppe hinaufzusteigen und ihrem Schicksal ins Auge zu schauen. Sie zögerte, bevor sie all ihren Mut zusammennahm. Sie streckte die Hand aus und berührte den Arm ihres Mannes.

»Mark?«

»Ja, Kathryn.«

»Ich will dich um etwas bitten.«

»Nur zu!«

Das sagte er mit einer solchen Heiterkeit, dass sie sich eine Sekunde lang fragte, ob sie sich den ganzen fürchterlichen Wortwechsel nur eingebildet hatte. Mark war so überschwänglich, dass für jeden, der sie belauscht hätte, sie diejenige gewesen wäre, die mit ihrem formellen Tonfall und dem nervösen, zögerlichen Auftreten unvernünftig geklungen hätte. Eine erbärmliche Kuh.

»Mark, ich wollte dich bitten ...«

»Ja?« Er nickte leicht, um sie zum Sprechen zu ermuntern.

»Ich ... ich wollte dich bitten, die Kinder nicht gegen mich aufzuhetzen.«

Er antwortete nicht, und es war dieses Schweigen, das sie fälschlicherweise als Zustimmung verstand. Es gab ihr einen neuerlichen Anflug von Mut, genug, um fortzufahren.

»Ich habe mir vieles gefallen lassen, Mark, und es macht mir nichts aus, was du mir antust. Aber ich bitte dich, bitte, bitte sei vor den Kindern nicht gemein zu mir, weil sie mir alles bedeuten. Es ist ihnen und auch mir gegenüber nicht fair. Sie sind alles, was ich habe, und es ist das Einzige, was ich nicht hinnehmen kann, wirklich nicht.«

Er bewegte sich blitzschnell und ohne Vorwarnung, schlug ihr mit dem Handrücken fest auf den Mund. Es war das erste Mal, dass er sie wirklich geschlagen hatte. Ihr Mund füllte sich mit der nach Eisen schmeckenden Flüssigkeit, die sie als ihr eigenes Blut erkannte, und ihre Lippe fühlte sich dick an. Ein runder leuchtendroter Fleck bildete sich auf dem blitzsauberen Fußboden.

Mark beugte sich an der Stelle über sie, an der sie unterhalb der weiß lackierten Treppe mit dem Handlauf aus dicker Kordel zu liegen gekommen war. Zärtlich strich er ihr über den Kopf und schob die Haarsträhnen zur Seite, die an dem aus ihrer aufgeplatzten Lippe rinnenden Blut klebten. Er schüttelte sachte den Kopf, als beruhigte er ein tollpatschiges Kind, das sich aus Versehen selbst verletzt hatte.

»Ich freue mich sehr zu hören, dass es dir egal ist, was ich dir antue. Somit hast du es dir selbst zuzuschreiben, Fräuleinchen.«

Er streckte den Arm aus und ergriff vorsichtig ihre Hand, bevor er sie durch den schmalen Flur des Cottage zu ihrem Schlafzimmer führte. Kathryn setzte sich auf die Bettkante und knöpfte sich mit zitternden Fingern langsam die Bluse auf. Sie war von dem Schock wie benommen.

Mark zog sich die Socken von den Füßen, trat vor und stopfte ihr mit geradezu einstudierter Präzision eine Socke in den Mund. Sie würgte und kämpfte gegen den automatischen Reflex an, weil sie wusste, sie würde mit Sicherheit ersticken, wenn sie sich übergeben müsste.

Er drückte ihr Gesicht auf die Matratze und zischte ihr ins Ohr: »Du bist ein sehr, sehr böses Mädchen, und du hast elf Punkte für Verstöße angehäuft, die zu zahlreich sind, als dass ich sie alle einzeln aufzählen könnte. Aber angesichts der Tatsache, dass es dir egal ist, was ich dir antue, spielt das ja keine Rolle, oder?«

Er fuhr mit seiner Bestrafung fort. Innerhalb von Sekunden war klar, dass er sich die Mühe mit dem Knebel hätte ersparen können. Sie würde nicht schreien oder Lärm machen, sondern verlor beinahe augenblicklich das Bewusstsein.

Als sie in den frühen Morgenstunden wieder zu sich kam, hatte er die Socke aus ihrem Mund genommen, und dafür war sie ihm dankbar. Ihre Lippen waren trocken, ihr Hals war ausgedörrt und schmerzte. Sie streckte die Hand nach dem Glas Wasser aus, das nur wenige Zentimeter von ihren Fingerspitzen entfernt stand.

»Möchtest du etwas trinken, Kathryn?«

Sie nickte, ja, sie würde gern etwas trinken.

»Das kann ich mir denken. Aber nein. Keine Getränke für dich, mein Schatz, nicht heute früh.«

Sie versuchte zu schlucken. Ihre Zunge war angeschwollen, ihre Spucke vor lauter Durst ganz zäh, ihr Hals schmerzte noch von der Knebelung, und ihre Lippen waren geschwollen und blutverkrustet. Sie rollte sich auf die Seite und weinte in ihr Kissen, während sie versuchte, nicht an den Schmerz in ihrem Unterleib und ihre neuen Verletzungen zu denken.

Kate schüttelte den Kopf und versuchte, die Bilder jenes speziellen Wochenendes auszulöschen. Jede nur annähernd glückliche Erinnerung und jedes Ereignis, das sie mit ihren Kindern in Verbindung brachte, wurden durch den dunklen Schatten des Missbrauchs durch ihren Mann getrübt. Es war, als wäre sie eine Schauspielerin in einem Theaterstück: Solang sie auf der Bühne stand, geschahen wunderbare und aufregende Dinge, die ihr Freude machten. Aber sie konnte nicht ewig auf der Bühne bleiben, und sobald sie in die Kulissen kam, rums! Sogleich widerfuhren ihr schreckliche Dinge, denen sie nicht zu entgehen vermochte. Tag für Tag konnte sie nichts anderes tun, als ins Publikum zu blicken und in dem Versuch zu lächeln, ihren Kummer zu kaschieren, während sie insgeheim hoffte, einer der Zuschauer möge ihr Lächeln durchschauen und sie retten.

Kate sah das grinsende Kind vor sich an und stellte sich vor, wie ihr eigenes kleines Mädchen das Zaubergeschenk eines Meerjungfrauenfingernagels in ihre Tasche steckt, um es sicher aufzubewahren. Sie blinzelte und schluckte die Tränen hinunter, die ihr in die Augen zu steigen drohten.

»Vielen Dank. Ist die für mich?«

Das kleine Mädchen nickte kurz.

»Das ist bestimmt das schönste Geschenk, das ich seit langer, langer Zeit bekommen habe. Ich werde es in Ehren halten.«

»Da bist du ja, Matilda.«

Kate schaute auf und blickte in die Richtung, aus der die Stimme kam. Ein Mann kam auf sie zu. Er war groß und stattlich. Seine zu gleichmäßigen Zöpfen geflochtenen Haare reichten ihm bis in den Nacken. Seine schwarze Haut glänzte in der Sonne und zeichnete jeden Muskel ab. Er war schön. Mit ausgreifenden Schritten ging er durch das Wasser, das seine nackten Füße umspülte und den Saum seiner Cargohose durchnässte. Das Strandleben war für ihn nichts Neues.

»Ach, ich sehe, sie hat eine Freundin gefunden.«

Er lächelte Kate an und zeigte dabei makellose, blendend weiße Zähne. Kate erkannte, von wem Matilda ihr Lächeln geerbt hatte.

»Sie ist wunderbar.«

»Ja, das ist sie.« Er stand da, die Hände in die Hüften gestemmt, und nickte zustimmend.

»Und sie hat mir ein Geschenk gemacht, einen echten Schatz.« Kate öffnete die Faust, um ihm das Geschenk zu zeigen.

»Wirklich ein Schatz.« Seine Augen funkelten.

»Ich werde ihn gut aufbewahren. Er wird mich immer an diese Insel erinnern.« Sie meinte es ernst.

»Das ist gut. Und Sie sind offensichtlich ein Mensch, der einen wahren Schatz erkennt, wenn er ihn vor Augen hat. Wo kommen Sie her?«

»Aus England. Ich mache Urlaub, bin drei Wochen geflüchtet.« Sie lachte und war sich bewusst, dass sie ein wenig albern klang.

»Wovor versuchen Sie denn zu fliehen?« Er blickte sie ernst an.

»Ach, ich weiß nicht.«

Kate kaute auf ihrer Unterlippe herum. Trotz ihrer großen Anstrengung, ihre Gefühle unter Kontrolle zu halten, drohte sie in Tränen auszubrechen. Die Erinnerung an ihre Kinder am Strand war so stark, dass es eine Qual war. Sie vermisste sie so sehr, dass es ihr körperliche Schmerzen bereitete, und die Tatsache, dass jemand nett zu ihr war, machte das Ganze irgendwie noch unerträglicher.

»Tut mir leid. Sie und Ihre Tochter ... ich habe meine eigene Tochter und meinen Sohn schon eine ganze Weile nicht mehr gesehen, und es sind immer die kleinen Dinge, die mich daran erinnern.«

Er ließ sich neben ihr auf den Sand sinken.

»Tut mir leid, das zu hören. Matilda ist nicht meine Tochter, aber ich muss mich um sie und fünfundzwanzig andere wie sie kümmern.«

Er streckte die Hand aus. »Ich leite die Jugendmission oben in Dennery. Ich heiße Simon.«

Kate schüttelte ihm die Hand.

»Ich freue mich, Sie kennenzulernen, Simon. Ich bin Kate Gavier, das heißt einfach nur Kate.«

Sie schniefte, um die fiesen Tränen zurückzudrängen.

»Wow! Sechsundzwanzig Kinder? Das ist viel Arbeit. Ist das so etwas wie eine Tagesbetreuung, eine Kindertagesstätte?«

Simon lächelte. »Es ist ein bisschen mehr. Tages- und Nachtbetreuung, dreihundertfünfundsechzig Tage im Jahr. Es ist ihr Zuhause.«

»Sind alle noch so klein wie Matilda?« Kate war fasziniert und stellte sich viele Reihen von Kinder- und Gitterbettchen vor.

»Na ja, das waren sie einmal. Aber nein, wir haben unterschiedliche Altersstufen. Manchmal kommen sie als Neugeborene zu uns, aber meist erst, wenn sie ein wenig älter sind, wenn die Dinge für ihre Mutter oder ihren Vater ein bisschen zu schwierig werden, aus den verschiedensten Gründen. Auch Teenager haben wir, die Führung und einen Ort brauchen, an dem sie bleiben können.«

»Ich finde, die Mission klingt erstaunlich.«

Simon nickte stumm. Kate spürte, dass ihre Wangen erröteten. Sie war sich bewusst, dass sie *die Mission* einfach durch *Sie* hätte ersetzen können. Es verwirrte sie, dass es ruhige, gute Männer wie Simon gab mit der Gabe, freundlich zu sein, ob zu einem Kind in Not oder zu einer Fremden an einem Strand. Trotzdem hatten auch Männer wie Mark einen Platz auf der Welt, Männer, die das genaue Gegenteil waren.

»Ihr Akzent ist schwer zu lokalisieren, wo kommt er her?«

Simon lachte – ein tiefes, dunkles Glucksen. Es war offensichtlich nicht das erste Mal, dass ihm diese Frage gestellt worden war.

»Ach, das ist eine lange Geschichte. Ich erzähle Ihnen die Zwanzig-Sekunden-Version. Sitzen Sie bequem?«

Kate nickte.

»Ich bin im Süden von London geboren, in Battersea, um genau zu sein, unehelich, Mischling, und in jenen Tagen verhieß das nichts Gutes. Ich wurde zur Adoption freigegeben, kaum dass ich auf der Welt war, und jemand hat es gut mit mir gemeint. Ich bin von einem kanadischen Ehepaar adoptiert worden, das damals in England wohnte. Dann sind wir, als ich acht war, nach Kanada gezogen, wo ich gelebt habe, bis ich dreißig wurde. Dann hat man mich nach Hause gerufen. Mein leiblicher Vater stammt aus Saint Lucia, und seitdem wohne ich hier.«

»Das ist wahrlich eine Zwanzig-Sekunden-Geschichte.« Kate lächelte bei dem Gedanken, dass ihre eigene Geschichte dieser in Sachen Verwicklungen und Abenteuer in nichts nachstehen würde. »*Nach Hause gerufen*, das ist ein schöner Ausdruck. Es ist schön, gebraucht zu werden.«

»Oh ja, und ich wurde gebraucht, obwohl ich bei meiner Ankunft nicht wirklich wusste, worin meine Aufgabe bestehen würde.«

Kate fand seine langsame Sprechweise und den herzlichen Tonfall geradezu hypnotisierend. »Sind Sie wegen Ihres Vaters nach Hause gekommen?«

Wieder lachte Simon laut und mit offenem Mund. »Ja, ja, das bin ich, Kate. Das ist genau der Grund, warum ich nach Hause gekommen bin – wegen meines Vaters, aber nicht in dem Sinne, wie Sie es gemeint haben. Ich bin von Gott gerufen worden. Sie können mich Simon nennen, aber auf der Insel bin ich allgemein als Reverend Dubois bekannt.«

»O mein Gott!«

»Genau. Amen.«

»Nein, ich meine, das hätte ich niemals für möglich gehalten. Sie sehen wirklich nicht wie ein Gottesmann aus.«

Sein lautes Lachen dröhnte in die Brandung.

»Ich verstehe. Und wie müssten wir aussehen?«

»Ich weiß nicht.«

Kate hatte den kahlköpfigen, nüchternen Kaplan von Mountbriers und den uralten, gebrechlichen Pfarrer aus ihrer Jugendzeit vor Augen, der leicht nach Formaldehyd roch, dessen Hand mit der besten Porzellanteetasse ihrer Mutter zitterte und bei dem sich immer Spucke im Mundwinkel sammelte. Er hatte stets, ob bei der Predigt und auch sonst, jedes Wort so ausgesprochen, als verströme er die Gabe der Erkenntnis. Seine Stimme und sein Tonfall waren immer gleich gewesen. Egal, ob er sagte: »Ja, Mrs Gavier, ich hätte gern noch einen Keks«, oder: »Du bist Petrus, und auf diesen Felsen werde ich meine Kirche bauen, und die Mächte der Unterwelt werden sie nicht überwältigen.«

Kate überlegte, was sie antworten sollte. »Ich habe die Erfahrung gemacht, dass Geistliche meist stiller, nachdenklicher sind, keine schönen Halsketten tragen und nicht barfuß am Strand entlanglaufen.«

»Auf dieser Insel machen wir das eben ein bisschen anders.«

»Das sehe ich.«

Matilda taumelte ein paar Schritte rückwärts, blieb stehen und platschte mit dem Hintern ins Meer. Sie brüllte los. Das Wasser war doch etwas kälter, als sie nach ihrem Zehentest gedacht hatte.

»Es ist Zeit, sie zurückzubringen. Sie braucht ihren Mittagsschlaf.«

Simon, dieser Koloss von einem Mann, nahm das kleine Mädchen auf die Arme.

»Ich sage Ihnen was, Kate, Sie sollten uns besuchen kommen. Nehmen Sie sich ein Taxi und fahren Sie nach Dennery, dort finden Sie uns ohne Probleme.«

Ohne auf eine Antwort zu warten, machte er kehrt und trug das Kleinkind auf einem Arm davon, als wäre es leicht wie eine Feder.

Kate konnte nicht sagen, ob das warme Glühen, das ihren Körper durchflutete, auf die Kombination von Sonne und Bier oder auf etwas ganz anderes zurückzuführen war.

Es dauerte zwei weitere Tage, in denen sie Begegnungen am Pool aus dem Wege ging, Däumchen drehte und sich gedanklich mit der Frage beschäftigte, ob Simon nicht nur höflich gewesen war, sondern seine Einladung wirklich ernst gemeint hatte. Es gab nur eine Möglichkeit, das mit Sicherheit herauszufinden.

Das Taxi schlängelte sich steile Bergstraßen hinauf, neben denen oft genug senkrechte Abgründe lauerten. Kate vermied es, sich auszumalen, wie das Fahrzeug den Abhang hinunterstürzte und in die Riesenfarne fiel, die den Aufprall kaum dämpfen würden. Aus dem tiefen Dschungel zu beiden Seiten leuchteten die hellen Blau- und feurigen Rottöne der tropischen Pflanzen. Die Luft war ohne die vom Meer heranwehende kühle Brise stickig, die Hitze drückend. In dieser Umgebung kam Kate Saint Lucia besonders fremd vor. Ihr gefiel es

Der Taxifahrer setzte sie, wie gewünscht, in Dennery ab, denn sie hatte für den Fall, dass sie es sich doch anders überlegen sollte, ihr genaues Ziel nicht angeben wollen. Sie dachte, dass eine solche Neuigkeit auf dieser kleinen Insel Reverend Dubois innerhalb von wenigen Stunden zu Ohren kommen würde.

Soweit Kate ausmachen konnte, besaß Dennery kein erkennbares Ortszentrum. Es war eine weitläufige Siedlung, in der Häuser, Farmen und Geschäfte mit schrägen Dächern an schmalen Sträßchen standen, die wie Nebenflüsse der kurvenreichen Hauptstraße wirkten, auf der sie jetzt stand.

Erst als das Taxi verschwunden war, wurde Kate klar, dass sie womöglich ein ganzes Stück von ihrem Ziel entfernt sein könnte. Sie ging die Straße entlang und hielt nach einem Hinweis Ausschau, ohne jedoch genau zu wissen, wonach sie eigentlich suchte. Eine kleine Menschenansammlung hatte unter einem kunstvollen pyramidenförmigen Wartehäuschen mit gelben Wänden und einem meerblauen Dach Schutz gesucht. Weil die stündlich niedergehenden Regengüsse ziemlich heftig ausfallen konnten und der Bus innerhalb von fünf oder fünfundvierzig Minuten kommen konnte, je nach Laune des Fahrers, je nach den Gefahren der Strecke und je nachdem, wie viele seiner Freunde ihn für einen Plausch aufhielten, wurden diese Unterstände gern genutzt.

»Entschuldigung?« Kate sprach keinen der Wartenden direkt an. »Ich suche nach Reverend Dubois, nach Simon und der Kindermission. Bin ich in der richtigen Richtung unterwegs?«

Zwei Frauen, eine mit einem leuchtenden Kopftuch mit gelbem Blumenmuster und die andere mit einem riesigen roten Wäschekorb aus Plastik unter dem Arm, unterbrachen ihre Unterhaltung.

»Was willst du vom Reverend? Ist er ein Freund von dir?«

Die beiden zwinkerten sich lachend zu.

Auch Kate lachte. Sie war offenkundig nicht die einzige Bewunderin seiner Schönheit.

»Eigentlich nicht, nein. Aber er hat mich eingeladen, und ich fürchte, ich habe mich verlaufen.«

»Du hast dich nicht verlaufen, du musst weitergehen und weitergehen und dann wieder fragen.«

»Gut. Danke.«

Kate, die so klug war wie zuvor, ging weiter den Hügel hinauf.

Sie folgte den Kurven und Biegungen der Straße. Die Riesenfarnwedel und Bananenblätter streiften ihr Gesicht und ihre Beine. Einmal spähte sie in den Dschungel hinein, und ihr Magen zog sich angesichts der knorrigen Stämme und herunterhängenden Lianen zusammen, weil sie sich vorstellte, dass sich dahinter Gesichter verbargen und im Schatten wilde Tiere lauerten. Dann richtete sie den Blick fest auf die Straße, umging die Schlaglöcher und Spalten und war sich bewusst, dass sie immer weiter den Berg hinaufstieg. Ihr T-Shirt klebte ihr am Rücken, und die Haare hingen ihr um den Kopf, aber die Spitzen standen zottelig ab. Sie fragte sich allmählich, ob das Ganze wirklich eine gute Idee gewesen war, als am Straßenrand ein kleines Schild mit schwarzen Buchstaben ihre Aufmerksamkeit erregte. Darauf stand *Zur guten Aussicht*, und darunter hatte ein Kind eine Sonne mit lachendem Gesicht gemalt. Daneben las sie: *Der Glaube ermöglicht Dinge, aber vereinfacht sie nicht.* Das war von einem Erwachsenen geschrieben worden. Kate fragte sich nicht zum ersten Mal, ob dieser ganze Ausflug nicht vielleicht doch ein Fehler gewesen war.

Sie bog in die schmale, abwärts führende Straße ein und folgte den Reifenspuren, bis sie zu einer Lichtung gelangte. Die Aussicht war herrlich. Zu beiden Seiten des Tales erhoben sich von Urwald bedeckte Berge, und in der Ferne glitzerte der azurblaue Ozean. Ein atemberaubender Ausblick.

In der Mitte der Lichtung stand ein baufälliges Haus. Es hatte nur ein Stockwerk, war aus Holz und leuchtend grün gestrichen. Die Sonne hatte die Farbe jedoch an manchen Stellen ausgebleicht, und wo die Holzbretter an Fenster und Türen stießen, fehlte die Farbe ganz, blätterte in dünnen Streifen ab und ließ das blanke Holz und die knotige Maserung sehen.

Das Hauptgebäude war zu beiden Seiten durch kleinere Holzanbauten erweitert worden. Aus dem Weltraum betrachtet würde das Ganze vielleicht einem wackeligen Fünfeck ähneln. Und es sah wirklich wackelig aus. Das Gebäude schien sich nach rechts zu neigen, und in den meisten Fenstern fehlten die Glasscheiben, dafür waren Fliegengitter in den Rahmen befestigt worden.

Kate hatte nicht gewusst, was sie erwarten sollte, aber sie hatte mit einem soliden Bau aus Backstein gerechnet, ähnlich einem Krankenhaus. Das hier war etwas ganz anderes. Hell und freundlich, aber ohne jeden Anschein von Erhabenheit oder Beständigkeit, den sie vorzufinden gehofft hatte.

»Da bist du ja, Kate. Du hast uns gefunden.« Simon klatschte in die Hände, als er neben dem Gebäude auftauchte.

»Mit Müh und Not, das war mehr Glück als Verstand.«

Er ergriff ihre beiden Hände. »Willkommen. Und was für ein gutes Timing, du kannst dich gleich zum Mittagessen zu uns gesellen.«

Kate lächelte, denn das klang wirklich wunderbar. Sie bemerkte, dass er über ihre Ankunft nicht erstaunt schien. Es war, als hätte er sie genau in diesem Augenblick erwartet.

Im Hauptgebäude bildeten die jeweils mit einem Wachstuch in Pfingstrosenmuster bedeckten Tische ein großes T, das von dreißig Stühlen mit Metallbeinen umgeben war. Das waren die gleichen Stapelstühle, die man in jedem englischen Gemeindehaus finden konnte oder die am Donnerstagabend bei einer Pfadfinderversammlung über Parkettböden geschrammt wurden.

Das Stimmengewirr verstummte ziemlich abrupt, als Kate den Raum betrat. Auf jedem Stuhl saß ein Kind. Auf den ersten Blick waren die Kinder zwischen zwei und vierzehn Jahre alt. Die Mädchen hatten Bänder in den geflochtenen Haaren, und die Jungen leuchteten in gelborange karierten Hemden.

»Hört alle her! Das ist Kate. Möchtet ihr sie begrüßen?«

Einige winkten, andere lächelten, und ein paar kicherten sich beim Anblick dieser seltsamen Frau in die Faust, die da in ihrem Speisesaal stand.

»Hallo, alle miteinander.« Kate winkte ebenfalls.

»Aufgepasst!«

Simon und Kate wichen nach rechts aus, als ein kleiner, dicker Mann mit einer Kochmütze um sie beide herum tänzelte, um eine große Platte mit Hühnerfrikadellen auf jeden der Tische zu stellen.

»Das ist Fabian – der Koch, wie man an seiner Mütze unschwer erkennt. Er ist auch der Fahrer, dann trägt er eine Kappe. Und wenn er als Hausmeister fungiert …«

Fabian nickte ihr zu, als er in Richtung Küche kehrtmachte.

»Dann hat er wieder eine andere Kopfbedeckung?«

»Genau.«

»Und noch einmal, Leute. Vorsicht, heiß!« Dieses Mal trug Fabian eine große Schüssel Reis herein und etwas, das wie frisch gebackene Brötchen duftete.

Die Kinder saßen geduldig da, die Hände im Schoß, und warteten. Kate verglich die Szene mit dem wilden Kampf, der in Mountbriers jeden Morgen ausgebrochen war, wenn die Schüler nach Toast und Schinken verlangten. Die größeren Jungs hatten die kleineren mit dem Ellenbogen aus dem Weg gestoßen, und die Mädchen jeden Alters hatten sich über das Fehlen von fettarmem Joghurt beklagt und lautstark nach Blaubeeren verlangt. Hier ging es viel netter zu.

»Kate, bitte nimm Platz.«

Simon zog einen Stuhl zwischen zwei jüngeren Kindern hervor, die es herrlich fanden, dass sich diese Fremde zwischen sie setzte, und sich ihr Lachen kaum verkneifen konnten. Kate begrüßte beide mit Handschlag. Der kleine Junge rechts von ihr streckte die Hand aus und strich mit Daumen und Zeigefinger über ihre Haarspitzen, bevor er kichernd über dem Tisch zusammensank. Sie lächelte, weil sie ihr glattes, farbloses Haar noch nie so lustig gefunden hatte.

Simon stand in der Mitte, hob die Handflächen zur Decke, senkte den Kopf und schloss die Augen. Seine laute Stimme erfüllte den Raum.

»Herr, wir danken Dir für die Gabe dieser Speise, die Du uns heute geschenkt hast ...«

Ein paar Kinder riefen spontan aus: »Preiset den Herrn.« Aber Simon war noch nicht fertig.

»Wir danken Dir für alle Deine guten Gaben, nicht zuletzt die Gabe des Vergebens. Wir sind dankbar, dass wir unter Deinen mächtigen Fittichen Zuflucht finden, wenn wir Schutz, wenn wir eine Zuflucht brauchen.«

Ein lautes, vielstimmiges Amen hallte unter der Decke wider, und dann begann das Gerangel um die Brötchen.

Kate bemerkte, dass Simon, als er die Augen aufschlug, sie direkt ansah, was sie mit leichtem Unbehagen erfüllte.

Das Mittagessen verlief laut und ausgelassen. Kate hatte Schwierigkeiten, bei den vielen Gesprächsfetzen mitzukommen, die durch den Raum flogen. Die Geschwindigkeit, mit der die Kinder sprachen, und der starke Akzent führten dazu, dass Kate nur mit aufmunterndem Nicken und vagem Lächeln an der Unterhaltung teilnehmen konnte. Sie warf Simon ab und zu flüchtige Blicke zu und war fasziniert, ihn im Gespräch mit den Kindern zu beobachten. Er interessierte sich offensichtlich für die neuesten Informationen und den Klatsch.

Als die Kinder die Mägen gefüllt hatten, gingen sie hinaus, um Kricket zu spielen, und Kate wurde mit der Aufgabe des Abspülens betraut.

»Ist das damit gemeint, wenn es heißt, dass es so etwas wie ein kostenloses Essen nicht gibt?«

Simon lachte. »Du hast es kapiert.«

»Die Atmosphäre hier ist fantastisch, Simon. Ich habe erwartet, dass es bei so vielen kleinen Kindern ohne Eltern ein wenig traurig zugeht, aber weit gefehlt. Es wirkt hoffnungsfroh.«

»Da hast du recht, es ist hoffnungsfroh. Deshalb heißt es *Zur guten Aussicht.* Die meisten Leuten glauben, das Wort *Aussicht* würde sich auf den spektakulären Blick beziehen, aber es ist die Definition im Lexikon, die uns am besten beschreibt: Eine Aussicht ist die Möglichkeit, dass bald etwas geschieht, eine Chance oder die Wahrscheinlichkeit, dass sich in der nahen Zukunft etwas ereignet, insbesondere etwas Wünschenswertes. Diese Kinder haben in ihrem kurzen Leben schon genug Traurigkeit erfahren, und die hat ein Ende, wenn sie hier ankommen. Jedes hat seine oder ihre besondere Geschichte, aber sie sind nicht alle elternlos. Von einigen lebt, das heißt leben noch immer einer oder beide Elternteile auf der Insel, aber sie sind möglicherweise gerade nicht in der Lage, sich um ihre Kleinen zu kümmern.«

»Warum?«

»Ach, da gibt es viele Gründe. Drogensucht, Armut – beides hängt häufig miteinander zusammen, und hier gibt es keine sozialen Einrichtungen wie in England. Wenn deine Eltern auf der Straße von der Hand in den Mund leben, dann musst du das ebenfalls.«

Kate hatte ihre Englischklasse in Marlham vor Augen. Drogensucht und Armut: Sie wusste, wie diese Geschichte in der Regel ausging.

»Ich komme mir dumm vor, Simon. Wenn ich an die Karibik denke, habe ich Jachten, Privatjets und große Cocktails vor Augen, die man durch Strohhalme schlürft. Ich habe Saint Lucia und ähnliche Inseln nur mit Luxus und Reichtum in Verbindung gebracht.«

»Und du hast recht. Du findest hier beides im Übermaß. Aber manchmal, Kate, hat das seinen Preis. Heute Nachmittag werde ich mit dir einen kleinen Ausflug machen, weil ich dir etwas zeigen will.«

»Das ist ja wunderbar. Wenn ihr eine Spülmaschine hättet, könnten wir früher losfahren.«

Simon lachte, während sie das abgewaschene, mit Schaum bedeckte Geschirr zu einem Eimer mit klarem Wasser trugen, um es darin abzuspülen.

»Ach, Kate, es gibt so unglaublich viele Dinge, die wir brauchen, bevor wir Geld für einen Luxus wie eine Spülmaschine übrig haben. Zuverlässig warmes Wasser, ein ordentliches Badezimmer, Computer und ein Spielzimmer für die Zeiten, wenn es regnet. Die Liste ist lang und wird immer länger.«

»Wie finanziert ihr euch, wenn ich fragen darf?«

»Du kannst gern fragen. Und die schlichte Antwort lautet gar nicht, jedenfalls nicht regelmäßig. Meine Adoptiveltern zu Hause in Kanada schicken uns großzügige Schecks, wann immer sie können. Sie organisieren Wohltätigkeitsveranstaltungen in ihrer Kirchengemeinde und an der Universität, an der mein Vater gelehrt hat. Aber es ist häufig schwer für sie, weil sie ja auch nicht jünger werden. Wir verkaufen alle Erzeugnisse, die Fabian, unser Gärtner, auf unserem Grund anpflanzt. Wir treiben viel Tauschhandel, und die Menschen sind sehr freundlich. Die Ortschaft hier ist klein, und wenn es sich herumspricht, dass wir einen neuen Raum brauchen, dann taucht ein Lastwagen mit Holz auf. Es ist jedes Mal ein kleines Wunder.«

»Das ist eine große Verantwortung für dich, Simon. Es muss schwer sein, wenn so viele Menschen auf einen angewiesen sind, und man keine Garantie hat, wie es weitergeht.«

»Ich denke, für manche Leute wäre es schwer, aber nicht für mich. Meine Last ist leicht. Die Kinder sind mein Lebenszweck, und ich habe den Eindruck, deshalb bin ich hierher geführt worden. Wenn ich an den Preis denken würde und daran, was wir nicht haben, würde es mir wie eine Last vorkommen, deshalb beschäftige ich mich nicht damit. Ich konzentriere mich darauf, was wir haben, und das ist schließlich eine ganze Menge.«

»Siehst du wenigstens ab und zu deinen Vater – deinen leiblichen Vater?«

Kate errötete, während sie zwischen dem Mann, der ihn gezeugt hatte, seinem Adoptivvater und Jesus zu unterscheiden versuchte.

»Ach, Kate, das ist eine sehr lange und komplizierte Geschichte. Ich habe ihn eine Weile gesehen, dann ist er gestorben. Wir haben uns nie wirklich versöhnt. Es war so wie in England und Kanada, wo ich mich ganz fremd gefühlt und danach gesehnt habe, hier zu sein. Als ich dann hier war, war es genau umgekehrt. Komischerweise habe ich, je älter ich werde und je weniger Zeit mir auf der Erde bleibt, umso mehr das Gefühl, genau hierher zu gehören.«

»Das verstehe ich. Das Alter kristallisiert Dinge auf eine Weise heraus, die man jemandem, der sie nicht erlebt hat, schwer erklären kann.«

Simon lachte. »Das liegt daran, dass das Alter immer nur anderen Leuten passiert. Ich weiß, dass ich mich selbst nicht so sehe, wie ich Menschen meines Alters betrachtet habe, als ich jung war. Himmel, nein. Jeder über fünfzig war uralt.«

»Manchmal fühle ich mich alt, Simon. Ich werde langsamer, und alles dauert länger. Die Geschwindigkeit, in der ich die Treppe hinaufsteige oder einen Keks kaue, ist inzwischen träge, ein bisschen schwerfällig. Ich mache mir Sorgen, dass ich in nicht allzu langer Zeit eines Tages ganz zum Stillstand komme.«

»Du siehst nicht wie eine Frau aus, die zum Stillstand kommt, Kate. Für mich siehst du wie eine Frau aus, die sich an einer Wegscheide befindet und im Begriff steht, einen Neuanfang zu wagen.«

»Ach, das gefällt mir. Mir gefällt die Idee, neu anzufangen und vor dem sanften Übergang ins hohe Alter neue Abenteuer zu erleben. Das ist viel besser, als plötzlich gegen eine Greisenwand zu stoßen, deren Backsteine mit solcher Wucht auf mich herabfallen, dass ich nur noch Halt schreien will.«

»Das wird nicht passieren. Du wirst nicht Halt schreien müssen.«

»Das hoffe ich. Was ist mit dir, Hochwürden Dubois, was hält das hohe Alter für dich bereit?«

»Ach, das ist eindeutig ein Thema für einen anderen Tag, bei einem kühlen Bier.«

»Du trinkst Alkohol?«

»Meine Liebe, du bist ja wirklich lebensfremd. Ich bin Priester, kein Märtyrer! Alles in Maßen, Kate, alles in Maßen.«

»Du bist ein unglaublicher Mann, Simon. Die Kinder können sich glücklich schätzen, dich zu haben.«

Er ignorierte ihr Kompliment.

»Ach, Matilda.«

Kate wandte sich von der Spüle ab und sah ihre kleine Freundin in der Tür stehen.

»Hallo, Matilda, wie geht es dir? Ich freue mich, dich wiederzusehen. Ich habe die kleine Muschel an einen sicheren, besonderen Platz getan und schaue sie mir jeden Tag an. Sie ist sehr schön.«

Das kleine Mädchen lächelte.

»Spielst du nicht mit den anderen Kricket? Hat dich schon jemand hinausgeworfen? Ich könnte dir eine sehr lustige Geschichte über ein wichtiges Kricketspiel und zwei ungezogene Hühner namens Nugget und Kiev erzählen, falls du Zeit hast.«

Matilda zögerte und schob sich die kleine, geballte Faust fast in den Mund, bis sie zu dem Schluss kam, dass sie eigentlich keine große Lust hatte, diese Geschichte zu hören. Außerdem hatte ihr bester Freund, Hans, ihr versprochen, mit ihr auf dem Autoreifen zu schaukeln. Sie rannte ins Freie hinaus.

»Ist sie schüchtern?« Kate fürchtete, dass sie etwas Falsches gesagt haben könnte.

»Nein, weit gefehlt. Aber sie hat nicht gesprochen, seit sie zu uns kam. Das war vor etwa neun Monaten. Sie macht einen glücklichen und zufriedenen Eindruck, aber wir können sie nicht dazu bringen, auch nur ein einziges Wort zu sagen. Der Arzt meint, es liegen keine medizinischen Gründe vor, deshalb bin ich zuversichtlich, dass sie zu sprechen anfängt, sobald sie den Eindruck hat, dass sie etwas wirklich Wichtiges zu sagen hat.«

»Hat sie denn früher gesprochen?«

»Oh ja! Jede Menge! Aber sie hatte ein Schockerlebnis, und das ist eben ihre Art, es zu verarbeiten. Kinder sind ganz einfach gestrickt, und so bringen sie die Dinge wieder in Ordnung, unternehmen den Versuch, ihre Welt zu verstehen.«

»Was ist ihr zugestoßen?« Kate flüsterte, weil sie sich nicht sicher war, ob sie das wirklich hören wollte.

»Das ist die übliche Geschichte, aber deshalb nicht weniger traurig. Sie war mit ihrem Daddy in einer Bar, als bei einem Messerkampf auf ihn eingestochen wurde. Er ist gestorben. Ihre Mutter ist zurzeit an keinem guten Ort, sie bekämpft ihre eigenen Dämonen. Deshalb ist Matilda hier, wo sie geliebt wird, und wenn die Zeit gekommen ist, wird Gott einen Weg finden, sie zu heilen.«

»Ach, Matilda.« Kate empfand einen unerträglichen Anflug von Traurigkeit. *Ihr Daddy war erstochen worden.* Sie hatte den Namen Matilda ausgesprochen, aber sie hätte genauso gut Lydia oder Dominic sagen können.

»Du vermisst deine Kinder?« Es war, als ob er ihre Gedanken lesen könnte.

»Ja, sehr. Ich sehne mich nach ihnen. Es ist leider ziemlich kompliziert.«

»Kann ich davon ausgehen, dass es nicht nur die körperliche Distanz ist, die dich davon abhält, mit ihnen zusammen zu sein?«

Sie nickte.

»Eigentlich sollten sie mit mir hierher kommen, und es wäre wunderbar gewesen. Aber sie haben es sich anders überlegt, brauchen mehr Zeit ... Es ist schwierig. Ich möchte sie nicht zwingen, mich zu besuchen, aber zugleich finde ich es so schwer, die Dinge ihren Lauf nehmen zu lassen. Ich denke, ich könnte sie schneller heilen, wenn sie mich nur einfach machen ließen.«

»Kate, du weißt, das geht vorbei, alles geht vorbei. Deinen Kindern wird klar werden, wie lieb du sie hast und wie sehr sie dich lieben, dessen bin ich mir sicher. Ich bin überzeugt, dass sie einen Weg zu dir zurückfinden werden. Meine Muter ist erstaunlich. Egal, wie lange oder wie weit wir voneinander getrennt sind, sie ist immer nur einen Herzschlag von mir entfernt. Das ist sehr tröstlich, und deine Kinder werden diesen Trost gewiss suchen, wenn die Zeit gekommen ist, wenn sie dich am meisten brauchen.«

»Hast du deine biologische Mutter je kennengelernt?«

»Nein. Sie hat mich auf die Welt gebracht und mich gleich im Stich gelassen. Ich weiß nicht, ob sie mich je in den Armen gehalten oder gestillt hat. Allen Aussagen nach war sie nur erleichtert, dass die ganze schmutzige Sache vorüber war. Ich weiß nicht, ob sie überhaupt noch einmal an mich gedacht hat. Ich habe für sie gebetet und verzeihe ihr das fehlende Interesse. Ich verurteile sie nicht, Kate. Ich bin dankbar für den Weg, auf den sie mich gebracht hat. Ich bin gesegnet worden, und sie hat mir das Leben geschenkt. Das ist ziemlich verblüffend, was?«

Kate konnte nur nicken.

Simon warf das Geschirrtuch auf das Sideboard. Jetzt standen alle Teller und Töpfe sauber in den Schränken, bereit für das Abendessen.

»Wie wäre es mit dem Ausflug?«, fragte er. »Deine Arbeit ist erledigt.«

»Sehr gern«, antwortete sie und strahlte.

***

Simons offener Jeep holperte Wege entlang, die, wie Kate vermutete, nicht breit genug waren, um Platz für ein ähnliches Fahrzeug zu bieten, sollte ihnen eines entgegenkommen. Aus dem dichten Blätterdach tropfte es noch vom letzten Regenschauer herab. Fahle Krebse von der Größe von Speisetellern huschten beim Nahen des dröhnenden Motors vom Weg und verzogen sich ins Dickicht. Am Rand eines kleinen Waldes kam das Auto abrupt zum Stehen.

»Da sind wir.«

Simon lächelte Kate an, und sein schönes, offenes Lächeln vermittelte ihr einen flüchtigen Eindruck von dem Mann dahinter, einem guten Mann.

Simon marschierte zielstrebig durch das Wäldchen. Kate folgte ihm stolpernd, weil ihre Städterinnenfüße, die eher an die grauen englischen Pflastersteine gewöhnt waren, mit dem fremden Terrain zu kämpfen hatten. Vorsichtig stieg sie über lose Wurzeln und heruntergefallene Äste. Sie klatschte sich auf die Haut, um nach den Stechmücken zu schlagen, die sich über das All-you-can-eat-Büffet in Gestalt ihrer Arme und Beine hermachten. Es lohnte sich.

Noch ein Schritt, und sie wusste, wie sich Lucy Pevensie in *Der König von Narnia* im Band *Der Löwe und die Hexe* gefühlt hatte. Allerdings stolperte Kate nicht in ein schneebedecktes Königreich. Stattdessen fand sie sich im Paradies wieder.

Die von einem sanft ansteigenden Hang umgebene Bucht war hufeisenförmig, und das kristallklare blaue Wasser schwappte sachte an den Strand. Der feine Sand war unberührt. Die Bäume des Waldes hinter ihnen warfen ihren lichten Schatten über den Strand und beschatteten manche Stellen ganz. Dort, wo der Dschungel an den Sand grenzte, hatte Mutter Natur ein paar Palmen wachsen lassen. Es war einfach herrlich.

»Ach, Simon! So etwas habe ich noch nie gesehen. Das ist so schön.«

Er ließ sich auf dem Sand nieder, und Kate setzte sich neben ihn, dann krempelte sie sich ihre Leinenhose hoch, um ihre Waden zu bräunen. Sie trug niemals Badekleidung, weil sie ihre Narben lieber bedeckt hielt. Ein Handtuch oder eine Decke waren nicht nötig. So machte man das offenbar hier am Strand. Sie fuhr mit den Fingern durch den Sand, ließ den sanften Wind durch ihre Haare wehen und ihre Stimmung aufheitern.

»Vor nicht allzu langer Zeit sah die ganze Insel noch so aus. Ich habe in den vergangenen zwanzig Jahren viele Veränderungen miterlebt, und nicht alle waren gut, Kate. Ich wollte dir diese Bucht zeigen.«

»Ich verstehe warum, sie ist atemberaubend«, unterbrach sie ihn.

»Aber schon bald werde ich nicht mehr hierher kommen können, und auch die Kinder nicht.«

»Was meinst du damit? Warum?« Sie dachte, das sei vielleicht seine Art und Weise, ihr zu mitzuteilen, dass er wegziehen würde.

»Sie ist verkauft worden, Kate.«

»Verkauft? Wie kann sie verkauft werden? Das ist eine Bucht, ein Teil der Insel.«

Simon stieß ein leises Glucksen aus und schüttelte den Kopf.

»Das scheint offensichtlich zu sein, nicht wahr? Aber leider ist es nicht so einfach. Dieser und die beiden Strände rechts und links sind von einer großen Firma gekauft worden, und die wird ein riesiges Luxushotel bauen. Sie werden Felsblöcke benutzen, um den Zugang zum Gelände zu blockieren. Die werden einheimische Sicherheitsleute einstellen, die als Kinder selbst noch hier gespielt haben, damit sie auf diesem Streifen Sand patrouillieren und mich und viele andere davon abhalten, hierher zu kommen.«

»Wie können sie das machen? Es ist ja nicht so, als würde es hier Hunderte Kilometer Strand geben. Das ist eine kleine Insel.«

»Das stimmt, und trotzdem passiert genau das jedes Jahr überall in der Karibik. Besondere Orte und Strände, die seit Generationen geliebt und frequentiert werden, gehören uns mit einem Mal nicht mehr. Die Insel schrumpft, und wenn man nicht Unmengen von Geld hat, kann man daran kaum etwas ändern.«

»Das ist ja herzzerreißend, einfach fürchterlich! Ich verstehe nicht, wie das erlaubt sein kann.«

»Es ist ein Problem, aber es ist nur ein kleiner Teil eines sehr komplizierten Puzzles. Es wäre besser, wenn mehr der Touristendollars in Einrichtungen für jene investiert würden, die sie am meisten brauchen. Aber so scheint es nicht zu funktionieren. Auf unserer Insel ist es wie auf allen anderen: Wir brauchen das Geld, das der Tourismus einbringt, aber es ist mit einem sehr hohen Preis verbunden.«

»Das verstehe ich nicht, Simon. Ich versuche mir vorzustellen, dass eine große Firma daherkommt und Englands Grünflächen aufkauft. Kannst du dir vorstellen, dass Exmoor, die Corkshire Dales oder der Lake District plötzlich nicht mehr zugänglich sind, weil sie verkauft wurden? Oder der Hyde Park oder die Bristol Downs? Die Leute würden das einfach nicht hinnehmen.«

»Das würden sie, wenn sie keine Stimme hätten. Manchmal ist es sehr schwer, dem Lockruf des Geldes nicht zu folgen. Es ruft am lautesten von allen.«

»Da bekomme ich ja geradezu Schuldgefühle: Ich wohne in einem dieser schicken Hotels.«

»Es ist gut, dass du dir dessen bewusst bist, und ich will nicht, dass du Schuldgefühle hast. Wir wollen unsere schöne Heimat mit dir teilen. Ich würde mir nur wünschen, die Leute würden merken, wenn das Maß voll ist.«

Sie nickte. »Alles in Maßen, stimmt's?«

»Du hast es erfasst.«

Die beiden saßen eine Weile schweigend da und ließen sich von der Sonne die Haut wärmen.

»Kate, wovor versuchst du zu fliehen?«

Simon brachte das Thema so plötzlich aufs Tapet, dass seine Frage sie völlig überrumpelte.

»Na ja, ich weiß wirklich nicht, wo ich anfangen soll.« Sie grub die Zehen in den Sand.

»Wie wäre es mit dem Anfang?«, fragte er.

»Ich wünschte, das wäre so einfach. Genau genommen ist das Problem nicht, wo ich anfangen soll, sondern wie. Ich denke, du wirst vielleicht eine andere Einstellung zu mir haben, wenn du ein bisschen mehr über mich weißt, da du ein Mann des Glaubens bist.«

Simon schmunzelte. »Ist es nicht seltsam, Kate, dass du mich beurteilst, über meine Reaktion entscheidest, meine Einstellung vorhersagst, obwohl ich das bei dir nicht machen würde?«

»Du weißt nicht, was ich getan habe.« Kate biss sich auf die Unterlippe, um gegen deren nervöses Zittern anzukämpfen.

»Versuche es.«

Sie atmete langsam aus und bemühte sich, den Satz richtig

zu formulieren, ihm die Information auf möglichst schonende Weise beizubringen.

»Ich war in den vergangenen fünf Jahren im Gefängnis und habe eine Strafe wegen Totschlags abgesessen. Ich habe jemanden umgebracht. Nicht irgendjemanden – ich habe meinen Mann getötet.«

Kate wartete auf eine Reaktion oder eine Bemerkung. Es kam nichts, und deshalb fuhr sie fort.

»Ich muss noch einmal von vorn anfangen und mir ein neues Leben aufbauen, aber ich weiß wirklich nicht, wie ich das anstellen soll. Ich weiß nicht, wo ich anfangen soll. Meine Kinder, Dominic und Lydia, sind böse auf mich, und das verstehe ich natürlich. Aber ich vermisse sie so sehr, dass ich an manchen Tagen kaum atmen kann. Mein Mann war ein grausamer Mensch, sehr grausam.«

Mit einer fast unterbewussten Geste strich Kate mit der Handfläche über die Rückseite ihrer Schenkel.

»Ich habe jahrelang beim Gedanken gezittert, mit ihm allein zu sein. Zwei Jahrzehnte war ich zu verängstigt, um den Mund aufzumachen, mir Hilfe zu holen oder irgendjemandem zu erzählen, wie ich lebte. Jeder Gedanke und jede Tat musste kontrolliert werden. Ich habe mich in mich selbst zurückgezogen und wusste, dass ich eines Tages ganz verschwinden würde. Simon, ich bedauere nicht, was ich getan habe, aber ich bedauere den Schmerz, den ich anderen damit zugefügt habe. Und dann empfinde ich ungeheure Gewissensbisse, weil ich frei bin, aber indem ich diese Freiheit gewann, meinen Kindern alles verdorben habe.«

Simon überlegte, bevor er langsam zu sprechen begann. »Lukas sagt: *Richtet nicht, dann werdet auch ihr nicht gerichtet werden. Verurteilt nicht, dann werdet auch ihr nicht verurteilt werden. Erlasset einander die Schuld, dann wird auch euch die Schuld erlassen werden.* Das ist mein Lebensmotto, und alle, die wie ich Jesus folgen, werden Vergebung erfahren, wenn sie sie am meisten brauchen. Kate, sie kann großen Frieden bringen.«

»Ach, aber das ist ja der Haken. Ich folge Jesus nicht und glaube nicht an ihn. Im Laufe der letzten Jahre hätte ich ein bisschen göttliche Einmischung wirklich gut gebrauchen können: Wo war dein Gott? Ich habe viel gebetet, habe jeden um Hilfe angefleht, der mir zugehört hat. Geholfen hat niemand. Deshalb habe ich aufgehört zu flehen – das war dann wenigstens eine Enttäuschung weniger, die ich zu verkraften hatte.«

Die beiden saßen ein paar Minuten schweigend da. Dann erhob sich Simon.

»Komm mit.«

Er ergriff ihre Hand und zog sie mit sich auf das Wasser zu. Ohne die Temperatur zu testen und ohne die Vorsicht, die jene an den Tag legen, die sich im Meer weniger wohlfühlen, lief er hinein, bis er und Kate hüfttief im Wasser wateten. Schließlich blieb er stehen und nahm wieder ihre Hand. Ihre Leinenhose klebte an ihr.

Er legte die Hand auf ihren unteren Rücken.

»Bleib ganz ruhig stehen«, flüsterte er beinahe.

Kate tat, wie ihr befohlen. Die Sedimente, die sie aufgewirbelt hatten, setzten sich rasch wieder um ihre Zehen, bis es aussah, als blicke sie durch geriffeltes Glas.

»Schau.«

Simon deutete nach unten. Kates Augen brauchten eine Weile, bis sie sich an den Wasserfilter angepasst hatten, aber als es so weit war, konnte sie einen winzigen silbernen Fisch um ihre Füße herumsausen sehen. Ein kleiner Krebs huschte in ein Loch im Meeresgrund, und ein größerer Fisch erkundete das neue Hindernis, das so plötzlich in seinem Revier aufgetaucht war.

»Kannst du den winzigen Fisch da sehen, Kate?«

Sie nickte. »Ja! Ich habe ihn gesehen.«

»Glaubst du, der winzige Fisch ist sich bewusst, was sich über der Wasserfläche alles abspielt?«

»Das bezweifle ich.« Sie kicherte.

»Du könntest recht haben. Er schwimmt im warmen Wasser umher, sucht Schatten, hält nach Futter Ausschau und interagiert mit den anderen kleinen Fischen, denen er begegnet. Er ist mit den kleinen Dingen, die seinen Tag ausfüllen, vollkommen beschäftigt und hat keine Ahnung vom Strand, von der Insel, von Ländern, Gebäuden, Menschen und ihren Maschinen, von Flugzeugen, Zahlungsmitteln. Genau genommen weiß er gar nichts von der Welt, die direkt über seinem Kopf existiert. Aber weißt du was, Kate? Nur weil er sich dessen nicht bewusst ist, heißt das noch lange nicht, dass sie nicht da ist.«

Kate blickte vom Wasser auf und wandte ihre Aufmerksamkeit dem Mann zu, der neben ihr stand und ihre Hand hielt.

»Willst du mir damit etwa sagen, dass ich ein winziger Fisch bin?«, fragte sie lächelnd.

»Ja, Kate. Das ist genau das, was ich sagen will. Gott ist da, ob du nach ihm suchst oder nicht. Er steht für Vergebung. Ich möchte, dass du dich bemühst und dich daran erinnerst, dass Hoffnung in vielerlei Gestalt daherkommt. Manchmal ist es eine Idee oder ein Ort, manchmal ein Mensch.«

Kate ließ sich rückwärts in den warmen karibischen Ozean fallen. Es war lange her, seit sie das letzte Mal geschwommen war. Das Salzwasser hing ihr in den Wimpern und juckte auf ihrer sonnenverbrannten Haut. Sie fühlte sich lebendig.

»Vielleicht gefällt es mir ja, ein winziger Fisch zu sein«, rief sie. Simon beobachtete, wie sie unter Wasser weiter in den Ozean hinausschwamm.

»Vielleicht bist du einer.« Er schmunzelte und schüttelte den Kopf. »Vielleicht bist du einer.«

Es war ein langer Tag gewesen, aber einer, den Kate nie vergessen würde. Der Jeep schnurrte, als er vor dem Eingang des Hotels anhielt.

»Ich fühle mich gar nicht mehr so wohl, in meinem schönen Zimmer mit Marmorboden zu schlafen, jetzt, da ich den wahren Preis kenne«, überlegte sie laut.

»Wenn nicht du darin schläfst, dann ein anderer, Kate, und du bist zumindest informiert.«

Sie lächelte ihn an.

»Wir machen morgen einen Ausflug zum Karneval. Würdest du gern mit uns kommen?«

»Ich bin mir nicht sicher. Ich will dir meine Gesellschaft nicht aufdrängen.«

»Es ist mir eine Freude, keine Last. Übrigens kommt nichts Gutes dabei heraus, wenn man eine Einladung zum Karneval ausschlägt.«

»Tatsächlich?«

»Oh ja. Vor vielen, vielen Jahren wurde die Besitzerin einer der großen Plantagen zusammen mit ihrem ganzen Haushalt zum Karneval eingeladen. Sie lehnte höflich ab, weil sie eine königliche Delegation in ihrem Haus zu Besuch hatte, aber das hieß, dass sie für alle ablehnte. Ein Küchenmädchen war wütend und frustriert darüber, dass ihr die Feierlichkeiten entgehen würden. Sie nahm eine Handvoll gemahlene Muskatnuss und rührte sie in den Kuchenteig. Zu viel Muskat ist nicht gut, und es wird erzählt, dass die ganze königliche Gesellschaft den ganzen Abend über halluzinierte, dass ihr fürchterlich schlecht wurde und sie das Bett hüten musste.«

»Oh, das klingt ja übel. Das ist eine Schande – ich liebe Muskatnuss.«

»Alles in Maßen.«

Kate lachte. »Ist das eine List, um mich wieder zum Abwasch zu überreden?«

»Du hast mich ertappt.«

Kate schaute den Rücklichtern des Jeeps nach, wie sie in die Nacht verschwanden. Sie hatte nicht gewollt, dass der Abend zu Ende ging.

Als sie wach im Bett lag und dem Zirpen der Grillen und dem Quaken der Frösche lauschte, spürte sie eine solche Vorfreude, dass sie nicht einschlafen konnte. Sie konnte sich nicht erinnern, wann sie sich das letzte Mal so gefühlt hatte. Vielleicht fühlte es sich so an, wenn man einen Neuanfang wagte.

Kate wurde vom ungewohnten Läuten des Telefons neben ihrem Bett geweckt. Es dauerte ganze drei Sekunden, bis sie sich orientiert hatte, wo sie war. Noch halb im Schlaf tastete sie im dämmrigen Licht in Richtung des Geräuschs.

»Ja?« Sie blinzelte ein paarmal, rieb sich die Augen und versuchte, schnell wach zu werden.

»Guten Morgen, Miss Gavier, ich habe einen Anruf für Sie.«

»Ach, danke.«

Ihr Herz pochte unangenehm schnell. Fragen schossen ihr durch den Kopf: Was war passiert, warum musste man um diese Uhrzeit anrufen, wer war überhaupt am Apparat? Sie blickte zur roten Digitaluhr am Fernseher hinüber. Es war vier Uhr morgens. Sie hörte die Änderung im Ton, jetzt war nicht mehr das scharfe, blecherne Geräusch der Hotelrezeption zu hören, sondern eine Stille, die weicher war, weiter entfernt. Kate konnte das schwache Geräusch regelmäßiger Atemzüge ausmachen.

»Hallo?«, fragte sie, schärfer als gewöhnlich. Die Stille irritierte sie.

»Mummy?«

»Ach.« Kate stockte der Atem. Sie richtete sich auf und schüttelte den Kopf, um den Zweifel zu zerstreuen. Hatte sie richtig gehört? »Mum, bist du dran?«

Es war tatsächlich die unverwechselbar schöne Stimme ihrer Tochter.

»Ja! Ja, Lyds, ich bin dran. Ich bin wirklich dran.« Sie umklammerte den Telefonhörer mit beiden Händen, drückte ihn sich in dem Versuch, ihr näher zu sein, fest an Ohr und Mund. »Ist alles in Ordnung, Schatz?«

Das war eine seltsame Frage angesichts der Tatsache, dass sie seit fünf Jahren nicht mehr miteinander gesprochen hatten, aber Kates erste Sorge war, es könnte etwas Schlimmes passiert sein.

»Ja. Ich wollte nur mit dir reden.«

»Ich wollte auch mit dir reden. Ich wollte schon so lange mit dir reden ...« Sie hörte, dass Lydia schluckte.

»Danke für die Tickets und alles, Mum.«

Mum ... Mum ... Mum ... Gab es ein schöneres Wort?

»Ich hatte wirklich den Eindruck, dass ich nicht mitkommen kann. Ich bin noch nicht bereit, jetzt noch nicht. Ich hoffe, du verstehst das.«

»Ist schon in Ordnung, Lyds, es ist alles in Ordnung. Es ist so wunderbar, deine Stimme zu hören, so wunderbar. Ich kann dir gar nicht sagen, wie sehr ich dich vermisse, jeden Tag, jede Sekunde. Ich wollte nur, dass wir Zeit haben, um miteinander zu reden.«

Kate war sich nicht sicher, was sie vorschlagen, wie sehr sie Lyds bedrängen sollte.

»Die Sache ist die: Ich habe ein bisschen Angst davor, dich zu sehen, Mum.«

»Wovor hast du Angst, Schatz?«

Kates Augen füllten sich mit Tränen. Der Gedanke, dass ihr kleines Mädchen aus irgendeinem Grund Angst vor ihr haben könnte, entsetzte sie.

»Ich habe nicht wirklich Angst vor dir. Aber es beunruhigt mich, dich zu sehen, und es beunruhigt mich genauso, dich nicht zu sehen. Ich weiß einfach nicht, was ich tun soll.«

»Das ist verständlich, Lyds. Dafür gibt es kein Handbuch. Wir müssen gemeinsam einen Weg finden. Ich kann nur sagen, dass wir, wenn wir uns sehen, all die Dinge klären können, die dir Angst machen. Wir können einen Punkt nach dem anderen durchgehen und klären.«

Damit warf sie ihrer Tochter ein Seil zu, und wenn Lydia es ergriff, würde Kate sie zu sich ziehen und nie mehr loslassen.

»Es ist irgendwie schwer zu erklären, Mum. Ich mache mir

Sorgen, du könntest dich verändert haben, du könntest anders sein.«

»Ich bin noch immer deine langweilige alte Mum. Ich bin noch immer ich, Lyds, ich verspreche es dir.«

»Ich mache mir auch Sorgen, wie ich dazu stehe, wenn du dich verändert hast. Ich mache mir Sorgen, ich könnte dich nicht mehr genauso lieb haben.« Kate schwieg, während Tränen auf ihre Lippen rannen und sie im Stillen betete: *Bitte, hab mich lieb, bitte hör nicht auf, mich lieb zu haben.*

Lydia hatte ihre Stimme noch weiter gesenkt und flüsterte: »Wenn ich dich nicht sehe, Mum, kann ich so tun als ob. Ich kann so tun, als ob du und Dad irgendwohin verreist seid, weißt du, wie damals, als ihr beide nach Rom geflogen seid und wir für eine Woche im Internat waren? Ich stelle mir vor, alles ist noch genauso, wie es immer war. Aber wenn ich dich sehe, dann weiß ich, dass das nicht wahr ist, weil Dad nicht bei dir sein wird und du dich verändert hast.«

Kate konnte nur nicken, weil sie nicht in der Lage war, etwas zu sagen.

»Und manchmal, Mum, tue ich so, als wärt ihr beide tot, und das macht es irgendwie leichter. Ich tue so, als wärt ihr beide bei einem Unfall ums Leben gekommen, und dann brauche ich nicht mehr daran zu denken, dass du Dad etwas so Furchtbares angetan hast oder an die schrecklichen Dinge, die Dad dir angetan hat. Daran denke ich gar nicht gern, Mummy.« Sie brach in atemloses Schluchzen aus.

Kate hatte das dringende Bedürfnis, die Arme um ihr kleines Mädchen zu schlingen und es zu trösten. *Ich bin nicht tot. Ich bin da, Lyds, ich bin da und warte auf dich.*

»Lyds, Lyds. Es ist in Ordnung. Alles wird in Ordnung

kommen. Das verspreche ich dir. Wir können das alles durcharbeiten.« Sie benutzte den Tonfall, mit dem sie einst ihr kleines Mädchen nach bösen Träumen wieder in den Schlaf gelullt hatte.

»Ich weiß nicht, ob es in Ordnung kommen wird, Mum. Je länger ich dich nicht sehe, desto schwerer fällt es mir, mir vorzustellen, vor dir zu stehen. Deshalb finde ich es einfacher, es sein zu lassen, falls das irgendeinen Sinn ergibt. Manchmal frage ich mich, ob es nicht besser ist, einfach Ade zu sagen und nur daran zu denken, wie es früher war, als wir glücklich waren – na ja, nicht du, aber wir anderen. Ich dachte, wir wären eine glückliche Familie, aber das waren wir nicht, oder?«

»Nein, Lyds, ich glaube, das waren wir nicht. Aber ich dachte, ich könnte manches verbergen, ich dachte, ich könnte dafür sorgen, dass alles gut wird.« Es war das erste Mal, dass Kate dieses Geständnis ablegte.

»Und das ist Teil des Problems, Mum. Ich habe nur meine Erinnerung an meine Familie, aber jetzt weiß ich, dass das alles eine Lüge ist. Du und Dad, ihr habt nur so getan. Es war alles nur vorgetäuscht, alles.«

Ihre Stimme bebte.

»Und das ist hart, das Wissen, dass mein ganzes Leben und die Menschen, denen ich vertraut habe, alles nur Täuschung war. Es ist, als hätte ich die Erinnerungen eines anderen Menschen, nicht meine eigenen.«

Sie verstummte.

Kate wartete, bis Lydia sich wieder gefasst hatte, bevor sie ein paar Worte der Erklärung und des Trostes einwarf.

»Ich muss Schluss machen, Mum, tut mir leid.«

Das Telefon klickte sogleich ohne jede Vorankündigung. Es kam so schnell und ohne Vorwarnung, sodass Kate in das surrende Brummen schrie. »Nein, Lydia! Bitte leg nicht auf. Bitte, Schatz«, rief sie in den Apparat, der keine Verbindung mehr hatte, und weigerte sich aufzulegen, weil sie das noch nicht konnte.

»Wenn du es dir anders überlegst, wenn du bereit bist, werde ich auf dich warten. Ich werde immer warten. Dann gib mir nur Bescheid, und ich komme zu dir.«

Kate hielt sich das Telefon weiter ans Ohr, während sie in die Morgendämmerung hineinschluchzte.

Durch ihre vom Weinen geschwollenen Lider beobachtete sie, wie die Sonne aufging. Sie wiederholte Lydias Worte wieder und wieder, bis sie sich diese eingeprägt hatte und bis an ihr Lebensende jederzeit würde abrufen können. *Mein ganzes Leben und die Menschen, denen ich vertraut habe, alles war nur Täuschung.*

Kate versuchte sich vorzustellen, wie es wäre, ihrer Kindheitserinnerungen beraubt zu werden, der Lebensgrundlage, die ihre Eltern geschaffen hatten, all dessen, was ihr ein Gefühl der Geborgenheit und Sicherheit vermittelte. Wie schlimm die Lage auch war, wie schlecht es auch wurde, Kate konnte im Geiste immer in eine Zeit des Lachens und der Freude flüchten. Der Gedanke, dass einem dies genommen wurde, war einfach zu schrecklich.

Die Mittagssonne brannte herunter, und Kate war sich nicht sicher, ob es wirklich eine gute Idee war, zum Karneval zu gehen. Sie fühlte sich niedergeschlagen und war nicht erpicht auf menschliche Gesellschaft. Aber die Vorstellung, den Tag in ihrem wenn auch luxuriösen Zimmer zu verbringen und darin auf und ab zu tigern, war mehr, als sie verkraften konnte.

Kate mied den Taxiservice in die Stadt und machte sich entschlossenen Schrittes zu Fuß auf den Weg. Die Hauptstraße, die zur Inselhauptstadt Castries führte, war für den Verkehr gesperrt. Kate hörte das Hämmern von Musik und das blecherne Echo von Stahltrommeln, lange bevor sie irgendetwas sehen konnte. Als sie um die letzte Kurve bog, wurde sie von einem unvergesslichen Anblick begrüßt. Es war, als würde jede Farbe des Regenbogens vor ihren Augen tanzen. Die ganze Insel befand sich auf den Beinen, und fast alle Bewohner trugen stolz kunstvolle Kostüme mit Federn, Strass, Bändern oder Flechtwerk zur Schau.

Schöne Mädchen in funkelnden Bikinis mit passenden Armbändern wiegten sich im Takt der Musik und achteten sehr darauf, dass ihr kunstvoller Kopfschmuck nicht verrutschte. Kinder hüpften wie Kängurus zwischen den Festwagen umher, ganz aufgeregt und aufgedreht vom großzügigen Zuckerkonsum. Manche waren mit Miniversionen der Erwachsenenkostüme bekleidet, und alle sahen fantastisch aus.

Kate entdeckte Simon und die Kinder auf einer Grünfläche. Sie hatten Decken ausgebreitet und hielten ein Picknick ab. Jedes Kind hatte sich ein Stirnband gebastelt. Manche waren kunstvoller als andere, aber jedes eigenhändig hergestellt worden. Alle waren sichtlich stolz auf ihre Werke.

»Hey! Da ist Kate. Wo ist denn dein Kostüm?« Simon war sichtlich erfreut, sie zu sehen.

»Ich wusste nicht, dass ich eines brauche! Ich habe mich

noch nie so fehl am Platz gefühlt.« Sie deutete auf ihre Leinenbluse und die Kette aus Glasperlen.

»Matilda und ich dachten uns schon, dass es so kommen könnte, deshalb haben wir dir das hier gemacht.«

Er überreichte Kate einen Kopfschmuck. Es handelte sich um einen verblüffenden Kopfputz, der aus blassgrünen Federn bestand und am unteren Rand mit goldenen Strasssteinen verziert war. Kate gab sich einen Ruck, fand ihr gespieltes Lächeln wieder und setzte sich das Geschenk auf den Kopf.

»Das gefällt mir.«

»Du siehst wie ein grünes Huhn aus.«

»Super. Ich wollte unbedingt einmal ein grünes Huhn sein.«

Die beiden riefen abwechselnd, um sich über den ohrenbetäubenden Lärm hinweg verständlich zu machen. Simon musterte ihr Gesicht.

»Ist alles in Ordnung, Kate?«

Sie nickte, weil sie nichts zu sagen wagte.

Die Atmosphäre war elektrisierend, und Kate wollte an keinem anderen Ort der Welt sein. Der Karneval war die Ablenkung, die sie brauchte. Ihr Herz hüpfte mit jedem Trommelschlag, und ihr Körper bewegte sich im Rhythmus der Musik, die ihre Stimmung aufhellte. Festwagen krochen vorbei, auf deren Plattformen Bands und Musiker standen. Die Wagenprozession wurde von Tänzergruppen unterbrochen. Männer, Frauen und Kinder in identischen Kostümen funkelten wie ein Feuerwerk und bewegten sich zum Takt der Stahltrommeln.

Als sich die Himmelsschleusen öffneten, streckte Kate die Arme in die Höhe und ließ sich den warmen tropischen Regen auf den Kopf prasseln. Sie lachte und fühlte einen Anflug von Optimismus im Hinblick auf ihre sehr unsichere Zukunft. In diesem Augenblick schien alles möglich zu sein. Sie konzentrierte sich mehr auf die Tatsache, dass Lydia sie angerufen hatte, und weniger darauf, was sie tatsächlich gesagt hatte, und das munterte sie auf. *Mum ... Mummy ...* Diese Worte funkelten in ihrem Gedächtnis wie Diamanten.

***

Da Matilda die Hand in ihre geschoben hatte, die Kinder erwartungsvoll zu ihr aufblickten und Simon beharrlich darauf bestand, dauerte es nicht lange, bis sie überredet war, alle nach Hause zu begleiten. Und so drängte sich die müde Mannschaft am späten Nachmittag in Minibusse und fuhr zur Missionsstation zurück. Auf der Strecke nach Dennery schliefen die kleineren Kinder auf dem Schoß der größeren ein, und die Ältesten sprachen im Flüsterton über die Highlights des Tages, um die jüngeren Schützlinge nicht aufzuwecken.

Simon half allen Kindern beim Aussteigen, zählte sie durch und erklärte, dass es eine gute Idee sein könnte, trockene Kleider anzuziehen. Folgsam gingen die Kinder davon, um nach einem Pyjama oder nach sauberen Shorts zu suchen. Fabian steuerte direkt auf die Küche zu. Kate war sich sicher, dass er gern für immer an seinem beengten Arbeitsplatz bei diesem riesigen Herd bleiben würde, so groß war sein Eifer, die unter seiner Obhut stehenden Kinder gut zu ernähren.

»Du hast dir da eine große Familie angelacht, Fabian. Du

müsstest sehr st… st… stolz sein.« Kate stammelte, so sehr bibberte sie.

»Ich bin auf alle stolz, aber schau dich an – du frierst ja, so durchnässt wie du bist. Und so amüsant es auch anzuschauen ist, dein Gesicht ist voll mit grüner Farbe. Ich vermute, da hat jemand nasse Federn bekommen.« Fabian hatte die Hände in die Hüfte gestemmt und schüttelte den Kopf, als hätte er es mit einem der Kinder zu tun.

»Das hab ich wirklich«, lachte Kate und wischte sich über Stirn und Wangen.

»Warum gehst du nicht unter die Dusche und legst deine Kleider in die Sonne? Es sollte nicht allzu lange dauern, bis sie trocken sind. Ich kann dir etwas zum Anziehen holen, was meinst du dazu?«

Obwohl ihr die Zähne klapperten, grinste Kate und nickte. Eine heiße Dusche klang himmlisch. Das Badezimmer war größer, als sie erwartet hatte, aber es enthielt nicht mehr als ein Wasserrohr, das aus der Wand ragte, ein kleines Gitter im Zementboden und einen Duschvorhang aus Plastik, der quer durch den Raum gespannt war. Nachdem sie ihr Handtuch an den Haken gehängt und den Riegel an der Tür vorgelegt hatte, betrachtete sie das braune Wasser, das stoßweise aus dem Rohr spritzte. Es sah zwar nicht allzu verlockend aus, aber es war immerhin warm, und das war schließlich das Wichtigste.

Kate beobachtete, wie die Gänsehaut verschwand, als ihr allmählich wieder warm wurde. Sie seifte sich das Gesicht ein und sah, wie die grüne Farbe in das Abflussgitter rann. Das war ein herrlicher Tag gewesen.

Langsam schob sie den Vorhang zur Seite und drehte den

Wasserhahn zu. Sie stand mit dem Rücken zur Tür und fuhr sich mit den Händen durch die Haare, versuchte, sie trocken zu reiben und mit den Fingerspitzen zu stylen. Weil noch immer Wasser aus dem Hahn auf den Zementboden tropfte und weil sie ihre melodielose Version von *One Love* vor sich hin summte, hörte Kate Simons Klopfen nicht.

Die Tür knarrte, als der Riegel angehoben wurde. Es war, als würde die Zeit für einen kurzen Moment stillstehen. Keiner rührte sich, beide waren unsicher, wie sie reagieren sollten.

Simon war davon ausgegangen, dass er saubere, trockene Handtücher an die Haken hängen und sich wieder zurückziehen könnte, so wie er es in dem endlosen Wäschezyklus häufig tat, um sicherzustellen, dass für die Kinder genügend Handtücher da waren.

Es war nicht ihre nackte Gestalt, die Simons Blick auf sich zog, sondern die Gitternetze aus Narben, die kreuz und quer über ihren Po und die Rückseite ihrer Oberschenkel verliefen. Sie sahen aus wie bewusst gezeichnete, strukturierte Spuren, die nicht durch Zufall entstanden sein konnten.

Simon kniff die Augen zusammen, als könnte er dadurch, dass er seinen Fokus wechselte, den sich ihm bietenden Anblick verändern. Schnell bedeckte Kate ihre Brüste mit den Händen, obwohl sie seinem Blick ja bereits verborgen waren. Schamesröte breitete sich auf ihrem Hals und ihrer Brust aus, und ihr stockte der Atem. Sie war mehr als verlegen – sie war zutiefst beschämt.

Niemand bekam Kates Narben je zu Gesicht. Dadurch dass sie diese stets verbarg, konnte sie so tun, als hätte sie all das nicht zu ertragen gehabt, und konnte es vermeiden, mit dem Urteil und dem Mitleid anderer umgehen zu müssen. Ihre Gedanken wanderten zu dem letzten und einzigen Menschen zurück, der außer dem Täter ihren Körper gesehen hatte. Der Polizeiarzt hatte sich die Hand vor den Mund gehalten, um gegen den Drang anzukämpfen, sich zu übergeben. Das würde sie niemals vergessen.

Kate wollte Simon keine ähnliche Reaktion entlocken. Sie konnte sich nicht entschließen, ob sie nach dem Handtuch greifen und den Beweis ihres beschämenden Daseins verdecken, oder ob sie ruhig stehen bleiben und hoffen sollte, dass er einfach wieder verschwand. Ihre Unentschlossenheit lähmte sie. Sie sah aus wie ein Kaninchen, das in die Scheinwerfer des näher kommenden Zuges starrt, und sie fühlte sich genauso verängstigt. Die Situation war für beide entsetzlich.

Es herrschte Schweigen zwischen ihnen, während sie sich fragten, was sie tun sollten, wie sie den Anschein von Würde am ehesten wahren konnten.

Simon stürzte geradezu nach vorn, schnappte das Handtuch vom Haken, wickelte es Kate um den Rücken und half ihr damit aus ihrer Verlegenheit. Er zog sie rückwärts an sich, schlang die Arme um ihre Brust und hielt sie fest. Nach und nach entspannte Kate sich in seiner Umarmung, den Blick noch immer auf die Duschwand geheftet. Sie genoss das Gefühl, festgehalten, beschützt zu werden. Sie schloss die Augen und sprach zu dem starken Mann, dessen Gesicht sie nicht sehen konnte, dessen Arme sie aber umklammert hielten.

»Mein Mann, Mark, hat mir immer Punkte gegeben, jede Nacht. Ich bekam Punkte, weil ich eine Arbeit nicht richtig erledigt hatte, weil ich nicht aufmerksam genug zugehört hatte, weil ich nicht die richtigen Fragen gestellt oder weil ich gelesen hatte, während ich hätte arbeiten sollen. Ich habe ständig etwas falsch gemacht. Wie ich abgeschnitten hatte, entschied darüber, wie tief die Wunde sein würde, die er mir zufügte. Zum Ritzen benutzte er eine Rasierklinge, die er in einem kleinen Stück Wachspapier in der Schublade seiner Kommode aufbewahrte. Du kannst dir nicht vorstellen, welche Angst ich hatte, wenn ich hörte, wie diese Schublade aufgezogen wurde. Wenn er mit dem Schneiden fertig war, und das konnte zwischen drei und etwa zehn Minuten dauern, hat er mich vergewaltigt. So habe ich viele, viele Jahre gelebt.«

»Etwas so Trauriges habe ich noch nie gehört. Was für ein Mann sollte dich denn schneiden wollen?«, Simons Stimme wurde lauter und bebte.

»Mich schneiden und dann vergewaltigen. Was für ein Mann so etwas tun sollte?« wiederholte sie langsam mit ausdrucksloser Stimme.

»Warum hat er dir das angetan?«, flüsterte Simon in ihr feuchtes Haar.

»Ich weiß nicht, wirklich. Das war die ultimative Möglichkeit, mich unter Kontrolle zu halten. Ich bin mir sicher, es war die Tat eines Wahnsinnigen. Ich glaube, er war wahnsinnig.«

»Warum hat deine Familie ihn nicht gestoppt? Deine Kinder?«

»Ach, ich habe es keiner Menschenseele erzählt. Selbst heutzutage spreche ich eigentlich nicht darüber. Er hat mich nie an Stellen geschnitten, an denen man es hätte sehen können, immer nur an der Rückseite meiner Oberschenkel und an meinem Po. Meinen Kindern gegenüber habe ich so getan, als wäre alles in Ordnung. Mark schien jedenfalls ehrlich zu glauben, es wäre alles in Ordnung. Unter uns gesagt, wir haben allen etwas vorgemacht.«

»Allerdings aus ganz unterschiedlichen Motiven, Kate. Die eine, um aus reiner Güte die Scharade aufrechtzuerhalten, der andere in böswilliger Absicht.«

»Vermutlich.« Ihr gefiel seine einfache Logik, sie tröstete sie.

Simon schüttelte den Kopf und hielt sie fester, als könne er dadurch ihren Schmerz in sich aufnehmen.

»Darf ich mir deine Narben noch einmal anschauen, Kate?«

Sie zuckte halbherzig mit den Schultern, weil sie sich nicht sicher war, ob ihr der Gedanke gefiel.

Langsam löste Simon die Arme und trat zurück. Er starrte auf das geometrische Muster, das ihn an eine Verbrennung erinnerte. Entschlossen streckte er den Arm aus und fing an, mit der weichen Handfläche über ihren von der Dusche noch feuchten unteren Rücken, über ihren Po und die Rückseite ihrer Oberschenkel zu streichen, und spürte unter seinen Fingerspitzen die Linien und Dellen. Er war der einzige Mensch, der das je getan hatte. Sie wich nicht zurück, sondern spürte, dass eine angenehme Wärme ihren Körper durchflutete.

»Das sind Kampfnarben, Kate. Das ist ein Kampf, den du gewinnen wirst. Das verspreche ich dir. Du bist schön.«

Kates Schultern bebten, als ein tiefer Schluchzer ihren Körper erzittern ließ. Große salzige Tränen rannen ihr über das Gesicht. Sie konnte sich nicht erinnern, wann ihr jemand das letzte Mal gesagt hatte, dass sie schön sei. Sie wünschte, sie wäre stark genug, um auf die Gefühle zu reagieren, die diese Worte in ihr auslösten.

Weder Kate noch Simon hörten, dass Matilda ins Badezimmer geschlichen kam. Das kleine Mädchen wollte wie immer wissen, wo sich ihr Beschützer aufhielt, und war von der freundlichen Dame fasziniert, der ihr Geschenk, die kleine Muschel, so gefallen hatte. Matilda duckte sich unter Simons Beinen hindurch und schob sich vorsichtig voran, bis sie zwischen ihnen stand, vor Simon und hinter Kate, die gerade versuchte, die Fassung wiederzugewinnen. Langsam streckte Matilda beide Hände aus und fuhr mit den Kuppen ihrer pummeligen Finger über die Rückseite von Kates Oberschenkel.

»Aua! Arme Kate.«

Simon lächelte und beugte sich hinab, um Matilda auf den Arm zu nehmen. Er warf sie vorsichtig in die von Dampf erfüllte Luft, dann fing er sie wieder auf und drückte sie fest an seine Brust.

»Das stimmt, Matilda. Das hat wirklich Aua gemacht.« Er grinste breit. »Hast du das gehört, Kate? Jetzt hatte sie endlich etwas Wichtiges zu sagen, und deshalb hat sie es gesagt.«

Kate griff nach dem Bademantel und wickelte ihn wie eine Toga um sich, bevor sie sich der Jubelfeier anschloss. Matilda hatte den Bann gebrochen. Alle drei tanzten auf dem Zementboden des Badezimmers herum, und Kate und Simon jauchzten vor Freude.

»Matilda, deine Stimme ist das schönste Geschenk für meine Ohren«, erklärte Simon strahlend.

Kate fühlte sich von der Freude, die den Raum erfüllte, wie berauscht. Sie warf den Kopf in den Nacken und lachte. Alles war okay. Genau genommen war es mehr als okay, es war wirklich fantastisch.

Später, als die Sonne am Himmel sank, als das Geschirr vom Abendessen gespült und abgetrocknet war und die letzten Reste der Pailletten und Schminke von den klebrigen Händen und Gesichtern gewaschen waren, saßen Simon und Kate draußen auf den Holzstufen. Sie lauschten den miteinander wetteifernden Orchestern der Insekten und anderen Tiere, die jeden neuen Ton lauter erschallen ließen als den vorangegangenen.

»Was für ein Tag.« Sie war müde.

»Anstrengend, aber unvergesslich, hoffe ich.«

»Ach, Simon, absolut unvergesslich. Ich habe heute Morgen mit meiner Tochter telefoniert.«

»Gott sei Dank! Das sind ja wunderbare Nachrichten, Kate, ein großer Schritt.«

»Das hoffe ich. Das Gespräch hat mir viel zu denken gegeben. Ich habe so lange versucht, die beiden zu beschützen, die Wahrheit von ihnen fernzuhalten. Dabei hatte ich nicht bedacht, dass sie in mir je etwas anderes sehen würden als ein Opfer. Ich finde es schwer, die ganze Schuld auf mich zu nehmen.«

»Kate, du bist die Einzige, der man die Schuld noch zuweisen kann. Und allem Anschein nach hast du ihnen ein Gespür dafür vermittelt, was richtig ist und was falsch. So können sie sich ihr eigenes Urteil bilden. Das ist gut.«

»So hatte ich das nicht gesehen. Du bist sehr klug, Simon.«

»Ach, damit kenne ich mich nicht aus.«

»Ich hätte den ganzen Tag vor mich hin gegrübelt, wenn du mich nicht eingeladen hättest. Danke.«

»Magst du den Karneval, Kate?«

»Oh ja, sehr sogar. Das war der größte Spaß, den ich seit Langem hatte. Anstrengend, aber lustig!«

»Na ja, du bist zum Karneval immer willkommen. Sollen wir deinen Kopfschmuck für nächstes Jahr irgendwo sicher aufbewahren?«

Kate blickte dem netten Mann ins Gesicht, der ihr eine neue und wunderbare Seite einer anderen Welt gezeigt hatte.

»Ich weiß nicht, vielleicht. Simon, ich weiß, dass ich die Zeit hier niemals vergessen werde und auch keinen von euch, vor allem Matilda nicht, was auch immer aus mir wird.«

»Sie hat heute ebenfalls einen großen Schritt gemacht. Ich hoffe, es geht so weiter. Vielleicht spricht sie, vielleicht nicht, aber zumindest wissen wir, dass sie sprechen kann und es getan hat. Wunderbar!«

Simon legte die Handflächen zusammen, hob den Blick zum Himmel und sprach still ein Dankgebet. Dann wandte er seine Aufmerksamkeit wieder Kate zu.

»Sie hat dein Herz berührt.«

»Ja, das hat sie. Genau genommen hat sie meinem Herzen geholfen, und sie hat mich nachdenklich gemacht.«

»Wie gesagt, Hoffnung kommt in vielerlei Gestalt daher, manchmal ist es ein Mensch.«

Kate lächelte. »Sie hat mich ganz einfach dazu gebracht, über meine Zukunft nachzudenken und wo ich gebraucht werden könnte.«

»In welcher Hinsicht?«

»Na ja, ich denke, die Welt braucht mehr als einen Simon, mehr Menschen, die einen Zufluchtsort für die Bedürftigsten schaffen, und ich denke, ich würde das gern versuchen.«

»Du willst einen Job?« Er sah sie gleichermaßen besorgt und hoffnungsvoll an.

»Ach herrje, um Himmels willen, nein«, antwortete Kate lachend. »Ich kann dir nicht gerade gute Referenzen vorlegen, und es ist zu weit von meinen Kindern entfernt, um schnell mal rüber zu fliegen. Aber ich denke, vielleicht könnte ich in England einen Ort mit besseren Aussichten schaffen. Das ist ein reiches Land, aber das heißt nicht, dass wir wissen, was wir mit den Menschen anfangen sollen, die durch das Raster fallen – die Verletzlichen, die Jungen und Angeschlagenen. Von denen habe ich im Gefängnis eine Menge kennengelernt.«

Kate atmete tief durch, als sie an das Gespräch von Kelly und Jojo zurück dachte. *Bist du wegen der Kinder geblieben?– Nein, ich bin wegen der Drogen geblieben. Zu den Kindern habe ich keinen Kontakt mehr.* Sie fragte sich, was die beiden wohl gerade im Schilde führten.

»Kate, ich denke, du wärst dafür fantastisch geeignet.« Simon riss sie in die Gegenwart zurück.

»Wirklich?«

»Ehrlich.«

»Na ja, das fühlt sich wie eine Bestätigung an«, sagte sie strahlend.

Sie saßen eine Weile schweigend da. Kate wusste, dass das nächste Thema, das er anschneiden würde, unvermeidlich war und dass sie im Unterbewussten schon darauf gewartet hatte, dass er es zur Sprache bringen würde.

»Kate, ich könnte und würde einen Mord niemals billigen, aber das heißt nicht, dass ich dir kein Mitgefühl und Verständnis dafür entgegenbringen könnte, was du erlitten hast. Was ich heute gesehen habe …«

Kate legte den Finger auf seinen Mund.

»Nein. Bitte, Simon, ich möchte darüber nicht reden, wirklich nicht. Können wir uns nicht einfach darauf einigen, dass das heute Nachmittag nie passiert ist? Kannst du mich nicht wieder so komisch anschauen, wie du es seit unserer ersten Begegnung getan hast? Nicht mit dieser traurigen Miene, die du gewöhnlich aufsetzt, wenn du über eines der Kinder sprichst? Ich möchte nicht, dass du mich so siehst.«

Er nickte. »Wenn du es so willst.«

»Ja.« Sie sah ihn direkt an. »Ich will dir danken, nicht nur dafür, sondern für alles. Ich fühle mich irgendwie erneuert und bereit, mich der Welt zu stellen.«

»Du bist aus einem bestimmten Grund hierher geführt worden, Kate, und Gründe sind nicht immer sofort ersichtlich.«

»Jetzt fang nicht damit an. Ich bin ein winziger Fisch, erinnerst du dich?«

Simon lachte.

»Also, Reverend Dubois, ich habe nicht vor, dauernd den Abwasch zu machen. Falls ich es schaffe, noch einmal hierher zu kommen, dann möchte ich einen Geschirrspüler benutzen.«

Kate fischte einen kleinen quadratischen Zettel aus ihrer Tasche.

»Und deshalb, Simon, mein lieber Freund, möchte ich dir diesen hier geben. Das ist etwas, was ich tun will und zwar mit großer Freude.«

Simon faltete den Scheck auseinander und starrte auf die Summe. Diese reichte nicht nur für einen Geschirrspüler, sondern ermöglichte es auch, das ganze Gebäude samt Wasserleitungen, Spielzimmer und vielen zusätzlichen Dingen neu zu errichten, von denen er bislang nur hatte träumen können.

»Kate, ich …«

»Nein. Sag nichts. Es ist für Matilda und alle die Matildas, die nach ihr kommen könnten.«

Simon umschloss ihr Gesicht mit den Händen und küsste sie sanft auf den Mund. Kate hatte vergessen, dass es diese Art von Kuss überhaupt gab. Er unterschied sich deutlich von dem Kuss, den man einem Kind oder einem Freund gab. Es war kein Kuss, der einen verängstigte oder kontrollierte. Es war ein Kuss, der einem die Seele wärmte. Es war die Art und Weise, wie Liebende einander küssten. Simon wich langsam zurück, und für den Bruchteil einer Sekunde erwogen beide die Möglichkeit, sich an einem anderen Ort, zu einer anderen Zeit wieder zu küssen.

»Kate Gavier, du bist ein großer Fisch, daran darfst du nie zweifeln. Du bist ein sehr großer Fisch, meine liebe Freundin.«

Vor zehn Jahren

Gleich würde die Schulglocke läuten und das Ende der letzten Stunde verkünden. Weil Kathryn sich die Zeit vertreiben musste, stand sie mit dem Rücken zur Tür da und drehte ein Geschirrtuch in der Kaffeekanne zusammen, um damit auch die allerletzten Tropfen aufzusaugen

»Ich muss daran denken, die Dips kühl zu stellen und die Gläser gründlich zu polieren.«

»Mit wem redest du?«

Seine Stimme schreckte sie auf. Sie fuhr, das Geschirrtuch in der Hand, herum und sah ihren Sohn an, der in seiner ewigen Suche nach Kohlenhydraten in den Brotkasten spähte. Er war ein hübscher Junge, groß, lässig, mit einer angenehmen Stimme und genau dem richtigen vornehmen Akzent. Es überraschte Kathryn nach wie vor ein wenig, wie ihr Baby sich zu diesem Teenager voller Lebenskraft entwickelt hatte. Und es verblüffte sie, wie schnell die Jahre verflogen waren, das fand sie erstaunlich und beängstigend zugleich.

Denn jedes Jahr, das verstrich und es ihrem Kind ermöglichte, erwachsen zu werden, war auch ein Jahr ihres Lebens, das sie an Mark gekettet verbracht hatte.

»Hallo, mein Schatz. Ich habe dich gar nicht hereinkommen hören. Wie war dein Tag?«

»Mein Tag war absolut beschissen.«

»Gut, ich sollte also lieber nicht fragen.« Sie versuchte, ihn mit Humor freundlich zu stimmen.

»Na ja, du kannst fragen, so viel du willst, aber ich sage dir nichts.«

Sie nahm seine spöttische Bemerkung wortlos hin und versuchte, sie zu verdrängen.

Es war einfacher, seine Äußerungen zu ignorieren, als zuzulassen, dass die Stimmung eskalierte. Wahrscheinlich war er einfach nur müde.

»Bist du zum Abendessen da, Dom?«

»Hängt davon ab.« Er hatte seine Aufmerksamkeit dem Küchenschrank zugewandt und sprach hinter der geöffneten Tür hervor.

»Wovon hängt das ab?«

»Was es zum Abendessen gibt.«

Sie kaute auf ihrer Unterlippe herum, beherrschte sich, schluckte die latente Aggression, die Gleichgültigkeit, die leichte Feindseligkeit und die unausgesprochene Verärgerung hinunter.

Diese Verhaltensmuster waren für Jungen seines Alters typisch. Er war ein junger Mann, der seinen Platz in der Welt zu finden versuchte und nicht so recht wusste, wie er den Druck, der sich in ihm aufstaute, herauslassen konnte.

Außerdem hatte er einige der Ansichten und Einstellungen seines Vaters übernommen, wenn auch unbewusst.

»Es gibt Coq au vin mit gedünsteten grünen Bohnen und jungen roten Brokkolisprossen.«

»Ich hasse die Art und Weise, wie du das machst, wirklich.«

»Wie ich was mache?«

Er schloss die Tür des Küchenschranks und blickte seine Mutter an.

»Die Art und Weise, wie du versuchst, mich zum Bleiben zu überreden, indem du die Speisekarte auflistest, als wäre das hier ein edles Restaurant. Warum kannst du nicht einfach sagen, es gibt Hühnchen?«

Sie würde mitspielen, sie würde ihn bei Laune halten. Sie wollte nicht mit ihm streiten – schließlich hatte sie ihn fast einen ganzen Tag nicht gesehen.

»Gut. Ich werde nicht mehr versuchen, dich zu überreden, damit du mir erlaubst, für dich zu kochen. Dominic, heute Abend gibt es Hühnchen. Bist du zum Essen hier?«

»Nein, ich habe schon gegessen.«

Sie schaute ihm in die Augen. »Ich kann also davon ausgehen, dass du bereits gegessen hast, ob es bei uns nun Coq au vin oder einfach nur Hühnchen gibt?«

»Genau.« Er blickte finster drein.

Sie beugte sich vor und stützte sich mit den Armen auf der Arbeitsfläche ab. Ihre Hände berührten sich, unbewusst wie zum Gebet gefaltet. Sie hob sie an ihre Stirn und atmete tief aus. Dann schloss sie die Augen und sprach zu dem Anwesenden, den sie noch immer fühlen, aber nicht mehr sehen konnte. Manchmal war es einfacher so.

»Dominic, beschäftigt dich etwas, worüber du reden willst? Beunruhigt dich irgendetwas?«

»Nein.«

»Denn du weißt, dass du immer mit mir reden kannst. Das ist mein Job.«

»Ich habe nichts zu sagen, was du meiner Meinung nach hören willst.«

»Nun, in diesem Fall musst du dir wirklich überlegen, wie du mit Menschen umgehst. Vor allem, wie du mit mir umgehst. Ich bin nicht deine Feindin und übrigens auch nicht deine Hausangestellte. Ich bin deine Mutter, und ich weiß nicht, warum du meinst, es wäre in Ordnung, so mit mir zu reden. Das ist es nämlich nicht. Ich weiß, dass das Leben für dich nicht immer perfekt verläuft. Lass dir aber sagen, mein Herr, dass dein Leben viel perfekter ist als das der meisten anderen Menschen. Ich verstehe, dass du unter Schuldruck stehst, dass die Mädchen dich ablenken, und die Tatsache, dass Dad hier arbeitet ... Ich weiß, dass es nicht leicht ist, aber bitte, bitte, schließe mich nicht aus. Ich hab dich lieb, Dominic, ich hab dich sehr lieb.«

Dominic starrte auf den Rücken seiner über die Küchenanrichte gebeugt dastehenden Mutter und betrachtete ihre Halswirbel, die durch den dünnen Stoff ihrer Bluse hindurch zu sehen waren.

»Wenn du es genau wissen willst, Mum, es hat nichts mit Dad zu tun. Sondern mit dir.«

»Mit mir?« Sie versuchte, ihr Erstaunen aus ihrer Stimme herauszuhalten, versuchte, ihre Traurigkeit und Resignation über seine Bemerkung zu verbergen. »Was ist mit mir?«

»Du bist so ...« Er bemühte sich, die richtigen Worte zu finden, während er die Luft aus den aufgeblasenen Backen blies.

»Was, Dominic?«

Sie hatte sich inzwischen aufgerichtet, die Hände in die Hüften gestemmt, und er sah sie an.

»Du bist seltsam.«

Sie lachte. Es war ein kurzes, lautes Lachen, um ihre Nervosität und noch etwas anderes – Erleichterung? – zu kaschieren.

»Ich bin seltsam?«

Sie stellte zwar die Frage, aber sie wollte die Antwort eigentlich gar nicht hören.

»Ja, Mum, du bist seltsam und ziemlich schräg. Das ist gar nicht so lustig, deshalb weiß ich nicht, warum du lachst.«

Ihr fiel auf, dass er das »so« besonders betonte. Er hatte noch mehr zu sagen.

»Du führst Selbstgespräche, und die Leute in der Schule merken das, meine Freunde merken das. Du schwebst im Haus herum, als wärst du dir nur halb bewusst, was du eigentlich machst. Es ist, als wärst du völlig durchgeknallt oder auf Drogen oder so. Du lächelst, obwohl du eindeutig unglücklich bist. Es ist, als würde man mit jemandem zusammenleben, der ein Geheimnis hat. Mir kommt es vor, als wüsstest du etwas, was sonst niemand weiß, und das hebt dich von uns ab, von mir, von Dad und Lyds. Manchmal habe ich den Eindruck, du bist gar nicht Mitglied dieser Familie. Alle meine Kumpel machen sich darüber lustig, wie verdammt komisch du bist mit deiner zwanghaften Wascherei der Leintücher, und das ist beschissen, weil es stimmt, und was das Allerschlimmste ist, es macht mich verrückt, weil es Assoziationen heraufbeschwört. Es ist einfach absolut Scheiße.«

Sie blickte ihren Sohn an.

»Ich verstehe, Dominic. Es ist Scheiße.«

»Nein. Nein, Mum, du verstehst es nicht, und das ist genau der Punkt.«

Er drehte sich um und verließ die Küche. Wieder war sie allein mit ihrem Geschirrtuch.

Der Geist seiner Worte wirbelte und kreiste um ihre Gestalt und setzte sich wie feiner Nebel auf ihr ab. *Es ist, als würde man mit jemandem zusammenleben, der ein Geheimnis hat. Mir kommt vor, als wüsstest du etwas, was sonst niemand weiß, und das hebt dich von uns ab …*

Kluger, kluger Dominic.

Mein kluger, schöner Junge.

Er hatte recht, genauso war es.

Kathryn sammelte ihre Gedanken und versuchte, sich auf etwas zu konzentrieren, auf irgendetwas anderes als den Schmerz, den ihr die Worte ihres Sohnes zugefügt hatten und die Art und Weise, mit der er es für angemessen gehalten hatte, sie auszusprechen. Sie ging das Gespräch in Gedanken noch einmal durch und versuchte, jeden kleinen positiven Punkt herauszupicken, als Lydia mit einem riesigen Zeichenblock unter dem Arm hereinkam.

»Was gibt's zum Abendessen?«

»Hallo, Lydia, ja mir geht es gut, danke, mein Tag war recht schön, und wie geht es dir?«

»Was?«

»Vergiss es. Es gibt Hühnchen.«

»Nur Hühnchen? Igitt! Das ist ja absolut langweilig.«

»Na ja, es gibt eigentlich Coq au vin mit gedünsteten grünen Bohnen und jungen roten Brokkolisprossen.«

»Ach gut, warum sagst du das nicht gleich? Mein Gott, Mum, du kannst manchmal so …«

Kathryn hob die Hand und unterbrach den Wortschwall ihrer Tochter, bevor diese eine Chance hatte, ihrer Niedergeschlagenheit noch einen weiteren Dämpfer zu versetzen.

»Ja, Lydia, ich weiß. Ich bin unfähig, das Abendessen korrekt zu beschreiben. Verzeih mir. Ich bin unglaublich seltsam. Ich bin euch peinlich, das Leben ist Scheiße, und das ist allein meine Schuld. Ich bin für alles verantwortlich, vom Hunger in der Welt bis zum Krieg im Nahen Osten, von der Erderwärmung bis zur aktuellen Wirtschaftskrise und natürlich der Tatsache, dass Luca Petronatti nicht mit dir ausgehen will. Das ist alles allein meine Schuld, nur meine. Du kannst mich ganz zu Recht für alles verantwortlich machen.«

Lydias Antwort kam schlagfertig.

»Bist du in den Wechseljahren? Kommt das daher?«

»Wahrscheinlich, Lydia.«

»Ich esse in meinem Zimmer.«

Lydia ging wieder in den Flur hinaus und stieg die Treppe hinauf. Das war es dann, Ende der Diskussion.

Kathryn versuchte, sich ein ähnliches Gespräch mit ihrer eigenen Mutter auszumalen. Zuallererst versuchte sie sich vorzustellen, wie sie ihre Mutter nach dem Stand in ihrem biologischen Zyklus fragt, Kommentare dazu abgibt und sie dann praktisch auffordert, ihr das Abendessen aufs Zimmer zu servieren. Selbstverständlich konnte sie sich nichts davon vorstellen, weil sie es weder gewagt noch gewollt hätte. Die Dinge waren damals anders gewesen.

Sie öffnete den Küchenschrank und drehte die Erbsendose so, dass *die richtige Seite* nach vorn schaute. In den ersten Jahren ihrer Ehe waren die Aufgaben, die Kathryn zu erfüllen hatte und die eine detaillierte und gründliche Anweisung erforderten, vielfältig und zahlreich gewesen. Bis dahin hatte sie viele Aufgaben versehentlich falsch ausgeführt. Wer konnte so etwas schon wissen? Sie jedenfalls nicht. Sie war völlig nichtsahnend gewesen, dass es eine richtige Art und Weise gab, Honig auf den Toast zu streichen, eine richtige

Art und Weise, in einem Kaffeebereiter Kaffee zu machen. Zum Glück war Mark zur Stelle, der ihr half, sich ihrer Irrtümer bewusst zu werden.

Die Liste war umfangreich und peinlich genau. Es durften immer nur drei Dosen aufeinandergestapelt werden, und alle Etiketten mussten nach vorn zeigen. Wenn man sie mit einem Büchsenöffner öffnete, mussten ihre Deckel komplett entfernt werden – niemals durften sie scharfkantig an einem dünnen Metallstück hängen bleiben – und zur Entsorgung in die leere Dose gesteckt werden.

Ein Teppich musste stets in geraden horizontalen Linien gesaugt werden, was es einem ermöglichte, der vorherigen Kante zu folgen – auf gut Glück durch ein Zimmer zu fahren, bis man sicher war, dass man jeden Bereich zumindest einmal gesaugt hatte, kam nicht in Frage. Es gab eine richtige Art und Weise, Socken aufzubewahren (mit dem Gegenstück zusammengefaltet und nach Farben geordnet in die Schublade gelegt), eine richtige Methode, einen Geschirrspüler zu beladen, ein Handtuch zu falten, eine Mülltüte zu verknoten und zu entsorgen, die Zähne zu putzen, das Auto einzuparken, Auto zu fahren, die Kinder zu ernähren, die Haare zu kämmen und zu schneiden, das Bett zu machen, den Boden zu putzen, die Nachbarn anzusprechen, Weihnachtskarten zu schreiben, sich am Telefon zu melden, sich zu kleiden, zu gehen, zu sprechen, zu denken ...

Mark Brooker betrat einen Raum stets hörbar, selbst wenn er kein Wort sagte. Er kam nie einfach irgendwo an. Es war, als müsse er seine Anwesenheit ankündigen, wie ein Schauspieler, der auf dem Set einer amerikanischen Sitcom erscheint. Wenn sein Kopf in der Tür auftauchte, rechnete Kathryn beinahe damit, Klatschen und Gelächter aus der Konserve zu hören, einfach nur aufgrund seiner Ankunft.

Er kam zu der Stelle, an der sie stand, und seine Gestalt ragte neben ihr auf.

»Guten Abend, Kathryn.«

»Hallo, Mark.«

»Du siehst gepflegt und hübsch aus.«

Sie warf ihm ein schwaches Lächeln zu. »Danke.«

»Es riecht gut. Was gibt es zum Abendessen?«

»Es gibt ... hm ... es gibt ...«

»Es gibt ... hm ... es gibt ... was?« Er sprach abgehackt, aber er lächelte.

»Es gibt Hühnchen ... Coq au vin ... Hühnchen.«

»Hühnchen Coq au vin Hühnchen. Fantastisch.«

Er nahm ihr Gesicht zwischen seine Hände und küsste sie fest auf den Mund, bevor er auf dem Absatz kehrtmachte und sich in sein Arbeitszimmer zurückzog. Sie wartete, bis die Tür ins Schloss fiel, bevor sie das karierte Geschirrtuch an den Mund führte und den feuchten Beweis seiner Anwesenheit wegwischte.

Sie deckte den Tisch für sie beide. Ihre Lippen schmerzten von dem aggressiven Kontakt und schwollen leicht an. Ihre Gedanken wanderten zu einem Abend in der ersten Zeit ihres Kennenlernens zurück. Sie waren in London zusammen mit einer kleinen Gruppe von Kommilitonen in der Bar vom University College gewesen, als das Thema der Berufstätigkeit von Frauen zur Sprache kam. Es wurden die üblichen Scherze gemacht, dass man Ehefrauen an den Herd ketten müsse, und die alten Witze darüber gerissen, warum

Frauen in Weiß heirateten? Nämlich um zum Rest der Haushaltsgeräte zu passen – hahaha! Wie sie alle lachten!

Nachdem Mark sie nach Hause begleitet hatte, hatte er sich in der Tür ihres Elternhauses zu ihr umgedreht.

»Du wirst zu Hause bleiben, nicht wahr, meine Schöne? Du wirst zu Hause bleiben und dich um unsere Babys kümmern, und ich werde für dich sorgen, damit du dir nie um irgendetwas Gedanken zu machen brauchst, um gar nichts.«

Sie lächelte zu ihm hinauf.

»Na ja, Mark, ich bleibe natürlich irgendwann zu Hause, wenn ich Babys habe, aber bis dahin möchte ich unbedingt unterrichten. Ich möchte mein Studium nutzen. Ich denke, ich werde wirklich gut sein. Ich liebe mein Fach jedenfalls, und ich bin sehr geduldig – im Gegensatz zu einem gewissen Menschen, dessen Namen ich nennen könnte.«

»Ungeduldig, *moi?* Es ist nicht meine Schuld, wenn die meisten Kinder, die man vor mich hinsetzt, zurückgeblieben sind. Ich brauche andere Kaliber von Kindern, die nicht den IQ von Topfpflanzen haben.«

»Ach, wie heißt es so schön? *Ein schlechter Handwerker gibt seinem Werkzeug die Schuld.* Gilt das auch für schlechte Lehrer?«

Plötzlich und ohne Vorwarnung packte Mark sie am rechten Handgelenk, hob ihre Hand auf die Höhe ihres Gesichts und lachte.

»Hör auf, dich selbst zu ohrfeigen, du dummes Mädchen.«

Er lachte und kicherte, während er ihre Hand fest gegen ihr Gesicht schlug. Einen Augenblick lang war sie zu verdutzt, um zu reagieren. Dann dämmerte ihr die Erkenntnis, und sie spannte ihre Muskeln an und spreizte die Finger.

Aber er war viel stärker als sie und machte einfach weiter, sorgte dafür, dass sie sich selbst ohrfeigte.

»Hör auf! Hör auf damit! Kathryn! Du dummes Mädchen!«

Sie weinte und schluckte vor Entsetzen Luft. Es dauerte ein paar Sekunden, bis er abrupt aufhörte.

»Ach, mein Schatz! Warum weinst du denn?«

Sie sah ihm in die schönen blassblauen Augen, während in ihren eigenen Tränen standen.

»Weil du mir wehgetan hast, Mark.«

Er zog sie mit Wucht an sich, legte seinen Dufflecoat um sie und sprach ihr sanft ins Haar.

»Baby, Baby, das war doch nur ein Spaß. Ich liebe dich und würde dir nie absichtlich wehtun. Lieber würde ich sterben, als dir wehzutun.«

Sie war erschrocken gewesen, als sie im Spiegel einen quer über ihre Wange verlaufenden knallroten Fleck bemerkt hatte.

Während Kathryn die Tischsets an die richtige Stelle legte, die Untersetzer, die Salz- und Pfefferstreuer mitten auf den Tisch stellte, überlegte sie, dass dies wie vieles andere, was Mark tat und sagte, eine Lüge war. Er würde nicht lieber sterben, als ihr wehzutun. Das wusste sie wirklich ganz genau.

Um acht Uhr, als das Abendessen beendet war, begannen die Lehrer einzutreffen und es sich in der Küche bequem zu machen. Kathryn ging im Raum umher, schenkte Wein und Mineralwasser in blitzsaubere Gläser, während sie nickte, lächelte und, wo notwendig oder angebracht, eine Bemerkung machte.

»Ja, es ist ungewöhnlich mild.«

»Danke, ja, mir geht es gut, sehr gut sogar.«

»Dominic? Ach, du weißt ja, er lernt eifrig.«

»Die Startelf? Ach, ich glaube, es geht wieder gegen Taunton.«

»Gegen Blattläuse nehme ich immer eine Essig-Wasser-Mischung und versprühe sie großzügig.«

Kathryn betrachtete die bunt zusammengewürfelte Gruppe alter Männer in ihren abgetragenen Kordanzügen. Gemeinsam verströmten sie einen ganz leichten Hauch von Verfall. Dichte Haarbüschel sprossen aus Ohren und Nasen – Dinge, um die eine aufmerksame Frau sich gekümmert hätte. Auch ihre Zähne waren vernachlässigt. Kathryn stellte sich die Gruppe als eine Schar alternder Pinguine vor, die krächzten und um ihre Positionen rangelten, obwohl sich sonst kein Mensch auf der Welt im Geringsten dafür interessierte, was sie taten oder sagten.

Gegen zehn nach acht Uhr legte Mark seinen großen Auftritt hin.

»Guten Abend, alle miteinander.«

Er stand in der offenen Tür, und Kathryn bemerkte ein kurzes Zögern und vermutete richtig, dass er sich überlegte, ob er sich verneigen sollte. Er entschied sich dann jedoch dagegen.

Die versammelte Lehrerschaft nickte und murmelte etwas Unverständliches, weil sie sich durch die Anwesenheit ihres geschätzten Direktors geehrt fühlte und darauf wartete, welche Weisheit wohl auf dieses strahlende Lächeln und dem Aufblitzen der frisch gebleichten, perfekt ausgerichteten Zähne folgen mochte.

»Gut, meine Herren, sollen wir anfangen?«

Mark rieb sich mit einer Begeisterung die Hände, die an den Hehler Fagin in Dickens *Oliver Twist* erinnerte.

Die Lehrer nahmen ihre Plätze um den Küchentisch ein, wobei der Status eines jeden daran ersichtlich war, wie nahe er bei Mark saß.

»Tagesordnungspunkt Nummer eins: Verleihung der Excellence in Education Awards. Ich habe heute möglicherweise einen Wink bekommen, dass …«

Bevor er seinen Satz beenden konnte, erhob sich um den Tisch eine Welle der Zustimmung.

»Gut gemacht, Direktor.«

»Das sind ja wunderbare Nachrichten, Mark.«

»Hochverdient, altes Haus, wirklich hochverdient.«

Kathryn, die bereits genug gehört hatte, schlüpfte ins Wohnzimmer und schloss hinter sich die Tür. Leise stieg sie über das Telefonkabel, zog die Schublade auf und holte vorsichtig die Ausgabe von *Tom Jones* heraus, die sie für solche Gelegenheiten ganz hinten versteckt hatte. Sie nahm den Roman zur Hand und fuhr mit den Fingern über den Einband, verspürte das leichte, aber vertraute Gefühl der Freude, weil sie wusste, dass sie ein paar Minuten lesen konnte, bis ihre Dienste wieder gefragt waren. Sie kannte den Ablauf: Fünfzehn Minuten durfte sie sich gönnen und die Sitzung laufen lassen, dann musste sie in die Küche zurückkehren, um die Häppchen und Dips zu servieren.

Kathryn setzte sich in den Lehnstuhl vor dem Fenster und begann zu lesen.

Dem Leser wird es angenehm sein, glaube ich, mit mir zu Fräulein Sophie zurückzukehren. Sie brachte die Nacht, nachdem wir sie zuletzt gesehen, gar nicht angenehm hin. Der Schlaf erwies ihr wenig Freundschaft, und die Träume noch weniger. Des Morgens, als Honoria, ihre Kammerjungfer, zur gewohnten Stunde hereintrat, fand sie ihre Dame schon aufgestanden und angekleidet.

Kathryn vertiefte sich freudig in die Seiten und gestattete sich, in die von Henry Fielding geschaffene Welt einzutauchen.

Das Lesen war ihre größte Leidenschaft und ihre einzige Fluchtmöglichkeit. Sie hatte immer gewusst, dass das gefährlich sein konnte. Falls ein Buch wirklich gut war, konnte es ihr Zeit und Aufmerksamkeit rauben, sie völlig fesseln und sie zwingen, mit den Figuren jeden einzelnen Schritt zu machen. Dann sah sie sich außerstande, sie zu verlassen, aus Angst vor ihrem ungewissen Schicksal. Und genauso war es für Kathryn an diesem Abend. Als sie die Wohnzimmertür laut gegen die Wand knallen hörte, waren achtzehn Minuten vergangen – nicht die zugestandenen fünfzehn.

Sie ließ das Buch fallen, ohne Rücksicht darauf, ob es beschädigt wurde, und kümmerte sich auch nicht darum, dass die hübsche Sophia unbeschützt in die Dunkelheit hinabstürzen und mit einem Knall auf dem Boden aufschlagen würde. Ihr Mann blieb in der offenen Tür stehen, sagte und tat nichts, und seine Miene war ausdruckslos. Als sie sich an ihm vorbeidrängte und in die Küche eilte, bemühte sie sich, ihm nicht in die Augen zu schauen. Beide sagten kein einziges Wort.

Kathryn entschuldigte sich leise bei den Gästen, dann entfernte sie rasch die Frischhaltefolie von den Canapés und entkorkte eine weitere Flasche gekühlten halbtrockenen Weißwein. Sie ging in der Küche hin und her, verteilte Teller und Servietten, bevor sie die nächsten Platten mit Köstlichkeiten auftrug. Diese wurden alle eifrig begrüßt und die Häppchen mit dem angemessenen Lob und Dank verzehrt. Krümel fielen in grau melierte Bärte, und Saucen und Dips landeten auf Krawatten und Revers. Sie hatte ihre Aufgabe gut gemacht.

Es war nach elf Uhr, als die Gäste schließlich gegangen waren. Die Spülmaschine lief, der Tisch war abgewischt, Tischsets und Untersetzer in die Schubladen geräumt und die Stühle ordentlich unter den Tisch geschoben.

Kathryn stieg die Treppe hinauf und betrat das Schlafzimmer. Sie ging gemessenen Schrittes, nicht gerade erpicht, an ihr Ziel zu gelangen, aber in dem Bewusstsein, dass jeder weitere Aufschub das Unvermeidliche nur hinauszögern würde.

Es war ein schönes Zimmer. Die hohe Decke und die kunstvolle alte Hohlkehlung passten hervorragend zu der wunderschönen Tapete mit Pfingst- und gefüllten Mairosen, deren Blüten in vielen Aubergine- und Dunkelrotschattierungen so echt wirkten, dass man sich wünschte, ihren Duft einzuatmen. Zwei große Schiebefenster blickten auf die Sportanlagen, allerdings verdeckten zu dieser Nachtzeit Jalousien den Ausblick. Auf dem cremefarbenen Teppich lagen flaschengrüne Läufer, um nackten Füßen genau die richtige Behaglichkeit zu bieten. Das antike Bett aus Mahagoni war groß und breit, mit üppigen Blumenschnitzereien im Kopfteil. Es hatte einst Marks Großmutter gehört und wurde sehr bewundert, aber Kathryn hasste es aus tiefstem Herzen. Häufig träumte sie davon, dass es von einem Holzwurm zerfressen wurde, bis nichts mehr übrig blieb als ein kleines Häufchen Staub und ein sehr dicker Wurm.

Trotz seiner Schönheit hatte sich das Zimmer für Kathryn mit schrecklichen Assoziationen verbunden. Sie war immer bestürzt, wenn Besucher anerkennende, begeisterte Bemerkungen machten. Eigentlich erwartete sie, dass sie das Leid, das dort in jedem Winkel lauerte, spürten und nicht überrascht wären, ganze Ozeane der von ihr vergossenen Tränen die Wände hinabrinnen, aus der Matratze tropfen und sich auf dem Boden zu Pfützen sammeln zu sehen.

Kathryn schlüpfte aus ihren Schuhen und dem Rock. Die hellbraunen Lederslipper stellte sie ordentlich unter den alten, gepolsterten und mit Chintz überzogenen Stuhl, der in der Zimmerecke stand. Den Reißverschluss ihres Rocks zog sie wieder zu, dann faltete sie das Kleidungsstück zur Hälfte, bevor sie es über die Lehne dieses Stuhls hängte. Ihre Bluse rollte sie zusammen und steckte sie mit dem BH und dem Slip in den Wäschekorb. Sie legte ihre Ohrringe und die Perlenkette ab und tat sie vorsichtig in den Schmuckkasten auf dem Frisiertisch. Mit Bürste und Zahnseide reinigte sie sich die Zähne, dann kämmte sie sich die Haare und entfernte sämtliche Spuren ihres Make-ups. Schließlich schlüpfte sie in eines ihrer fünf identischen weißen Nachthemden. Diese waren alle im Shaker-Stil geschnitten, ziemlich lang und gerade, und jedes besaß einen Bubikragen und kleine Perlmuttknöpfe am Kragen mit den schmalen Biesen sowie an den Manschetten.

Dann kniete Kathryn sich am Fuß des Bettes nieder, senkte den Kopf und wartete. Genau wie sie es in den vergangenen siebzehn Jahren und fünf Monaten jeden Abend getan hatte.

Sie hörte das Knarren der obersten Treppenstufe, gefolgt vom verräterischen Klopfen des Eherings gegen das Holzgeländer. Wenn sie diese vertrauten Geräusche vernahm, spannten sich wie immer ihre Muskeln an. Das geschah ganz unwillkürlich, egal, wie oft sie sie vernommen hatte. Schließlich hörte sie, dass die Schlafzimmertür geschlossen wurde, dann das Kratzen des alten Messingschlüssels im Schloss.

Die Angst lähmte ihre Muskeln, sie kroch ihr in die Knochen und ließ ihre Haut kribbeln. Kathryn schloss kurz die Augen, erschauderte unwillkürlich, während sich ihr Herzschlag wie gewöhnlich beschleunigte.

Mark kam auf sie zu und stellte sich in seiner üblichen Haltung hinter sie, die Hände hinter dem Rücken verschränkt. Seine Hüfte streifte beinahe ihren Hinterkopf. Sie konnte spüren, dass er eine fast glühende Wärme ausstrahlte. Seine Stimme war wie gewöhnlich ruhig, heiter, beinahe sanft.

»Nun?«, fragte er.

Ihr Mund zuckte, und sie schluckte, als sie die Wörter zu bilden versuchte. Die Erfahrung hatte sie gelehrt, dass es besser war, kurz, ehrlich und vernehmbar zu antworten. Viel besser.

»Vier Punkte, nehme ich an.«

»Vier Punkte, nimmst du an?«

»Ja.« Wieder schluckte sie.

»Du täuschst dich. Es sind sieben Punkte.«

»Sieben?«

»Habe ich dich aufgefordert, die Zahl zu wiederholen. Habe ich dir erlaubt, etwas zu sagen?«

Sie schüttelte den Kopf. Nein, nein, das hatte er nicht. *Schau nicht hin und sag nichts.*

»Vier Punkte, aber ehrlich.«

Er stieß ein kurzes Lachen aus, bevor er *tsts* machte, als rüge er ein vorlautes Kind.

»Ich sag dir, warum es sieben Punkte sind.« Er räusperte sich. »Erstens möchte ich dich bitten, an heute Morgen zurückzudenken. Als ich dir eine Blume geschenkt habe, hast du nicht dankbar zu mir aufgeblickt, sondern stattdessen wie ein aufmüpfiger Teenager auf den Boden gestarrt. Zwei Punkte. Außerdem musstest du dich in übertrieben vertraulicher Weise mit zwei unserer Schüler unterhalten. Zwei Punkte. Als ich dich gefragt habe, was es zum Abendessen gibt, hast du mir zögernd eine irritierende Antwort gegeben. Hühnchen, bla, bla, Hühnchen. Ein Punkt. Und schließlich hast du mich, obwohl du klare Anweisungen erhalten hattest, gezwungen, das Lehrertreffen zu verlassen, um dich zu holen, damit du die nötigen Erfrischungen servierst, die nicht nur zu spät gekommen sind, sondern auch ziemlich durchschnittlich waren. Das, Kathryn, beschämt uns beide. Zwei Punkte. Und das macht zusammen?«

»Sieben Punkte«, antwortete sie leise.

»Das ist korrekt.«

Er fuhr ihr mit den Fingern durchs Haar und streichelte sanft ihren Nacken. Dann beugte er sich tief hinab und drückte ihr einen Kuss auf ihre obersten Halswirbel, und sie spürte die Luft kalt auf dem feuchten Mundabdruck.

Mark ging ins angrenzende Badezimmer, um seine abendliche Dusche zu nehmen, und ließ seine Frau weiter auf dem Boden knien, damit sie über ihre Fehler nachdachte.

Ihr wurden die Beine taub, und wie gewöhnlich begannen ihr die Füße und Zehen einzuschlafen.

Nach einer Viertelstunde tauchte Mark, feucht und nach Zitrone duftend wieder auf. Er schlenderte zum Nachttisch und schaltete seinen Wecker ein. Alles war bereit. Dann ging er zum Schrank und wählte eine Krawatte für den nächsten Tag aus: kornblumenblaue Seide mit einem gelben Tupfen, sehr adrett. Aus der Schublade seiner hohen Kommode wählte er ein Paar Manschettenknöpfe, Seidenknoten natürlich, in passendem Blau und Gelb. Er griff nach seinem Kölnischwasser, Floris Nr. 89, und tupfte sich etwas von dem Zitrusduft hinter die Ohren und ums Kinn. Als Nächstes zog er die untere Schublade auf und holte das kleine Quadrat aus Wachspapier heraus, das er auffaltete, sodass die glänzende Rasierklinge zum Vorschein kam. Er nahm die Klinge zwischen Daumen und Zeigefinger und begutachtete sie im Schein der Lampe.

»Komm.«

Seine ausgestreckte Hand deutete auf das Bett, als rufe er einen Hund bei Fuß.

Kathryn erhob sich, und ihre Beine zitterten. Sie wusste, was zu tun war, sie kannte den Ablauf. Sie hatte ihn mehr als sechseinhalbtausend Mal mitgemacht. *Sechseinhalbtausend! Unglaublich. Unfassbar, aber wahr.*

Sie legte sich bäuchlings mitten aufs Bett, das Nachthemd bis knapp über ihren Hintern hochgeschoben. An diesem Punkt fragte er immer: »Liegst du bequem?«, und sie murmelte dann entweder in die cremefarbene Steppdecke hinein oder nickte, ja, sie lag bequem.

Die Erfahrung hatte sie gelehrt, dass es keinen Zweck hatte, irgendetwas anderes zu sagen oder anzudeuten.

Im Laufe der Jahre war Kathryn dazu übergegangen, Marks Verhalten als normal zu betrachten, insofern, als normal sich auf etwas bezog, was häufig, ja regelmäßig wiederkehrte, als Standard, als etwas, was Routine war, vorhersehbar, ein Fixpunkt, etwas, was tagtäglich geschah

Mark hatte beim Ritzen Methode und Rhythmus. Niemals durchtrennte er einen Schnitt, der noch nicht richtig verheilt war, und er schnitt stets mit großer Präzision ein Muster von Linien, die jeweils nur Millimeter voneinander entfernt waren und leicht diagonal verliefen. Außerdem schnitt er immer von innen nach außen. Kathryns Oberschenkel waren an der Rückseite von einem dichten Muster aus Linien und Furchen durchzogen, von mehr als sechstausend Linien in unterschiedlichen Stadien der Heilung und Erholung.

Mark machte immer nur einen Schnitt pro Nacht – eine einzige Linie – unabhängig von der Punktzahl, die er vergeben hatte. Bei den Punkten ging es nicht um die Anzahl: Sie waren der Maßstab für die Tiefe der Schnitte.

Die vergebenen Punkte reichten von null bis zwölf. In ihrem gesamten Eheleben hatte Kathryn nie eine Null erreicht und glaubte auch nicht daran, sie jemals erreichen zu können. Zwölf Punkte bedeuteten, dass sie das Bewusstsein verlieren würde, aber das war manchmal dem heftigen Schmerz einer Neun oder Zehn vorzuziehen.

Sie fand es auf morbide Weise faszinierend, dass ihr Blut weiterhin floss. Ein zähes, klebriges Tröpfeln, jede Nacht.

Würde es denn nie versiegen? Oder würde irgendwann der Tag kommen, an dem Mark den Schnitt machte, und es würde nichts geschehen? Eine erschöpfte Quelle: aufgebraucht, geleert, dahin, genug.

Das Schneiden konnte zwischen drei und zehn Minuten dauern. Ihr Blut würde warm und dickflüssig zwischen ihren Beinen hinab und auf die weißen Leinenlaken tropfen. Dort würde es Muster bilden, die einem See ähnelten. An einem guten Tag konnte es Lake Placid sein, an einem schlechten der Genfer See. Sobald Mark mit dem Schneiden fertig war, vergewaltigte er sie.

Es war Kathryn nicht gestattet, sich nach diesem nächtlichen Ritual zu waschen. Genau genommen war es ihr nicht einmal gestattet, sich zu rühren, bevor ihr Mann eingeschlafen war. Wenn sie sich schließlich auf ihre Seite des Bettes schob, zuckte sie vor Schmerz zusammen. Irgendwann schlief sie ein, wenn die Höllenqualen ein wenig nachließen. Manchmal vergoss sie heiße, stille Tränen in ihr Kopfkissen, aber meistens tat sie das nicht, jedenfalls nicht mehr. Auch das, so hatte die Erfahrung sie gelehrt, war zwecklos.

Es war niemand da, der diese Tränen gesehen und ihr Schluchzen gehört hätte.

Der Wecker piepste, und das irritierende Echo hallte durchs Zimmer. Es war 6 Uhr. Widerwillig schlug Kathryn die Augen auf. Mark war bereits wach, er stand neben dem Bett und beobachtete, wie sie zu sich kam. Er streckte den Arm aus und ergriff zärtlich ihre Hand, als sie, noch immer ganz verschlafen, von der Matratze glitt. Ihr Nachthemd war wie gewöhnlich getrocknet und klebte wegen des blutenden

Schnitts an ihren Oberschenkeln. Sie stand still und aufrecht da, während er mit der freien Hand den Stoff zusammenraffte, fest daran riss und ihn so vom geronnenen Blut der Wunde löste. Davon wurde sie endgültig wach.

Schließlich führte er sie ins Badezimmer. Sie sah zu, wie er den Hahn aufdrehte und das Wasser in die Duschwanne laufen ließ.

»Kathryn, heute hast du zwei Minuten.«

Er lächelte, beugte sich vor und drückte ihr einen flüchtigen Kuss auf die Stirn. Sie zog sich das blutverschmierte Nachthemd über den Kopf und ließ es als Stoffhaufen auf den gefliesten Boden fallen. Als sie in die Duschkabine trat, brauchte ihr Körper ein paar Sekunden, bis er sich an die Wassertemperatur gewöhnt hatte, die wie üblich ein wenig zu heiß war. Aber es hatte keinen Zweck, sich darüber zu beschweren. Die frischen Schnitte brannten immer, doch auch dieser Schmerz ließ wieder nach, sodass er fast erträglich war.

Sie schloss die Augen und ließ sich das Wasser über das Gesicht laufen, denn damit wusch sie eine weitere Nacht weg und begann einen neuen Tag, der ganz ähnlich wie die vorangegangenen verlaufen würde. Sie griff nach der Flasche und drückte einen Klecks Shampoo mit Apfelduft heraus, ein bisschen größer als eine Fünfzig-Pence-Münze, genau wie ihre Mutter es ihr vor so vielen Jahren beigebracht hatte. Sollte sie, weil die Fünfzig-Pence-Münze inzwischen deutlich kleiner geworden war, zum Ausgleich ein bisschen mehr nehmen? Kathryns Gedanken wanderten zu anderen Dingen, deren Größe geschrumpft war, seit sie ein kleines Mädchen gewesen war: ihre Lieblingskekse, Telefone, die Fahrtzeit nach Cornwall.

Kathryn verteilte das Shampoo auf ihren Haaren und spürte, wie es zu einem Schaumberg anwuchs. Mark stand auf der anderen Seite der Glasscheibe und beobachtete jede ihrer Bewegungen. Sie schloss die Augen, wusch sich gründlich die Haare und genoss das Gefühl. Mit einem Mal kam kein Wasser mehr. Vor Erstaunen schrie sie auf, Schaum an den Händen und auf dem Kopf.

Mark öffnete die Tür, und sie stand zerzaust, ein wenig desorientiert und mit süß duftendem Schaum bedeckt da. Ihre Haare sahen aus wie eine noch nicht gebackene Meringue.

»Zwei Minuten habe ich gesagt.«

Sie wusste, dass jeder Protest zwecklos war, selbst wenn sie den Mut dazu gefunden hätte. Es war ihre eigene Schuld, wenn sie Tagträumen über dummes Zeug aus ihrer Kindheit nachhing. Sie würde nichts sagen. Sie wollte nicht mit mehr Negativpunkten als unbedingt notwendig in den Tag starten. Fröstelnd trat sie aus der dampfigen Kabine in die kühle Luft. Mark legte ihr ein großes Handtuch um die Schultern und wischte ihr mit einem Ende den Schaum aus dem Gesicht und den Augen.

»Na«, gurrte er, »so ist es schon besser.«

Sie tapste ins Schlafzimmer und zog sich an, während ihr Mann duschte. Zwar entfernte sie mit dem Handtuch so viel von dem Schaum wie nur möglich, trotzdem waren ihre Haare noch immer klebrig und zerzaust. So gut sie konnte, kämmte sie sie durch. Sie warf einen Blick in die Spiegel des Frisiertischs und setzte probehalber ihr Lächeln auf. Bildete sie sich das nur ein oder fiel es ihr tatsächlich immer schwerer, es überzeugend hinzubekommen?

Kathryn zog die Bettlaken ab, so wie sie es jeden Morgen tat, und bemühte sich, nicht auf den scharlachroten Fleck des Leidens zu schauen, der das ansonsten makellose Weiß besudelte. Sie steckte ihr Nachthemd in das Wäschebündel. Wie immer würde sie die Maschine mit Kochwäsche anstellen, bevor die Kinder herunterkamen, und so würden sie es nie erfahren. Sie würden es niemals erfahren.

Bis Lydia fast eine Stunde später in die Küche kam, war die Wäsche schon bereit, draußen aufgehängt zu werden. Der Tisch war fürs Frühstück gedeckt, Speck brutzelte auf dem Herd. Kathryn wappnete sich an der Spüle für den neuen Tag.

Vom Erscheinen ihrer Tochter erfuhr sie dadurch, dass sie Stuhlbeine über den Holzfußboden schrammen hörte.

»Guten Morgen, Lyds. Hast du schön geträumt?«

Sie bekam keine Antwort von ihrer Tochter, die den Kopf auf die zu einem Dreieck geformten Arme gelegt hatte.

»Lydia, ich habe dich gefragt, ob du etwas Schönes geträumt hast.«

Kathryn trat langsam zu ihr und strich ihr die Haare von der Schulter.

»Was?«, fragte Lydia laut und nahm sich die beiden winzigen weißen Stöpsel aus den Ohren.

»Tut mir leid, Schatz, ich habe nicht bemerkt, dass du Musik hörst, ich habe dich nur gefragt, ob du …«

»O mein Gott! Was in aller Welt hast du nur mit deinen Haaren angestellt? Die sehen ja fürchterlich aus. Wirklich fürchterlich!«

Kathryn beschloss, die Bemerkung zu ignorieren, weil sie keine richtige Antwort darauf wusste.

»Möchtest du Speck haben?«

»Ob ich Speck haben will?« Lydias Stimme wurde laut, weil sie es nicht verstand. Warum war das Thema gewechselt worden? War ihre Mutter jetzt endgültig übergeschnappt?

»Wieso schreit ihr denn herum?«, schaltete sich Dominic ungebeten in das bereits unangenehme Gespräch ein.

»Ich habe nicht geschrien«, korrigierte ihn Kathryn.

»Himmelherrgott, Mutter, was ist das denn für eine komische Frisur? Du siehst aus wie eine Geisteskranke. Im Ernst, wie ein echter Freak! Bring das um Himmels willen in Ordnung. Meine Freunde könnten dich ja zu Gesicht bekommen.«

»Dominic, möchtest du Speck haben?«

»Ob ich Speck haben will?«

»Genau an diesem Punkt bist du hereingekommen, Dom.« Lydia verdrehte die Augen. »Ich habe ihr gerade gesagt, wie schräg sie mit ihrer Frisur aussieht, was immer damit auch passiert ist, und sie hat geantwortet: Möchtest du Speck haben? Ich glaube, sie ist endgültig durchgeknallt, oder, wie ich neulich schon gesagt habe, als mir aber keiner zuhören wollte, sie ist ernsthaft klimakterisch.«

»Würdet ihr beide bitte aufhören, über mich zu reden, als wäre ich gar nicht da? Das ist wirklich sehr unhöflich und beleidigend. Was spielt es für eine Rolle, wie meine Haare aussehen? Das sind nur Haare! Viel wichtiger ist: Will einer von euch Speck haben?«

Das fanden ihre Jugendlichen aus irgendeinem Grund urkomisch. Sie gluckten und schlugen auf den Tisch, bis ihnen Tränen in den Augen standen, dazwischen keuchten sie immer wieder »Speck!« Und dann brachen sie erneut in lautes Gelächter aus.

»Guten Morgen, Familie Brooker. Mein Gott, woher kommt denn diese Heiterkeit am frühen Morgen? Was habe ich verpasst?«

»Mum«, schaffte Dominic zu sagen, bevor er auf sie deutete und wieder in lautes Kichern ausbrach.

Mark wuschelte seinem Sohn durch die langen Haare und schmunzelte über die beiden.

»Kommt schon, ihr zwei, so lustig kann doch gar nichts sein.« »Doch«, kreischte Lydia.

Er schüttelte den Kopf.

»Kathryn, besteht vielleicht die Möglichkeit, ein wenig Speck zu bekommen?«

Das führte dazu, dass die beiden von hysterischen Krämpfen geschüttelt wurden und ihrem Vater nichts anderes übrig blieb, als mitzulachen, weil das Gekicher so unglaublich ansteckend war. Die drei saßen am Tisch und lachten, stupsten einander an, brachen erneut in Gelächter aus und deuteten immer wieder auf Kathryns Kopf. Das alles war sehr, sehr lustig.

Kathryn nahm den Weidenkorb und belud ihn mit der feuchten Bettwäsche. Mit dem Korb und ihrer geblümten Stofftasche voller Wäscheklammern schlenderte sie zur Wäscheleine hinaus.

»Komm schon, Peggy, es ist Zeit, an die Arbeit zu gehen.« Sie fuhr mit dem Daumen über das kleine lächelnde Gesicht und steckte die Klammer fest.

Während sie das Laken stramm zog und sah, wie es sich im Wind bauschte, fiel ihr noch etwas anderes ein, das geschrumpft war: sie selbst. Sie wurde immer kleiner und bedeutungsloser. Sie war sich ganz sicher, dass sie eines Tages einfach verschwinden würde, und keiner Menschenseele würde es auffallen. Sie erschauderte, als sie das Nachthemd neben dem Laken festklammerte.

»Guten Morgen, Mrs Brooker.«

»Guten Morgen, Mrs Bedmaker.«

Wieder grüßten die beiden gleichzeitig in der Annahme, sie würde den grausamen Spitznamen nicht bemerken. Sie hatten recht, sie bemerkte gar nichts.

»Guten Morgen, Luca. Guten Morgen, Emily. Wie geht es euch heute?«

»Gut, danke. Ist Dom fertig?« Luca sprach für beide. Emily blickte schuldbewusst und verstohlen drein, wie ein Mädchen eben, das mit ihrem Sohn schlief.

»Ich denke schon. Geht einfach rein. Ihr könnt noch frühstücken, falls ihr Hunger habt.«

Sie lächelte die beiden an.

Mrs Bedmaker, Mrs Bedmaker, Mrs Bedmaker. Die Worte schwirrten ihr durch den Kopf, ein stiller Spott.

Natürlich hatten sie es zu eilig, um zu frühstücken, und schon nach einer knappen Minute gingen die vier Jugendlichen den Gartenweg entlang auf das Schulgebäude zu.

»Bis später«, rief Dom ihr über die Schulter hinweg zu. Lydia hatte sich die Stöpsel wieder in die Ohren gesteckt und nahm gar nichts mehr wahr.

»Tschüss, Schatz. Ich wünsche dir einen schönen Tag.«

Kathryn hasste die falsche Heiterkeit in ihrer Stimme und das Lächeln, das ihr stummes Leid nur unzureichend kaschierte, wie sie nur zu gut wusste. Sie sah ihnen nach, wie sie hinter der Hecke verschwanden, und hörte nur Sekunden später lautes Gelächter. Instinktiv war ihr klar sie, dass sie über sie lachten. Sie lachten über sie oder lachten sie aus, das machte keinen großen Unterschied. Es tat weh.

Als sie in die Küche kam, schob Mark gerade seinen Frühstücksteller in die Mitte des Tisches, damit seine Frau ihn wegräumen konnte.

»Kathryn.«

Er sagte immer ihren Namen, wenn er ein Gespräch begann, um sicherzustellen, dass er ihre ganze Aufmerksamkeit hatte und ihr kein Detail, ja nicht einmal eine Nuance, entging.

»Kathryn, ich denke, es wäre gut, wenn es zum Abendessen Fisch geben würde.«

»Fisch, natürlich.«

»Gut.«

Er stand vom Tisch auf und zog seine Umschlagmanschetten zurecht, sodass sie wie gewünscht ein Stück aus seinen Jackettärmeln hervorschauten.

»Ich weiß nicht, ob du schon von der Gerüchteküche Wind bekommen hast, aber ich werde ausgezeichnet, und damit natürlich auch die Schule. Ich habe es aus berufenem Munde, dass die Jury der National Excellence in Education Awards mich zum Schulleiter des Jahres ernennt. Und, wie findest du das?«

Sie blinzelte ihn an. *Sag etwas, sag etwas Nettes.*

»Das ist ja ganz toll, wunderbar.« Sie gab sich große Mühe, dass ihre Antwort nicht gestelzt oder mechanisch klang.

»Du hast recht, das ist wirklich ganz toll und wunderbar. Du weißt, warum ich eine solche Auszeichnung erhalte, nicht wahr?«

»Nein, na ja, schon, ich bin mir nicht ganz sicher.« Sie

wusste nicht, wie die richtige, das heißt die erwartete Antwort lautete.

»Sei unbesorgt, Kathryn, ich sage dir, warum. Das liegt daran, dass ich einfach brillant bin. Warum bekomme ich diese Auszeichnung?«

»Weil du brillant bist, Mark.«

»Es ist sehr nett von dir, das zu sagen, meine liebe Frau.«

Er zog sie an den Oberarmen an sich und küsste sie fest auf den Mund, als Judith gerade die Hintertür aufmachte.

»Ich bin's nur.«

Als Judith sah, dass sie in einem offenkundig zärtlichen Moment hereingeplatzt war, spürte sie, wie ihr pummeliger Hals vor Verlegenheit rot anlief.

»O Herr Direktor! Kathryn! Es tut mir furchtbar leid, dass ich störe. Ich komme offenbar in einem ungünstigen Augenblick.« Sie war verlegen, eifersüchtig und fasziniert, alles zugleich. »Überhaupt nicht. Meine wunderbare Frau hat mir gerade gesagt, dass ich brillant bin.«

Judith setzte sich die Brille wieder auf die Nase. »Ach, aber Herr Direktor, Sie sind wirklich brillant.«

Sie starrte Mark mit offenem Mund an, als hätte sie vergessen, dass Kathryn im Zimmer war. Kathryn konnte sich Judiths lüsterne, anzügliche Gedanken ausmalen.

»Es ist sehr nett, dass Sie das sagen, Judith. Sind Sie gekommen, um mich ins Büro zu eskortieren?«

»Na ja, nein und ja. Ich meine, ich eskortiere Sie natürlich gern, aber ich wollte Sie nach den Erfrischungen für die Schulfeier fragen und wo das große Festzelt aufgestellt werden soll. Wir müssen Vorkehrungen treffen, falls es ein bisschen regnen sollte.«

»Ach ja, das müssen wir. Und dabei hatte ich mich auf einen gemächlichen Spaziergang zu meinem Büro gefreut. Macht nichts. Keine Ruhe den Gottlosen, heißt es nicht so?«

Er drehte sich um und zwinkerte seiner Frau zu, bevor die beiden aus der Küche gingen, es aber versäumten, die Türe hinter sich zu schließen. Wahrlich gottlos.

Kathryn lächelte in sich hinein, während sie die Spülmaschine einräumte. Judiths Auftritte ließen sie immer an Natasha denken und daran, wie sehr sie die Besuche ihrer Freundin vermisste. Natasha pflegte Judith zu imitieren, indem sie mit einem stark übertriebenen »Ich bin's nur!« hereinkam, was jedes Mal dazu führte, dass Kathryn sich fast kranklachte. Sie dachte an einen speziellen verregneten Dienstag zurück, als sie sich im Schul-Shop miteinander unterhalten hatten. Natasha deckte sich gerade mit Bleistiften ein, und Kathryn wollte einen Zettel mit einem Hinweis auf eine Wohltätigkeitsveranstaltung zur Finanzierung der Reise der Ersten Rugby-Mannschaft nach Südafrika an das Anschlagbrett heften.

Natasha hatte sich ihrer Freundin zugewandt und gefragt: »Fällt dir heute an mir etwas auf?«

Kathryn ließ den Blick über die gestreifte Strumpfhose ihrer Freundin, den glockigen Minirock und die hellrosa Ballettstrickjacke wandern. »Eigentlich nicht. Sollte mir das?«

»Ja! Ich glühe und strahle vor lauter Liebesglück. Na ja, das heißt vor Wollust, aber meiner zynischen Meinung nach ist das ja ein und dasselbe.«

Kathryn spürte, dass sie errötete. Gewöhnlich mied sie Gespräche über dieses Thema, vor allem mit Natasha, um jeder Gegenfrage über den Stand der Dinge in ihrem eigenen Liebesleben aus dem Weg zu gehen. Kathryn fühlte sich mit dem ganzen Thema überfordert und ein wenig unbehaglich.

»Ach? Jemand, den ich kenne?« Sie betete, es möge niemand sein, den sie kannte, weil sie die Bilder nicht vor ihrem inneren Auge haben wollte, die in ihrem Kopf aufzutauchen drohten.

»Das kann durchaus sein. Kennst du Jacob Whittington, den Oberstufenschüler?«

»Ja, ein gut aussehender Junge, der es bestimmt nach Oxford oder Cambridge schaffen wird.« Kathryn war sich nicht sicher, wohin das führen würde.

»Na ja, wenn du ihn für einen gut aussehenden Jungen hältst, solltest du erst einmal seinen Vater sehen. Der ist vielleicht heiß. Ich meine wirklich heiß. Und er ist Chirurg und geschieden und vögelt mich. Bin ich etwa kein Glückspilz?«

Kathryn starrte ihre Freundin an und spürte, dass ihr buchstäblich die Kinnlade herunterfiel.

»Wirklich? Dr. Whittington?«

»Ja, wirklich! Dr. Whittington – oder Max für jene von uns, die ihn splitternackt zu Gesicht bekommen, während er mir um drei Uhr morgens Tee kocht. Gott, schau mich nicht so an, Kate. Es ist, als hätte ich dir gerade gebeichtet, dass ich ein abscheuliches Verbrechen begangen habe, so missbilligend, wie du dreinschaust. Warum schaust du so? Liegt es etwa daran, dass er außerhalb meiner Liga spielt? Du hast natürlich recht, das tut er, und ich weiß, dass wir uns eigentlich nicht mit Eltern unserer Schüler zusammentun dürfen, aber er ist wirklich süß, und ich bin ziemlich scharf auf ihn, genau genommen superscharf. Ich kann fast garantieren, dass der junge Jakob eine Eins mit Stern bekommt, die er ja unbedingt haben will, falls das bedeutet, dass ich seinen Daddy weiterhin treffe. Kate, sag etwas, irgendetwas ...«

»Du bist gar nicht lesbisch?«, platzte es aus Kathryn heraus.

Die Frage traf Natasha unvorbereitet und verschlug ihr vorübergehend die Sprache, bis sie schließlich, den Kopf in den Nacken gelegt, vor Lachen loskreischte, laut und hemmungslos.

»Ich bin was nicht?«

»Eine Lesbe«, wiederholte Kathryn, der es peinlich war, das Wort auf dem Schulgelände überhaupt auszusprechen.

»Eine Lesbe? O mein Gott! Wieso glaubst du das? Weil ich kurze Haare habe und Männerschuhe trage?«

»Nein! Nein, Natasha, überhaupt nicht. Es ist nur, weil Mark gesagt hat ...«

»Ach, das hätte ich mir ja denken können. Mark würde eine Lesbe nicht erkennen, selbst wenn eine daherkäme und ihn in den Hintern beißen würde. Er ist so wild darauf, jeden mit seinen abscheulichen Klischees in eine Schublade zu stecken. Pfui, so ein Widerling! Nicht etwa, dass ich mich einen Dreck darum schere, was er von mir hält. Aber er könnte mit seinen gemeinen Gerüchten und Spitznamen wirklich Schaden anrichten.«

Mit einem Mal fiel ihr wieder ein, dass sie sich nicht nur mit ihrer neuen Freundin unterhielt, sondern auch mit Marks Ehefrau.

»Tut mir leid, Kate, nichts für ungut, aber du weißt, wie ich das meine.«

»Schon gut, mir tut es leid. Ich hätte nie davon ausgehen

dürfen, dass seine Mutmaßung richtig ist. Ich hätte es besser wissen müssen. Und dabei war ich mir mit meiner allerersten lesbischen Freundin so schrecklich kosmopolitisch vorgekommen.«

»Ach, meine Liebe, dann habe ich dich also wirklich enttäuscht? Es tut mir leid, falls ich deine Erwartungen mit meinen langweiligen heterosexuellen Praktiken und meinen auf Männer ausgerichteten Beischlafgewohnheiten nicht erfülle.«

Die beiden Frauen lachten und schlenderten Arm in Arm davon. Die Shop-Angestellten schauten ihnen nach, als sie das Geschäft verließen, und keine machte eine Bemerkung, als Natasha Kathryn scherzhaft in den Hintern zwickte, während sie gerade um die Ecke bogen.

»Na ja, Kate, falls sie reden wollen, können wir ihnen doch ein bisschen Gesprächsstoff liefern.«

Kathryn war zusammengezuckt und zurückgeschreckt, nicht etwa wegen des Scherzes ihrer Freundin oder gar aus Verlegenheit, weil er zu Klatsch und Tratsch führen würde, sondern weil Natasha versehentlich einen Schnitt aufgerissen hatte, der gerade verheilt war und jetzt erneut zu bluten begann.

Kathryn schmunzelte bei der Erinnerung. Sie klappte die Spülmaschine zu und konzentrierte sich auf die nächste Aufgabe. Dienstag, Dienstag ... Denk nach, was waren die Dienstagsaufgaben? Sie hatte jahrelang Zeit gehabt, sich den Wochenkalender einzuprägen, und trotzdem ertappte sie sich häufig dabei, dass sie ihn vergaß. Das musste am Alter liegen. Ach ja, nun fiel es ihr wieder ein. Zu den Dienstagsaufgaben zählte im Arbeitszimmer alle Lehrbücher von Marks Regalen zu holen, die Regalbretter wie auch jedes einzelne Buch abzustauben und die Bücher wieder hinzustellen, die Betten der Kinder abzuziehen, die Bettwäsche zu waschen und zu bügeln, im Blumenbeet neben der Hintertür zur Küche das Unkraut zu jäten, das Familienbad sowie das ans Schlafzimmer angrenzende Bad gründlich zu putzen und sicherzustellen, dass die Badewannen, Wasserhähne und Toiletten glänzten. Und schließlich musste sie das Parkett im Flur wachsen und polieren, bevor sie ins Dorf ging, um acht Bio-Lachsfilets und das dazu passende Gemüse zu kaufen. Es war ein Tag wie jeder andere, aber trotzdem ein arbeitsreicher Tag.

Kathryn stellte den Wasserkocher an. Die Lachsfilets waren in Kräutern gewälzt worden und brutzelten vor sich hin, der Spargel und die in Streifen geschnittenen Zucchinis lagen im Dampfkochtopf, und in zehn Minuten würde sie sich gepflegt und hübsch machen müssen. Sie zog das dünne Buch aus seinem Versteck zwischen zwei Kochbüchern hervor. Sie wusste, dass niemand zwischen Jamie Genial italienisch und Jamie Unterwegs nachschauen würde.

Sie schlug R. K. Narayans *Reifeprüfung* auf.

Als man anfing, Rao als den ältesten Mann der Stadt zu bezeichnen, wurde sein Alter auf zwischen neunzig und einhundert fünf Jahren geschätzt. Er war mit dem Zählen jedoch schon lange durcheinandergekommen und verabscheute Geburtstage; vor allem nach seinem achtzigsten, als ihn seine Verwandtschaft in einem Schwarm von überall her überfallen, ihn in aufwendige Rituale verwickelt und aus seinem achtzigsten Geburtstag mit plärrenden Flöten und Trommeln eine öffentliche Schau gemacht hatte. Der religiöse Teil war so anstrengend gewesen, dass er danach fünfzehn Tage lang mit Fieber daniedergelegen hatte.

***

Die kurzen Abschnitte, die sie jeden Tag lesen konnte, reichten aus, sie zu verzücken, ihr in den freien Minuten eine Möglichkeit zur Flucht zu bieten. Die zeitliche Beschränkung gestattete ihr gerade einmal, jedes Mal kaum mehr als achtzig Wörter zu lesen, aber diese achtzig Wörter waren ihre Rettung. Denn in den folgenden Stunden war sie mit vielen Fragen beschäftigt. Wie alt war Rao tatsächlich? Wo lebte er? Wann war er gestorben und in welchem Alter?

Kathryn nahm ihre Teetasse mit nach oben zum Frisiertisch und setzte sich vor den Dreifachspiegel, der so angewinkelt war, dass sie sich sah, wohin sie auch blickte. Es gab kein Entrinnen.

Sie berührte das kühle Glas mit ihrem Finger und fuhr das Spiegelbild ihrer Nase, ihrer Augen und ihres Mundes nach. Sie starrte das Bild vor sich an, das Gesicht einer traurigen, im Spiegel gefangenen Frau, die ihr Lächeln einstudieren musste.

Kathryn sah sich außerstande zu entscheiden, welches das echte Bild war. War es das unauffällige, kühle Gesicht, das sie anstarrte, oder die verwirrte, einsame Maske, durch die sie die Welt betrachtete? Als sie ihre Hand zurückzog, wurde ihr klar, dass das keine Rolle spielte. Es war immer dieselbe Frau mit dem wenig prägnanten Gesicht, die unter gesenkten Lidern hervor ausdruckslos aus dem Spiegel starrte.

In solchen Momenten hatte Kathryn den Eindruck, in einem Zustand am Rande des Wahnsinns zu leben. Sie nahm jedoch an, dass es Hoffnung gab, solange sie immerhin erkannte, dass die Art und Weise, wie sie lebte, tatsächlich verrückt war.

Sie kämmte sich die vom Shampoo verklebten Haare und steckte einen Clip aus Markasit an die Seite, um von den Haaren abzulenken. Was hatte Dominic an diesem Morgen gesagt? »Du siehst wie eine Geisteskranke aus.« Jede gemeine Bemerkung tat weh, aber ihre Wirkung wurde verdoppelt, wenn nicht gar verdreifacht, sobald sie von jemandem ausgesprochen wurde, den man lieb hatte.

Sie trug ein wenig Rouge auf ihre Wangen auf und sprühte Parfum auf ihr Dekolleté. Wie gewöhnlich kam ihr ein Liedtext in den Sinn und schwirrte ihr im Kopf herum, bis sie zuhörte und auf die Worte achtete.

Denn Ehefrauen sollten auch immer Geliebte sein.
Lauf in seine Arme, sobald er zu dir nach Hause kommt.
Ich warne dich.

Vor vier Jahren

Das Haus auf der Klippe in Cornwall konnte man am besten als weitläufig beschreiben. Es war Anfang des zwanzigsten Jahrhunderts erbaut worden, als keine Knappheit an heimischem Baumaterial herrschte – aus der Zusammenarbeit eines extravaganten und launenhaften Architekten, der eine Schwäche für den New-England-Stil hatte, mit einem reichen Zinnbaron, der sich ein seiner Stellung angemessenes Heim wünschte.

Das Ergebnis waren Korridore, die zu keinem bestimmten Ziel führten, und ein Bauwerk, das nicht nur mit einem, sondern mit drei Türmen im gotischen Stil und zahllosen Fenstern aufwartete, die besser zu einer Kirche gepasst hätten und kaum Licht in die kleinen quadratischen Räume brachten. Eine überdachte Terrasse verlief an der gesamten Front des Gebäudes entlang, mit massiven Verandapfosten und Giebelbogen verziert. Sie vermittelten den Eindruck, das Haus stünde in New Hampshire.

Eine Holzschaukel, gerade breit genug für zwei Erwachsene, die sich gut kennen, war an einem langen Bauseil befestigt und an einem Ehrenplatz links neben der Eingangstür aufgehängt worden. Im Sommer wurden bequeme gestreifte Polster darauf gelegt, die die Schaukel zum idealen Platz für laue Abende machten.

Kate stellte sich vor, ein Glas Wein in der Hand zu halten und sich mit den Zehen auf dem Holzdeck abzustoßen Das würde sie zu jenen heißen karibischen Abenden zurückführen, und das Geräusch der Wellen und das Zirpen der Grillen würden bestätigen, dass sie sich im Paradies befand. Einzig und allein die wohlklingende Stimme eines gewissen Geistlichen würde fehlen, für den sie gern Platz gemacht hätte.

Die Hausfront bestand aus Fachwerk, und eine von Kates erste Aufgabe war es gewesen, das Holz zu restaurieren und in blassem Enteneierblau neu zu streichen. Das stellte sicher, dass das *Haus zur Aussicht* perfekt zum Meer und zum Himmel passte, vor dem es sich abhob.

Das Telefon auf dem Schreibtisch im Arbeitszimmer läutete. Es thronte auf einem Stapel Papiere, die mit unterschiedlicher Dringlichkeit ihrer Aufmerksamkeit harrten. Kate war nicht klar gewesen, dass so viele Verwaltungshindernisse zu überwinden sein würden, bevor sie ihre Träume in die Realität umsetzen konnte. Sie baute darauf, dass die wirklich wichtigen Dinge sich rechtzeitig bei ihr bemerkbar machen und in dem Stapel nach oben wandern würden.

Haus zur Aussicht. Kate verspürte noch immer einen gewissen Kick, wenn sie den Namen aussprach. Sie hielt den Hörer zwischen Kinn und Schulter geklemmt.

Kate liebte das Haus, in dem sie jetzt wohnte. Als sie vor fünf Monaten mit heruntergekurbeltem Fenster auf dem Parkplatz am Hafen gesessen und der gnadenlose Wind Cornwalls durch ihr Auto geweht hatte, war es der Name gewesen, der sie zunächst anlockte. Sie hatte über die Hafenmauer hinweg geblickt und an Simon gedacht, so wie sie es manchmal tat, und sich gefragt, wie sein Bauprojekt wohl vorankam. Häufig war er nicht mehr als eine leise, ferne Mahnung.

Die Unterlagen des Maklers hatten in ihrer Hand geflattert, das dritte oder vierte Exposé, das sie durchgeblättert hatte. Der Name des Anwesens ließ sie ein zweites Mal hinschauen, und sie setzte es auf ihrer Liste sofort weiter nach oben, jedenfalls über *Jasmine Cottage* und *The Lodge*. Ihr Puls hatte sich beschleunigt. »Die kaufe ich ganz bestimmt nicht.«

Aber da stand schwarz auf weiß *Haus zur Aussicht*, es wurde zum Kauf angeboten und lag preislich wundersamer- und aufregenderweise innerhalb ihres Budgets.

Der Tag war ein denkwürdiger geworden: Das Anwesen entsprach nicht nur den Vorstellungen, die sie seit geraumer Zeit im Kopf hatte. Ihr war auch sofort klar gewesen, dass es nicht nur als Ferienhaus erbaut wurde. Aus Penmarin konnte sie wahrscheinlich wirklich ihr Zuhause machen.

Das Haus hatte seinen Namen wegen des fantastischen Meerblicks von seiner exponierten Lage auf dem Kliff. Kate wurde jedoch vor allem durch die Lexikondefinition von *Aussicht* inspiriert: *Möglichkeit, dass bald etwas geschieht, eine Chance oder die Wahrscheinlichkeit, dass sich in naher Zukunft etwas ereignet, insbesondere etwas Wünschenswertes.*

Das war die Definition, die sie bei allen Neuankömmlingen in der Hoffnung zitierte, die ja an die Möglichkeit einer besseren Zukunft glauben sollten. Beim *Haus zur Aussicht* ging es ausschließlich um Hoffnung.

Kate versuchte, sich auf die Stimme am Ende der Leitung zu konzentrieren, während sie mit ihrem Stift auf den Papierstapel klopfte und hoffte, er würde in den Papierkorb kippen und für immer darin verschwinden. Aber dieses Glück blieb ihr verwehrt.

Der Bohrer eines Handwerkers kam in den ehemaligen Stallungen stotternd in Gang. Sie hielt sich ein Ohr zu und versuchte, sich gegen das Dröhnen abzuschotten.

Die Angestellten würden in den umgebauten Nebengebäuden auf der anderen Seite des Innenhofs ihre eigenen Unterkünfte beziehen. Weit genug entfernt, um den Mädchen ihre Unabhängigkeit zu garantieren, aber nahe genug, um innerhalb von Sekunden an Ort und Stelle zu sein. Doch bisher hatte sie noch niemanden eingestellt. Kate war sich nicht sicher, wie ihr das gelingen sollte, die richtigen Leute zu finden. Das war ein weiterer Punkt auf ihrer stetig wachsenden Liste der Dinge, die erledigt werden mussten.

Sie wandte die Aufmerksamkeit wieder der Stimme am Ende der Leitung zu.

»Ja, ich verstehe durchaus. Ich denke, wir haben alle Auflagen hundertprozentig erfüllt: Brandtüren, zusätzliche Notausgänge und so weiter. Alle Arbeiten sind von der kornischen Feuerwehr empfohlen und abgenommen worden ... Meine Bescheinigung?« Kate starrte auf den Papierstapel. Das Blatt musste irgendwo darin stecken. »Ja, ich habe sie direkt vor mir«, log sie. »Ich stecke umgehend eine Kopie in den Postkasten.«

Sie fügte diesen Punkt auf ihre Liste hinzu und legte den Hörer auf.

»Ich brauche Frischluft«, rief Kate durch das leere Haus und hob resigniert die Hände.

Es war einer der ersten herrlichen Sommertage, und Kate genoss das neue Gefühl, an der Küste zu leben, was jeden Tag neue Abenteuer mit sich brachte. Die Sonne wärmte sie durch das Fenster, als sie im Postamt herumtrödelte und in aller Ruhe die Gläser mit hausgemachter Konfitüre betrachtete. Sie fragte sich, ob es wohl undiplomatisch wäre, sich nach dem Hersteller zu erkundigen, damit sie sich direkt an die Quelle wenden und so ein paar Pfund sparen konnte. Sie wollte für die Mahlzeiten so weit wie möglich biologische, hausgemachte Produkte verwenden. Das alles war Teil des Plans, aus dem *Haus zur Aussicht* ein ganz anderes Zuhause als das zu machen, was die Bewohnerinnen zuvor kannten. Sie war sich sicher, dass sie sich bisher zumeist von Fastfood oder Fertigprodukten ernährt hatten.

Kate hatte die Plastiktabletts gehasst, auf denen das Gefängnisessen serviert worden war. Eine Vertiefung für den Eintopf und eine weitere für den Vanillepudding bedeuteten, dass ein Ausrutscher genügte, und alles schwappte über und floss ineinander. Einfach ekelerregend.

»Sie haben gerade das große Haus auf der Klippe gekauft.«

Das war keine Frage, deshalb antwortete sie nicht, sondern starrte den jungen Mann stattdessen an, der rechts neben ihr stand und seine Nudelterrine und ein Paket Schokoladenkekse umklammerte. Sie schätzte ihn auf etwa dreißig. Er hatte das gebräunte und wettergegerbte Gesicht eines Menschen, der zum größten Teil im Freien aufgewachsen ist und sein ganzes Leben lang draußen gearbeitet hat.

»Wir sind über Ihre Pläne nicht erfreut.«

Das verdiente ebenfalls keine Antwort. Allerdings errötete er ein wenig unter ihrem stummen, prüfenden Blick, jedoch nicht so sehr, dass es ihn davon abgehalten hätte, seinen Satz zu wiederholen.

»Ich habe gesagt, dass wir …«

»Ja, ich habe Sie schon beim ersten Mal verstanden. Ich versuche nur, mir über zwei Dinge klar zu werden, bevor ich Ihnen antworte. Erstens, wer ist *wir?* Und zweitens, was wissen Sie oder irgendjemand sonst über meine Pläne?«

Er verlagerte das Gewicht auf das andere Bein. Kate stellte fest, dass eines seiner Beine um ein ganzes Stück kürzer war als das andere und dass der Unterschied durch einen klobigen, erhöhten Stiefel ausgeglichen wurde.

»Wir, das ist das ganze Dorf, alle Bewohner von Penmarin.«

Sie machte große Augen, legte die Hand auf die Kamee an ihrem Hals und tat so, als sei sie schockiert

»Tatsächlich? Das ganze Dorf? Du meine Güte, ich glaube nicht, dass ich seit meiner Ankunft mit mehr als vier Leuten gesprochen habe, und trotzdem ist das ganze Dorf meinetwegen unglücklich? Das ist eine ziemliche Leistung.«

»Es geht nicht um Sie persönlich. Es geht darum, was Sie da oben machen, wenn Sie alle möglichen unerwünschten Personen in diesen kleinen Ort bringen. Die meisten von uns haben ihr ganzes Leben hier verbracht, und es gibt Kinder und alte Menschen, an die man denken muss.«

»Wo genau wird auf kommunaler Ebene über mich diskutiert?«

»Was?«

Kate schob sich den Einkaufskorb auf den Arm und wiederholte ihre Frage.

»Wo reden alle über mich und meine widerwärtigen Pläne, Ihre Kinder zu korrumpieren, die Gemeinschaft und das Leben, wie Sie es kennen, zu zerstören?«

Sein nervöses Stottern sagte ihr alles, was sie zu wissen brauchte.

»Im … Im Pub hauptsächlich.« Er senkte den Blick. Hatte er etwa ein Geheimnis verraten?

»Prima! Sie können dann ja allen mitteilen, dass ich heute Abend um halb acht ins Pub komme, um über meine Pläne zu sprechen. Ich werde gern alle Fragen beantworten, die mir jemand stellen will. Übrigens, ich bin Kate.«

Sie streckte die Hand aus. Er ergriff sie und lächelte.

»Tom, Tom Heath.«

»Schön, Sie kennenzulernen, Tom. Ich bin mir sicher, dass ich Sie später wiedersehe.«

Damit huschte sie an ihm und an der Theke vorbei, an der die Postbeamtin mit offenem Mund zuhörte und ihr nachblickte. Kates Appetit auf Konfitüre war mit einem Mal gestillt.

Sie ging die zwei Meilen nach Hause. Die kurvenreiche, steil ansteigende Straße war für ihren entschlossenen Schritt keine Herausforderung, denn sie war eine Frau, die eine Mission hatte. Trotz ihres festen Entschlusses brannten heiße Tränen in ihren Augen. Warum musste sich eigentlich immer alles als fürchterlicher Kampf erweisen? Die warme, salzhaltige Brise irritierte mehr, als dass sie beruhigte. Kate kümmerte sich wenig um den sprießenden Wiesenkerbel und das rote Leimkraut, als sie gegen die Hecken trat und die Blüten damit auf den von der Hitze verzogenen Asphalt rieseln ließ. Sie schlug die Küchentür hinter sich ins Schloss, knallte den Korb mitten auf den Küchentisch und stieß einen gutturalen, langgezogenen Schrei aus.

»Warum fluchst du nicht einfach? Das ist viel befriedigender«, meldete sich eine Stimme von der Frühstückstheke.

Kate lachte, entschloss sich jedoch, den Vorschlag nicht aufzugreifen.

»Ich wusste gar nicht, dass du schon zurück bist. Wie war es in Truro?«

»Gut, danke, aber hör auf, einfach das Thema zu wechseln. Weißt du, Kate, es stimmt nämlich, dass ein guter Fluch eine höchst therapeutische Wirkung haben kann. Weißt du, dass ich dich in all den Jahren, die wir uns inzwischen kennen, nicht ein einziges Mal richtig habe fluchen hören? Abgesehen von dem läppischen Verdammt und ein paar Mal Scheiße, was ehrlich gesagt eigentlich nicht zählt. Ich bin überzeugt, dass es dir manchmal wirklich guttun würde. Ich liebe es, ordentlich zu fluchen, vor allem im Auto, und ich weiß, dass jetzt genau ein solcher Zeitpunkt gekommen ist. Also, komm schon, Kate, sprich mir nach. Ver...«

»Ich lass es lieber sein«, fiel Kate ihrer Freundin ins Wort und hob die Hand.

»Ich habe nie gewohnheitsmäßig geflucht und werde mit über vierzig nicht damit anfangen!«

»Du bist ein solcher Tugendbold.«

»Ausgerechnet ich!«

»Wie auch immer, was ist los? Warum besteht beinahe die Notwendigkeit zu fluchen?«

Kate sah ihre Freundin an, die mit gespreizten Beinen auf einem Barhocker saß, und seufzte.

»Ach, Natasha, ich hatte einen schlechten Tag. Die Leute kriechen aus dem Unterholz und verlangen Bescheinigungen und Versicherungspolicen und weiß der Himmel was noch alles, bevor wir richtig eröffnen können. Und als wäre das noch nicht genug, haben wir ein kleines Problem, fürchte ich.«

»Huch, das klingt ja dramatisch. Erzähl mir alles.«

Natasha tauchte ihren Malpinsel in das Wasserglas und drehte ihn hin und her, bis die Flüssigkeit eine starke Blaufärbung annahm. Sie fasste ihren weiten Rock zusammen und schenkte Kate ihre ganze Aufmerksamkeit.

»Ich bin im Postamt einem jungen Kerl über den Weg gelaufen, der mir gesagt hat, dass die Einheimischen nicht glücklich darüber sind, was wir hier oben vorhaben.«

»O mein Gott! Sie wissen es, oder? Wir haben Chablis getrunken und Chips gegessen und bis in die frühen Morgenstunden *Mamma Mia* angeschaut. O mein Gott, was für eine Schande! Ich gestehe alles: Ich schwärme für Pierce Brosnan.«

»Die Sache ist ernst, Natasha, und schlimmer noch, ich habe eingewilligt, heute Abend ins Pub zu kommen und mich den Massen in einer Frage- und Antwortstunde zu stellen. Ich weiß nicht, was ich mir dabei gedacht habe. Ich glaube, ich war einfach wütend und habe mich für einen Moment viel mutiger gefühlt als jetzt.«

»Ich halte das für eine großartige Idee. Wir sollten offen und ehrlich sein, und uns nicht verstecken, als hätten wir ein schlimmes Geheimnis. Wenn wir die Einheimischen erst einmal kennengelernt haben, wird alles in Ordnung sein. Wahrscheinlich glauben die, wir sind ein lesbisches Paar, das ein liederliches Leben führt und sich miteinander amüsiert.«

»Du meine Güte, Natasha, nicht schon wieder die Sache mit der Lesbe, bitte.«

Beide lachten los.

Bald war es kurz vor halb acht. Leise zog Kate die Haustür ins Schloss und spürte einen Anflug von Beklemmung. Wenn sie das nächste Mal durch diese Tür trat, war sie entweder akzeptiert oder ausgegrenzt – ein ziemlich beängstigender Gedanke.

Die beiden schlenderten bei noch immer angenehm sommerlichen Temperaturen die Straße entlang. Kate hatte ihre Kleidung sorgfältig gewählt und eine gut geschnittene Jeans sowie eine Baumwollbluse mit Blumenmuster angezogen und sich nur ganz dezent geschminkt. Die Freude darüber, nach zwei Jahrzehnten der Kleidungsbeschränkungen durch Mark in der Lage zu sein, Hosen tragen zu dürfen, hatte sich noch nicht gelegt. Sie bezweifelte, dass sie jemals nachlassen würde. Mit der über die Schultern gehängten Baumwolljacke und den Bootsschuhen an den Füßen wirkte sie fast wie eine einheimische Jachtbesitzerin oder wie eine Jachtbesitzerin auf Besuch.

Natasha sah in dem türkisfarbenen Hemdkleid und mehreren Reihen Lapislazuli um Hals und Handgelenke fantastisch aus. Dezente Kleidung kam für sie nicht in Frage – Kate hatte das auch gar nicht erwartet.

»Es wird schon gut gehen, Kate. Was können die denn im schlimmsten Fall unternehmen? Uns aus der Stadt ekeln?«

Kate lächelte schwach und dachte, dass die Leute genau das tun konnten.

Das Pub *Zum Hummertopf* leuchtete vor dem Hintergrund der dunklen Natur und warf seine geheimnisvollen Strahlen über den asphaltierten Parkplatz und die Grasfläche dahinter. Es war der gleiche Lichtschein, der abenteuerlustige Teenager zum Pub lockte. Doch auf Kate Gavier wirkte es genauso bedrohlich wie das *Admiral Benbow* aus Stevensons *Die Schatzinsel.*

Die beiden Frauen traten durch die Tür und wurden von mindestens vierzig Augenpaaren und tiefem Schweigen begrüßt, das sich mit alarmierender Geschwindigkeit herabsenkte. Das Lokal war zum Bersten voll mit alten und jungen Gästen. Jeansbekleidete Hinterteile balancierten auf Barhockern und belegten die schäbigen Polster der Nischen. Frauen hockten auf den Knien ihrer Männer. Der Schweißgeruch und der Alkoholdunst der Menge hingen in der Luft. Die Fenster waren beschlagen, und das Lokal pulsierte dank der Vorfreude von vierzig erwartungsvollen Menschen, deren Zunge und Sinne vom einheimischen Ale geölt waren.

Kate zögerte einen Sekundenbruchteil lang und verweilte in der Tür. Fliehen oder kämpfen, das war die Frage, vor der sie stand. Eine laute Stimme riss sie aus ihrer Erstarrung.

»Ah, da ist sie ja, unser Ehrengast!«

Ein großer Mann Mitte fünfzig trat aus der Menge hervor, ein großzügig gefülltes Glas Whisky in der Hand. Die senfgelbe Kordhose, das karierte Hemd und die herabwallenden Haare ließen erkennen, dass es sich um den reichen Besitzer des Restaurants am Hafen handelte. In dieser Gegend war er so etwas wie eine Berühmtheit und an fast allen hiesigen Betrieben beteiligt, auch an diesem Pub. Seine schicke Jacht, die er immer neben den schäbigen Fischerbooten festmachte, vermittelte eine deutliche Botschaft.

Kate und Natasha hatten ihn mindestens zweimal aus der Ferne gesehen. Er war ein Mann, für den das Altern nicht nur ein Problem, sondern auch eine Beschäftigung darstellte. Sowohl das Bleichen der Zähne als auch das regelmäßige Färben des Haaransatzes, um die grauen Haare zu überdecken, waren dabei hilfreich. Doch es konnte wenig unternommen werden, um seine mit Altersflecken gesprenkelten Hände zu kaschieren, die Kate an dicke Schweinswürste erinnerten: fleischig, aufgedunsen und Monat für Monat unansehnlicher. Er kleidete sich, wie er es immer getan hatte, ungeachtet der Tatsache, dass sein Bauchumfang zunahm und auch der Hals immer dicker wurde, über dem sich der Hemdkragen spannte. Kate und Natasha hatten festgestellt, dass er vor zwanzig oder dreißig Jahren womöglich mit seinem Gutsherrenstil attraktiv gewesen sein könnte. Heute jedoch nicht mehr, er hatte seine besten Jahre eindeutig hinter sich. Sie hatten in dem Bewusstsein gekichert, dass sie selbst es niederschmetternd fänden, ähnlich eingeschätzt zu werden.

Er streckte seine fleischige Hand aus, und Kate schüttelte sie kräftig und bemerkte den schweren goldenen Siegelring an seinem kleinen Finger.

»Rodney Morris. Erfreut, Sie kennenzulernen.« Seine Stimme dröhnte durch den Raum und verriet die Zuversicht eines Mannes, der gehört werden wollte.

»Kathryn Br – Gavier, ich bin Kate Gavier.«

Verdammt! Sie wusste nicht, warum ihr das immer wieder herausrutschte. Fast jedes Mal, wenn ihre Nervosität übermächtig wurde, stellte sie sich mit ihrem Ehenamen vor. Jede aufregende Situation barg die Gefahr, sie in jenen Zustand der Angst zurückzuversetzen, der ihre Ehe dominiert hatte, und ihrem Gehirn vorzugaukeln, sie müsse wieder in die Rolle der Kathryn Brooker als gequälte Ehefrau schlüpfen.

»Nun, Kate, ich bin von den Männern sozusagen zum inoffiziellen Sprecher ernannt worden, um dem Ganzen zumindest den Anschein einer Ordnung zu geben.«

Kate war froh, dass Natasha, die rechts neben ihr stand, ihn nicht korrigierte und darauf hinwies, dass wohl auch die

Frauen eine Rolle spielten, obwohl ihr das, wie Kate wusste, auf der Zunge liegen musste. Sie selbst kämpfte gegen den Drang an loszukichern, weil sie korrekterweise davon ausging, dass Rodney Morris keineswegs abgeneigt war, diese Rolle zu übernehmen, da er liebend gern im Mittelpunkt stand.

Die ganze Scharade war ziemlich komisch. Vor ihr stand eine wild zusammengewürfelte Menge. Sie reichte vom Makler, der ihr das Haus verkauft hatte, bis hin zum Milchmann, der sie täglich belieferte. Alle waren gekommen, um zu entscheiden, ob sie sie akzeptieren würden oder nicht. Für wen hielten die sich eigentlich, verdammt?

Mit einem Mal verspürte sie eine ungewohnte Kraft und Zuversicht. In den vergangenen Jahren war sie mit Schlimmerem fertig geworden als mit diesem bunten Haufen. Sollte sie also schon bei der ersten Hürde straucheln? Nein, nein, bestimmt nicht. Sie trat in die Mitte des Raums und übernahm ganz leise und gelassen die Kontrolle.

»Ausgezeichnet. Es ist schön, Sie endlich kennenzulernen, Rodney, ja, Sie alle kennenzulernen, zumal sich unsere Wege in den vergangenen Wochen bereits mehrfach gekreuzt haben. Das ist meine Freundin und Kollegin Natasha Mortensen.«

Natasha winkte allen zu, mit denen sie Blickkontakt aufnehmen konnte.

»Es ist wunderbar, heute Abend so viele unserer neuen Nachbarn zu sehen. Ich bin für die Gelegenheit sehr dankbar, Ihnen alles über unser neues Unternehmen erzählen zu können. Deshalb halte ich es für das Beste, wenn ich anfange und Ihnen eine kurze Zusammenfassung gebe, was wir im

Haus zur Aussicht vorhaben. Danach werde ich Ihre Fragen beantworten. Was meinen Sie dazu?«

Ein paar Leute murrten laut, aber undeutlich. Doch die übereinstimmende Reaktion bestand in: »Ja.« – »Gut«, und: »Dann mal los.«

Rodney Morris nickte und drehte den klobigen Ring an seinem kleinen Finger, weil er den Eindruck hatte, dass seine Rolle als inoffizieller Sprecher weitgehend überflüssig geworden war. Als körperliches Zeichen des Eingeständnisses trat er zwei Schritt zurück.

Kate wandte sich der Menge zu. Die Gäste waren still, hielten ihre Drinks in der Hand und warteten auf die Ansprache.

»Zuerst möchte ich sagen, wie glücklich ich mich schätze, in einem so schönen, ruhigen Ort wie Penmarin zu wohnen. Ich bin mir sicher, dass ich Ihnen nicht zu sagen brauche, welches Glück Sie haben, in einer so gesegneten Gegend leben und arbeiten zu können.«

Natasha war verblüfft über die souveräne, feste Stimme ihrer Freundin. *Du schaffst das, Mädchen!* Auch dieses Mal konnte sie es sich zum Glück verkneifen, das laut auszusprechen.

»Ich habe vor, im *Haus zur Aussicht* ein Wohnstätte für Menschen zu schaffen, die in ihrem Umfeld und in ihrem Leben nicht so viel Glück hatten.«

»Ja, wir haben gehört, dass Pädophile, Vergewaltiger, Junkies und dergleichen dort wohnen werden. Die wollen wir hier nicht haben, wirklich nicht.«

Die aufbegehrende Stimme gehörte einem Fischer, der noch immer seine Arbeitshose aus Neopren trug. Er hatte die wütenden Worte schon auf der Zunge gehabt, seit Kate das Pub betreten hatte. Die Menge stieß ein paar zustimmende Rufe aus, und einige Leute nickten.

»Pädophile und Vergewaltiger? Du lieber Himmel! Wer würde die schon in der Nachbarschaft haben wollen.«

Ihr Lächeln galt allein Natasha. Nur sie beide wussten, dass Kate in den vergangenen Jahren unter Straftäterinnen gelebt hatte. Außerdem stand zu vermuten, dass auch unter den Gästen im Pub höchstwahrscheinlich der eine oder andere ein Kinderschänder oder Vergewaltiger war, das sagte einem die Lebenserfahrung. Manche der Gäste brummten Kommentare, andere lachten – die Menge war eindeutig geteilter Meinung. Kate fuhr fort.

»Ich kann Ihnen versichern, dass es das Letzte wäre, was ich täte, diesen Ort oder seine Bewohner in Gefahr zu bringen. Die Menschen, die ich aufnehmen werde, mögen ja ein Vorstrafenregister haben, aber ich spreche von höchstens sechs Bewohnerinnen, Mädchen oder Frauen im Alter zwischen sechzehn und dreiundzwanzig. Wahrscheinlich haben sie eine fürchterliche Kindheit hinter sich und als schwierige Teenager wohl nie eine Chance bekommen oder Freundlichkeit erfahren. Mit Sicherheit werden sie nicht wissen, wie schön es ist, an einem Ort wie diesem zu wohnen.«

»Na ja, das klingt ja gut und schön. Aber für mich stellt sich vor allem die Frage: Wie wollen Sie die unter Kontrolle halten?« Rodney Morris blickte sich um Unterstützung heischend in der Bar um.

»Sie unter Kontrolle halten? Das sind keine Tiere, Mr Morris. Das sind Jugendliche, die eine Pause und ein besseres Leben verdient haben. Wir werden ihnen mit verschiedenen Maßnahmen helfen, gesund zu werden, durch Therapie und Beratung. Wir wollen sie mit einem neuen Selbstwertgefühl auf den Weg schicken, damit sie gute Mitglieder der Gesellschaft werden und ein menschenwürdiges Leben führen können.«

»Therapie? Welche Therapie? Meinen Sie Aromatherapie und dergleichen?« Die Frage der Postbeamtin war eigentlich nicht lustig gemeint, aber die Leute kicherten trotzdem.

Natasha trat vor. »An diesem Punkt komme wahrscheinlich ich ins Spiel. Ich war einige Jahre lang Kunstlehrerin, und vor ein paar Jahren habe ich eine Weiterbildung zur Kunsttherapeutin absolviert. Ich werde sehr eng mit unserer Heimberaterin zusammenarbeiten.«

Rodney Morris konnte es sich nicht verkneifen, mit donnernder Stimme festzustellen: »Ach, ich verstehe. Nach der altbewährten Strategie: Wir halten sie davon ab, neue Straftaten zu begehen, indem wir sie ein schönes Bild malen lassen. Fantastisch! Aber funktioniert das auch? Warum schicken wir sie nicht einfach ins Disneyland? Zu meiner Zeit hat man an echte Bestrafung geglaubt, nicht an diese ganze linke Kuschelpädagogik.«

Er kicherte in seine Faust. Seine Freunde an der Bar hoben die Gläser in seine Richtung. Eine Geste, die besagte: *Ein Punkt für dich, Mann!*

»Bestrafung?« Natasha hatte gegen ihre Wut über seine dumme, überholte Einstellung anzukämpfen. »Da ist etwas dran, Rodney, aber im Fall dieser Kinder und Jugendlichen sprechen wir nicht von Bestrafung. Unsere Bewohnerinnen haben ihre Strafe bereits bekommen, wie Sie es ausdrücken würden. Unser Interesse besteht darin, ihnen zu helfen, über die Traumata hinwegzukommen, die sie in ihrem jungen Leben erfahren haben. Diese Jugendlichen sind nicht in der Lage, was ihnen widerfahren ist oder ihre Gefühle darüber in Worte zu fassen. Häufig verdrängen sie Gefühle und Gedanken, die verarbeitet werden müssen. Ich gebe ihnen in einer sicheren Umgebung ein ganz buchstäblich leeres Blatt Papier. Die Kunsttherapie bietet einen sicheren Raum ohne jede Bedrohung und lädt den Einzelnen ein, seine Probleme zu erkunden. Häufig ist es das erste Mal, dass diese Kinder in der Lage sind, mitzuteilen, was sie durchgemacht haben. Und sobald wir das verstehen, können wir herausfinden, wie wir ihnen am besten helfen können.«

»Ich finde, das klingt wunderbar, und falls Sie Hilfe brauchen oder irgendwelche Materialien, würde ich gern mitmachen.«

Natasha blickte zu der älteren Frau hinüber, die in einem Künstlerkittel an der Bar saß. Natasha hatte ihr kleines Atelier mit Galerie am Hafen gesehen.

»Danke, gern. Das wäre großartig.«

Rodney Morris missfiel die Art und Weise, wie sich die Dinge entwickelten. Er war der Meinung, dass seine Position als selbst ernannter Dorfältester untergraben wurde.

»Ich denke, wir haben genug gehört. Was kommt als Nächstes? Kostenlose Grillfeste am Strand für alle hiesigen Sozialschmarotzer? Ach, ich weiß, warum verschenke ich in meinen Restaurants nicht einfach sämtliche Gerichte an all diejenigen, die als Kinder nicht genug umarmt worden sind?« Er schnaubte und drehte sich zur Bar um. »Ich brauche was zu trinken.«

Ein paar von Rodneys Freunden lachten pflichtgemäß.

Kurz herrschte verlegenes Schweigen, dann ergriff Kate wieder das Wort.

»Diese Mädchen kommen freiwillig hierher, weil sie etwas aus ihrem Leben machen wollen. Aber das wird nur richtig funktionieren, wenn sie die Unterstützung der Gemeinschaft bekommen, in der sie leben. Sie sind überall ausgestoßen und wie Dreck behandelt worden, und ich möchte, dass sie hier andere Erfahrungen machen. Ich will ihnen diese Chance geben. Ich will ihnen zeigen, dass das Leben auch schöne Seiten hat. Ich will ihnen Hoffnung vermitteln.«

Niemand hörte, wie die knarrende Eingangstür geöffnet wurde. Mitten in der Debatte trat eine junge Frau ein, die ihre ganze Habe in einem grauen Müllsack bei sich trug und hinten im Dunklen stehen blieb. Sie hörte sich Kates Worte aufmerksam an. Ohne das geplant zu haben, trat sie vor und stellte sich in die Mitte. Ihre massige Gestalt beherrschte den Raum mit der niedrigen Holzdecke. Sie stellte ihren Müllsack auf den Boden.

»Kate hat recht. Seit ich klein war, bin ich ausgestoßen und wie Dreck behandelt worden. Und seien wir doch ehrlich, das war einfach Pech. Manche von Ihnen haben das Glück, hier geboren zu sein und Eltern zu haben, die Sie geliebt haben, und ich hatte eben das genaue Gegenteil. Aber ich habe beschlossen, mein Schicksal zu ändern. Ich werde an der Universität von Plymouth studieren. Ich werde Psychotherapie studieren. Das ist etwas, was ich mir noch vor wenigen Jahren niemals hätte vorstellen können, aber jemand hat mir eine Chance gegeben und mir gezeigt, dass das Leben auch schöne Seiten hat.«

Sie lächelte bedeutungsvoll in Kates Richtung, und Kate

strahlte zurück, erstaunt und begeistert über das überraschende Erscheinen ihrer alten Freundin.

»Hätte man mir diese Chance nicht gegeben«, fuhr die junge Frau fort, »dann wäre mein Leben ganz anders verlaufen, glaubt mir. Jetzt will ich anderen Menschen ein bisschen etwas von dieser Hoffnung geben. Wenn ich mein Studium abgeschlossen habe, würde ich gern im *Haus zur Aussicht* arbeiten und Menschen wie mir helfen, Menschen, die einfach mehr Glück brauchen. Übrigens, ich heiße Janeece.«

In der Bar herrschte einen Augenblick Schweigen, dann fingen die Stammgäste an, miteinander zu tuscheln, zu überlegen, sich eine Meinung zu bilden, herauszufinden, was ihre Nachbarn dachten, bevor sie ihre Unterstützung kundtaten. Tom Heath trat vor.

»Ich finde, das klingt nach einem tollen Projekt, Kate. Wenn ich, als ich jünger war, ein bisschen mehr Unterstützung bekommen hätte, dann hätte ich vielleicht etwas aus mir machen können. Ich hätte jedenfalls ein bisschen mehr Glück gut gebrauchen können. Ich helfe Ihnen, wo immer ich kann.«

Die Einheimischen starrten Tom entgeistert an, der noch wenige Minuten vor Kates und Natashas Erscheinen einer der vehementesten Gegner vom *Haus zur Aussicht* gewesen war.

»Vielen Dank, Tom. Wir brauchen wirklich Hilfe – einen Koch und einen Hauswirtschafter, und es gibt weitere Stellen, die zu besetzen sind.«

»Da kann ich Ihnen definitiv helfen. Ich habe im Hotelfach gelernt.«

Die Lautstärke im Raum stieg um eine Oktave an. Jobs? Daran hatten sie gar nicht gedacht.

Wieder ergriff der Fischer das Wort. »Ich denke, wir werden nicht von Straßenräubern und Mördern überrannt werden.« Er lachte, und seine Freunde lachten ebenfalls. Der Löwe war gezähmt, zumindest vorläufig.

»Nein, ich kann fast garantieren, dass im *Haus zur Aussicht* nur eine Mörderin wohnen wird.«

Rodney Morris griff Kates Feststellung auf.

»Eine Mörderin? Sie erzählen uns also, dass eine Mörderin unter uns leben, mit unseren Kindern Kontakt haben und auf unseren Wegen spazieren gehen wird? Gütiger Gott, das gefällt mir gar nicht. Wie können Sie für unsere Sicherheit garantieren?«

Kate schmunzelte über seine Nervosität.

»Ich garantiere Ihnen persönlich, dass Sie vor der Mörderin sicher sein werden, Rodney.«

»Wie? Wie können Sie das garantieren?«

Kate drehte sich zu ihm um und sprach so laut, dass alle sie hörten.

»Weil ich diese Mörderin bin, Rodney. Ich habe meine Strafe wegen Totschlags abgesessen, meine Zeit abgebrummt, wie man so sagt, und gehe davon aus, weder von Ihnen noch von irgendjemandem sonst noch einmal vor Gericht gestellt zu werden. Und zufällig habe ich nicht vor, in absehbarer Zeit jemanden umzulegen.«

Wieder war es still im Pub. Alle starrten sie an, jeder Gast verarbeitete ihre Worte und überlegte, ob das im Spaß gemeint war oder nicht.

Tom trat vor und drückte Kate ein Glas Real Ale in die Hand.

»Zum Wohl.«

»Zum Wohl, Tom.«

Kate hob ihr Glas in Richtung der anderen Gäste, dann trank sie das Bier. Spontaner Beifall brach los, und sie hatte den Eindruck, dass die Leute mehr als nur die Tatsache beklatschten, dass sie ein ganzes Pint in einem Zug leeren konnte. In diesem Punkt hatte sie recht.

Das ungleiche Trio machte sich auf den Weg zum Strand unterhalb vom *Haus zur Aussicht*. Als die drei die Picknickdecken auf dem Sand ausbreiteten, das kalte gebratene Hühnchen, die große Schüssel griechischen Salat und die Käsekuchenstücke auspackten, waren sie ganz furchtbar aufgeregt.

Natasha zauberte drei Dosen eiskalten Pimm's hervor und verteilte die Cocktails. Sie hielt ihren in die Höhe.

»Auf unseren Erfolg, und ich kann nur sagen, gut gemacht, ihr beiden, mit euren hervorragenden Auftritten gestern Abend.«

Die drei stießen mit den Dosen an, und jede gönnte sich einen ordentlichen Schluck.

»Ich hatte Angst«, gestand Kate.

»Du hattest Angst?«, fragte Janeece lachend. »Habt ihr die Gesichter gesehen, als ich aufgekreuzt bin? Die Hälfte von denen haben meine Mülltüte beäugt und sich gefragt, ob ich darin eine abgesägte Schrotflinte stecken habe.«

Alle drei brachen in schallendes Gelächter aus.

»Es ist so schön, dich zu sehen, Jan. Woher hast du gewusst, wo du mich findest?«

»Von deinem letzten Brief habe ich gewusst, dass du in Penmarin bist, und der Rest war reine Glückssache. Ich habe beschlossen, mich im Pub zu erkundigen, ob die vielleicht wissen, wo du wohnst. Ich meine, wie viele einsiedlerische Knackis konnten in einem Ort wie diesem schon gelandet sein?«

»Ich freue mich jedenfalls sehr, dass du das gemacht hast, ich kann es noch immer nicht fassen.« Kate spürte, wie ihr Magen vor Aufregung und Nervosität einen Sprung machte.

»Du solltest es lieber glauben, Kate. Es ist geschafft! Das *Haus zur Aussicht* ist so gut wie eröffnet. Juhu!«

Ob es am Alkohol oder an ihrer guten Laune lag, die Frauen tanzten und lachten fast den ganzen Vormittag hindurch. Natashas Nachahmung des grimmig dreinschauenden Rodney war in jedem Fall der Glanzpunkt.

Die drei verdösten die Auswirkungen des Alkohols in der Mittagssonne. Janeece lag auf ihren Ellbogen gestützt da und fragte sich, wie viele schöne Orte wie dieser es auf der Welt wohl geben mochte und ob sie sie jemals sehen würde.

»Hast du etwas von deinen Kindern gehört?« Das war eine aus Besorgnis gestellte, unschuldige Frage. Sie wusste, wie viel die Kinder Kate bedeuteten.

Kate atmete langsam aus und schlug die Augen auf. »Nein. Nein, das habe ich nicht, leider. Ich hoffe, dass sie, wenn wir uns hier erst einmal niedergelassen haben, vielleicht kommen und mich besuchen. Ich habe Francesca ausführlich davon berichtet, deshalb wird bestimmt alles haarklein weitergegeben.« Kate setzte sich auf und stützte das Kinn auf die Knie. *Bitte, bitte kommt bald.* »Das Problem ist, dass es eine sehr weite Fahrt ist …«

Ob der Alkohol Natashas Zunge gelöst oder ihr Selbstvertrauen verstärkt hatte, konnte Kate im Nachhinein nicht sagen. Der Effekt war jedoch derselbe.

»Ich verstehe gar nicht, wie du dir das von ihnen gefallen lassen kannst, Kate, wirklich nicht. Ich finde, es ist eine echte Schande. Ja, wir wissen, dass es hart ist für sie. Ja, wir wissen, dass es eine weite Fahrt ist. Aber das reicht jetzt! Sie sind keine Babys mehr. Wie lange wollen sie dich noch bestrafen? Und wieso ist es ihre Aufgabe, dich zu bestrafen, nach allem, was du für sie getan hast? Nach dem Leben, das du jahrelang geführt hast, nur um für sie eine glückliche Familie vorzutäuschen?«

Kate war gleichermaßen bestürzt, wütend und abwehrend. »So einfach ist das nicht, Tash.«

Ihre Freundin war jedoch noch nicht fertig und fiel Kate innerhalb kürzester Zeit zum zweiten Mal ins Wort. »Kate, in Wahrheit ist es so einfach. Ihr Vater war ein richtiges Arschloch, ein übles Dreckschwein, und du hast dein Bestes getan, um das vor ihnen zu verbergen. Du hast ihnen zuliebe gelitten, und so danken sie es dir? Dominic reist kreuz und quer durchs Land, um an irgendeiner verdammten Party teilzunehmen, und kann nicht nach Cornwall kommen, um zu sehen, wie es dir geht? Vor allem jetzt, in einer Phase, in der du ihn mehr brauchst denn je? Du lässt es ihnen durchgehen, Kate, aber du solltest andere Saiten mit ihnen aufziehen. Ich würde das auf jeden Fall tun, verdammt.«

Kate platzte beinahe vor Wut. »Dann wollen wir zum Wohl aller hoffen, dass du niemals Mutter wirst, denn Gott möge deinen Kindern beistehen.«

»Ich würde mich von ihnen jedenfalls nicht schikanieren lassen, Kate, das steht fest. Du musst ihnen die Grenzen aufzeigen, ihnen ein Beispiel geben.«

Kate erhob sich. Ihre Stimme bebte, weil sie ihre Verärgerung kaum mehr unter Kontrolle halten konnte. »Ihnen ein Beispiel geben? Ich habe mein ganzes Leben damit verbracht, ihnen ein Beispiel zu geben! Ich habe mein ganzes Leben lang versucht, ihnen zu zeigen, wie man ein anständiger Mensch ist, indem man nett und aufmerksam …«

»Ja! Und schau, wie das geklappt hat. Wie freundlich und aufmerksam sind die beiden, Kate?«

Kate rannte vom Strand auf den Weg zur Klippe zu. Der Wind trug ihr Schluchzen jedoch zu den anderen zurück.

Janeece sah Natasha an. »Was bin ich froh, dass ich gefragt habe …«

Natasha vergrub das Gesicht in den Händen. »Scheiße!« Sie wusste, dass sie zu weit gegangen war.

Natasha klopfte an Kates Schlafzimmertür und trat ein, ohne eine Antwort abzuwarten.

»Es tut mir leid, Kate.«

Kate starrte sie aus geschwollenen Augen an. »Welcher Teil?«

»Das Ganze. Ich hätte nichts sagen dürfen.«

»Ich weiß, dass du es nicht so gemeint hast, Tash.«

Natasha ergriff die Hand ihrer Freundin. »Aber ich habe es so gemeint, Kate. Ich hätte es nur nicht sagen dürfen.«

»Du kennst meine Kinder, du magst sie doch.«

»Ja. Aber ich mag dich noch mehr. Ich tue und sage immer, was ich für das Beste für dich halte, und im Augenblick gefällt mir die Art und Weise, wie sie sich verhalten, überhaupt nicht.«

»Du hast recht, Tash. Es ist meine Schuld. Es liegt daran, wie ich sie erzogen habe. Ich dachte, es vor ihnen zu verbergen, wäre die beste Strategie, aber das war nicht der Fall. Jetzt sind sie junge Erwachsene, die nicht wissen, wem sie vertrauen können, weil das, worauf sie vertraut haben, eine Fata Morgana war. Das ist allein meine Schuld.«

»Aber das ist doch genau der Punkt, Kate. Es ist nicht deine Schuld, es ist in Wahrheit allein Marks Schuld. Ich wünschte, dir würde das endlich klar werden. Kate, ich versuche alles in meiner Macht Stehende, um dich zu unterstützen, damit du glücklich bist. Du bist die beste Freundin, die ich auf der ganzen Welt habe. Es bringt mich fast um, wenn ich sehe, wie du leidest, während die Lösung doch so einfach wäre. Nur ein Besuch, mehr bräuchte es nicht. Ich finde, die beiden sind nicht fair.«

Kate schlang die Arme um Natasha. »Du bist auch meine beste Freundin. Irgendwann werden sie kommen, Tash. Das weiß ich.«

Kate biss sich auf die Unterlippe. Sie musste einfach daran glauben.

»Du hast sicher recht. Manchmal vergesse ich, was du durchgemacht hast. Dass du im Gefängnis warst, während ich im Norden gearbeitet habe. Weil du allem Anschein nach so gut zurechtkommst und so robust bist, vergesse ich es einfach.«

»Manchmal vergesse ich es selbst. Es ist, als hätte ich große Teile meines Lebens ausgeblendet. Die Zeit im Gefängnis ist weder wie im Flug vergangen noch hat sie sich sonderlich lange hingezogen. Es war ein bisschen wie eine Schwangerschaft oder lange Schulferien – es hat sich am Anfang wie eine Ewigkeit angefühlt. Aber kaum war es vorbei, scheint die Zeit doppelt so schnell verstrichen zu sein. Mir fällt es schwer, mich an die Einzelheiten meines Lebens dort zu erinnern. Ich kann mich eigentlich nur erinnern, wie sehr ich die Kinder vermisst habe.«

Tash drückte die Hand ihrer Freundin.

»In gewisser Weise war es auch ein Zufluchtsort, eine Erleichterung, nicht die ganze Zeit schreckliche Angst haben zu müssen. Ich konnte sehen, wie die Zeiger der Uhr auf die Schlafenszeit zugingen, ohne panische Angst zu verspüren. Und das Leben im Gefängnis war genau genommen ziemlich einfach, ganz anders, als man es sich vielleicht vorstellt. Wir mussten weder mit Zahnbürsten Zementstufen schrubben noch auf einem kalten Zementboden sitzend einen endlosen Berg Kartoffeln schälen.«

Es herrschte Schweigen, während beide Frauen überlegten, was sie sagen sollten.

»Hoffst du wirklich, dass ich nie Mutter werde?«, fragte Natasha schließlich.

»Ja, aber nur wegen deines grauenhaften Kleidergeschmacks und deiner unkonventionellen Ideen. Das arme Kind müsste ja ein Sonderling werden.«

Beide lachten. Sie waren wieder auf dem richtigen Kurs.

»Ich habe mir schon Namen überlegt, falls ich je Kinder bekommen sollte.«

»Oh, die musst du mir verraten.«

»Na ja, für einen Jungen würde mir Radar gefallen, ein Mädchen würde Philadelphia heißen.«

»Philadelphia wie der Frischkäse?« Kate brüllte vor Lachen. »Nein, wie die Stadt.«

»Radar und Philadelphia? Ich habe es ja gleich gesagt, die armen, kleinen Sonderlinge.«

Janeecce streckte den Kopf zur Tür herein und war erleichtert, dass die beiden miteinander lachten.

»Tut mir leid zu stören, aber Tom vom Pub wartet unten.«

Kate stellte fest, dass Tom sich auf Vordermann gebracht, sich rasiert und seine widerspenstigen Haare gekämmt hatte. Ihr Fuß hatte kaum die unterste Treppenstufe erreicht, als er ihr schon seine Frage entgegenschleuderte.

»Wie ernst ist das mit einem Job gemeint, Kate?«

»Das hängt davon ab, an welchen Sie denken.« Kate fragte sich, welche Fähigkeiten er wohl mitbrachte.

»Ich bin Koch und habe seit meiner Ausbildung in den hiesigen Hotels gearbeitet und alle erdenklichen Arbeiten übernommen. In den vergangenen Jahren habe ich allerdings hauptsächlich Zäune repariert, Mauern gebaut und gestrichen, aber ich arbeite lieber drinnen. Ich wäre gern Ihr Koch und Hauswirtschafter. Ich denke, ich kann ein paar Schlafzimmer tipptopp in Ordnung halten und für alle Ihre Gäste ein gutes Frühstück und leckere Mahlzeiten auf den Tisch bringen.«

Kate blickte ihm in die Augen. »Tom, können Sie mir versprechen, dass ich für den Rest meines Lebens niemals wieder ein Laken zu waschen oder ein Bett zu machen brauche?«

»Ja, das kann ich, kein Problem.«

Kate streckte die Hand aus. »Na dann, willkommen an Bord, Tom.«

»Wann soll ich anfangen?«

»Das haben Sie gerade getan. Vier Kaffee und ein paar Kekse, bitte, und dann können wir vier überlegen, wie wir dieses Haus organisieren.«

Tom strahlte und humpelte davon, um die Küche zu suchen.

Vor zehn Jahren

Mark tat Spargel auf seinen Teller und reichte die Schüssel an Lydia weiter, die rechts neben ihm saß.

»Und, Lyds, wie läuft es mit den Prüfungsvorbereitungen?«

»Nicht schlecht. Latein und Chemie machen mir zu schaffen, aber in Kunst bekomme ich eine Eins mit Stern.«

»Das ist großartig, aber Kunst bietet nicht gerade gute Karriereaussichten, oder? Ich bin mir sicher, dein Bruder könnte dir helfen, was, Dom? Es hat keinen Sinn, ein gutes akademisches Gehirn zu besitzen und andere daran nicht teilhaben zu lassen.«

Dominic sah seinen Vater verärgert an und biss die Zähne zusammen.

»Klar.«

Sein Lächeln war flüchtig und gezwungen, und für einen Sekundenbruchteil dachte Kathryn, dass er ein wenig aussah wie sie. Aus irgendeinem Grund erfüllte sie das mit Freude.

Lydia war aufgebracht. »Dad, das ist Quatsch. Die Kunst bietet viele Karrieremöglichkeiten. Ich könnte Graphikdesign machen, Illustrationen, Mode und vieles andere – du meinst nur, dass das kein Beruf ist, den du dir für mich wünschst.«

»Das habe ich nie gesagt, Lyds.«

Mark legte die Hand auf die Brust und tat so, als sei er gekränkt.

»Schatz, mir macht es ehrlich nichts aus, wofür du dich entscheidest, solange es dich glücklich macht – und du damit Geld verdienst. Und ich will nicht, dass du dich durch die Tatsache unter Druck gesetzt fühlst, dass du eine Ausbildung erhältst, für die die meisten Leute zum Mörder werden würden. Es ist absolut in Ordnung, diesen teuren Unterricht zu nutzen und das Beste daraus zu machen, indem man den ganzen Tag Malbücher füllt.«

»Gott, ich hab's ja gewusst.«

Aus Protest ließ Lydia ihre Gabel fallen.

»Lyds, ich mache doch nur Spaß, gewissermaßen. Falls die Kunst dein Ding ist, dann musst du deinen Traum verfolgen. Aber du darfst andere Fächer nicht vernachlässigen, die dir bei der Umsetzung deines Traums nützlich sein könnten. Das ist alles, was ich sagen will. Wenn du zum Beispiel eine Kunstgalerie führen willst, wirst du Kenntnisse in Wirtschaft und Marketing brauchen. Graphikdesigner bekommen Budgetvorgaben und müssen Materialbeschränkungen beachten und so weiter.«

Er wuschelte seiner Tochter durchs Haar.

Lydia grinste ihren schlauen Vater an.

Mark wechselte das Thema und amüsierte seine beiden Teenager, indem er Kollegen – ihre Lehrer – nachäffte und Geschichten von ihnen erzählte. Kathryn hielt das für höchst unangebracht. Das war keine Art, um den Kindern Respekt anderen Menschen gegenüber beizubringen. Sie hütete sich jedoch davor, das beim Abendessen zur Sprache zu bringen.

»Und, ich vermute, alle haben über die große Auszeichnung geredet, oder?«

Dominic sah seinen Vater verständnislos an.

»Welche Auszeichnung?« Lachsstückchen fielen ihm von den Lippen auf den Teller zurück.

»Dom, bitte, sprich nicht mit vollem Mund, das ist abstoßend.«

Alle ignorierten Kathryns Bemerkung.

»Die Excellence in Education Awards. Ich soll zum Direktor des Jahres ernannt werden. Juhu! Es wird ein protziges, kostenfreies Fest in einem schicken Hotel in London geben, das eine hervorragende Reklame für die Schule sein wird. Die Schulbeiräte sind alle ganz aus dem Häuschen. Es wird in allen Sonntagszeitungen ...«

Dominic schnaubte.

»Nein, Dad, davon habe ich nichts gehört. Du etwa, Lyds?«

Sie schüttelte den Kopf. »Nope.«

Kathryn sog die Lippen ein und biss darauf, um sich davon abzuhalten, sich bei Lydia zu erkundigen, was *nope* bedeutete und woher es kam, weil sie das unbedingt wissen wollte. Da sie jedoch bereits eine Bemerkung zu Dominics Essmanieren gemacht hatte, wollte sie Lydia nicht noch wegen ihrer Sprache rügen, wollte ihnen nicht noch mehr Munition liefern und nicht auf Dauer als die Böse abgestempelt werden. Es gab so viele Dinge, die sie nicht wollte.

Dominic schnaubte noch immer.

»Und, Dad, wenn du zu einem eleganten Fest gehst, nimmst du dann eine elegante Braut mit? Ich meine, du kannst schließlich nicht mit Mum aufkreuzen.«

»Dominic, noch einmal, ich denke, ich sollte dich darauf hinweisen, dass ich hier bin, an diesem Tisch sitze, in diesem Zimmer, und nicht abwesend bin. Außerdem bin ich nicht taub, also lass es bitte sein, über mich zu reden, als wäre ich nicht da oder taub.«

Alle ignorierten sie, und ihr ging ein seltsamer Gedanke durch den Sinn: Vielleicht war sie ja tatsächlich unsichtbar.

Dominics Feststellung veranlasste ihren Mann, in lautes Gelächter auszubrechen, während er mit gespielter Missbilligung den Kopf schüttelte.

»Da magst du recht haben, Dom, aber wen schlägst du vor, wen soll ich mitnehmen?«

Er zwinkerte seiner Tochter zu und versicherte ihr damit, dass das alles nur Neckereien waren, ein bisschen Spaß, nicht böse gemeint.

»Keine Ahnung, im Notfall kannst du ja Judith aus der Versenkung holen und sie ausführen.«

Das ließ Mark nur noch lauter lachen.

»O mein Gott, bitte! Judith!«

Er schob seinen Teller zur Seite und tat so, als müsse er sich übergeben.

»Das hat mir wirklich den Appetit verdorben.«

Dann meldete Dominic sich wieder zu Wort:

»Wie schade, dass Natasha Mortensen weg ist. Sie hätte dir Ehre gemacht, Dad. Ich habe ihr Kleid schon vor Augen, ein Discounte fummel an einer Zauberfee.«

Mark tat übertrieben so, als schaudere es ihn vor lauter Abscheu.

»Ach bitte, Dominic, ich will nicht, dass diese groteske Lesbe in diesem Haus erwähnt wird.«

»In Wahrheit ist sie keine Lesbe. In Wahrheit hat sie von Anfang an mit Dr. Whittington geschlafen. Vielleicht trifft sie sich noch immer mit ihm.«

Kathryn wusste nicht, wie sie nur auf den Gedanken hatte kommen können, das laut auszusprechen, oder woher die

Stimme kam, aber eines war sicher: Jetzt wusste sie definitiv, dass sie nicht unsichtbar war, weil alle drei Mitglieder ihrer Familie sie erstaunt anstarrten.

»Unmöglich«, antwortete ihr Sohn.

»Miss Mortensen ist ein Glückspilz, er ist ein wirklich geiler Typ.«

Es war Lydias Bemerkung, die Mark veranlasste, die Augenbrauen noch höher zu ziehen. Aber er sagte nichts.

Kathryn sog zum zweiten Mal an diesem Abend die Lippen ein und biss darauf. Sie hasste es, wenn sie so gemein waren und sich unverhohlen über ihre Freundin lustig machten, und das obwohl Natasha zu jedem von ihnen auf unterschiedliche Weise sehr freundlich gewesen war. Es fühlte sich gemein an, und sie hasste Gemeinheiten.

»Wie war dein Tag, Schatz?«

Kathryn brauchte einen Sekundenbruchteil, bis ihr klar wurde, dass sie angesprochen worden war.

»Ach! Tut mir leid, ich war ganz in Gedanken. Gut. Schön, danke. Gut«

»*Gut. Schön, danke. Gut*. Da haben wir sie, Kinder, die fesselnde Beschreibung, wie eure Mutter acht Stunden verbracht hat, während wir anderen über eselsohrigen Büchern gebüffelt haben.«

Marks Feststellung war clever. Kathryn sah darin nicht nur einen grausamen und spitzen Hinweis auf ihre Liebe für das Lesen und die Tatsache, dass es ihr verwehrt wurde, ihrer Leidenschaft zu frönen, während sonst jeder an dieser Schule Zugang zu Hunderten von Büchern hatte. Sie machte ihren Kindern darüber hinaus klar, dass ihr Leben bedeutungslos und verschwendet war. Anstatt ihm scharf zu erwidern, machte sie sich daran, den Tisch abzuräumen. Es war immer eine gute Ablenkung, die Essensreste von den Tellern zu kratzen.

Dominic und Mark waren zum Kricketfeld gegangen. Lydia dagegen blieb zusammengesackt auf ihrem Stuhl sitzen und beobachtete ihre Mutter mit gerunzelter Stirn.

»Warum machst du das, Mum?«

»Was, Lydia?«

»Ich kann es nicht wirklich beschreiben, aber es ist so, als würdest du nicht richtig hören, was um dich herum vor sich geht. Du solltest versuchen, dich mehr einzubringen. Das würde alles so viel leichter machen.«

»Es wem leichter machen, Lyds?«

»Na ja, eigentlich uns allen. Du findest Dads Späße nie lustig, und dabei bemüht er sich sehr. Ich weiß, dass er manchmal ein bisschen macho sein kann, aber er meint es doch nicht so. Er ist halt Dad.«

Kathryn nahm ihrer Tochter gegenüber Platz, die Teller konnten warten. Sie schluckte die Antwort, die ihr automatisch auf der Zunge lag, hinunter. *Oh, er meint es so, Schatz. Er meint es ehrlicher, als du je erfahren wirst.*

Ihre Tochter war noch nicht fertig.

»Und zum Beispiel, wenn wir im Urlaub sind, dann wäre es so viel besser, wenn du auch tun würdest, was wir tun, wenn du dich mehr beteiligen würdest. Ich hasse es, wenn wir alle im Meer baden und herumalbern, und dann schaue ich auf und sehe dich mit deprimierter Miene allein am Strand sitzen. Du bist noch nie mit uns schwimmen gegangen, hast nicht einmal ein kurzes Bad genommen. Du solltest nicht so gehemmt sein, Mum. Niemand kümmert es, wenn du Cellulitis oder sonst was hast, das haben doch viele alte Frauen. Wir würden lieber deine Orangenhaut sehen, als dich den ganzen Tag in deinem Leinenrock am Strand sitzen zu lassen. Es ist fast so, als würdest du aus viktorianischer Zeit stammen und könntest deinen Körper nicht zeigen. Du fällst nur umso mehr auf, wenn du dich nie ausziehst.«

Lydia stieß einen tiefen Seufzer aus.

Kathryn sah ihre Tochter mit ernster Miene an.

»Was hältst du von mir, Lydia?«

»Wie meinst du das?«

»Ich meine, was denkst du, wenn du mich anschaust?«

»Was ich denke?«

Lydia streckte die Zungenspitze aus dem Mundwinkel. Das machte sie immer so, wenn sie konzentriert nachdachte. Kathryn wusste, dass sie eine ähnliche Mimik zeigte, wann immer sie einen Pinsel in der Hand hielt.

»Na ja, nicht viel.«

»Wie charmant.« Kathryn schlug zum Spaß mit dem Geschirrtuch nach ihrer Tochter.

»Nein, so meine ich das nicht. Ich meine, es ist nie ein Schock oder eine Überraschung, dich zu sehen, weil du ja immer da bist und offenbar immer da gewesen bist.«

»Lyds, ich bin mir nicht sicher, ob das ein Kompliment ist oder nicht.«

»Wenn ich dich anschaue, dann sehe ich meine Mum und denke deshalb nicht weiter darüber nach. Du bist einfach Mum, immer da, immer mit irgendetwas beschäftigt. Du bist wie ein Hintergrundgeräusch oder wie mein Lieblingskissen. Ich brauche nicht nach dir zu suchen oder groß über dich nachzudenken, weil du immer da bist, aber das ist positiv gemeint.«

»Ein Hintergrundgeräusch, aber das ist positiv gemeint?« Kathryn hatte damit zu kämpfen, darin etwas Positives zu sehen.

»Ja. Du könntest zum Beispiel ein wirklich schlechtes Hintergrundgeräusch sein – wie, sagen wir, eine dieser bescheuerten Boy Bands oder klassische Musik, die ich wirklich nicht ausstehen kann. Aber das bist du nicht. Du bist ein Hintergrundgeräusch wie etwas Beruhigendes oder ein angenehmer Geruch, wie frisch gebackene Kekse oder Marmelade. Und das ist wirklich cool.«

»Ich bin also cool?«

Lydia schnaubte lachend durch die Nase und verdrehte die Augen.

»Lieber Himmel! Nein. Mum, so cool bist du nun auch wieder nicht. Es ist schon komisch, wenn man dich das sagen hört.«

»Klar.«

Kathryn rieb sich über die Augen und steckte sich die Haare hinter die Ohren. Ihr missfiel die sprachliche Sackgasse, in die sie sich manövriert hatten. Jetzt hieß es, zu wenden und da wieder herauszufinden.

»Okay, Lydia, das mit dem nach Marmelade duftenden Hintergrundgeräusch einmal beiseitegelassen, ich will es anders ausdrücken. Wenn ich dich frage, was du über mich denkst, dann meine ich, genauer gesagt, ob du gern mein Leben führen würdest.«

Lydia schwieg und überlegte. Ihre Mutter forderte sie noch weiter heraus.

»Ein gutes Beispiel wäre, dass ich mir in deinem Alter sicher war, dass ich Englisch unterrichten würde. Das war mein Ziel gewesen. Ich habe Bücher schon immer geliebt und ich war von Anfang an überzeugt davon, dass ich eine wirklich gute Lehrerin sein würde. Ich habe in Englisch eine Eins bekommen. Manchmal denke ich, es ist eine Schande, dass ich das nie genutzt habe.«

»Warum hast du es nicht gemacht?«

Wie sollte sie diese Frage beantworten? Was sollte sie sagen? Etwas Neutrales, Verschwommenes, Verwässertes, Angenehmes: Sie musste Worte finden, die dem Schema entsprachen.

»Ich weiß nicht, Lyds. Ich denke, das Leben ist einfach dazwischengekommen.«

Das musste als Erklärung ausreichen. Es musste fürs Erste genügen. Wieder versuchte Kathryn, das Gespräch in die gewünschte Richtung zu lenken.

»Lydia, stell dir doch mal dein Leben mit vierzig vor. Wie sieht das aus?«

Ihre Tochter stieß wieder einen tiefen Seufzer aus und senkte die Stimme sowohl was die Höhe als auch die Lautstärke anbelangte. Ob eingebildet oder nicht, es verlieh dem Gespräch einen Beigeschmack von Verschwörung. Sie sah ihre Mutter unter den gesenkten Lidern hervor an.

»Das ist schwierig, weil man mit vierzig so alt ist. Aber ich weiß, dass ich eine tolle Figur haben will. Ich möchte dann gern aussehen wie die Mum von Luca und Guido.«

Kathryn widerstand der Versuchung darauf hinzuweisen, dass sie das ebenfalls könnte, wenn sie den gleichen Chirurgen konsultieren würde und in den vergangenen fünfundzwanzig Jahren auf Kohlenhydrate verzichtet hätte.

»Außerdem, Mum, denke ich, dass ich kein ganz so geregeltes Leben führen will, wie du, weißt du, kein ganz so vorhersehbares. Ich glaube, ich hätte gern ein bisschen Abwechslung. Ich weiß, dass ich immer malen werde, aber abgesehen davon werde ich wahrscheinlich ab und zu umziehen, neue Leute kennenlernen, andere Länder bereisen, neue Erfahrungen machen und mich immer wieder neu verlieben. Ich denke, dass man sich für das Falsche entscheiden könnte, wenn man nicht alles ausprobiert, und dann könnte man in der Klemme sitzen. Mum, ich will nicht in der Klemme sitzen. Mir gefällt der Gedanke, nicht wirklich zu wissen, was ich im nächsten Jahr vielleicht mache. Das vermittelt mir den Eindruck, dass mein Leben ein Abenteuer ist und sich nicht einfach nur um mich herum abspielt, falls das einen Sinn ergibt. Ich glaube nicht, dass ich verheiratet sein will und mich dann so um Leute kümmern möchte, wie du dich um uns und Dad kümmerst. Das ist nicht böse gemeint oder so, ich meine, du machst das wirklich gut.«

Kathryn konnte nur nicken und die aufsteigenden Tränen hinunterschlucken, die ihr von der Nase hinten im Hals hinab rannen und ihr das Sprechen unmöglich machten.

Ist schon gut, mein Schatz, du kluges Mädchen. Du hast recht, probiere alles aus! Geh überall hin, gib dich mit nichts zufrieden, was nicht das Bestmögliche für dich ist. Und triff gute Entscheidungen. Triff die richtigen Entscheidungen. Erlebe Abenteuer! Manövriere dich nicht in eine Klemme …

Es war eine große Erleichterung, ihre Tochter das sagen zu hören. Kathryn wusste, dass es ihrem kleinen Mädchen gut gehen würde, egal was passierte.

Es war beinahe Zeit, ins Bett zu gehen, eine Uhrzeit, die immer viel zu schnell näher zu rücken schien. In früheren Jahren hatte sie versucht, das Zubettgehen hinauszuzögern, aber das schob das Unvermeidliche nur hinaus und verärgerte ihren Mann zusätzlich.

Kathryn stieg die Treppe hinauf, zog ihr vertrautes weißes Baumwollnachthemd an und wartete.

Mark beugte sich herab, als er um das Bettende herumging, und atmete ihren Duft ein.

»Deine Haare riechen nach Fisch.«

Sie zuckte zusammen, als ihr einfiel, dass sie sich mit den Fingern durch die Haare gefahren war, nachdem sie den Lachs angefasst hatte, und wusste, was das bedeuten konnte. Sie war verlegen. Egal, wie oft es vorkam, es war trotzdem erniedrigend, sich negative und gemeine Bemerkungen anhören zu müssen.

»Das war vorhin eine interessante Erkenntnis über Miss Mortensen. Ich bin nicht nur überrascht, dass du es für angebracht gehalten hast, es beim Abendessen zur Sprache zu bringen, sondern ausgerechnet vor den Kindern.«

Kathryn wusste, dass es besser war, nichts zu sagen. Obwohl die Versuchung groß war, darauf hinzuweisen, dass er häufig viel unpassendere Themen am Esstisch und vor den Kindern aufs Tapet brachte, von denen eines, wie sie definitiv wusste, sexuell aktiv war und wie ein Schlot rauchte.

»Heute Abend wirst du mir vorlesen. Ich weiß doch, wie gern du liest.«

Er lächelte seine Frau kurz an, die in ihrer gewohnten Haltung auf dem Boden kniete und wartete.

Während Mark duschte, wurde ihr das Herz bei der Aussicht zu lesen – wenngleich laut – etwas leichter. Sie wusste nicht, wie sie reagieren sollte. Falls sie Freude an der Aufgabe zeigte, würde er sich gewiss ärgern, doch Gleichgültigkeit würde die gleiche Reaktion hervorrufen. Sie hätte sich keine Gedanken zu machen brauchen.

Die Aufgabe sollte nichts Freudiges haben, überhaupt nichts.

Als Mark ihr das Buch reichte, erhob sie sich wackelig von ihren Knien. Er öffnete seinen Bademantel und deutete auf den Stuhl mit der geraden, leiterähnlichen Holzlehne, den er neben das Bett geschoben hatte. Kathryn drehte den schweren Wälzer um und las den Titel: *Ilias*. Ihre Müdigkeit und Verzweiflung war auf einmal überwältigend. Sie war müde, und der Gedanke, sich um diese Uhrzeit durch diesen speziellen Text zu kämpfen, fühlte sich an, als müsste sie einen Berg erklimmen.

Mark legte sich bäuchlings mitten auf das Bett, den Kopf auf den angewinkelten Unterarm gestützt, das Gesicht abgewandt.

Sie schlug die erste Seite auf und versuchte, nicht auf das dicke Kissen neben dem Kopf ihres Mannes zu schauen, das ihren Blick mit aller Macht anzog.

Sie begann zu lesen, bemühte sich, einen Rhythmus zu finden, während ihre Zunge die fremdartigen Worte bildete.

Göttin, singe mir nun des Peleussohnes Achilleus
Unheilbringenden Zorn, der tausend Leid den Achäern
Schuf und viele stattliche Seelen zum Hades hinabstieß
Der Heroen, sie selbst zur Beute machte den Hunden
Und den Vögeln zum Fraß – Zeus' Ratschluss ging in Erfüllung.

Kathryn war sich nicht sicher, wie viel Zeit vergangen war. Sie hatte den Eindruck, es waren Stunden, doch in Wahrheit war es nur eine Stunde gewesen. Sie fröstelte, als der kühle Wind über den Boden strich, unter der Tür hindurch zog und sich in einem Wirbel um ihre Füße und Waden sammelte, sodass ihr ganzer Körper vor Kälte zitterte und zuckte.

Der Bastsitz hatte angefangen, ihr durch den dünnen Stoff des weißen Nachthemds in die Oberschenkel zu stechen, und ihre kaum verheilten Schnitte schmerzten. Sie verspürte den starken Wunsch, aufzustehen und die Position zu wechseln, um weniger Schmerzen zu haben. Die Wörter begannen zu verschwimmen. Jeder Buchstabe wurde zu einem schwarzen Staubpartikel auf der hellen Seite: Sie waren nicht mehr als Wörter zu erkennen, sondern lediglich Schmutzflecken und Gebilde, die ihr vor den Augen schwammen und das Entziffern jeder Silbe und jeder Strophe fast unmöglich machten. Ihr Kopf ruhte schwer auf ihrem Hals, wie ein Fleischklops, der von einer Spaghettinudel gehalten wird. Er wankte und suchte Halt, indem er ihr auf die Brust sank. Ihre Kehle war ausgetrocknet, jedes Wort eine verdörrte Hülse. Sie wollte etwas trinken, aber vor allem wollte sie schlafen.

Ihre Augen brannten und juckten, und Krämpfe zogen ihre Unterarme hinauf, die dagegen protestierten, das schwere Buch so lange ohne Stütze zu halten. Sie hatte einen langen Tag hinter sich, einen anstrengenden Tag, so wie immer. Sie wollte die Augen schließen, nur für eine Sekunde ...

Peng! Zwei gleichzeitige Geräusche weckten sie auf, darauf folgte ein stechender Schmerz. Das erste Geräusch war der Aufprall ihres Schädels gegen die Lehnensprosse des Stuhls gewesen, und der zweite der Schrei vor Schreck und Angst, den sie ausgestoßen hatte, als sie plötzlich aus ihrem Traum gerissen wurde. Den Schmerz verspürte sie an ihrem Kopf, der dagegen protestierte, mit Wucht gegen die Holzlatte gestoßen zu werden. Ihr Atem ging flach und stoßweise. Sie musste eingeschlafen sein, nur für eine Sekunde.

»Ist alles in Ordnung, Dad?«, rief Dominic, von dem Schrei alarmiert, durch die geschlossene Tür.

»Ja, Sohn, schlaf weiter. Ich glaube, Mummy hatte einen Albtraum.«

Das Knarren der Holzdielen verriet, dass Dominic wieder in sein Zimmer zurückkehrte.

Ich lebe in einem Albtraum.

Kathryn spitzte die Lippen und widerstand der Versuchung, das auszusprechen oder schlimmer noch, noch einmal zu schreien, um Hilfe, um Rettung zu schreien.

Das Buch war ihr zugeklappt auf den Schoß gefallen. Mark stand groß neben ihr und hielt sie an den Haaren fest, um ihren Kopf hoch zu halten. Er sprach leise, sein Gesicht war unsichtbar, weit über und ein Stück hinter ihr.

»Es wäre nicht ratsam, die Kinder noch einmal aufzuwecken, Kathryn. Als ich heute Abend gesagt habe, dass du mir vorliest, habe ich gemeint, dass du mir heute Nacht vorliest, nicht einen Teil der Nacht, sondern die ganze, ist das klar, Schatz?«

»Ja.« Ihre Stimme klang heiser.

»Gut.« Er beugte sich herab und küsste sie auf den Mund. »So ist es brav, mein Mädchen. Ich denke, vielleicht sollten wir die letzten paar Seiten noch einmal lesen, wer weiß, wie viel du ausgelassen hast.«

Er ließ ihre Haare los und ging zur Kommode hinüber. Nachdem er zwischen seiner Unterwäsche gekramt hatte, zog er einen Seidenschal mit Fransen hervor. Sie starrte diesen an, weil sie fürchtete, was als Nächstes kommen könnte.

»Lehn dich zurück, meine Süße.«

Sie setzte sich kerzengerade hin.

Mark nahm den Schal und schlang ihn um ihre Stirn und unter ihrem Kinn hindurch. Er ergriff die Enden und verknotete sie an der Stuhllehne. Sie war so festgebunden, dass sie nicht einmal ihren Kopf drehen konnte.

»Du darfst jetzt weiterlesen, Kathryn.«

Zum zweiten Mal an diesem Abend legte er sich mit dem Gesicht nach unten auf das Bett und machte es sich bequem, wieder mit abgewandtem Gesicht. Das sofortige Heben und Senken seines Rückens ließ den Schluss zu, dass er eingeschlafen sein könnte. Das war möglicherweise der Fall, aber sie konnte das Risiko nicht eingehen. Die einzige Möglichkeit, den Text zu sehen, bestand darin, die Arme im rechten Winkel und das Buch auf Augenhöhe zu halten. Schon bald bekam sie einen Krampf, aber sie hatte keine andere Wahl, als zu versuchen, ihn zu ignorieren.

Da fiel ihm in die Rede der göttergleiche Achilleus:
»Wahrlich, feige und nichtig würde mit Recht ich geheißen,
Gäb ich dir nach in jeder Sache, was immer du forderst,
Anderen trage das auf; doch mir gib keinerlei Weisung
Mehr, denn ich werde dir fortan, meine ich, nicht mehr gehorchen.
Noch etwas anderes sage ich dir, du beweg es im Herzen:
Mit den Händen werd' ich nicht kämpfen wegen des Mädchens,

Weder mit dir noch andern, weil ihr die Gabe mir wegnehmt;
Aber was sonst noch mein bei dem schwarzen Schiffe, dem schnellen,
Davon würdest du nichts wegnehmen ohne mein Wollen.
Aber wohlan, versuch es, damit auch die hier erkennen,
Wie alsbald dein schwarzes Blut um die Lanze herabströmt.«

Kathryn kämpfte darum, die unnatürliche Position beizubehalten, kämpfte gegen den Wunsch an, sich aus den Seidenfesseln herauszuwinden. Für eines war sie dankbar: Da Mark das Gesicht abgewandt hatte, konnte sie stumme Tränen vergießen, während sie die Worte laut in die Morgendämmerung sprach.

Wie gewöhnlich kündigte der Wecker einen neuen Tag an.

Ihre Augen, rot und schmerzend, tränten. Sie weinte nicht mehr bewusst, aber es war, als würde ihre Seele Tränen vergießen. Sie lallte wie eine verwirrte Säuferin. Ihre verkrampften Muskeln und schmerzenden Glieder waren wie taub, und jede kleinste Bewegung tat höllisch weh.

Ihr Mann sprang geradezu aus dem Bett und absolvierte ein ausgeklügeltes Programm an Streckübungen, und dazu gähnte er, um anzuzeigen, wie gut er geschlafen hatte. Er ging langsam zu dem Stuhl hinüber und löste den Knoten des Seidenschals. Unwillkürlich fiel ihr Kopf nach vorn und fühlte sich erstaunlich leicht und wackelig an, als hätte ihr Hals vergessen, wie er das Gewicht ohne fremde Hilfe zu tragen hatte.

Mark ergriff ihre Hand und half ihr beim Aufstehen. Als sich ihre Beine von dem Bastsitz lösten, spürte sie einen heftig stechenden Schmerz, so als wären ihre Haut und der Stuhlsitz miteinander verschmolzen gewesen und als könnte die Trennung nur unter Höllenqualen vollzogen werden.

»Komm.«

Er gab ihr den üblichen Befehl, das eine Wort, mit dem er sie herbeirufen oder herumdirigieren konnte. Sie gehorchte ihm, weil sie in jeder Hinsicht zu schwach war, um aufzubegehren oder Widerstand zu leisten. Er legte sie mit dem Gesicht nach unten auf das Bett und verging sich auf die gewohnt brutale Weise an ihr. Da sie ausgestreckt auf der Matratze lag, spürte ihr Gesicht die Weichheit des Kissens. Sie fiel in einen tiefen Schlaf, der sie bewegungsunfähig machte und nicht mehr spüren ließ, was mit ihr geschah.

Er klopfte ihr auf die Wange und weckte sie auf.

»Es ist Zeit, dass ich unter die Dusche gehe und du das Frühstück für die Kinder zubereitest. Wir sind ein paar Minuten zu spät dran, deshalb kannst du heute nicht duschen, du Schlafmütze.«

Kathryn zog das Bett ab und schlüpfte in ihre Kleider, aber die Erschöpfung führte dazu, dass sie schwach und wackelig auf den Beinen war. Auf der Treppe schwankte sie, und sie musste sich am Geländer festhalten, um sicherzustellen, dass sie nicht stürzte. Sie steckte die Bettwäsche in die Waschmaschine und fing an, den Tisch zu decken, sie tastete wie eine Blinde im Schrank nach der Müslipackung, Brot, Honig und allem anderen herum, das sie für einen guten Start in den Tag für notwendig hielt.

Dominic erschien als Erster. Sie sah ihn an und wartete auf seinen Kommentar. Sie suchte nach dem Schalter, der ihre Stimme heiter und glücklich klingen ließ und ihren Kindern jeden Morgen das Gefühl vermittelte, dass die Welt rundum in Ordnung war. Aber so sehr sie sich auch bemühte, sie konnte den Schalter nicht finden.

»O mein Gott! Du siehst ja absolut beschissen aus.«

Sie nickte und strengte sich an, die Tränen hinunterzuschlucken, die sich in ihren geschwollenen Augen sammelten. Noch immer fand sie keine Worte. Sie flehte ihn mit ihrem Blick an: *Bitte, Dominic, bitte sei heute nett zu mir.*

»Was ist los, bist du krank, Mum? Ist es das?«

»Ja, wahrscheinlich.«

Eigentlich hatte sie mehr sagen wollen, aber der Erschöpfungszustand, in dem sie zu funktionieren versuchte, verhinderte die Erledigung selbst der einfachsten Aufgaben.

Ihr Sohn nahm am Tisch Platz. Kathryn griff nach der Teekanne und goss klares heißes Wasser in seinen Becher.

»Du hast vergessen, die Teebeutel hineinzutun.«

Dominic starrte sie mit verständnislosem und an Besorgnis grenzendem Blick an.

»Ist schon okay, Mum, ich mache das selbst.«

Er stand auf, goss das Wasser in die Spüle aus und füllte den Wasserkessel, um jetzt wirklich Tee zu kochen.

»Hat das irgendwas mit letzter Nacht zu tun?«

Sie starrte ihn an, machte den Mund ein paar Mal auf und wieder zu, weil sie nicht wusste, was sie antworten und wo sie beginnen sollte.

Er fügte hinzu: »Weißt du, wegen des Albtraums, den du gehabt hast?«

Das leichte Flackern in seinen Pupillen und seine ungleichmäßige Atmung hatten etwas an sich, was ihr sagte, dass er seinem Vater die Geschichte mit dem Albtraum nicht abgekauft hatte.

»Ja, Dom, nur ein Albtraum.« Sie lächelte ihn an.

»Alles kommt in Ordnung, Mum. Mach dir keine Sorgen.«

»Tatsächlich, Dominic?«

»Ich hoffe es, Mum, wirklich. Ich finde es schrecklich, dich so zu sehen. Manchmal wünsche ich mir, ich könnte alles für dich besser machen. Ich weiß nur nicht wie.«

Ihr lieber Junge. Sie nickte zum Dank und ging zur Waschmaschine hinüber.

Kathryn stand mit dem Weidenkorb unter dem Arm im Garten vor der Wäscheleine und genoss die ersten Sonnenstrahlen des Arbeitstages. Das Gefühl der frühen Morgensonne auf ihrer Haut und der leichten Brise, die ihre Haare flattern ließ, half ihr, ihre Gedanken zu ordnen. Sie atmete tief ein und versuchte, sich selbst von innen heraus zu heilen.

Sie griff in den Korb und streichelte über die Wäscheklammern, die aus ihrem Beutel gefallen waren und auf der Wäsche lagen. Ein Bild ihrer Mutter schwamm ihr vor den Augen. Sie sah besorgt aus. Kathryn schüttelte den Kopf und blinzelte ihre Mutter weg.

Die Wäscheklammern lagen in ihrer Hand, sie wussten, was kam. Sie steckte drei in ihren Mund, und zog mit Peggy in der Hand das große weiße Leintuch gerade, befestigte es mit den kostbaren Holzklammern, indem sie eine nach der anderen aus dem geblümten Beutel holte.

»Guten Morgen, Mrs Brooker.«

»Guten Morgen, Mrs Bedmaker.«

Aus irgendeinem Grund, sei es Hysterie oder Verzweiflung, brachte sie das heute zum Lachen. Nicht nur das leise Kichern oder Grinsen eines Erwachsenen, der Bescheid weiß, oh, nein, es war ein richtiges Glucksen, beinahe eine Mischung aus Weinen und Lachen. Sie wusste gar nicht, woher es eigentlich kam.

»Guten Morgen, George! Guten Morgen, Piers!«

Sie brach erneut in Gelächter aus und schüttelte den Kopf, um die Fassung wiederzugewinnen, während ihr weiter Tränen über das Gesicht rannen.

»Ist alles in Ordnung, Mrs Brooker?«

»Ja, danke der Nachfrage, ziemlich in Ordnung.«

Sie wischte sich mit ihrem Ärmel über die Augen.

»Hatten Sie eine gute Nacht, Mrs Brooker?«

Sie schaute den frechen George Nicholls an, dessen Wagemut in der Pause für reichlich Klatsch sorgen würde. Sie konnte das Wispern schon jetzt hören.

Und dann hat sie gesagt: »Ziemlich in Ordnung«, und dann hat er gesagt: »Hatten Sie eine gute Nacht?« Ich schwöre bei Gott, das hat er gesagt, weil Piers dabei war und es gehört hat, und die Schwester meiner besten Freundin geht mit seinem Bruder, und er hat es ihr erzählt, und sie hat es mir erzählt! Kannst du fassen, dass er das gesagt hat? Und was hat sie geantwortet?

Kathryn überlegte lange und gründlich. Was sollte sie sagen? *Komm schon, Kathryn, denk nach! Du machst dich noch zum Gespött der ganzen Schule. Denk schnell, sag etwas, um Himmels willen. Sag etwas, Mrs Bedmaker!*

»Ach, weißt du, George, wie immer – die ganze Nacht wach.«

Sie nahm ihren Korb, blinzelte ihm kurz zu, dann machte sie auf dem Absatz kehrt und ging den Weg in Richtung Küche und zu ihrer frühstückenden Familie zurück.

George und Piers starrten einander an. Das war ja mal ein Glückstreffer!

Sie öffnete die Tür, und ihre drei Familienangehörigen hielten mit dem Müsliessen und der Unterhaltung inne und starrten sie an.

»Guten Morgen allerseits.«

Sie hatte ihre glückliche Stimme wiedergefunden, gerade noch rechtzeitig.

Lydia ließ ihren Löffel in die verschmierte Müslischale fallen.

»Menschenskind, Mum, du siehst absolut ...«

»Ja, ich weiß«, fiel sie ihrer Tochter ins Wort. »Ich kann heute Morgen wirklich keine unvorteilhafte Analyse von dir gebrauchen, wie schrecklich ich aussehe, danke, Lydia. Ich schlage vor, dass wir, wenn wir am Morgen einander nichts Freundliches oder Nettes sagen können, lieber gar nichts sagen, was haltet ihr davon?«

Kathryn stellte den Weidenkorb an seinen Platz. Die Familie hinter ihr war unnatürlich still. Als sie zum Tisch zurückkehrte, schauten alle sie an, dann griff sie nach der Teekanne.

»Na also«, stellte sie fest, während sie sich Tee einschenkte. »Geht doch.«

Die seltsam gereizte Atmosphäre schien beiden Kindern den Appetit zu verschlagen. Wortlos schoben sie ihre Stühle über den Holzfußboden, stellten die halb geleerten Müslischalen in die Mitte des Tisches, damit sie später von der Bedienung, ihrer Mutter, weggeräumt wurden, und schlurften zur Tür hinaus. Sorglos wurden schwere Rucksäcke auf die Rücken geschwungen, die schwache Schultern niederdrückten und gegen Rückenwirbel stießen.

»Ist jemand heute mit dem linken Fuß aufgestanden?«, fragte Mark fast psalmodierend.

Sie lächelte schwach, als sie die Frage ihres Mannes beantwortete.

»Ja.« Sie nickte.

Sie blickte ihm in die Augen, die strahlten und lebhaft wirkten. Sie hatte ihm so viele Fragen zu stellen. Es gab so vieles, was sie gern ausgesprochen hätte, hätte sie nur den Mut dazu gefunden. Ihre erste Frage, diejenige, die sie am meisten beschäftigte, hätte gelautet: *Bist du verrückt, Mark? Ist das der Grund? Bist du geistesgestört? Weißt du, dass du verrückt bist, oder glaubst du, dass du es nicht bist? Es muss mit Sicherheit Wahnsinn sein, der dich antreibt. Es muss ein krankes Gehirn sein, eine grausame und wahnsinnige Veranlagung, die dich dazu bringt, mir so unsägliche Dinge anzutun. Woher kommt das, Mark? Hat dir jemand etwas Schlimmes angetan? Woher stammen diese Ideen? Macht dich dein Verhalten froh oder traurig? Mich macht es traurig, Mark, sehr traurig. Du hast die Person zerstört, die ich einmal war. Du hast mich im Laufe der Jahre allmählich ausgehöhlt, und jetzt ist nur noch diese Hülle, dieses Gehäuse übrig, das einmal eine Person beherbergt hat. Es hat mich beherbergt, aber mein Ich ist weg, und nur die Hülle ist noch übrig. Mein Ich ist verschwunden, und du hast mir das angetan. Warum ich, Mark? Warum hast du mich ausgewählt? Ich hatte so viel zu bieten, ich hatte so viel zu geben. Ich hatte ein Leben.*

Ihr Mann fuhr fort: »Na ja, du solltest heute früh schlafen gehen, mein Schatz.«

Sie nickte zu seiner Feststellung, die äußerst vieldeutig war. Sie verspürte den überwältigenden Wunsch zu weinen.

Das lag, wie sie wusste, an der Müdigkeit. Ihr fiel es so viel schwerer, das alles durchzuhalten, wenn sie erschöpft war.

Kathryn trank zwei Tassen sehr starken Kaffee, weil sie wusste, dass sie diesen brauchte, um die Tagespflichten erledigen zu können. Wenn sie es nicht schaffte, die gestellten Aufgaben zu erfüllen, hatte das am Ende der Woche schlimme Folgen. Am Sonntagabend saß Mark nämlich mit einer Checkliste da, die er vom Computer ausgedruckt hatte. Wenn nicht neben jeder der alphabetisch aufgelisteten Aufgaben ein Häkchen gesetzt werden konnte, brachte ihr dies einen Punkt ein. Das konnte sechs oder sieben Extrapunkte bedeuten.

Die erste Aufgabe am Mittwoch bestand im Putzen der guten Schuhe oder Kirchenschuhe, wie sie auch genannt wurden. Das hieß, eine dicke Schicht Wachspolitur auf vier Paar Schuhe aufzutragen, ein Paar pro Familienmitglied, dann kräftig zu bürsten und am Schluss mit einem weichen Tuch zu polieren. Als Nächstes musste sie das Wasser in allen Vasen mit Schnittblumen wechseln, um den schlechten, faulen Geruch zu verhindern. Dann sämtliche Kissen aufschütteln, alle Gegenstände und allen Krimskrams von der Küchenanrichte räumen, jeden Gegenstand spülen oder abstauben und dann an seinen richtigen Platz zurückräumen, nachdem die Regalfächer abgestaubt und die Schränke ausgewaschen waren, sämtliche Spiegel putzen, bis sie streifenfrei waren und glänzten, und schließlich den Kies der vorderen Einfahrt glatt zu rechen, um sicherzustellen, dass er so gleichmäßig wie möglich verteilt war, und Abfall und andere Dinge entfernen, die sich unter den winzigen Steinchen verstecken konnten.

In der Vergangenheit hatte Kathryn versucht, in Sachen Erledigung der Aufgaben zu lügen. Sie erinnerte sich an einen speziellen Sonntagabend, als Mark seine Checkliste geprüft hatte. Seine Vorgehensweise war, die Aufgaben und den entsprechenden Tag vorzulesen und dann darauf zu warten, dass sie mit *erledigt* oder *nicht erledigt* antwortete.

An jenem Abend stand er hinter ihr, während sie kniete, und las: »Die Medizinschränkchen außen und innen putzen, Freitag.« Sie wusste, dass sie es nicht erledigt hatte. Sie war abgelenkt worden und hatte es schlichtweg vergessen. Deshalb log sie. Um nicht geschnitten zu werden, log sie und sagte: »Erledigt.«

Prompt schlug er ihr das Klemmbrett um den Kopf, und die Plastikkante hinterließ einen Schnitt direkt unter ihrem linken Auge. Ein einzelner Blutstropfen lief ihr über die Wange und tropfte auf die Schulter ihres Nachthemds. Mark hatte eine seiner Kardinalregeln gebrochen: Sie nie an Stellen zu verletzen, an denen es zu sehen war und womöglich eine Erklärung verlangte.

»Schau, wozu du mich getrieben hast.« Er war wütend. »Lüg mich nie mehr an.«

Er zog ihr Gesicht zu sich, indem er ihr Kinn mit der Faust packte.

»Was ist das?«

In seiner Hand lag eine kleine Kugel aus zusammengeknülltem Zeitungspapier, nicht größer als eine Weintraube

»Das ... das ist Zeitungspapier« stammelte sie.

»Richtig. Und weißt du, wo ich es versteckt habe?«

Sie schüttelte den Kopf, obwohl sie es sich denken konnte.

»Ich habe es oben auf den Medizinschrank gelegt. In den

Staub, der sich dort gesammelt hat, habe ich das Wort *schmutzig* geschrieben. Und weißt du, was ich gesehen habe, also ich vorhin dort war?«

Wieder schüttelte sie den Kopf, weil sie wusste, dass er ihr zwar Fragen stellte, aber eigentlich nicht wollte, dass sie ihm antwortete – das gehörte alles zum Spiel.

»Diese Papierkugel war noch immer dort, genauso wie mein Wort. Du erwartest also nicht nur, dass die Familie in fürchterlichem Dreck lebt, du bist zudem eine Lügnerin. Das ist wirklich sehr schlecht.«

Aus irgendeinem Grund fand Kathryn die Tatsache lustig, dass Marks Definition von fürchterlichem Dreck in einer Staubschicht auf dem Medizinschränkchen bestand.

Doch zehn Minuten später fand sie gar nichts mehr lustig, als er seine Bestrafung gründlich und wohlüberlegt ausführte.

Vor einem Jahr

Es war ein arbeitsreicher Tag, aber er war nicht geschäftiger als jeder andere. Kate bereitete alles für einen Neuankömmling vor. Die ersten mit einer neuen Bewohnerin verbrachten Stunden sagten ihr alles, was sie über sie wissen musste. In den vier Jahren, die sie das Haus inzwischen führte, hatte sie diese Fähigkeit vervollkommnet und wusste, worauf sie zu achten hatte, was sie aus unbeabsichtigt gegebenen Hinweisen ableiten konnte. Das Zusammenzucken beim Händeschütteln, ausbleibender Blickkontakt oder das falsche strahlende Lächeln und die gespielte Vertraulichkeit – sie hatte herausgefunden, dass all das Geheimcodes waren. Allmählich lernte sie, diese Codes zu entschlüsseln und die dahinterliegende Wahrheit zu erkennen.

Es war unvermeidlich, dass Kate Vergleiche zwischen ihrem früheren und ihrem heutigen Leben zog. Es waren jedoch nicht immer die offensichtlichen Dinge, die sie nach Ähnlichkeiten und Unterschieden Ausschau halten ließen, ganz im Gegenteil. Wenn ein Mädchen, häufig entweder unter- oder übergewichtig und mangelernährt, den Weg zum Haupteingang entlangtrottete und in einem schäbigen Einkaufsbeutel alles umklammerte, was es besaß und ihm wichtig war, dachte Kate zwangsläufig an die Ankunft der neuen Internatsschüler in Mountbriers. Dort stiegen bemühte und besorgte Eltern aus glänzenden Kabrios. Hübsche, chirurgisch verschönerte Mütter und Väter in schicken Anzügen halfen den Kindern, den Kofferraum zu entladen,

den Koffer, die Tasche, die Wertgegenstände, die elektronischen Geräte, die Designerlabels, den Rucksack, prall gefüllt mit Süßigkeiten und Geld. Es faszinierte sie, dass wenige so viel und viele so wenig besaßen. In den vergangenen vier Jahren – genau genommen eigentlich in den letzten neun Jahren – hatte sie erfahren, dass das Leben sehr unfair war.

Das plötzliche Läuten des Telefons ließ sie zusammenzucken. Sie war in Gedanken weit weg gewesen.

»Ja, Kate Gavier. Ach super, dann sind ja alle pünktlich. Ja, ja, jemand holt sie vom Bahnhof ab. Ich rufe Sie an, wenn sie angekommen ist. Danke.«

Sie fuhr mit den Fingern über den Aktenhefter vor ihr. Ein weißer Aufkleber sagte ihr, dass das Mädchen, das mit dem Zug um vierzehn Uhr dreißig ankommen würde, Tanya Wilson hieß. Kate klappte den Hefter auf und überflog die erste Seite, nahm jedoch nur die wichtigsten Informationen auf. Sie hasste diese formelhaften Berichte. Zu den größten Enttäuschungen zählte, dass über diese Mädchen schon im frühesten Kindesalter Berichte geschrieben und Urteile gefällt worden waren.

Bereits bevor die erste Woge der Pubertät über ihnen zusammenschlug, waren sie charakterisiert, eingestuft und abgestempelt worden, und damit war auch ihr Schicksal besiegelt. Es gab sowieso nur eine gewisse Anzahl an charakterlichen Veränderungen, die das System überhaupt als möglich in Betracht zog, und keine davon war besonders positiv. Laut den in dreifacher Ausfertigung ausgedruckten Blättern, mit denen es Kate täglich zu tun hatte, handelte es sich bei den Mädchen fast ausnahmslos um schwierige und hoffnungslose Fälle.

Das war der Punkt, an dem Kate und ihr Team ins Spiel kamen. Ein Blick in Tanyas Akte genügte, um zu erkennen, dass sie ein Standardfall war, leider. Nachdem Tanya wiederholt körperlich misshandelt worden war, hatte man sie ihrer Mutter im Alter von sechs Jahren weggenommen. Nach Aufenthalten in zwölf Pflegefamilien und zwei Heimen hatte sie sich im Maßregelvollzug für Jugendliche wiedergefunden und war schließlich wegen Beihilfe zum Diebstahl und unerlaubten Tragens einer Waffe im Gefängnis gelandet.

Kate war sich sicher, dass Prostitution, Drogenmissbrauch und eine ganze Reihe psychischer Probleme hinzukamen. Sie schnipste die Akte zu und schob sie in eine bereits volle Schublade. Sie würde ihre eigene Einschätzung vornehmen, indem sie Tanya in die Augen blickte und sich mit ihr unterhielt. Sie schenkte dem, was sie da las, keine große Beachtung mehr, weil sie wusste, dass diese weißen Aufkleber bei jedem der Mädchen unter ihrem Dach austauschbar waren. Sie hatten alle das gleiche Leben geführt, schienen alle irgendwie gleich zu sein. Doch das waren sie nicht, nicht für sie. Es war ihre Aufgabe, ihnen zu helfen, sich das selbst klarzumachen.

Sie überlegte, was auf ihrem eigenen weißen Aufkleber stehen könnte: *Eine gefühlskalte Mörderin ohne Reuegefühle, die allem Anschein nach ihre Kinder im Stich gelassen hat und der Obrigkeit gegenüber eine gewisse Gleichgültigkeit an den Tag legt.* Vor einer Weile hatte sie einmal gesagt: *Ich verstehe, dass manche Menschen nur das sehen, was sie sehen wollen.*

Kate war zu jeder Tages- und Nachtzeit erreichbar, um sich um die vielen unterschiedlichen Notfälle zu kümmern, die sich wöchentlich im Haus ereigneten. In den vier Jahren hatte sich allerlei dort abgespielt, von Selbstmordversuchen (zweimal), über einen Brand (einmal), einen Rohrbruch (einmal), diverse Schlägereien (dreiundsechzigmal) bis hin zur unverhofften Geburt eines Babys auf dem Toilettenboden. Das Neugeborene, Jayden Lee, hatte ein beachtliches Geburtsgewicht von über sechs Pfund auf die Waage gebracht und lebte heute mit seiner Mutter und deren neuem Partner in Truro.

Man konnte das Dasein im *Haus zur Aussicht* mit vielen Worten beschreiben, doch das Adjektiv langweilig zählte ganz gewiss nicht dazu. Kate wusste, dass die Bewohnerinnen bereit waren, es wieder zu verlassen, sobald die Reise von Hoffnungslosigkeit zur Hoffnung abgeschlossen war. Diese Reise hatte bei jedem ihrer Gäste – bislang sieben – eine enorm unterschiedliche Dauer gehabt. Der Prozess der Heilung war häufig langwierig und anstrengend, wenn man ohne Optimismus oder einen Grund für positive Gefühle hier ankam. Nur die Mutigen wagten sich an einen solchen Kraftakt heran, und nicht allen gelang er. Für manche war es keine gute Erfahrung, den Teppich beiseitezuziehen und sich mit den wenig erfreulichen Dingen zu beschäftigen, die sich darunter angesammelt hatten. Für einige endete dieser Kraftakt mit Enttäuschungen.

Für Kate war die Erkenntnis eine bittere Lektion gewesen, dass sie für manche Menschen zu spät kam. In diesen Fällen war es besser, den Schleier über ihren Problemen nicht zu lüften. In ihrem Haus konnte man ihnen nur bis zu einem gewissen Grad helfen, aber jedes der Mädchen ging mit der Zusicherung, dass ihm die Tür immer offen stand, falls sie es noch einmal versuchen wollte. Für viele stellte schon diese Möglichkeit eine große Hoffnung dar.

Tom ging an der offenen Tür des Arbeitszimmers vorbei, einen Stapel sauberer Handtücher auf dem Unterarm balancierend.

»Ach, Tom?«

Er ging wieder zurück und achtete darauf, dass sein Handtuchstapel nicht umkippte.

»Ja, Chefin?«

»Vergiss nicht, dass Tanya heute kommt. Ihr Zug fährt um halb drei ein. Können wir etwas vorbereiten, falls sie ausgehungert ist?«

Er nickte. Es hatte keinen Zweck, ihr zu sagen, dass er bereits daran gedacht hatte und belegte Brote vorbereiten würde, sobald das Mittagessen fertig war. Nicht etwa, dass sie eine Tyrannin gewesen wäre, weit gefehlt. Die ganze Belegschaft arbeitete sehr gern für Kate und mit ihr zusammen. Aber manchmal führte ihre Detailversessenheit und ihre Fürsorge für die Mädchen dazu, dass sie sich unnötigerweise um Dinge Sorgen machte, die die Angestellten auch ohne ihre Bemerkungen oder Vorschläge bestens erledigen konnten.

»Bin schon dabei.«

Sie lächelte ihm nach, während er seinen Weg in Richtung Treppe fortsetzte. Selbstverständlich war er das, der gute Tom.

Tom war innerhalb der Gemeinde ein Fürsprecher für ihr Haus geworden und erzählte jedem, der ihm zuhören wollte, was es Gutes an sich hatte. Die Unterstützung, die man ihnen entgegenbrachte, war unglaublich. Viele Einheimische kamen regelmäßig zu Besuch, denn alle wollten mit einbezogen werden. Der erste Besuch geschah vielleicht aus reiner Neugierde, doch der zweite und dritte erfolgte dann, weil den Leuten die Atmosphäre und das Gefühl der Hoffnung gefiel, das hier vorherrschte. Die wenigen Menschen, die vehement dagegen waren, blieben das auch. Zum Glück war Penmarin gerade groß genug, dass man ihnen nicht regelmäßig über den Weg lief.

Natalie, die sie nach achtmonatigem Aufenthalt erst kürzlich verlassen hatte, arbeitete gegenwärtig im hiesigen Feinkostladen. Sie wohnte in einem möblierten Zimmer über dem Geschäft und hatte einen festen Freund.

Viele der Mädchen hatten eine ähnliche Anstellung gefunden und Akzeptanz erfahren. Das waren Kates Erfolgsgeschichten. Sie hoffte von Herzen, dass Tanya, wenn die Zeit gekommen war, ähnlich vorteilhaft untergebracht werden konnte.

Kate saß auf der Holzbank und lauschte dem lauten Ticken der Uhr am Bahnsteig. Das weiß gestrichene Holzvordach wurde von gepflegten Blumenampeln geschmückt. Nirgends war irgendwelcher Müll auf dem Boden zu sehen. Und was Graffiti-Schmierereien anbelangte, so bezweifelte sie, dass das Wartungsteam so etwas je zu Gesicht bekommen hatte. Es war der Bahnhof einer längst vergangenen Ära. Selbst der Bahnhofsvorsteher stand auf seinen polierten Absätzen wippend da, eine gezückte Taschenuhr und eine zusammengerollte Flagge in der Hand. Sie rechnete fast damit, Miss Marple aus einem Zug mit Dampflok aussteigen zu sehen, den Topfhut ein bisschen schief auf dem Kopf.

Doch als der Zug einfuhr, brachte er das einundzwanzigste Jahrhundert mit, denn es war ein glänzendes rot-gelbes Geschoss, überkrustet vom Schmutz der soeben passierten Städte. Kate erspähte Tanya sofort. Zwischen den Gruppen, Paaren und Eltern, die ihre Kinder an den Händen hielten, stand ein junges Mädchen, das sich umblickte und schon durch die Tatsache auffiel, dass es allein war. Seine Verwirrung verstärkte sich, als ihm klar wurde, dass es nicht wusste, nach wem oder was es Ausschau halten sollte.

Kate eilte mit erhobenem Arm und winkend auf die Jugendliche zu, weil sie ihr die Angst vor dem Unbekannten schnellstmöglich ersparen wollte. Die dünnen Beine des Mädchens steckten in einer engen schwarzen Jeans. Seine Sportschuhe waren abgetragen und schmutzig, und seine dürren Ärmchen ragten aus den weiten Ärmeln eines T-Shirts heraus. Rote Haare hingen ihm in zwei dünnen Strähnen zu beiden Seiten des blassen Gesichts herab, doch das Auffallendste an ihm waren die Lippen – blutrot und voll – ein perfekter Schmollmund. Es erinnerte Kate an eine zerbrechliche Porzellanpuppe.

»Tanya! Hallo.«

»Hallo.«

Tanyas Stimme war leise und drang aus einer Kehle, die entweder aufgrund von Dehydrierung oder Nervosität trocken war. Ihr Blick schoss von Kate zu der Menschenmenge um sie herum, dann zum klaren blauen Himmel hinauf, doch das alles zu verarbeiten, war offenbar zu viel für sie.

»Schön, dass du da bist. Wie war die Reise?«

»Lang.« Sie warf Kate ein kurzes Lächeln zu.

»Ja, das kann ich mir denken. Ich bin Kate, und du bist hier sehr willkommen, Tanya.«

Dann kam der Blick von der Seite unter dem Pony hervor: Wo ist da der Haken? Warum war diese Fremde nett zu ihr? Was wollte sie?

»Hast du Gepäck dabei?«

Tanya bückte sich und griff nach der kleinen Sporttasche zu ihren Füßen. Diese war etwa dreißig Zentimeter lang, aber trotzdem groß genug, um Tanyas ganze Habe aufzunehmen.

Die beiden Fremden gingen zusammen vom Bahnsteig zum Parkplatz. Kate achtete darauf, es mit dem freundlichen Empfang nicht zu übertreiben. Sie hatte gelernt, dass dies genauso entmutigend sein konnte wie eine unfreundliche Begrüßung. Tanya fragte sich, was sie an diesem Ort ohne große Gebäude, Autos, Geschäfte, Schmutz und all die anderen Dinge eigentlich sollte, die ihre gewohnte Umgebung vertraut und sicher machten.

»Du kommst in der allerbesten Jahreszeit. In den letzten Tagen war das Wetter herrlich, und wenn die Sonne herauskommt, dann gibt es keinen besseren Ort als den Strand. Wir machen dort unten kleine Picknicks, sitzen auf dem Sand und unterhalten uns bestens, es ist fantastisch.«

Kate beobachtete, wie das Mädchen sie unter seinen Haaren hervor anstarrte, ihren Tonfall und ihre Energie auszuloten versuchte und darauf wartete, den Haken zu entdecken. Sie legten die kurze Fahrt schweigend zurück. Kate steuerte das Auto über die kleinen Sträßchen und durch den Urlauberverkehr. Tanya starrte die Heckenlandschaft an.

Als Kate in die Einfahrt eingebogen war, schaltete sie den

Motor ab und ließ die ganze Pracht von Tanyas neuem Zuhause auf sie wirken.

»Willkommen im *Haus zur Aussicht*. Du kannst bleiben, solang du willst, Tanya.«

Das Mädchen nickte.

»Was denkst du? Der erste Eindruck?«

»Von Ihnen oder dem Haus?«

Kate gefiel die intelligente Frage des Mädchens. »Von beidem.«

»Das Haus sieht aus wie in einem amerikanischen Film.« Kate lächelte und nickte. Ja, ja, so sah es wirklich aus.

»Und bei Ihnen bin ich mir nicht sicher. Sind Sie …? Ich meine, gehören Sie …?«

»Ja?« Kate mochte es, wenn Fragen gestellt wurden.

»Steckt da etwas Christliches oder eine religiöse Sekte dahinter? Ich hoffe nur, dass die Leute hier kein Haufen durchgeknallter Jesusanhänger sind, weil ich dann nämlich gleich wieder in den Zug steige.« Sie deutete mit dem Daumen über ihre Schulter nach hinten. »Ich glaube, dann gehe ich lieber in den Knast.«

Kate lachte plötzlich laut los, bis ihr die Tränen kamen.

»Ach, Tanya! Kein Wunder, dass du so beunruhigt wirkst. Hast du das gedacht?«

Tanya schob sich hastig die Haare aus dem Gesicht und versuchte, Kate ein zögerliches Lächeln zuzuwerfen.

Kate überlegte, ob sie Tanya einen Vortrag darüber halten sollte, dass sie ein kleiner Fisch war, entschloss sich aber, es lieber sein zu lassen.

»Nein. Nein, meine Liebe, nichts dergleichen. Ich bin selbst vor etwas über vier Jahren aus dem Gefängnis entlassen worden. Ich habe fünf Jahre wegen Totschlags gesessen. Janeece, unsere Beraterin, war eine Mitgefangene, eine wunderbare junge Frau, die dir ihre Geschichte bestimmt erzählen wird, wenn der richtige Zeitpunkt gekommen ist. Natasha ist unsere Kunsttherapeutin.«

»Kunst?«, fiel ihr Tanya ins Wort.

»Ja, Kunsttherapie. Dabei wird …«

»Sie brauchen mir nicht zu erklären, was das ist. Ich weiß, wie sie funktioniert. Ich liebe Bilder und male sehr gern.«

Kate sah das Mädchen an und bemerkte, wie groß seine Augen geworden waren und dass die Alabasterwangen einen Hauch Farbe bekommen hatten.

»Tja, dann. Es sieht so aus, als würdest du gut zurechtkommen.«

Tanya atmete laut aus, und ihnen beiden wurde klar, dass sie fast die ganze Fahrt über kaum geatmet hatte.

»Komm, wir gehen rein.«

Tanya stieg die Holztreppe zur Veranda hinauf und drückte sich dabei die Tasche an die Brust, ein Schutzschild gegen die körperlichen und mentalen Schläge, mit denen sie immer rechnete und die sie häufig versetzt bekam. Man war lieber auf alles vorbereitet.

Im Haus war es still. Alle hatten sich nach dem Mittagessen zurückgezogen. Tom war gewiss auf einer seiner Beschaffungstouren – allerdings konnte Kate nicht begreifen, was er meinte, mit dem Van besorgen zu können, dessen Beifahrersitz in Liegeposition umgeklappt war. Stacey Hill, die einzige andere Bewohnerin, war wahrscheinlich am Strand und versuchte, einen klaren Kopf zu bekommen. Auch das gehörte zu den täglichen Übungen und sollte sie hoffentlich eines

Tages in die Lage versetzen, Ordnung in die wirren Gedanken zu bringen, die sie plagten.

»Hast du Hunger, Tanya?«

Das Mädchen zuckte mit den Achseln. Tanya war nicht darüber verunsichert, ob sie Hunger hatte oder nicht – sie war am Verhungern. Sie wusste nur nicht, ob sie das offen sagen durfte oder nicht.

Kate entzifferte ihre Reaktion.

»Ich sag dir was, ich bringe dir ein paar Sandwiches auf dein Zimmer, während du auspackst. Wie wäre das?«

»Danke.«

Sie hatten einen Deal gemacht.

Während sie die Treppe hinaufstiegen, wies Kate auf das Wohnzimmer mit den riesigen Sofas hin, auf das Esszimmer, in dem alle Mahlzeiten eingenommen wurden und auf die Küche mit dem großen Tisch in der Mitte. Er schien ideal, um bei einer Tasse Kaffee Neuigkeiten auszutauschen oder, falls nötig, tränenreich das Herz auszuschütten.

Sie hielten vor einer Tür mit einem Schild an, auf dem das Wort *Traum* stand.

»Jedes Zimmer hat einen anderen Namen. Wir haben *Wunsch* und *Vertrauen* und *Freiheit*, aber *Traum* hat die beste Aussicht, und ich will, dass du schöne Träume hast.«

Sie drehte den Türknauf und ließ Tanya zuerst eintreten. Das Mädchen ging direkt auf das Schiebefenster zu und starrte auf den weiten Ozean hinaus.

»Wo hört er auf? Ich meine, was ist auf der anderen Seite des Meers?«

»Das ist eine gute Frage. Erdkunde war noch nie meine Stärke, und ich musste, als ich hier ankam, erst nachschlagen. Aber ich weiß aus zuverlässiger Quelle, dass man, wenn man bis zur anderen Seite schwimmen könnte, in Kanada ankommen würde.«

»Kanada bei Amerika? Wollen Sie mich veräppeln?«

»Nein, es stimmt – wenn du schwimmen würdest, bis du wieder an einen Strand kommst, dann würde dir wahrscheinlich ein berittener kanadischer Polizist ein Handtuch reichen. Stell dir das mal vor.«

»Ich kann nicht schwimmen.«

»Würdest du es gern lernen?«

»Nein.«

Sie schüttelte den Kopf. Ihre Antwort kam laut und nachdrücklich, und sie lehnte die Stirn gegen die kühle Fensterscheibe. Kate konnte ihre Gedanken nicht erraten, das Bild, das vor ihr auftauchte, wie der Freund ihrer Mutter in seiner Wut ihr Gesicht unter Wasser drückt, ein tiefes, kaltes Bad ... nicht atmen, nicht atmen ...

»Ich gehe, hole dir die Sandwiches und lass dich allein. Diese Tür führt in dein Badezimmer, und der Schrank ist hier – das erklärt sich alles von selbst. Ich lass dich auspacken und bin gleich wieder da.«

Tanya nahm den Kopf nicht von der Scheibe. Stattdessen starrte sie auf das weite dunkle Meer hinaus, das bis zu einem anderen Land, einer anderen Welt, bis nach Kanada reichte ... Noch nie hatte sie das Meer gesehen, nur im Kino und auf Fotos. Die Art und Weise, wie das Wasser sich ständig bewegte und wogte, wie dabei weiße Schaumkronen auf den Wellen tanzten, wohin sie auch blickte, war faszinierend. Es sah lebendig aus. Sie hatte nicht mit der Weite des alles verschlingenden und grenzenlosen Meeres gerechnet.

Als die Tür ins Schloss fiel, blickte sie sich zum ersten Mal richtig um. Das Zimmer war schön, mit hellblau gestrichenen Wänden, Holzdielen und einem hübschen Teppich. Es gab einen kleinen viktorianischen Kamin mit zwei Lehnstühlen und einem Tischchen davor. Die Stühle und das Bett waren mit einem grüngeblümten Baumwollstoff bezogen und sahen aus wie aus einem Hochglanzmagazin. Tanya hatte so etwas noch nie gesehen. Es sah wirklich hübsch aus.

Das Badezimmer war ähnlich perfekt, mit großen, flauschigen weißen Handtüchern und einem dicken Frotteebademantel, der hinter der Tür hing. Tanya konnte nicht anders, als es mit dem Badezimmer ihrer Kindheit zu vergleichen. Wenn sie die Augen schloss, hatte sie das Bild als dauerhafte Mahnung vor sich. Das war der Raum, der den Mangel am stärksten symbolisierte, in dem sie gelebt hatte.

Dieses Symbol trug sie für immer mit sich herum.

Das winzige, vollgestellte Bad war vielleicht zwei Mal drei Meter groß gewesen. Darin stand eine Plastikbadewanne mit einem gezackten Riss entlang der Seitenverkleidung und zwei grünlichweißen Streifen, die sich wie die Rückstände eines kleinen Wasserfalls vom Wasserhahn zum verrosteten Abfluss zogen. Das Milchglasfenster war klein und hoch in der Wand angebracht, zu hoch, um problemlos herankommen und es öffnen zu können. Anstelle eines Vorhangs hatte ihre Mum dort das gestreifte Oberteil eines Kinderschlafanzugs mit Heftzwecken befestigt. Tanya wusste nicht, woher das Teil überhaupt kam, ihr hatte es jedenfalls nicht gehört. Es sah aus, als wäre es zum Trocknen aufgehängt worden und hing in der Mitte traurig durch. Das Klo war schmutzig, und der ganze Raum stank nach Urin und Schimmel.

Der rohe Zementboden war seltsamerweise mit gelben und violetten Farbtropfen verschmiert, obwohl Tanya sich nicht an Renovierungsarbeiten irgendeiner Art erinnern konnte. Auch in der restlichen Wohnung gab es keinerlei Anzeichen dafür. Im Nachhinein kam Tanya zu dem Schluss, dass das Ausbleiben dieser Renovierung ein Vorteil war, falls Gelb und Violett die Farben der Wahl gewesen wären.

In jeder Ecke des Badezimmers, hinter den Rohren und neben der Badewanne, hatten sich Häufchen krauser, kurzer schwarzer Haare gesammelt, mit seltsamem grauem Flaum vermengt, der sich nur in diesem Raum zu bilden schien. An der Wand neben dem Klo führten lange braune Streifen hinab, klebrige Tropfen getrockneten Urins, weil ein Betrunkener daneben gepinkelt hatte. Ein Medizinschrank, der längst seine Tür verloren hatte, hing über dem Waschbecken, vollgestopft mit Dingen, die ihr den Magen umdrehten, Erwachsenendingen, verbotenen Dingen. Tampons, Kondome, Gels und andere Mittelchen, Gegenstände, die ihr, wenn sie sie ansah, das Gefühl vermittelten, verletzlich zu sein. Dann wurde ihr unerklärlicherweise ganz flau im Magen. Die Hähne am Waschbecken waren Relikte aus den 1970er-Jahren und tropften unentwegt, sodass der braune Fleck, der das Becken verschmutzte, immer größer wurde.

Tanya beschloss, dass sie in ihrem schönen neuen Badezimmer mit den glänzenden Armaturen gern ein Bad nehmen würde. Sie freute sich, den weichen Stoff des Bademantels auf der Haut und den flauschigen Teppich unter ihren Füßen zu spüren.

Im Gefängnis war alles dünn gewesen: die harten Teppichfliesen, das wässrige Essen, die Seifenstücke, die abgenutzten

Bettlaken, die glatten Handtücher und die Anstandskleidung. Alles dünn, zwischen den Fingern kaum zu spüren, durchscheinend und dürftig. Ihr war trotz Kleidung ständig kalt gewesen, und noch lange nach dem Bad hatte sie sich feucht angefühlt, weil die Handtücher ihre Haut einfach nicht trockneten. Die Leintücher waren so fadenscheinig gewesen, dass Tanya die Steppnähte der Matratze an ihrer Gänsehaut spürte, während sie einzuschlafen versuchte.

Hier war es anders. Die Sachen waren luxuriös und voluminös, flauschig, weich und einladend. Sie hatte nie in einer solchen Umgebung geschlafen, war nie in einem solchen Zimmer gewesen. Ein Anflug von Aufregung vertrieb die Skepsis und Nervosität, die sie befallen hatte, als sie aus dem Zug gestiegen war. Würde sie wirklich hier schlafen? War das wirklich ihr Zimmer, in dem sie wohnen und tun und lassen durfte, was sie wollte?

Sie wurde vom Klopfen an der Tür aus ihren Gedanken gerissen. Vor Angst schnürte sich ihr die Kehle zu. Sie rührte sich nicht und sagte nichts.

»Tanya, darf ich reinkommen?«

»Ja«, gelang es ihr nach kurzer Zeit auszustoßen.

Kate trat langsam ein, weil sie auf dem Arm ein Tablett mit Sandwiches, einem großen Stück Sandkuchen, einer Teekanne und nur einer Tasse balancierte. Sie wusste, dass Tanya sich erst einmal allein akklimatisieren musste.

»Da bin ich. Zimmerservice«, scherzte Kate. Als sie aufblickte, war sie bestürzt, weil Tanya dicke Tränen über die Wangen liefen.

»Ach, bitte weine nicht, Liebes. Hier, darf ich dir ein Taschentuch geben?«

Kate stellte das Tablett auf das Tischchen vor dem Kamin und ging zum Nachttisch hinüber, auf den man eine Schachtel mit parfümierten Papiertüchern gelegt hatte.

»Ich bin mir sicher, dass das alles ein bisschen neu für dich ist, aber ich verspreche dir, dass du dich eingewöhnen wirst und dass es dir gefallen wird. Wir sind so froh, dass du da bist, Tanya, wirklich, ich ...«

»Das ist nicht der Grund«, fiel ihr Tanya ins Wort.

»Ach so?« Kate überlegte, was ihr nur so zusetzen konnte. Vermisste sie jemanden? Fühlte sie sich einsam? Irgendetwas anderes? Sie brauchte nicht weiter nachzudenken.

»Bei mir hat noch nie jemand an die Tür geklopft und gefragt, ob er hereinkommen kann, noch nie, nirgends. In meinem ganzen Leben nicht. Es war, als ob ich unsichtbar wäre, als ob ich nicht zählen würde.«

Wieder weinte sie hemmungslos. Kate schlang die Arme um die Schultern des Mädchens. Sie wusste, wie es sich anfühlte, unsichtbar zu sein.

»Ja, Tanya, das ist die wichtigste Hausregel: Jeden mit Respekt zu behandeln und allen ihre Privatsphäre zu lassen, wenn sie das wollen. Dein Zimmer ist dein Rückzugsort, dein eigener privater Bereich.«

»Mein eigener privater Bereich.«

Tanya wiederholte die Wörter laut, weil sie zu begreifen versuchte, was sie bedeuteten, und weil sie glaubte, dass sie wahr werden würden, wenn sie sie laut aussprach.

Die Tür zum Arbeitszimmer war geschlossen, ein Signal für alle, dass man nicht stören durfte.

Stacey schob sich ein paar Haarsträhnen hinter die Ohren.

Ihr Pferdeschwanz war streng nach hinten gebunden und gab ihre Stirn frei, die mit winzigen Sommersprossen übersät war. Ihre Finger berührten kurz die vier Goldringe unterschiedlicher Größe, die von jedem Ohrläppchen hingen, dann zerrte sie die Ärmel ihres Pullis über ihre Hände. Sie zog die Knie bis zum Kinn hoch und rollte sich gemütlich in dem Ohrensessel zusammen, der vor dem Schreibtisch stand.

Kate mochte Stacey sehr, die sich nach einer brutalen Vergewaltigung ihren Weg zurück zur alten Stärke erkämpfte. Das *Haus zur Aussicht* bot ihr die nötige Atempause, um an einem Ort wieder auf Kurs zu kommen, an dem nicht in jeder Ecke Erinnerungen an den Übergriff lauerten.

»Wie geht es dir, Stacey?«

»Ganz gut, glaube ich. Ein bisschen besser.« Staceys Stimme war wie gewöhnlich gelassen.

»Gut. Ist es dir recht, mit mir zu reden, Stacey?«

Das Mädchen zuckte mit den Schultern. An manchen Tagen war für sie selbst die einfachste Entscheidung zu schwierig.

»Ich habe darüber nachgedacht, nach Hause zu fahren.« Das berichtete sie mit abgewandtem Blick, als wäre es irgendwie treulos und unhöflich.

»Na, das ist ja gut. Nur du kannst entscheiden, wann du dazu bereit bist. Du kannst natürlich hierbleiben, solang du willst.«

»Ich weiß.« Stacey warf ihr kurz ein dankbares Lächeln zu.

»Manchmal ist es eine gute Idee, die Gedanken aufzuschreiben. Die Gründe, die dafür sprechen, noch ein bisschen zu bleiben, und warum du nach Hause willst. Das könnte dir die Entscheidung erleichtern.«

»Ich muss das nicht aufschreiben, Kate. Ich weiß, dass ich irgendwann zu meiner Mum zurückmuss, aber East Ham ist nicht sonderlich groß. Alle wissen Bescheid ...«

»Stacey, du hast nichts Schlimmes getan. Du warst das Opfer, das darfst du niemals vergessen.«

»Ja, das weiß ich, aber das spielt eigentlich keine Rolle, wenn die Leute mit dem Finger auf mich zeigen. Es fühlt sich trotzdem richtig beschissen an.«

»Das kann ich mir vorstellen, Liebes. Das verlangt sehr viel Mut.« Kate steckte ihre Heuchelei in dem Wissen weg, dass sie selbst diesen Mut nicht aufbrachte. Sie würde nie zur Mountbriers Academy zurückkehren. »Und du hast jede Menge Unterstützung. Du hast deine Mum und deinen Bruder, und nach allem, was du mir erzählt hast, steht ihr euch, du und Nathan, sehr nahe.«

»Ja, das tun wir. Er ist wirklich toll. Wir waren viel auf uns allein gestellt, als wir klein waren, weil Mum immer gearbeitet hat. Nathan war in gewisser Weise meine Mum und hat auf mich aufgepasst und so. Aber seit mir das passiert ist, war es nicht mehr dasselbe. Mum weiß nicht, was sie sagen soll, um es mir leichter zu machen, deshalb meiden wir das Thema und tun beide so, als wäre alles in Ordnung. Und Nathans Leben hat sich nicht wirklich verändert. Er arbeitet immer noch in dem Pflegeheim, engagiert sich zu sehr für die alten Leutchen, um die er sich kümmert, und versucht, einen neuen Freund zu finden. Es ist nicht mehr so wie früher, als wir klein und immer zusammen waren, als er für mich alles besser machen konnte, bloß dadurch, dass er mich zum Lachen gebracht hat. Er ist immer noch mein allerbester Freund, aber die Situation hat sich verändert.«

»Was du durchgemacht hast, wird an seinen Gefühlen dir gegenüber nichts ändern, Stacey.«

»Ich weiß, und ich weiß auch, dass Nathan mich lieb hat, aber er ist beschäftigt. Er verarbeitet die schlimmen Sachen, indem er sich ablenkt. Keiner von uns ist besonders gut darin, über die wirklich wichtigen Dinge zu reden. Eine seiner alten Damen, die er wirklich geliebt hat, ist gestorben – Dorothea hat sie geheißen, glaube ich. Er war niedergeschlagen, aber das habe ich nur zufällig herausgefunden. Bei uns zu Hause kaschieren wir solche Sachen und tun so, als wäre alles in Ordnung. Es ist, als könnten wir nicht zurechtkommen, wenn wir nicht lachen. Das führt dazu, dass ich panische Angst kriege, wenn ich nur daran denke, dass ich zu Hause bin und lachen und Witze reißen muss, während ich innerlich völlig am Boden bin.«

Kate nickte, weil sie das nur allzu gut verstand.

»Ich weiß, dass deine Mum dich zurückhaben will, und das ist nur natürlich. Aber du bist diejenige, die entscheiden muss, wann die Zeit gekommen ist, nach Hause zu fahren. Es besteht keine Eile, Stacey.«

»Ja, vermutlich nicht.«

Staceys Mund bewegte sich, um Worte zu bilden, die laut auszusprechen ihr schwerfielen. Sie ging in sich, fand ihren Mut.

»Es geht aber nicht wirklich um meine Mum oder um Nathan. Es geht eher um Leute, die ich noch nicht kenne.«

Kate bemühte sich, Staceys Besorgnis zu deuten.

»Du brauchst es niemandem zu erzählen, wenn dir das unangenehm ist, Stacey. Das, was du erlebt hast, macht dich nicht aus. Das ist nur ein kleiner Teil von dir, der sich im Augenblick wie ein großer Teil anfühlt. Aber seine Wirkung auf dich und seine Macht über deine Gedanken und dein Handeln wird mit der Zeit nachlassen. Das verspreche ich dir.«

»Ich …« Stacey versuchte, ihre Gedanken zu erklären, scheiterte jedoch.

»Was ist, Liebes?«

»Ich weiß nicht, wie jemand mich je lieben kann, und ich glaube nicht, dass ich irgendjemanden lieben kann. Jedenfalls jetzt nicht mehr, wo ich weiß, wie verdammt schrecklich ein Mensch sein kann, und das macht mich so traurig. Es ist, als wäre mein Leben zu Ende, bevor es richtig angefangen hat. Ich freue mich für meine Freundinnen, deren Leben weitergeht. Sie werden Babys kriegen und so. Manchmal bin ich ein bisschen neidisch auf sie, weil das bei mir vielleicht nie der Fall sein wird. Ich kann mir nicht vorstellen, jemals zu heiraten, eine Ehefrau zu sein, jedenfalls im Augenblick nicht.«

Stacey zerrte an den Knöpfen ihrer Jacke herum.

Kate streckte den Arm über den Schreibtisch und ergriff die Hand des Mädchens.

»Stacey, die Liebe ist eine verrückte und wunderbare Sache. Ich dachte, ich hätte die Liebe gefunden, als ich nicht viel älter war als du, und das hat sich als das genaue Gegenteil von Liebe entpuppt. Liebe bedeutet Freiheit und Anerkennung, und ich bekam nichts von beidem. Dann habe ich mehr Liebe empfunden, als ich je für möglich gehalten hätte, als ich Kinder bekommen habe. Auch diese Liebe wird bis heute zum Äußersten auf die Probe gestellt. Wenn einem diese Liebe genommen wird, ist das eine Art von Folter. Eines weiß ich aber mit Sicherheit, nämlich dass die Liebe, wenn sie kommt, nicht wertet und nicht urteilt. Sie akzeptiert dich einfach so, wie du bist, als ganze Person.« Aus irgendeinem Grund hatte Kate ein Bild von Simon vor Augen, sein offenes Lächeln, seine schöne Haut, nass vom Bad im Meer. »Und so wird es auch für dich sein, Stacey, das verspreche ich. Du musst nur abwarten.«

»Vermutlich.« Stacey probierte, ein schwaches Lächeln zu zeigen.

»Ich weiß es«, antwortete Kate. »Und wenn die Zeit für dich gekommen ist, nach Hause zu fahren und dein Leben wieder aufzunehmen, dann stelle ich für dich Kontakt zu Leuten her, die dich zu Hause unterstützen können. Und Janeece wird dich besuchen, da bin ich mir sicher.«

»Das würde mir gefallen, Kate. Ich möchte nur wieder so sein wie davor. Ich möchte mein altes Ich zurück. Ich habe die ganze Zeit gelacht, viel gesungen und alles lustig gefunden. Ich habe jeden einzelnen Tag genossen. Ich hatte nie viel, war ständig pleite, aber immer glücklich.«

»Das wirst du wieder sein.«

»Ich hoffe es, weil ich die Nase voll davon habe, mich so niedergeschlagen, so eingeschüchtert zu fühlen.«

Kate drückte die Hand des Mädchens.

»So wirst du dich nicht auf Dauer fühlen. Mit jedem Tag, der vergeht, wirst du ein bisschen stärker werden, und irgendwann wirst du den Menschen wiederentdecken, der du früher warst. Schau, wie weit du in den acht Monaten, die du bei uns verbracht hast, gekommen bist! Zuerst wolltest du nicht einmal dein Zimmer verlassen, erinnerst du dich? Und schau dich jetzt an, du bist am Strand unterwegs, du redest. Das ist wunderbar. Du machst so große Fortschritte.«

Stacey nickte, wagte aber nicht, daran zu glauben, weil die Enttäuschung, falls es sich als falsch herausstellen sollte, einfach unerträglich gewesen wäre.

»Wie kommst du mit Tanya zurecht?« Für Kate war es wichtig, dass im Haus Harmonie herrschte.

»Ganz gut, ja. Sie kommt allerdings aus Nordlondon, aus einer ganz anderen Welt, Kate. Ich hätte es nie für möglich gehalten, dass ich einmal mit einem Arsenal Fan zusammenlebe.«

Beide lachten.

Kate dachte darüber nach, wie wichtig es Stacey war, zu heiraten. Das war rührend altmodisch und erinnerte daran, wie ihre eigene Generation in diesem Alter gedacht hatte.

Sie fragte sich, ob Lydia wohl einen Freund hatte. Der Gedanke, dass Lydia heiraten könnte, ohne dass sie an der Hochzeit teilnahm, war für Kate einfach unvorstellbar. Allein der Gedanke daran war unfassbar, dass ihr kleines Mädchen ihre letzten Schritte als ledige Frau tun und ihre Liebe einem anderen schenken könnte, ohne dass ihre Mum dabei war, um Zeugin des bedeutsamen Schrittes zu sein. Sie wollte da sein, um Lydia zu unterstützen, um sie ihrem Ehemann zu übergeben und ihr diesen besonderen Tag in jeder erdenklichen Hinsicht zu verschönern. Sie wollte ihre Schleppe richten, ihr den Lippenstift abtupfen und ihren Blumenstrauß arrangieren.

Kate hatte sich das alles wieder und wieder ausgemalt, seit Lydia im Alter von sieben Jahren eines Tages mit einer alten Gardine auf dem Kopf und einer Topfpflanze in der Hand schwankend den Flur auf und ab geschritten war. Dabei hatte das Mädchen versucht, nicht aus den Schuhen mit den hohen funkelnden Absätzen aus dem Schrank ihrer Mutter zu kippen, und die Melodie des Hochzeitsmarsches vor sich hin gesummt.

Dann dachte Kate an ihre eigene Hochzeit zurück. In den vergangenen Jahren hatte sie diesen Tag in Gedanken häufig durchgespielt und die Geschichte an der Stelle umgeschrieben, an der der Pfarrer gesprochen hatte. In ihrer neuen, veränderten Version rannte sie vom Altar davon, so schnell ihre weißbestrumpften Beine sie tragen konnten. Sie hielt den Brautstrauß in die Höhe, während sie sich den altmodischen Schleier vom Kopf riss und die Treppe hinunter zu einem wartenden Auto lief, an dessen Steuer Pierce Brosnan saß. Na ja, warum nicht? Schließlich war das ihre Fantasiegeschichte.

Ihre Hochzeit war in Wahrheit nicht annähernd so dramatisch verlaufen, obwohl es einen Augenblick gegeben hatte, in dem etwas Ähnliches drohte. Sie und Mark standen nur wenige Zentimeter voneinander entfernt mit Blick zum Pfarrer, der die Arme ausgebreitet hatte. Während die bekannten Worte in der Kirche widerhallten, gab es von ihrer Seite ein ganz kurzes Zögern. Sie kannte die Texte, hatte sie sich unwissentlich in einer tiefen Falte ihres Gehirns eingeprägt, seit sie ein kleines Mädchen gewesen war, und doch hätte sie in genau diesem Augenblick beinahe versagt, als Freunde und Familie in ihrem Feststaat dastanden und warteten. Die Frage war wirklich simpel gewesen, keine komplizierte Mathematikaufgabe oder etwas ähnlich Schwieriges, das sie in unverständliches nervöses Stammeln hätte ausbrechen lassen dürfen. Nein, sie war klar und knapp gewesen.

»Willst du, Kathryn Gavier, Mark Brooker zu deinem rechtmäßig angetrauten Ehemann nehmen?«

Sie holte Luft, die Worte lagen ihr auf der Zunge, und trotzdem war es, als hätte eine unsichtbare Macht ihre Lippen verzaubert. Sie musste sich anstrengen, um es zu sagen, um die Antwort herauszubekommen, auf die der Pfarrer, Mark und die versammelte Gemeinde Kathryns ganzes Leben lang gewartet hatten. Hätte sie den Zauber nur wirken lassen und nicht so sehr darum gekämpft, die zwei Silben auszusprechen, die den Lauf ihres Lebens verändern sollten.

Stacey brach zu ihrem täglichen Spaziergang zum Strand auf, und Kate schlenderte in die Küche.

»Kaffee?« Natasha stand an der Anrichte und streckte ihrer Freundin die Kaffeekanne entgegen.

»Hm. Ja, bitte.«

»Wie geht es ihr?«

»Sie macht sich Sorgen über die Zukunft und fängt an, an ihre Heimkehr zu denken.«

»Na ja, das sind doch gute Zeichen, nicht wahr?«

»Ja. Wenn sie so weit ist. Ich will nicht, dass sie etwas überstürzt.«

»Du wirst sie vermissen, nicht wahr?«

Kate nickte. Ja, das würde sie, sie würde sie sehr vermissen. Sie lächelte ihre Freundin an und bestätigte damit die unausgesprochenen Worte, welche Gefahren es barg, wenn man sich zu nahe stand.

Kate sah in der Beziehung zwischen Stacey und Nathan eine Verbindung jener Glücklichen, die sich der Liebe eines zuverlässigen Angehörigen oder besten Freundes sicher sein können. Kate wusste, dass sie ihre beste Freundin immer von Herzen lieben würde, egal wie viel Zeit verging. Sie würde den Tag, an dem Natasha unangemeldet im Gefängnis aufgetaucht war, niemals vergessen. Die Erinnerung würde jedoch stets den bitteren Beigeschmack der Enttäuschung mit sich bringen, dass ihr unerwarteter Besucher keines der Kinder gewesen war.

»He! Du Tagträumerin!«

Natashas Ruf riss sie aus ihren Gedanken.

»Ich habe gerade gesagt, dass ich mit Tanya Schwierigkeiten habe. Sie ist ein tolles Mädchen, wirklich offen für meine Vorschläge, und sie scheint recht glücklich zu sein. Aber ich habe irgendwie den Eindruck, dass sie mir etwas vormacht und mir nach dem Mund redet, sich aber nicht wirklich öffnet. Die klassische Verschlossenheit der Missbrauchsopfer.«

»Kann ich irgendwie helfen?«

Wie gewöhnlich suchte Kate nach Möglichkeiten, um den Weg für ihren neuen Schützling zu ebnen.

»Ach, es ist wie gehabt. Sie wird sich öffnen, wenn sie dazu bereit ist. Ich meine, schau dir Stacey an. Sie hat Monate gebraucht. Und bei ihr ist es natürlich etwas ganz anderes. Sie ist ein Opfer, keine Täterin, außerdem hat sie ein gutes Unterstützernetzwerk, was bedeutet, dass ihre Aussichten auf vollkommene Erholung auf lange Sicht gut sind. Bei Tanya ist das nicht so, da müssen wir vorsichtig sein. Kate, sie ist zerbrechlicher als die meisten der anderen. Ich lasse mich durch dieses strahlende Lächeln oder das gleichgültige Schulterzucken nicht täuschen. In diesem hübschen Kopf spielt sich eine Menge ab.«

»Ich weiß, was du meinst, Tash. Wir sollten es mit Janeece besprechen.«

»Das ist eine gute Idee.« Tash nickte.

»Hat sie jemals ihre Mutter erwähnt?«

»Ein paarmal, aber nichts wirklich Neues. Gelegentlich lässt sie beiläufig ihren Namen fallen, meistens in Verbindung mit einer Erinnerung. Ich stelle fest, dass sie lieber übers Meer spricht. Sie ist davon ganz fasziniert. Ihre Bilder sind ziemlich düster und zeigen fast immer das Thema Wasser – das Meer oder nur schwarze und blaue Blöcke.«

Beiden fiel die Analogie mit Blutergüssen auf.

»Ich komme nicht dahinter, ob das nur daran liegt, dass das Meer für sie neu und aufregend ist, oder ob sie im Unterbewussten nach einer Fluchtmöglichkeit sucht, um buchstäblich in den Sonnenuntergang zu segeln. Da ist ein Bild, an dem sie arbeitet, das ich ein wenig beunruhigend finde.«

»Was ist es?«

»Wieder das Meer, aber mit einem Armskelett, das an der Wasseroberfläche auftaucht. Jede Menge Schwarz, wie immer in ihren Arbeiten, aber sehr morbide und irgendwie ganz schrecklich. Ich glaube nicht, dass ihre Erinnerungen an und Assoziationen mit Wasser gut sind.«

»Klingt nicht gerade danach. Was machen wir?«

»Ich schaue erst einmal, wie es weitergeht. Wahrscheinlich lasse ich sie das Bild interpretieren, lasse mir etwas darüber erzählen. Manchmal reicht es ja aus, wenn es auf Papier gebracht wurde, fast so, als würden die bösen Gedanken dadurch ausgetrieben. Das ist damit vergleichbar, jemandem zum Reden zu haben, um all die düsteren Sachen ans Licht zu bringen, sodass man sie nicht mehr mit sich herumschleppen muss.«

»Hat sie dir von ihrem Exfreund erzählt?«, fragte Kate neugierig.

»Ein bisschen. Hört sich an, als wäre er ein echter Scheißkerl, *comme toujours*. Sie hat gesagt, dass er Dealer ist, aber dann hat sie sich schnell zusammengerissen, weil sie immer noch nicht sicher ist, wie viel sie preisgeben darf. Es verblüfft mich immer wieder, dass diese Mistkerle eine Art sechsten Sinn zu haben scheinen. Sie sind in der Lage, ausgerechnet Mädchen herauszupicken, die hilfsbedürftig und verletzlich sind, und sie wissen genau, wie sie das ausnutzen können. Wie machen Männer das nur?«

Kate ließ die Schultern hängen.

»Ich vermute, weil manche Mädchen sie lassen.«

»O mein Gott, Kate, ich habe nicht dich gemeint.«

Natasha schlug sich mit gespieltem Tadel gegen die Stirn.

»Ist schon gut, Tash. Ist in Ordnung, wirklich. Und du hast recht, für Mädchen wie Tanya ist es wichtig zu wissen, dass sie nicht allein sind. Das kann jeder Frau passieren, selbst einer wie mir.«

»Noch einen Schluck?« Wieder hob Natasha die Kaffeekanne in die Höhe.

Kate streckte ihr den Becher hin, doch dann ließ sie ihn plötzlich mit einem lauten Knall auf den Tisch fallen. Es regnete Kaffeetropfen, als das Porzellan zu Bruch ging.

»Du lieber Himmel, habe ich mich erschreckt! Was war denn das?«

Ein Motorrad näherte sich mit ohrenbetäubendem Lärm, als die Maschine röhrend die Einfahrt entlang brauste.

»Das kann ich nicht genau sagen, aber ich kann dir prophezeien, dass das ein neuer Macker ist, in dessen Armen Tanya vergessen kann – und er hat ein sehr großes Motorrad.«

Kate vergrub das Gesicht in den Händen.

»Das ist ja super, genau was wir brauchen. Einer von der Sorte wie in *Denn sie wissen nicht, was sie tun.*«

»Kate, du machst dir zu viele Sorgen. Eine kleine Ablenkung könnte ja gut für sie sein. Das musst du dem Mädchen lassen, die lässt wirklich nichts anbrennen. Wie lang ist sie jetzt hier?«

»Fast drei Wochen.«

»Mein lieber Schwan, wir hatten nie auch nur einen einzigen Flirt, obwohl wir schon so lang hier wohnen.«

»Das gilt nur für dich. Mich hat vor ein paar Wochen auf dem Fischmarkt ein Achtzigjähriger mit einem eigens für ihn angefertigten Elektrorollator und einer Vorliebe für Knurrhahn angemacht.«

»Menschenskind, was bist du für ein stilles Wasser! Wie hast du reagiert?«, kreischte Natasha und erinnerte Kate dabei an ihre Schwester, als sie im Teenageralter gewesen war.

»Ich habe dankend abgelehnt.«

»Du veräppelst mich. Bist du verrückt? Achtzigjährige, die einen speziell angefertigten Elektrorollator besitzen und Knurrhähne schwingen, sind in dieser Gegend ziemlich rar gesät.«

»Ich weiß. Aber ich habe es geschafft, ihm zu widerstehen. Doch um ehrlich zu sein, Tash, selbst wenn es Mr Clooney höchstpersönlich mit jungen Sprotten für zwei gewesen wäre, hätte ich Nein gesagt. Ich hatte an genug anderes zu denken.«

»Hast du dir wenigstens seine Nummer geben lassen?«

»Nein! Ich habe dir doch gesagt, dass ich kein Interesse habe.«

»Nicht für dich, du dämliche Kuh, für mich.«

Die beiden lachten, während sie den Kaffee mit Küchentüchern aufwischten und die Porzellanscherben aufsammelten. Kate dachte, wie wunderbar es war, einen Becher kaputt zu machen, ohne in dem Wissen in Angstschweiß auszubrechen, dass sie später für dieses Missgeschick bestraft werden würde.

Die Küchentür ging auf. Da stand Tanya mit leicht geröteten Wangen und wild zerzausten Haaren. Sie sah schön aus.

»Hallo, was war das für ein Getöse? Hast du auf einem Motorrad gesessen? Falls ja, hoffe ich, dass du einen Helm aufhattest.«

Kate war sich bewusst, dass ihr Tonfall ein bisschen zu tadelnd klang, aber die Situation war kniffelig. Sie wünschte sich, dass Tanya sich mit einem Jungen zusammentat, der das Richtige tun und sie gut behandeln würde. Jeder, der röhrend davonbrauste, ohne sie zur Tür zu begleiten oder sich vorzustellen, fiel nach Kates strengen Kriterien bereits durch. Ihr fiel es schwer, nicht auf der Etikette von Mountbriers zu bestehen.

Kate verspürte ein großes Verantwortungsgefühl für sämtliche Bewohnerinnen, die unter ihrer Obhut standen. Am schwersten fiel es ihr, objektiv zu bleiben. Sie konnte Tanyas neuen Freund nur durch ihre Brille betrachten. Ein unpassender Junge, das Mitglied einer falschen Clique führte zwangsläufig zu Schwierigkeiten.

»Danke, Kate, aber ich bin ein großes Mädchen. Ich habe ihm gesagt, dass er mir einen Helm besorgen muss«, antwortete Tanya und verdrehte die Augen.

»Dann ist es ja gut. Davon abgesehen, dass der Helm Vorschrift ist, die Straßen in der Gegend sind kurvenreich und gefährlich. Ich mache mir um deine Sicherheit Sorgen.«

»Ja. Kurvenreich und gefährlich, verstanden. Darf ich gehen?«

»Selbstverständlich kannst du gehen, Tanya. Ich will dir nur klarmachen, wie gefährlich es ist, und Interesse an deinem neuen Freund zeigen. Es wäre gut, wenn er das nächste Mal hereinkommt und Hallo sagt, wenn er dich abholt oder nach Hause bringt.«

»Hm, ich glaube nicht. Das wäre ziemlich uncool.«

»Ich mache mir Sorgen um dich, Tanya. Das ist für dich alles neu, und ich will, dass du es langsam angehen lässt.«

»Nein, Kate, das ist überhaupt nicht das, was du meinst. Du willst nicht, dass ich glücklich bin. Du willst, dass ich herumsitze und so tue, als wäre ich traurig und niedergeschlagen wie Tracey oder wie die heißt, damit du die großartige Helferin spielen und dich trotz deines beschissenen Lebens ein bisschen besser fühlen kannst. Darum machst du das doch, nicht wahr?«

Kates Antwort war wohlüberlegt.

»Ach, Tanya, ich würde mir wünschen, dass es so wäre. Ich würde mir wünschen, dass ich mich selbst heilen könnte, indem ich dir und anderen helfe. Aber leider funktioniert das nicht.«

Tanya schlug die Hände vor das Gesicht und sprach durch die Lücken zwischen ihren schlanken Fingern.

»O mein Gott, Kate, es tut mir leid. Ich weiß nicht, warum ich das gesagt habe. So habe ich es nicht gemeint.«

»Es ist schon gut, Tanya. Ich freue mich sogar ehrlich darüber, dass du sagen kannst, was du denkst. Du lieber Himmel, als du vor ein paar Wochen angekommen bist, hast du nur genickt und allem zugestimmt. Du hast in sehr kurzer Zeit große Fortschritte gemacht.«

»Es ist nur, dass ich nicht daran gewöhnt bin, dass jemand nett zu mir ist. Ich denke, jede Bemerkung führt zum Streit, deshalb neige ich dazu, mich gleich zur Wehr zu setzen.«

»Das verstehe ich, Tanya. Sei unbesorgt. Ich werde nicht mehr darüber sprechen.«

Tanya blickte nachdenklich und ein wenig unsicher drein, als sie die Treppe zu ihrem Zimmer hinaufstieg.

Natasha hatte die beiden hinter der Frühstückstheke stumm beobachtet.

»Du bist erstaunlich, weißt du das?«

Als Antwort zog Kate eine Augenbraue hoch, weil sie sich mehr als alles andere wünschte, es wäre Lydia gewesen, die sie da gerade gerügt hatte.

***

Kate war mit dem Kochen an der Reihe, während Tom wie jeden Dienstagabend im *Hummertopf* auftrat, dem Abend der offenen Bühne, der ihm eine Möglichkeit bot, vor einem nicht zahlenden Publikum sein Können zu beweisen. Natasha war zu einem Kunst- und Skulpturenseminar nach Truro gefahren, und Kate servierte den Mädchen das Abendessen. Sie steckte den Löffel tief in die Fischpastete. Dampf stieg von der knusprigen braunen Kruste aus buttrigem Kartoffelpüree auf.

Tanya rümpfte die Nase.

»Du kannst gar nicht wissen, ob dir das schmeckt, wenn du es nicht probierst, Tanya.«

»Ich hab nichts gesagt.«

»Das war nicht nötig.« Kate lachte. »Du hast mal wieder die Nase gerümpft.«

»Ich finde, sie sieht köstlich aus, Kate«, meldete Stacey sich zu Wort.

Kate lächelte sie an, wie immer nett, freundlich und positiv.

»Okay, du Schleimerin! Du würdest sogar Scheißepastete essen, wenn Kate sie gemacht hat.«

Tanyas Bemerkung war scharf und vorhersehbar.

Kate äußerte sich nicht dazu. Sie hatte genug Erfahrung und wusste, dass es nie eine gute Idee war, sich bei streitenden Jugendlichen einzumischen. Ein plötzlicher Schmerz lastete auf ihrer Brust und breitete sich in ihrem ganzen Körper aus. Früher hatte sie gedacht, man könnte nur um längst verstorbene Menschen trauern, doch inzwischen wusste sie, dass es möglich war, auch um eine längst vergangene Zeit zu trauern, genauer gesagt, um eine Zeitspanne. Die Zeit, zu der ihre eigenen Kinder unter ihren Fittichen gestanden und an ihrem Tisch herumgezankt hatten.

Sie vermisste es, für die Kinder zu kochen. Das Vorbereiten und Kochen von Mahlzeiten für die eigenen Sprösslinge hatte etwas ganz Ursprüngliches. Es war eines der tausend beruhigenden täglichen Rituale, die ihr Leben so viele Jahre lang geprägt hatten. Manchmal erinnerte sie sich daran, wie eine pummelige Hand in ihrer lag, an ein nach oben gerecktes klebriges Gesicht, das auf einen Kuss wartete, oder an den Geruch eines nach Baby duftenden Kopfs – und sofort hatte sie Tränen in den Augen. Ihre Babys, das war schon lange vorbei.

Die Rolle, die sie für diese Mädchen spielte, hatte viele Facetten: Sie war Beraterin, Beschützerin und Wärterin, aber niemals Mutter, selbst wenn die Barrieren gefallen waren und die Hoffnung besonders groß war. Natasha, die keine eigenen Kinder hatte, lächelte meistens über den Tisch hinweg, wenn es zu diesen angespannten Wortwechseln kam. Noch nie war sie dem herausfordernden Leben in einer familiären Umgebung so nahe gekommen.

Tanya steckte sich eine Gabel Pastete in den Mund und fühlte sich nun absolut berechtigt, sich zu äußern.

»Ich mag Fischpastete nicht.«

Wie ein trotziges Kleinkind verschränkte sie die Arme vor der Brust.

Kate schaute ihr in das ernste Gesicht.

»Okay, das ist in Ordnung, Tanya«, flötete sie, während sie Tanyas Teller wegnahm und den Inhalt in den Tretmülleimer schob. »Du kannst gern hungern.«

Kate war froh, als die Mädchen am Abend aufbrachen. Stacey, hatte vor, sich in der Dorfhalle einen Film anzuschauen. Tanya wollte ins Pub gehen, zweifellos, um sich über Toms Auftritt lustig zu machen. Es war ein Luxus, das ganze Haus für sich zu haben. Kate schenkte sich ein Glas Wein ein und knipste die Lampen im Wohnzimmer an. Es war richtig gemütlich. Sie war allein und freute sich über die Aussicht, mehrere Stunden ungestört zu sein, eine Chance zu haben, ihre Gedanken zu ordnen. Zu Marks Lebzeiten waren die Abende der schlimmste Teil des Tages gewesen, da die Bedrohung der Schlafenszeit immer näher rückte. Inzwischen war es jedoch ihre Lieblingszeit, und die Freude darüber, dass ein friedlicher Abend vor ihr lag, hatte in all den Jahren nicht nachgelassen.

Unten im Pub hatte sich die zuvor gut gefüllte Bar beim Scheppern der Glocke innerhalb von Minuten geleert, als die gespülten Gläser schließlich eingesammelt wurden. Betrunkene Nachtschwärmer waren ins wahre Leben zurückbefördert worden, wo in der Luft noch immer die Wärme des herrlichen Sommertages hing. Es war einer jener Tage, in denen es nie ganz dunkel wird. Ein schwacher Schein blieb und bot bereits einen Blick auf den Morgen, der sich in der Ferne ankündigte.

Tom war richtig in Fahrt gewesen, seine Mundharmonika hatte Shanties und viele andere Melodien gespielt. Selbst jene Gäste, die nicht aus Penmarin stammten und die uralten Verse und Liedtexte nicht kannten, hatten durch Stampfen und Klatschen mitgemacht. Es war ein herrlicher, ein denkwürdiger Abend gewesen.

Tanya lungerte am Ende der Theke herum. Die roten Haare fielen ihr über die Schulter, als sie den Kopf zur Seite neigte. Sie klemmte sich den Motorradhelm unter den Arm, das erste und letzte Geschenk des Bikers. Sie war für die Heimfahrt bereit.

Rodney grinste sie an und kippte sich den Rest seines Whisky hinter die Binde. Er fand sie umwerfend, und dieses eine Mal war es nicht seine Bierseligkeit, die ihr dieses unwiderstehliche Aussehen verlieh. Sie hatte von Anfang an seinen Blick auf sich gezogen. Wenn er ehrlich war, gefiel ihm die Vorstellung eines Rohdiamanten, der keine Romantik und geflüsterten Liebkosungen erwarten würde. Er hätte darauf gewettet, dass ihr fester Freund mit Pralinen, Dessous und Champagner knauserte. Mit ihr würde er leichtes Spiel haben.

»Ein schöner Abend?«

»Ich hatte schon bessere.« Sie lächelte.

Ihm gefiel ihre selbstsichere Stichelei. Sie war ganz das Gegenteil der dämlichen Schlampen von hier, die bei jedem seiner Worte lachten und davon träumten, in seinem großen Haus zu wohnen oder sich zumindest einen Tagesausflug mit seiner Jacht erhofften. Ihre sarkastische Schlagfertigkeit sagte ihm alles, was er zu wissen brauchte: Sie verhieß Spaß ohne weitere Bedingungen. Er hatte den Kellner und die Barfrau früh nach Hause gehen lassen, als räume er die Bühne für diesen lange erwarteten Auftritt. Perfekt.

»Wo willst du damit hin?« Er grinste und deutete auf den Helm.

»Keine Ahnung, irgendwelche Vorschläge?«

Ihre Antwort hätte sexy sein können, wären ihr diese Worte nicht mit einer traurigen Gewohnheit über die glänzenden Lippen gegangen und hätte sie nicht diese Lolitapose eingenommen, die sie eine ganze Weile lang einstudiert haben musste. So machte sie es nun einmal, sie zog die Typen an Land, gab ihnen, was sie wollten, fühlte sich geliebt.

Rodney schlenderte zu der Stelle, an der sie stand, und zog sie langsam hinter die Theke. Sie kicherte, fand das aber gar nicht lustig. Das war ein Lachen, das die Kerle erwarteten, ein Lachen, das ihnen die Erlaubnis erteilte. *Es ist in Ordnung, weiterzumachen, es ist ja nur ein kleiner, harmloser Spaß.*

Er umfasste sie von hinten, atmete gegen ihren Nacken, sog den Duft ihres jungen Körpers ein. Er schob die Hand unter den dünnen Stoff ihres T-Shirts, legte sie flach auf die weiße Haut und beschrieb kleine Kreise, die die berührten Stellen wärmten. Tanya drehte sich langsam um, bis sie dem Mann, der sie verführen würde, ins Gesicht sah. Er war alt. Sie musterte die Linien und Falten, die sein erschlafftes Gesicht durchzogen, und bemerkte die hässlichen Haare, die in gestutzten Büscheln sprossen.

Sie grinste, weil er so ungeschickt küsste. Sie war davon ausgegangen, dass ein älterer Liebhaber die Kunst beherrschen würde, aber das war offenkundig nicht der Fall. Er kam ihr im Vergleich zu ihrer zierlichen Gestalt riesig vor, ein Riese, den sie umhauen würde. Seine Ungeduld amüsierte sie. Er fingerte an Gürteln herum, griff nach Knöpfen, fummelte und grapschte, so eilig hatte er es. Sie schmunzelte, als ihr klar wurde, dass alle im Grunde gleich waren, ob sie nun zwanzig, dreißig, vierzig oder fünfzig waren. An diesem Punkt ging es nur um ein Bedürfnis, ein Verlangen, einen Drang, den sie befriedigen konnte. Wenn sie die Augen schloss, waren die Liebhaber ihrer Vergangenheit und ihrer Gegenwart einander verblüffend ähnlich.

Das ungleiche Paar sank auf den klebrigen roten Linoleumboden hinter der Theke. Der Gestank von Bier und der süßliche Geruch verschütteten Weins waren widerlich. Es gab keine Worte der Verführung, keine Zuneigung oder liebevollen Vertraulichkeiten. Das war ein rein körperlicher, animalischer, fast aggressiver Akt.

Tanya lachte an die mit kariertem Stoff bekleidete Schulter eines Mannes mittleren Alters, die ihre Straffheit längst eingebüßt hatte. Sie genoss das kurze Gefühl der Macht, das war immer so. Das war der Augenblick, in dem sie sich überlegen fühlte. Sie freute sich über die Macht, die sie über den hiesigen Bonzen hatte, über den mit dem dicken Auto und der dicken Zigarre, ein Kenner der schönen Dinge des Lebens. Ein paar Sekunden lang würde diese Vereinigung ihr das Gefühl vermitteln, ebenfalls etwas Schönes zu sein.

Sie wollte, dass er langsam machte, hoffte auf ein paar zärtliche Worte. Sie bekam weder das eine noch das andere.

Ihr Hochgefühl sollte nicht von Dauer sein. Allzu schnell ordnete das Paar seine Kleidung, jeder steckte das Hemd in die Hose, strich sein zerzaustes Haar glatt. In diesen Minuten danach herrschte Schweigen, nicht etwa aus Verlegenheit, sondern nach Rodneys Miene zu urteilen, war es eine Stille, die auf Abscheu zurückzuführen war.

Tanyas Gefühl der Allmacht wurde unverzüglich und nachdrücklich von einem tiefen Selbsthass überlagert, einem Gefühl, das tröstlicher und vertrauter war.

Rodney klimperte mit den Schlüsseln in ihre Richtung und machte ihr damit klar, dass es Zeit war, nach Hause zu fahren. Ihre Erniedrigung war vollkommen. Er verschwendete keine Worte für sie und klapperte mit Metall, um sie zum Aufbruch zu zwingen, wie man etwa ein Baby ablenkt oder einen jungen Hund beruhigt. Als er den Arm ausstreckte, hoffte sie, die Liebkosung seiner Hand an ihrem Gesicht zu spüren. Das hätte ihr geholfen. Stattdessen zwickte er sie in die Wange, auf die Weise, wie man es bei einem ungezogenen Neffen tun würde, oder als wäre er ein den Rohrstock schwingender Schulmeister.

Er setzte sie am Beginn der Einfahrt ab. Sie hatte die Füße

kaum auf den Boden gesetzt, als das Motorrad in die Nacht davonbrauste. Der honigfarbene Schein der von Kate sorgsam platzierten Lampen leuchtete durch die Fenster des Hauses. Tanya steckte den Schlüssel ins Schloss.

Kate saß in eine Decke gehüllt auf dem Sofa und las.

»Hallo, meine Liebe. Hattest du einen schönen Abend?«

»Ja, nicht schlecht. Wenn das Vögeln auf dem Boden der Bar deiner Vorstellung von einem schönen Abend entspricht.«

Sie wollte schockieren, etwas von der Spannung auf diese Frau übertragen, die eine leichte Beute war.

Kate richtete sich auf, *Die Frau des Zeitreisenden* war auf einmal weniger interessant als das angeschnittene Thema.

»Genau genommen nein, das tut es nicht. Ich bin da ein bisschen altmodisch und bevorzuge zumindest eine Matratze und ein richtiges Liebeswerben oder eine Tüte Chips, aber das ist nur meine Meinung.«

Kate weigerte sich, den Köder zu schlucken. Das alles hatte sie schon früher erlebt, schon früher gehört. Sie unterdrückte die vielen Fragen, die ihr auf der Zunge lagen. Wer ist es? Warum machst du das? Geht es dir gut? Bist du verletzt? Glücklich?

Kate schob die Decke von ihren Beinen und klappte das Buch zu. Henry DeTamble musste einfach irgendwo in der Zeit vermisst bleiben, bis sie seine Spur wieder aufnehmen konnte. Sie wusste, er würde es verstehen, weil er selbst ständig in die Verlegenheit geriet, ausgerechnet im entscheidenden Moment zu verschwinden.

»Na ja, solange du gesund und munter nach Hause kommst, werde ich mich lieber raushalten.«

Tanya taumelte näher und setzte sich neben Kate auf das Sofa. Sie weinte still, und ihre Tränen bahnten sich den Weg in ihren offenen Mund. Gewöhnlich neigte sie nicht zu traurigen Grübeleien. Aber es war, als erwartete sie an diesem wunderbaren Ort, dass ihr Leben irgendwie anders verlaufen würde. Sie erwartete, selbst anders zu sein. Aber das war es nicht, das war sie nicht. Ob mit ihrer alten Gang, in der sie zu punkten versuchte, oder in diesem malerischen Dorf am Meer, immer würde sie diejenige sein, die den Jungs gab, was sie wollten. Sie, die als Einzige wusste, wie man verführt, aber nicht, wie man liebt.

»Ach, Kate, Kate.«

»Es ist schon okay, Liebes. Du bist zu Hause und in Sicherheit.« Sie drückte das zierliche Mädchen an sich und sprach ihm in die Haare.

»Morgen früh wird es schon wieder ein bisschen besser aussehen, warte es nur ab. Es wird vorbeigehen, wie alles.«

Kate schmunzelte, als sie den Ratschlag wiederholte, den ihr eine gute Freundin einst gegeben hatte.

Die beiden blieben sitzen, bis Tanya in den Schlaf driftete. Kate löste sich von ihr und achtete darauf, sie nicht zu wecken. Sie brauchte die Fluchtmöglichkeit, die ihr der Schlaf bot. Kate stopfte die hellrosa Wolldecke um die schmalen Schultern ihres Schützlings und schob ihm ein Kissen unter die Wange. Tanya war ruhig, vorläufig zumindest.

»Guten Morgen, alle miteinander!« Tom war bester Laune. »Ich habe Rodney gerade an Deck seines Boots erspäht, und er hat wie ein echter Blödmann ausgesehen. Himmelherrgott, wenn der nicht mit diesem lächerlichen Motorrad durch die Gegend rast, dann turnt er auf seinem Boot herum.«

Kate nutzte den Augenblick. Hastig zog sie sich die Sportschuhe an, schlüpfte zur Hintertür hinaus und ging die Straße entlang. Sie versuchte, ihren sich beschleunigenden Puls zu beruhigen, versuchte, keine voreiligen Schlüsse zu ziehen. Es kam nicht häufig vor, dass sie wusste, wo Rodney zu finden war. Das war die Gelegenheit, auf die sie gehofft hatte.

Sie entdeckte ihn an Deck der *Lady of Penmarin*, seiner ziemlich protzigen Jacht. Er trug eine stillose Segelmütze mit Goldlitze und einem großen aufgestickten Anker, jene Art von Kappe also, die man für ein paar Pfund in jedem der hiesigen Souvenirläden kaufen konnte. Er war damit beschäftigt, Seile zusammenzurollen. Selbst Kate, die sich mit dem Segeln gar nicht auskannte, wusste, dass das eine sinnlose Beschäftigung war und nur dazu diente, sich an Deck präsentieren zu können. Tom hatte es genau richtig formuliert: ein echter Blödmann.

»Hallo, Rodney.«

Kate winkte vom Anlegesteg.

»Das heißt Kapitän Rodney, wenn ich auf meiner Schiffsbraut bin.«

»Verstanden. Ich habe mich gefragt, ob ich kurz mit Ihnen sprechen kann?«

Kate ignorierte seine Heiterkeit. Sie war nicht in der Stimmung für ausgelassene Späße.

»Ja, selbstverständlich, kommen Sie an Bord.«

»Hm, ich habe befürchtet, dass Sie das sagen würden.«

Kate stöhnte auf. Sie war eine unbeholfene Seglerin, klammerte sich an die Takelage und setzte jeden Fuß vorsichtig, aus Angst, im Wasser zu landen.

»Was für eine schöne Überraschung, Kate. Kommen Sie in meine Höhle.«

Rodney deutete auf die Treppe zur Kabine und zuckte wie die klassische Karikatur eines Lustmolchs mit den ziemlich ungepflegten Augenbrauen.

»Lieber nicht. Ich ziehe es vor zu sagen, was ich zu sagen habe, und dann wieder zu gehen.«

»Ach, das klingt ungemütlich.«

»Ich will mit Ihnen über Tanya sprechen.«

»Ach, die entzückende Tanya – nur zu.«

»Das ist nicht lustig, Rodney, überhaupt nicht. Genau genommen bin ich gekommen, um Sie zu bitten, sich von ihr fernzuhalten.«

Rodney lachte und schüttelte sachte den Kopf, als könne er es nicht fassen.

»Ich weiß nicht, welche üblen Geschichten sie herumerzählt, aber lassen Sie mich Ihnen versichern, dass sie mehr als ...«

»Sie hat Sie nicht erwähnt, kein einziges Mal«, unterbrach ihn Kate. »Ich bin diejenige, die ein Problem damit hat, nicht Tanya. Jede Beziehung, die Sie womöglich mit ihr eingehen wollen, wird ihr auf Dauer nur schaden, und mir liegt Tanya sehr am Herzen, das tun alle diese Mädchen.«

»Beziehung? Du lieber Himmel. Ich glaube, Sie überschätzen da etwas.«

Bei der Vorstellung lachte Rodney laut auf.

»Ich verstehe. Na ja, das sagt schon alles. Wissen Sie was, Rodney, Sie sind ein Arschloch, ein Scheißkerl und ein Arschloch!«

»Das haben Sie bereits gesagt.«

»Ich weiß, aber ich bin nicht sehr gut darin, in der Öffentlichkeit zu fluchen, und etwas anderes ist mir eben nicht eingefallen.«

»Geht es dabei um etwas anderes, Kate, altes Mädchen? Entdecke ich da etwas von dem grünäugigen Monster? Vielleicht ist es nicht fair, weil Kate ein einsames Mädchen ist?«

Er zwinkerte ihr zu.

»Oh, bitte! Sie machen mich krank, Rodney. Darf ich Ihnen eine Frage stellen? Wie sind Sie nur zu dem Menschen geworden, der Sie sind? Was hat diesen unsäglichen Charakter geformt?«

Er starrte sie an und war sich unsicher, ob sie eine Antwort erwartete. Sie erwartete keine.

Kate fuhr fort: »Ich wette, wenn Sie mir auch nur im Geringsten ähnlich sind, dann lag es an den Menschen, mit denen Sie es zu tun hatten, an den Orten, die Sie besucht haben, an Ihrer Erziehung, den Urlauben, den Reisen, den Gesprächen mit Menschen unterschiedlicher Herkunft, verschiedener Rassen, Religionen.«

»Vermutlich.« Er zuckte mit den Schultern und kratzte sich unter dem Hut am Kopf. Er verstand nicht recht, vorauf sie hinauswollte und wünschte sich, sie würde auf den Punkt kommen.

»Na ja, Tanya hatte keine dieser Gelegenheiten, bisher jedenfalls nicht. Sie mag ja wie eine Erwachsene aussehen und sogar wie eine klingen, aber das ist sie keineswegs. Ich möchte, dass Sie sie in Ruhe lassen und ihr die Chance geben, ihre Erfahrungen zu machen, ohne von jemandem abgeschleppt zu werden, der alt genug ist, ihr Vater, wenn nicht gar ihr Großvater zu sein. Ich bitte Sie, sich von ihr fernzuhalten, weil sie verletzlich ist, und ich nicht gewillt bin, einfach wegzuschauen und zuzulassen, dass ihr durch Ihre kleine Tändelei noch mehr Schaden zugefügt wird.«

»Ach bitte, Kate. Tändelei? Das ist ein sehr netter Begriff für ein Gefummel zwischen zwei bereitwilligen Trinkkumpanen. Ich denke, Sie dramatisieren die Sache zu sehr. Nur zu Ihrer Information: Ich habe nicht die Absicht, das zu wiederholen. Was Tanya betrifft, ist meine Neugier mehr als befriedigt.«

Er richtete sich auf und nutzte seine Körpergröße, um diese Feststellung zu unterstreichen.

Kate bemerkte das Grinsen auf seinem roten Gesicht, beobachtete den spöttischen Zug um seinen Mund, als er Tanyas Namen aussprach, und sie sah rot. Wie konnte er es wagen, dieses kleine Mädchen zu benutzen, um eine Laune zu befriedigen? Wie konnte er es wagen, Tanya das anzutun?

»Du bist ein verdammter Scheißkerl, Rodney, ein widerliches Exemplar von einem Mann und eine Lachnummer. Du stolzierst in Penmarin herum, weil du ein paar Mäuse in ein paar Restaurants steckst, und glaubst, dir würde das verdammte Lokal gehören. Die meisten, die dir gestatten, ihnen Drinks zu spendieren, verachten dich, wusstest du das? Du bist ein Widerling und ein Vollidiot. Du bist ein sehr kleiner Fisch in einem sehr kleinen Teich, und damit bist du ein Nichts. Arschloch.«

Rodney war sprachlos.

Kate machte auf dem Absatz kehrt, bahnte sich selbstbewusst den Weg über das Deck und auf den Anlegesteg.

Natasha hatte recht. Eine ordentliche Schimpftirade und als Zugabe ein paar ausgewählte Flüche konnten wirklich richtig guttun.

Kate schluckte fest, als Wogen der Übelkeit ihren Körper erfassten. Ihre Hände zitterten, und ihr Magen krampfte sich zusammen. Ihr Wortwechsel mit Rodney hatte sie körperlich mitgenommen. Es war eine Weile her, seit Aggressionen zu ihrer Alltagsroutine gehörten, und deren Wiederkehr hatte sie erschüttert.

Sie holte tief Luft, bevor sie die Küche betrat. Sie wollte nicht, dass jemand mitbekam, wie aufgewühlt sie war.

»Ist alles in Ordnung, Chefin?«

Toms Arme steckten bis zu den Ellenbogen im schaumigen Spülwasser.

»Ja, Tom, alles bestens.«

Ihr Lächeln war schon nach einer Sekunde wieder verschwunden.

Tom nickte in Richtung der breiten Fensterbank.

»Tanya hat dir eine Nachricht hinterlassen.«

»Eine Nachricht? Wieso?«

Tom zuckte mit den Schultern und spitzte die Lippen. Woher sollte er das wissen? Kate überflog den hastig hingekritzelten Text und vergrub die Stirn in den Händen.

»Ach, Mist.«

»Könnte eine Tasse Tee helfen?«

Tom trocknete sich die Hände an einem Geschirrtuch ab und griff nach dem Wasserkocher.

Kate nickte.

»Sie ist nach London zurückgefahren.«

»Für immer?«

»Nein. Sie sagt, für eine Weile. Allerdings bin ich mir nicht sicher, was das heißt. Mensch, ich könnte mich in den Hintern treten, sie müsste hierbleiben.«

Kate trommelte auf die Tischplatte. Ihr fiel es schwer, den Mangel an Kontrolle über jene zu akzeptieren, denen sie am dringendsten helfen wollte. Dominic, Lydia, Tanya.

»Sie kommt bestimmt zurück, Chefin. Es hört sich nicht so an, als würde sie da oben viel erwarten.«

Kate nickte und hoffte verzweifelt, er möge recht haben, dann steuerte sie auf die Tür zu. Sie würde zum Strand hinuntergehen, um ihre Gedanken zu sammeln.

Ein lautes Hupen kündigte die Ankunft von Janeece an und riss Kate aus ihren düsteren Grübeleien. Tom hatte sie offenkundig zum Strand hinuntergeschickt.

»Hallo! Hallo!«

»He! Du sitzt auf meinem Platz, du Schlampe.«

Ihre alte Slapstick-Nummer brachte beide immer noch zum Lachen.

Kate winkte von ihrer Decke und setzte ihr einstudiertes Lächeln auf.

»Ich glaube, du wirst feststellen, dass jeder sich auf diesen Platz setzen darf.«

»Herrgott, Kate! Ich schwöre bei Gott, Penmarin rückt jedes Mal, wenn ich hierher fahre, eine halbe Stunde weiter weg.«

Janeece ließ sich auf den feuchten Sand fallen, schlang die Arme um Kate, drückte sie fest an sich und ließ sie erst nach einer Weile wieder los.

»Ach, verdammt, jetzt habe ich meine Klamotten verknittert.«

»Du siehst fantastisch aus.«

Kate meinte es ernst. Janeece hatte heute eine grasgrüne schmale Leinentunika mit einer Reihe auffallender Knöpfe und Perlen am Ausschnitt und an den Manschetten gewählt, dazu eine leuchtend pinkfarbene kurze Jeans mit der gleichen Verzierung an den Säumen. Janeece verstand es, ihrer kräftigen Figur zu schmeicheln, indem sie auf kühne Drucke und leuchtende Farben setzte, die weniger starke Charaktere gewiss gemieden hätten.

»Und wir rücken nicht weiter weg. Das liegt an deiner Schrottlaube von einem Auto. Ich sage ja immer, nimm den Jeep, wir können tauschen. Mein Auto ist robuster, für längere Strecken besser geeignet, und deine Ente reicht mir, um zum Bahnhof oder zu den Geschäften zu zuckeln.«

»Pst, sie könnte dich hören. Auch Autos haben Gefühle, weißt du, und ich würde meine Bessie niemals hergeben. Sie ist die erste große Anschaffung, die ich gemacht habe, und ich liebe sie.«

»Jan, du wirst mit den Jahren immer gefühlsduseliger.«

»Duselig ja, aber über das mit den Gefühlen bin ich mir nicht sicher.«

»Wie geht es den Kindern?«

»Na ja, mir ist klar, dass alle Mütter das denken, aber ich weiß definitiv, dass meine die schönsten Wesen auf der Welt sind. Jared läuft inzwischen, ist aber noch ganz wackelig auf den Beinen, wie ein Betrunkener. Eliza redet wie ein Wasserfall – ich schaffe es gar nicht mehr, sie zum Schweigen zu bringen.«

»Das muss sie von ihrem Vater haben.«

»Ha! Sie ist lustig. Sie sagt, dass sie Astronaut werden will, wenn sie groß ist. Ich habe sie gefragt, ob sie Astronautin meint, aber sie ist dabei geblieben. Sie wird sich also entweder mit der Zeit bewusst, dass es zwei Geschlechter gibt, oder ich nehme Kontakt zu Cher auf und frage sie, ob sie mir einen guten Chirurgen empfehlen kann.«

Die beiden lachten, sie schätzten einander gleichermaßen. Jetzt, da Janeece eine Familie gegründet hatte und nach Bristol gezogen war, sahen sie sich nur noch einmal im Monat, wenn Janeece kam, um mit den Mädchen Beratungssitzungen abzuhalten. Trotzdem bemerkten beide Frauen jede Veränderung in der Stimmung oder im Verhalten der anderen sehr schnell.

»Wie geht es dir Kate? Ehrlich?«

Janeece hütete sich davor, Kates Lächeln für bare Münze zu nehmen.

»Na ja, meistens geht es mir gut. Aber manchmal vermisse ich Lydia und Dom so sehr, dass es wehtut. Ich meine, ich habe buchstäblich Herzschmerzen.«

»Ich wünschte, ich könnte dir das alles leichter machen.«

Kate ergriff die Hand ihrer Freundin. »Das tust du, Jan, das tust du.«

»Ich muss dir etwas zeigen. Ich wollte eigentlich bis zu meiner Abfahrt warten, aber ich kann es genauso gut sofort machen.«

»Worum geht es?«, fragte Kate neugierig.

Janeece kramte in ihrer großen Patchwork-Büchertasche herum und holte eine glänzende Broschüre heraus. Sie legte sie Kate auf die Hand.

»Das ist der diesjährige Veranstaltungskalender für den Westen. Schlag Seite zwölf auf und schau, was da in ein paar Monaten stattfindet.«

Kate tat, wie ihr befohlen, und ihr Blick fiel sogleich auf das kleine Schwarzweißfoto oben in der rechten Ecke. Es war Lydia.

»Oh, Jan! Sie ist so schön und erwachsen. Schau nur!«

Sie bemühte sich, die dicken Tränen wegzuwischen, die ihr vom Kinn tropften. Janeece konnte nur mitfühlend nicken. Da sie Lydia nie getroffen und kein Bild von ihr gesehen hatte, war es ihr unmöglich, Vergleiche anzustellen.

Kate las den Text. »Sie stellt ihre Bilder aus, du meine Güte, ihre eigene Kunstausstellung im RWA in Bristol. Jan, ist das nicht fantastisch? Sie muss wohl sehr gut sein, nicht wahr? Ich meine, die lassen ja keinen schlechten Künstler eine Ausstellung machen.«

Ihre Begeisterung sprudelte trotz der Tränen aus ihr heraus. Ihr kleines Mädchen, ihr Baby ... Kate hatte Lydias pummelige Kleinkinderfinger vor Augen, wie sie nach Stiften griffen und Meisterwerke schufen, die sie dann in der Küche an die Wand gepinnt hatte. Das war eine Ewigkeit her.

»Die Ausstellung heißt *Hinter Wänden aus Flintstein*. Was meinst du, soll das bedeuten?«

Kate dachte über den Titel nach und beantwortete ihre Frage selbst. »In Mountbriers hatten wir Flintsteinmauern, damit muss es zusammenhängen.«

Janeece nickte. »Ich wusste nicht, ob ich es dir zeigen soll, aber das ist gestern im Briefkasten gelandet. Vor Ort wird viel Werbung dafür gemacht. Ich wollte nicht, dass es dir zufällig zu Ohren kommt.«

»Danke. Ich freue mich, es zu sehen. Ich kann kaum glauben, wie erwachsen sie aussieht und so selbstbewusst. Außerdem hat sie viel Ähnlichkeit mit ihrem Vater. Er war ein sehr gut aussehender Mann. Das ist das einzig Gute, was ich über ihn sagen kann.«

»Und, wirst du hingehen?« Janeece nickte in Richtung der Broschüre.

»Oh! Daran habe ich gar nicht gedacht. Ich möchte ihr den großen Abend nicht vermasseln. Natürlich würde ich gern hingehen. Liebend gern.«

Kate strahlte, als bestünde tatsächlich die Möglichkeit, dass sie die Ausstellung besuchte.

»Warum fragst du nicht einfach Francesca, was sie davon hält?«

»Na ja, das ist heikel. Ich rufe dort nicht mehr an – die Kinder haben mich gebeten, es sein zu lassen, und ich muss das respektieren. Deshalb ruft sie mich einmal im Monat an und schreibt natürlich E-Mails. Ich denke, der Ort wäre für unser erstes kostbares Treffen zu öffentlich. Du kannst dir gar nicht vorstellen, wie gern ich einen Blick auf sie und Dom werfen würde. Er wird bestimmt dort sein. Das würde er nie im Leben versäumen.«

»Es gibt keinen Grund, wieso du nicht zur Ausstellung gehen kannst, Kate. Ich könnte vorausgehen, schauen, wer da ist, und wenn die Luft rein ist, könntest du kommen und einen Blick riskieren. Danach würde ich dich schnell wegbringen. Die Bilder werden eine Woche lang ausgestellt. Was sagst du dazu?«

»Ich weiß nicht …«

»Na, überleg es dir. Du musst das ja nicht gleich entscheiden.«

»Ich hab dich lieb, Jan. Ich hab dich zum Fressen gern.« Kate ergriff die Hand ihrer jungen Freundin.

»Madam, diese Gefühle beruhen ganz auf Gegenseitigkeit.«

»Bist du sicher, dass es dir nicht zu viel ist, jeden Monat hierher zu kommen, Jan? Ich hasse den Gedanken, dass du die Strecke so häufig zurücklegst.«

»Wir sind doch nur in Bristol, das ist gar nichts. Jedenfalls ist es gut, mit der Beratung nicht aus der Übung zu kommen und einen Tag für mich zu haben, an dem Nick und die Kinder Zeit miteinander verbringen. Ich denke, sie genießen alle, dass sie ungesundes Zeug essen und an einem Nachmittag so viel fernsehen dürfen wie sonst im ganzen Monat. Wenn ich zurückkomme, haben sie immer viereckige Augen und sind vom vielen Zucker hyperaktiv.«

Ihr Kichern brachte sie wieder auf Kurs.

»Wie macht sich Tanya?«

Kate atmete aus. »Ach Gott, Jan, das ist ein ziemliches Schlamassel. Ich fürchte, gestern Abend ist etwas passiert. Sie ist ein fantastisches Mädchen, zieht Probleme aber wie ein Magnet an. Sie hat mit einem Typen geschlafen, und es tut mir leid, sagen zu müssen … du wirst es nicht fassen: mit dem alten, schmierigen …«

»Doch nicht etwa mit Rodney, dem wichtigen Mister Hast-du-mein-Boot-gesehen?«

»Genau mit dem. Ich habe ein ernstes Wort mit ihm gewechselt und bin wirklich wütend. Aber was kann ich schon unternehmen? Sie ist kein Baby mehr und keine Gefangene.«

Die beiden Frauen lächelten einander an. Beide kannten den Unterschied zwischen dem Leben hinter Gittern und ihrem jetzigen sehr gut.

»Was zum Teufel denkt sich der Kerl eigentlich, Kate?«

»Ich vermute, er denkt gar nicht, jedenfalls nicht mit dem Gehirn.«

»Willst du, dass ich ihm Bescheid stoße?«

Janeece ballte ihre Rechte zur Faust und zog den Arm auf Kopfhöhe zurück, als wäre sie im Begriff, einen Schlag zu landen. Wieder lachte Kate auf.

»Nein. Obwohl das sehr verlockend wäre. Tanya hat ihn wahrscheinlich ein wenig ermuntert, womöglich mehr als nur ein wenig. Deshalb muss ich vorsichtig sein, um zu vermeiden, dass ich sie verstimme. Allerdings ist das im Augenblick etwas hypothetisch, weil sie offenbar nach London zurückgefahren ist. Sie hat mir eine Nachricht hinterlassen, in der sie schreibt, dass sie für eine Weile zurückgeht.«

»Wie lange ist eine Weile?«, wiederholte Janeece Kates zuvor gestellte Frage.

Kate zuckte mit den Achseln, zog die Knie bis zum Kinn hoch und ließ den Kopf hängen. »Ach, warum kann denn nichts einfach sein?«

»Nichts, was von Wert ist, ist einfach. Ein kluger Mensch hat mir das einmal gesagt.« Sie lächelte Kate an. »Es kommt alles in Ordnung, meine Liebe.«

»Ach, Jan, das hoffe ich. Ich werde allmählich müde.«

»Nein, du wirst nicht müde, du wirst alt.«

»Na, besten Dank! Du solltest eigentlich dafür sorgen, dass sich meine Stimmung aufhellt.«

»Ach, wirklich? Das steht nicht in unserem Vertrag. Vielleicht führt dein Alter nicht nur zu Müdigkeit, sondern auch zu einem selektiven Gedächtnis.«

Janeece sprang auf, klopfte sich den Sand aus den Kleidern und strich sie glatt.

»Na, dafür bin ich nicht gekommen. Ich kann jederzeit mit dir tratschen, aber heute muss ich arbeiten. Ich gehe und suche Tash und schaue, was sie zutage gefördert hat, dann sehen wir weiter. Wie wäre ein Treffen am Küchentisch für eine Tasse Kaffee und ein Stück von dem, was Tom mir zu Ehren gezaubert hat?«

»Das klingt wunderbar.«

»Genau, Madam, dann sehe ich dich nach meiner Sitzung mit Stacey. Sei unbesorgt, Kate, du tust dein Bestes. Das weißt du, nicht wahr?«

»Hm. Aber was ist, wenn mein Bestes nicht gut genug ist?«

»Dann können wir daran nichts ändern, meine Liebe.«

Janeece drückte ihrer Freundin einen Kuss auf die Wange und ließ sie dann allein.

Kate blickte dem Mädchen nach, das inzwischen zur Frau geworden war, wie es durch den feuchten Sand auf den Weg zuging. Sie war so stolz auf alles, was Janeece erreicht hatte, die eine talentierte Beraterin und eine wunderbare Mutter war. Manchmal fiel es Kate schwer, die zuversichtliche Frau, zu der sich Janeece entwickelt hatte, mit dem aggressiven Teenager unter einen Hut zu bringen, den sie einst kennengelernt hatte.

Als sie den Kopf drehte, um wieder aufs Meer hinaus zu schauen, hörte Kate, dass der Postbote mit seinem Lieferwagen rückwärts in die Einfahrt fuhr, und ihr Herz setzte einen Schlag aus. Sie erhielt von Lydia keine Briefe mehr, aber sie betete darum, dass sie welche schicken würde – eine Nachricht, ein Gekritzel, irgendetwas. Zu dieser Tageszeit beschleunigte sich ihr Puls allein deswegen, weil sie eine Antwort auf ihren monatlichen Bericht erhalten könnte, ein Friedensangebot. Es kam nie, aber sie würde weiter darauf warten.

Sie zog sich die Wickeljacke um die schmalen Schultern. Inzwischen hatte sie aufgrund ihrer gesunden Lebensweise eine schlanke Figur und nicht etwa, weil sie die ganze Zeit so verängstigt war, dass sie nichts essen konnte. Sie streckte ihre nackten Unterschenkel in die Sonne des späten Vormittags und krallte die Zehen um den Rand der weichen, karierten Decke. Der feuchte Sand blieb sogleich daran hängen. Eine leere Chipstüte kam angerollt, von der auffrischenden Brise vor sich hergetrieben. Die Umgebung war herrlich, doch die Leere in ihr konnte und würde nicht gefüllt werden, bis ihre Kinder wieder ein Teil ihres Lebens waren.

Vor zehn Jahren

Für manche Mitglieder der Schulgemeinschaft war der Samstag ein Tag der Erholung. Die jüngeren Jahrgänge und jene, die keinen Sportmannschaften angehörten, hatten frei. Sie konnten den Tag draußen im Freien genießen oder in ihrem Wohngebäude einem Hobby nachgehen. Hatten die Kinder jedoch Wettkämpfe, dann war es ein Schultag wie jeder andere.

Kathryn faltete die weiße Krickethose und den Pulli ihres Sohnes zusammen und bürstete die Schul-Kricketkappe. Er war im besten Fall ein begeisterter Amateur, durfte aber laut Schulstatuten nur in der korrekten Spielkleidung auftreten. Sie ging richtigerweise davon aus, dass für Dom der Reiz des Schulsports in dem ganzen Drum und Dran bestand, das jede dieser Sportarten begleitete. Er war davon überzeugt, dass er jede Position spielen konnte, wenn er nur passend dafür gekleidet war, und hoffte, das Tragen der besten Spielkleidung würde seinen Mangel an Talent irgendwie wettmachen.

Samstag hin, Samstag her, Kathryn musste ihre Haushaltspflichten erledigen. Heute würde sie den Kasten mit dem Silberbesteck putzen – es wurde selten benutzt, aber es war besser, vorbereitet zu sein, die zwei Mülltonnen leeren und säubern, den Backofen ausräumen und sämtliche Teile gründlich schrubben, alle Fenster im Flur und an der Treppe putzen und polieren, einschließlich der Glasscheiben in der Eingangs- und der Hintertür. Sie würde außerdem zum

Supermarkt gehen und einen Großeinkauf machen müssen, um sicherzustellen, dass die Speisekammer, die Schränke, der Gefrier- und der Kühlschrank für alle Eventualitäten bestückt waren.

Es war ein herrlich heißer Tag. Kathryn hatte ihren Gang in die Stadt genossen, war mehrmals stehen geblieben, um mit den verschiedenen Lehrern und Eltern, die ihr über den Weg liefen, über das warme Wetter zu diskutieren. Einmal hatte sie angehalten, um eine Sammlung von Käfern zu bewundern, die irgendwelche Vorschulkinder in einen mit Blättern ausgelegten Eisbecher gesteckt hatten. Man hatte den Eindruck, der Sommer habe bereits begonnen. Nachdem sie in ihre Sandalen geschlüpft war und sich mit ihrem Eau de Cologne angesprüht hatte, war sie bereit für die nächsten anstehenden Arbeiten.

Sie warf einen Blick auf die Küchenuhr und freute sich, dass sie dem Zeitplan voraus war. Das bedeutete, dass sie mit der Zubereitung des Abendessens anfangen und später ein paar freie Minuten für ihre verbotene Lektüre finden konnte.

»Kathryn?«

Sie ließ die Schüssel mit den Zuckerschoten stehen, die sie gerade vorbereitet hatte, steckte das scharfe Gemüsemesser in die Tasche ihrer geblümten Schürze und wischte sich daran die Hände ab. Ihre Kinder machten sich regelmäßig über ihre Wahl in Sachen Kleiderschutz lustig, aber das kümmerte sie kaum. Ihre Schürze war angenehm zu tragen und erinnerte sie an die ihrer Mutter. Diese war, wenn sie sich recht entsann, ständig mit Mehl bestäubt.

Sie folgte Marks Stimme in den Garten hinaus und ging schnell zu der Stelle, zu der sie gerufen worden war.

»Ja, Mark?«

Sie blieb stehen und wartete ab, um die genaue Art seines Anliegens herauszufinden. Es konnte sich um alles Mögliche handeln, von der Bitte um ein Glas Eistee bis zum Namen eines ehemaligen Schülers, der ihm vorübergehend entfallen war.

»Die Gartenhandschuhe? Hast du eine Ahnung, mein Schatz? Ich kann sie nirgends finden.«

»Ja, ich hole sie.«

Kathryn ging in die Küche zurück und stöberte in ihrer Krimskramsschublade in der Speisekammer herum.

Da waren sie. Als sie sich wieder ins Freie hinaus wagte, hörte sie Mark laut kichern.

»Da ist sie ja. Sie hält mich wie gewöhnlich auf Trab, Roland.«

»Das sehe ich. Nett, dich zu sehen, Kathryn.«

Sophies Vater hob auf der anderen Seite des Rosenbeets die Hand zum Gruß. Kathryn winkte, während sie näher kam, und bemerkte den maßgeschneiderten marineblauen Blazer, den er mit weißen Bermudashorts und Bootsschuhen kombiniert hatte. Er sah in seinen makellosen Outfits und bewusst gewählten Accessoires immer so elegant, ja fast feminin aus. Dominic bezeichnete ihn als alte Schwuchtel. Kathryn musste ihm widersprechen, denn er war mit Sicherheit nicht alt.

»Hallo, Roland. Hat Sophie ein Spiel?«

»Ja, ein Tennismatch. Ich dachte, ich gehe hin und leiste ein wenig moralische Unterstützung.«

»Na, das ist ein wunderschöner Nachmittag dafür.«

Kathryn bewegte den Arm über ihrem Kopf, um auf den Sonnenschein hinzuweisen.

Mark mischte sich ein. »Davon bekomme ich nichts mit. Manche von uns sind eben Sklaven des Gartens und der Ehefrau, ob die Sonne scheint oder nicht. Ich kann dir versichern, dass ich mir lieber ein Bier hinter die Binde kippen und einen Blick in die Zeitung werfen würde. Ich wüsste zu gern, wie England beim gerade laufenden Kricket-Testmatch abschneidet.«

Mark lachte, und Roland lachte ebenfalls. Kathryn fragte sich, wie es ihr Mann immer schaffte, das Richtige zu sagen, um sich beliebt zu machen. Sie konnte beschwören, dass er keinerlei Interesse an Kricket hatte.

»So geht's mir auch«, pflichtete Roland ihm bei. »Schone ihn, Kathryn, der Mann arbeitet zu viel.«

Sie lächelte und nickte. Ihr Herz pochte wie wild, und ihre Lippen zitterten, so groß war die Versuchung loszuschreien.

Als das Abendessen zubereitet war, beschloss Kathryn in der Hoffnung zu den Sportplätzen hinüberzuschlendern, noch etwas von Dominics Kricketmatch mitzubekommen. Sie packte kalten Fruchtsaft und einen selbst gebackenen Zitronenkuchen in einen Korb. Sie würde den Jungs eine Freude machen. Wahrscheinlich waren sie ausgehungert.

Sie hatte die Regeln und Feinheiten von Kricket noch nie verstanden, musste jedoch zugeben, dass das Geräusch von Leder, das auf Weidenholz traf, und das leise Wogen des Applauses nach einem guten Schlag oder Lauf etwas sehr Beruhigendes hatte. Es fühlte sich sehr englisch an, und erinnerte sie an die Tage im Park mit ihrem Vater, als sie noch klein war.

Die Jungs und ihre Eltern hielten sich um das Spielfeld herum auf, manche waren in die Zeitung vertieft, andere dösten auf Liegestühlen, und ein oder zwei schauten sich sogar das Match an.

Auf der anderen Seite des Spielfelds erspähte sie eine Gruppe Jugendlicher, und sie kam aufgrund ihrer Haltung und ihrer Anzahl zu dem Schluss, dass ihr Sohn sich in dieser Gruppe befinden müsste.

Es dauerte eine Weile, bis man um das Spielfeld herumgelaufen war. Sie machte große Schritte über aufgeschlagene Romane und Schulbücher und über herumkrabbelnde Babys hinweg. Sie wich Picknickdecken und Klappstühlen aus, stolperte über abgestreifte Schuhe und Beinschoner, während sie einige Mitglieder des Lehrerkollegiums und Besucher mit Hallo begrüßte oder ihnen zum Gruß zunickte. Als sie sich der Gruppe näherte, sah sie, dass sie mit ihrer Vermutung recht gehabt hatte.

Dominic lag neben mehreren seiner Kumpel bäuchlings im Gras. Kathryn wandte den Blick ab, als eine Flasche Champagner hastig unter einen Schulpullover geschoben wurde. Sowohl die Jungen als auch die Mädchen hatten sich, dem Wetter angemessen, diverser Kleidungsstücke entledigt. Eines der Mädchen war Emily Grant, die sich die Bluse unter dem Busen zusammengeknotet hatte und den etwas rundlichen gebräunten Bauch sehen ließ. Die Haare hingen ihr über das Gesicht, und ihre Augen waren mit einem breiten Lidstrich umrahmt. Sie lag nur wenige Zentimeter von Dominic entfernt, den Kopf auf den angewinkelten Arm gestützt, während sie ihm mit ihren lackierten Fingernägeln den Rücken kraulte.

Kathryn bedauerte sogleich, dass sie gekommen war. Sie

störte und wünschte sich, sie wäre zu Hause geblieben. Das war kein Platz für Eltern oder Lehrer. Hier war sie Außenseiterin. Intuitiv wusste sie, dass sie unerwünscht war, noch bevor sie eine einzige Silbe gesagt hatte. Hätte sie ungesehen kehrtmachen und sich davonschleichen können, hätte sie es getan.

Sie warf einen Blick zurück, um zu sehen, welchen Weg sie gekommen war, und versuchte, eine schnelle Fluchtroute zu planen. So viele Hindernisse und Menschen versperrten ihr die Sicht, dass sie nicht so leicht einen Weg ausmachen konnte. Einen Sekundenbruchteil lang fragte sie sich, ob sie auf dem Absatz umkehren und sich unbemerkt unter die Menge mischen könnte.

»He! Das ist deine Mummy, Dom!«

Kathryn war sich nicht sicher, wer das gesagt hatte, aber sie bemerkte den Tonfall.

»Ja, das ist sie«, stellte sie fröhlich fest. »Hallo, Dom! Hallo, alle miteinander!«

Dominics Kopf schnellte hoch, und er stöhnte auf, als er seine Mutter in ihrer geblümten Baumwollschürze erblickte.

»Hallo, Mrs Brooker.«

Das war Luca, der so überaus höflich gewesen war.

»Hallo, Mrs Bedmaker.«

Wieder konnte sie nicht ausmachen, wer das gesagt hatte, aber wahrscheinlich war es einer der Zwölftklässler gewesen, dessen Gesicht unter einem weißen Pullunder vergraben war. Kathryn spürte, wie ihre Wangen rot anliefen, als manche verstohlen kicherten und andere vor lauter Anstrengung bebten, ein schallendes Gelächter zu unterdrücken. Die Situation war auch wirklich urkomisch. Ihr Atem ging stoßweise, und sie kam sich vor wie festgenagelt. Selbst Dominic lachte, aber er versuchte, das Gesicht in die Decke zu vergraben und seine Belustigung zu verbergen.

»Ich ... ich wollte nur ... na ja ...« Sie flehte sich selbst an: *Heul bloß nicht los, Kathryn, nicht hier, nicht jetzt, nicht vor ihnen.*

Sie nahm den ganzen Rest Würde zusammen, den sie noch aufbringen konnte, dann lächelte sie die Gruppe an und verkündete hoch erhobenen Hauptes mit lauter Stimme: »Ich bin nur gekommen, um mich über den Spielstand zu informieren. Dann gehe ich mal wieder. Viel Spaß euch allen!«

Sie umklammerte ihren Korb, beschämt über seinen Inhalt und ihre ursprünglichen Absichten, drehte sich ein bisschen zu hastig um und stolperte in ein Loch im Rasen. Die Saftflasche rollte auf den Boden. Sie bückte sich, um sie aufzuheben, dann hastete sie davon. Sie konnte das perlende Gelächter hören, das ihre Schritte verfolgte.

Warum ist es in Ordnung, dass man mich auslacht? Womit habe ich das verdient? Ich bin ein Mensch, ich bin nicht unsichtbar. Diese Gedanken schossen ihr durch den Kopf.

Ein Gespräch mit Natasha kam ihr in den Sinn. Sie war, während sie an einem Herbsttag über das Schulgelände spazierten, von ihr überrumpelt worden.

»Du weißt, dass dein Spitzname Mrs Bedmaker ist?«

Kathryn hatte vorsichtig geantwortet: »Ja. Ja, das weiß ich. Die Kinder sagen es, wenn sie meinen, ich bemerke es nicht. Das ist fast wie eine Mutprobe, ein Aufstieg auf der Tapferkeitsskala. Sie kommen damit natürlich immer durch, weil ich es zulasse.«

»Warum denn, Kate?«, fragte Natasha und hielt sie am Arm fest.

»Na ja, weil sie noch Kinder sind, und die meisten sind eigentlich wirklich nett, und sie sind weit weg von Zuhause. Ich kenne sie alle schon so lange, und ich finde, es würde mehr schaden und wäre unangenehmer, wenn ich darauf reagieren würde. Ich meine, es ist ja nur ein harmloser Spaß, und ich weiß, dass sie das gar nicht ernst meinen.«

»Nein, Kate, du hast mich falsch verstanden.« Natasha schüttelte den Kopf. »Ich meine, warum nennen sie dich Mrs Bedmaker? Warum wäschst du so häufig dein Bettzeug? Ich weiß, dass mich das nichts angeht, aber es ist ein bisschen ... ein bisschen komisch.« Sie verzog den Mund zu einer lustigen Grimasse, um die Situation ein wenig herunterzuspielen.

Kathryn hatte ihrer Freundin ins Gesicht geblickt. Eine leise Stimme in ihrem Kopf sagte: *Erzähl es ihr, Kathryn, erzähl es ihr jetzt, sie mag dich und sie kann dir helfen. Erzähl ihr, was er dir antut, erzähl ihr, was er dir immer angetan hat, erzähl ihr, dass du in der Falle sitzt, sag ihr, dass du bleiben musst, weil du sonst deine Kinder verlierst, und dass der Gedanke daran noch unerträglicher ist als das Leben, das zu führen du gezwungen bist.*

Stattdessen machte sie den Mund auf, und ein Ton kam heraus, der die Grundlagen ihrer Beziehung für sehr lange Zeit verändern sollte. Es war das Geräusch einer zentnerschweren Tür, die ins Schloss fällt, das Geräusch eines sich schließenden Absperrgitters, das Geräusch einer heruntergelassenen Schranke. Es waren folgende zehn Wörter: »Du hast ganz recht, das geht dich gar nichts an.«

Sie dachte häufig an dieses Gespräch und die verpasste Gelegenheit zurück. Was spielte das heute für eine Rolle?

Natasha unterrichtete inzwischen am anderen Ende des Landes. Kathryn bezweifelte, dass sie sie je wiedersehen würde, was wirklich schade war. Sie waren durch eine wunderbare Freundschaft miteinander verbunden gewesen.

Kathryn grübelte über Dominics und Lydias Verhalten nach. Sie hatte deren ganzes Leben lang versucht, aus ihnen anständige Menschen zu machen, hatte ihnen gezeigt, wie wichtig es war, respektvoll mit sich und anderen umzugehen. Das klang sogar in ihren eigenen Ohren etwas ironisch: Wie konnte sie ihnen beibringen oder vorleben, wie man Respekt vor sich selbst hat, wenn sie keinen hatte? Sie war eine Heuchlerin. Ihr ganzes Leben war eine einzige grässliche Täuschung.

Sie wusste, dass ihr Kampf darum, aus ihnen ausgeglichene und liebenswerte Menschen zu machen, zu einem gewissen Grad aussichtslos war. Wie konnten sie mit einem Gefühl der Normalität aufwachsen, wenn das, was sich jede Nacht unter ihrem Dach abspielte, so weit von der Normalität entfernt war. Egal, wie sehr sie sich bemühte, sich selbst vom Gegenteil zu überzeugen?

Sie waren in einen Kampf verwickelt, von dem sie nicht einmal wussten, dass sie darin mitkämpften. Sie spielten ein Spiel, bei dem die Hälfte der Regeln und der Mitspieler im Verborgenen blieben. Das war für alle Beteiligten unfair.

Kathryn stieß einen tiefen Seufzer der Erleichterung aus, als sie den schmalen Weg entlangging, der zwischen dem Spielfeld und ihrem Privatgarten hindurchführte. Hier konnte sie sich verbergen, bis das Match beendet war.

Sie erspähte den Kopf von Mark, der auf der anderen Seite der Hecke mit Gartenarbeiten beschäftigt war. Er trug seinen Gärtnerhut. Mark bestand darauf, dass es ein Panamahut war, aber Kathryns Meinung nach ähnelte dieser mehr einem Texashut, und sie kicherte in sich hinein.

Kathryn hielt inne und blickte über das Tor in den Garten. Zuerst konnte sie sich den seltsamen Dunst nicht erklären, der über den Rosenblüten hing, die flirrende Verzerrung von Rasen und Blumen. Die Backsteine des Hauses flackerten, und die Luft schien zu flimmern. Dann wurde ihr klar, dass sie das Haus durch eine Hitzewand betrachtete. Irgendetwas brannte.

Sie schnüffelte und nahm den unverwechselbaren Brandgeruch wahr. Der beißende Gestank versetzte sie in ihre Kindheit zurück, als ihr Dad in seinen schwarzen Gummistiefeln mit einer Grabegabel in der Hand Laub und Verpackungsmaterial in das Feuer schob. Sein Freudenfeuer war eine feste Einrichtung gewesen: In Schubkarrenreichweite zum Komposthaufen hatte er aus Hühnerdraht und einem alten Metallgitter eine behelfsmäßige Feuerstelle zusammengebaut. Das Ganze ruhte auf jeweils zwei Backsteinen an jeder Ecke. Jedes Mal hob er hervor, wie anstrengend diese Arbeit sei, aber sie und Francesca wussten, dass es zu seinen größten Freuden zählte. In Wahrheit hatte es den Anschein, als liebten die meisten Männer die archaische Aufgabe, ein Feuer zu entzünden und zu beobachten, wie die Hitze der Flammen Materie verzehrte.

Kathryn trat durch das Gartentor. Sie beobachtete Mark, wie er Papier und Karton zusammenpackte, den Stapel auf das Feuer warf, dann zurücktrat und, die Hände in die Hüften gestemmt, sein Werk bewunderte. Im Gegensatz zu ihrem Vater verbrannte Mark Dinge notwendigerweise, um den Abfall zu beseitigen. Niemals würde er ein paar in Alufolie eingewickelte Kartoffeln in die Glut stecken, um sie dann in der Abenddämmerung herauszuholen und mit Butter zu essen. Mit Freude dachte sie daran zurück, wie sie und Francesca in ihren Gummistiefeln mit den aufgemalten Froschaugen und in handgestrickten Aran-Pullovern neben ihrem Vater auf umgedrehten Milchkästen saßen, mit butterverschmiertem Kinn, verbrannter Zunge und eisigkalten Zehen ... Glückliche Kindertage.

Sie ging den Weg entlang auf das Haus zu. Der schwarze Rauch wehte wild über den Garten, und sie war froh, dass sie die Wäsche bereits hereingeholt hatte.

»Ach, Kathryn, da bist du ja.«

Er lächelte sie an. Wahrscheinlich brauchte er etwas: ein kaltes Getränk, ein Sandwich, einen Stuhl, einen Boxsack, wer konnte das schon wissen.

Sie sagte nichts, sondern lächelte zurück und nickte leicht, um anzuzeigen, dass es stimmte, sie war da.

Kathryn trat näher ans Feuer und genoss trotz der sommerlichen Temperatur die Wärme, die es ausstrahlte. Schnell wurde sie von dem Feuer in Bann geschlagen. Sie war von der Farbpalette der lodernden Flammen fasziniert: Gelb und Orange züngelte in Rot und Grün hinein, und an manchen Stellen flackerte es leuchtend blau auf. Es war schön und fesselnd. Kathryn liebte nicht nur den Anblick und Geruch von Feuer, sondern auch das Geräusch. Es war unverwechselbar und beschwor gemütliche Abende, Romantik und das Kuscheln unter Decken an einem kalten Winterabend herauf. Es bedeutete ein gutes Buch im Lampenschein. Es bedeutete Linderung für schmerzende Knochen.

Sie stand ein paar Minuten schweigend da, während Mark mit einem langen Ast in die Flammen stieß. Als sie genauer hinsah, konnte sie eine leere Kleenex-Schachtel, die Vorderseite eines alten Aktenordners und ein paar Erdnussschalen ausmachen. Dann wurde ihr Blick auf einen Schriftzug gelenkt, der ihr aus dem brennenden Material entgegensprang. Es waren nur ein paar Buchstaben, die nicht sofort zu entziffern waren.

Kathryn wusste sofort, was diese fünf Buchstaben zu bedeuten hatten. *Reifeprüfung! Oh, nein! Oh, nein!* Ihre Atmung beschleunigte sich, während ihr Herz wie wild in ihrer Brust pochte. Sie begann zu zittern. Sie kniff die Augen zusammen, um den beißenden Qualm besser auszuhalten, dann trat sie einen Schritt näher und blickte in die Flammen.

Sie waren alle da: *Tom Jones, Portrait in Sepia, Der Gott der kleinen Dinge*. Alle. Sie malte sich aus, wie ihr Mann durch das Haus gefegt war, ein wilder Derwisch auf der Suche nach all ihren versteckten Schätzen. Sie sah ihn vor sich, wie er sie einsammelt und in seiner Hast, sie in die Flammen zu werfen, die Treppe hinunterrennt. Ob ihm das Wissen, dass er ihre Geheimnisse zerstörte, Freude bereitete? Ja, ja, das wusste sie mit Sicherheit.

Ihr fiel die Kinnlade herunter. Sie legte die Hand an die Stirn und sah Mark an, der ihren Blick unverwandt und ausdruckslos erwiderte.

All ihre Bücher, die sie im ganzen Haus versteckt hatte – ihre Freunde, ihre Ablenkung, ihre Freude. Er hatte sie entdeckt und verbrannte sie. Es konnte durchaus sein, dass er sie nicht erst heute gefunden hatte. Vielleicht hatte er schon eine Weile darüber Bescheid gewusst und sich einfach Zeit gelassen, hatte den richtigen Augenblick zur Umsetzung seines Plans abgewartet.

Dieser Augenblick war eindeutig gekommen, und ihre Bücher waren fast verbrannt. Das eine oder andere unberührte Wort hatte noch ein paar Sekunden zu leben. Er verbrannte ihre Bücher. *Verbrannte ihre Bücher ... Verbrannte ihre Bücher ...* Es spielte keine Rolle, wie oft sie die Worte voller Entsetzen in Gedanken wiederholte, es nahm der Sache nichts von ihrem Grauen.

Kathryn ließ den Korb fallen. Es war ihr egal, dass der Zitronenkuchen ins Gras klatschte und die Saftflasche über den Weg rollte und unter einem Busch liegen blieb. Sie sank auf die Knie, ohne zu bemerken, dass Schmutz und Erde durch ihren Rock drangen und ihre Knie verfärbten. Wieder blickte sie ihren Mann an, aber sie brachte kein Wort heraus. Es gab keine Worte, nichts, was ihre Gefühle angemessen vermittelt hätte oder ihn hätte begreifen lassen. Sie wollte Worte benutzen wie Raub, Pein, Trauer und Herzschmerz. Doch sie wusste, dass sie in seinen Ohren übertrieben, wie Hohn klingen würden. Deshalb konnte sie sie nicht aussprechen, nicht jetzt, wo nur noch ein paar Stunden blieben, bis Schlafenszeit war.

Während sie niederkauerte und über den Verlust ihrer Bücher trauerte, ihrer einzigen Fluchtmöglichkeit, erregte etwas anderes ihre Aufmerksamkeit. Am Rand der Feuerstelle ragte ein runder Holzknopf hervor. Er hatte einen Durchmesser von etwa einem Zentimeter. Sobald sie ihn entdeckt hatte, erkannte sie rasch die gespaltenen Beine einer anderen Wäscheklammer, den Kopf einer nächsten und einer weiteren.

Kathryn sank nach vorn, bis ihr Kopf auf der Erde lag. Mit geballten Fäusten schlug sie auf den Boden, dann riss sie mit den Fingern Gras aus. Das Geräusch, das sie von sich gab, war sowohl ein Maunzen als auch ein Jammern, animalisch und verzweifelt.

»Nein! Nein! Nein! Bitte, nein!«

Er hatte die Wäscheklammern ihrer Großmutter verbrannt, hatte die letzte materielle Verbindung durchtrennt, die sie noch zu ihrer Mutter und Großmutter besaß. Er hatte einen Teil ihrer Vergangenheit und einen Teil von Lydias Zukunft zerstört, hatte ihr die einzigen Dinge weggenommen, die ihre ganze erbärmliche Wäscheroutine erträglich machten. Diese kleinen Klammerpüppchen waren ihre einzige Ablenkung von den Misshandlungen gewesen. Während sie ihre Bettlaken an die Leine hängte, hatten diese kleinen Holzklammern sie an ihre Großmutter und an Sommertage ihrer Kindheit erinnert, an selbst gebackene Kuchen und Picknicks, und sie nicht an die Tatsache denken lassen, dass sie wieder gezwungen war, die Beweise der Folter durch ihren Mann zu beseitigen.

Tränen rannen ihr aus den Augen und in den offenen Mund. Sie schluchzte hemmungslos. Kathryn beherrschte die Kunst, still und diskret zu weinen. Sie konnte sogar lächelnd nach innen weinen, sodass ihr die Tränen durch Nase und Kehle liefen Heute war das nicht möglich, ihr Kummer war übermächtig und alles verzehrend.

Sie weinte laut und rang nach Luft. Sie vergrub ihr mit Schmutz bedecktes Gesicht in den Händen und schluchzte und schluchzte. Jedes Mal, wenn sie zwischen ihren Fingern hindurchspähte und die glühenden, verkohlten Überreste der kleinen Holzklammern erblickte, flossen die Tränen erneut. Er hatte die Wäscheklammern ihrer Großmutter verbrannt.

Sie blieb lange, nachdem die Flammen erloschen waren, regungslos wie eine Statue auf dem feuchten Gras sitzen. An der Stelle des Feuers war nur noch ein Haufen rauchender Kohle. Hin und wieder züngelte eine trotzige Flamme auf, aber dieses Aufflammen war immer nur kurz und schwach.

Kathryn wurde sich bewusst, dass es allmählich dunkel wurde und sie sich schrecklich unbehaglich fühlte. Der Rasen war feucht, ihr taten die Gelenke weh, und sie war mit Schmutz bedeckt. Ihr war gar nicht in den Sinn gekommen, das Abendessen fertig zuzubereiten oder ihre Pflichten zu erfüllen. Sie konnte sich nur auf ihren Kummer konzentrieren. Als sie sich langsam erhob, warf sie einen Blick durchs Küchenfenster auf das Gesicht ihres Mannes, der auf der anderen Seite der Scheibe stand und ein Glas Wein in der Hand hielt.

Über ihr schmutzverschmiertes Gesicht zogen sich die Bahnen ihrer längst getrockneten Tränen, die salzige Spuren hinterlassen hatten. Marks Mund verzog sich langsam zu einem Lächeln, und um seine Augen bildeten sich Fältchen. Er lächelte sie an, aber sie konnte nicht einmal so tun als ob. Sie konnte weder ihr glückliches Gesicht noch ihre glückliche Stimme finden. Sie fühlte sich gebrochen, unwiederbringlich gebrochen.

Hey, kleines Mädchen,
kämm dir das Haar, schmink dich,
bald wird er die Tür öffnen.

Glaub bloß nicht,
du bräuchtest dir keine Mühe mehr geben,
nur weil du einen Ring am Finger trägst.

Am nächsten Morgen fühlte Kathryn sich eigenartig benommen. Jedes Mal, wenn sie die Augen schloss, hatte sie wie in einem Albtraum die brennenden Wäscheklammern vor sich.

Sie konnte sich nichts anderes vor Augen führen, die Bilder verzehrten jeden ihrer Gedanken. Sie fühlte sich von ihrer Umwelt seltsam losgelöst und räumte das Frühstücksgeschirr ganz langsam in die Spülmaschine.

»Ist alles in Ordnung, Mum?« Der Tonfall ihres Sohnes verriet Besorgnis.

Kathryn konnte keine Worte finden, um ihm zu antworten, oder ihr glückliches Lächeln, deshalb nickte sie bloß.

In der Kapelle herrschte Hochbetrieb. Die Schüler jedes Wohngebäudes nahmen die entsprechenden Bankreihen ein. Geladene Eltern in ihrem Sonntagsstaat drängten sich in die engen Reihen, und jede Mutter versuchte, attraktiver auszusehen als die anderen. Väter in Nadelstreifen schüttelten einander die Hände und klopften sich gegenseitig auf die Schultern, um sich für all das, was sie erreicht hatten, zu gratulieren: einen schicken Anzug, ein schnelles Auto, eine teure Uhr und eine umwerfende Frau. Spiel, Satz und Sieg.

Vereinzelt waren Elternsprecher und Lehrervertreter inmitten der Gemeinde auszumachen, die stolz ihre verstaubten Talare und die Farben ihrer Universität trugen, sowie lokale Bildungspolitiker und Angestellte. Die Orgelmusik dröhnte und belebte, sie erfüllte jeden, der da saß und das kunstvolle Deckengewölbe anstarrte, mit dem Gefühl von Wichtigkeit und Zugehörigkeit: unsere Geschichte, unsere Tradition, unser sinnvoll investiertes Geld.

Kathryn spürte, dass alle den Direktor und seine Frau musterten, als sie sich auf ihren Plätzen niederließen. Sie musste der Versuchung widerstehen, sich zu erheben und den abschätzend dreinblickenden Leuten zuzurufen: *Ja, ich weiß, dass ich wieder den blauen Pullover und den Faltenrock trage, aber um die Wahrheit zu sagen, das ist mein Outfit für den Kirchgang. Sie werden es alle mindestens in diesem und wahrscheinlich auch fast das ganze nächste Jahr zu Gesicht bekommen.* Sie sollte sich irren. Niemand in der Kapelle sollte dieses Outfit jemals wiedersehen.

Kathryn blickte zu den Lehrern hinüber, die mit vorgerecktem Kinn und zusammengekniffenen Augen auf den ihnen zugewiesenen Plätzen saßen. Sie wusste, dass zumindest drei von ihnen innerhalb von Minuten einnicken und mit geschlossenen Augen vortäuschen würden, sie seien konzentriert ins Gebet vertieft, um ein wenig Schlaf nachzuholen. Sie konnten niemand zum Narren halten, am wenigsten die Kinder, die einander anstupsen und auf die brustwärts sinkenden Köpfe zeigen würden.

Kathryn hatte die Hoffnung in den Gott, dem sie alle die Ehre erwiesen, fast aufgegeben, aber es war trotzdem wichtig, dass sie teilnahm. Es nicht zu tun, wäre ein Zeichen schlechter Manieren gewesen. Ihr gefielen die schöne Umgebung, der Gesang und der Anblick ihrer Kinder auf der anderen Seite des Kirchenschiffs. Sie beobachtete sie verstohlen und fragte sich, ob jede Mutter die gleiche Woge der Liebe und des Stolzes verspürte, wenn sie die perfekten Gesichter der Menschen ansah, die sie hervorgebracht hatte.

Lydia und Dominic, die sich nicht bewusst waren, dass sie beobachtet wurden, wirkten entspannt und unbefangen. Dominic rümpfte die Nase, eine Angewohnheit, die Kathryn in die Zeit zurückversetzte, als er noch ein Baby war. Es erstaunte sie, dass dieser junge Mann nur einen Wimpernschlag von dem Baby entfernt war, das sie in den Armen gehalten hatte. Wenn sie die Augen schloss und tief einatmete, konnte sie seinen Neugeborenenduft heraufbeschwören, eine einzigartige, berauschende Mischung aus gebackenem Brot und neuem Menschen. Lydia hatte ganz anders gerochen: frischer, fast mit einem Hauch Zitronenduft, wie ein warmer Zitronen-Muffin.

Kathryn beobachtete, wie Lydia die Spitze ihres Zeigefingers in den Mund steckte und anfing, am Nagel herumzukauen. Das ließ sie zusammenzucken. Lydia hatte die schönen Hände einer Künstlerin mit langen, sich verjüngenden Fingern und mandelförmigen Nägeln. Seit Langem galt es als Familienscherz, dass sie nicht kommunizieren könnte, wenn sie auf ihren Händen sitzen würde. Sie nutzte sie, um sich auszudrücken, und setzte ihre Handflächen und Finger ein, um jede Aussage zu illustrieren und hervorzuheben.

Dominic hatte seine Finger im Schoß verschränkt. Sein Blick war direkt auf den Pfarrer gerichtet. Ein oberflächlicher Betrachter hätte meinen können, dass er gebannt den am Pult gesprochenen Worten lauschte, aber Kathryn wusste, dass das nicht stimmte. Aus ihrem privilegierten Blickwinkel konnte sie sehen, dass Emily Grant ein Stückchen rechts vom Pfarrer saß und eifrig die Blicke ihres Freundes mit nicht allzu subtilem Nicken, mit Gesten und dem Spiel ihrer Augenbrauen erwiderte. Kathryn schmunzelte in sich hinein, weil sie den Eindruck hatte, ihr wäre versehentlich ein Geheimnis verraten worden.

Der Pfarrer, Tim Cattermole, ereiferte sich für sein Thema. Er hielt beide Seiten des Pults umklammert, als würde er damit seinen Worten zusätzliche Bedeutung verleihen.

»*Denn ich, ich kenne meine Pläne, die ich für euch habe*, so spricht der Herr, *Pläne des Heils und nicht des Unheils, denn ich will euch eine Zukunft und eine Hoffnung geben.* Jungen und Mädchen, Lehrer und Eltern, ich möchte, dass ihr über dieses Bibelzitat nachdenkt, während ich meine heutige Predigt über das Beschützen halte. Ich möchte über unsere Pflicht sprechen, all das zu beschützen, was uns wertvoll und wichtig ist, auch unsere wunderbare Schule mit allem, was sich darin befindet, aber auch von der Notwendigkeit einander zu beschützen, uns gegenseitig vor Schaden zu bewahren …«

Er sprach ausführlich darüber, dass Tyrannen und Menschen, die anderen schaden, das Gegenteil von Beschützern sind, dass sie in Wahrheit Zerstörer all dessen seien, was gut und schützenswert war. Das meiste ging über Kathryns Kopf hinweg, weil sie von einem einzigen Gedanken abgelenkt war, der wie eine klare Mitteilung hoch und sichtbar über allem anderen schwebte – nämlich dass es richtig war, *einander zum Wohle zu gereichen und nicht zu schaden.*

Tim Cattermole hatte genau ins Schwarze getroffen. Ihr sollte nicht geschadet werden, ihr sollte nicht länger Schaden zugefügt werden. Das war nicht, wozu sie geboren war, wozu ihre Eltern sie großgezogen hatten und wozu sie mit Kindern gesegnet worden war. Das Maß war voll. Kathryn Brooker wollte nicht mehr, dass ihr weiter Schaden zugefügt wurde.

Sie schloss die Augen, während die Worte des Pfarrers in die Höhe stiegen, um die Schlusssteine des Deckengewölbes tanzten und die schlummernden, in Stein gemeißelten Menschen und Dämonen aufweckten. Zum ersten Mal seit langer Zeit betete sie: *Hilf mir, bitte hilf mir. Ich bin so einsam, ich bin allein. Ich bin einsam und allein unter all diesen Leuten. Ich bin immer allein. Wo immer ich bin, mit wem ich auch zusammentreffe, ich bin immer allein. Ich bitte um Stärke, weil ich aufgeben will. Ich glaube nicht, dass ich das noch länger durchhalte. Hilf mir, bitte hilf mir.*

In einem Moment der Erleuchtung drangen Tim Cattermoles Worte in ihr Gebet und sprachen sie direkt an. Er gab die Antwort, er lieferte ihr die Lösung, er erhörte ihr Gebet:

Dann sollst du nicht nachgeben und nicht auf ihn hören. Du sollst in dir kein Mitleid mit ihm aufsteigen lassen, sollst keine Nachsicht für ihn kennen und die Sache nicht vertuschen. Sondern du sollst ihn anzeigen. Wenn er hingerichtet wird, sollst du als Erster deine Hand gegen ihn erheben.

Die Worte schwirrten ihr im Kopf herum, bis ihr nichts anderes mehr übrig blieb, als sie ernsthaft in Erwägung zu ziehen.

Nach dem Gottesdienst versammelten sich die wichtigen Persönlichkeiten im Speisesaal, wo Getränke und Häppchen gereicht wurden. Kathryn war nicht in der Stimmung, heitere Gespräche mit Fremden zu führen, aber ihr blieb wie immer keine andere Wahl. Mark plauderte mit Dom und einer Gruppe Gleichaltriger, spielte sich in den Vordergrund, freundete sich mit ihnen an. Kathryn hörte gerade noch das Ende einer Geschichte, die Luca von sich gab.

»... die widerliche kleine Schwuchtel.«

Sie kam korrekterweise zu dem Schluss, dass der Junge, über den gesprochen wurde, Jack Hollister sein musste. Er hatte vor Kurzem die Schule verlassen, nachdem er im Internet von seiner Tutorengruppe geoutet worden war. Sie hatte die ganze Geschichte für widerwärtig gehalten.

»Ich finde, du solltest niemanden mit solchen Begriffen bezeichnen, Luca. Das ist nicht gerade nett.«

Erstaunt starrte die Gruppe die heute untypisch eigensinnige Mrs Bedmaker an.

Nachdem die versammelten Eltern und Lehrer genügend Wein getrunken und reichlich Pastetchen in sich hineingestopft hatten, waren Kathryn und Mark schließlich allein.

»Danke für deinen wertvollen Beitrag vorhin zum Vorfall mit dem jungen Hollister, Schatz. Deine Ansichten werden sich für die Jungs als höchst erhellend erweisen, wenn sie sich in die Welt hinausbegeben. Ich finde es komisch, dass du es überhaupt für notwendig gehalten hast, dich dazu zu äußern. Es kann dir doch nicht neu sein, dass die Welt nicht gerade nett ist, und ich persönlich bin der Meinung, dass es besser ist, wenn Hollister keine Schule dieses Kalibers besucht. Wir können seinesgleichen hier nicht gebrauchen.«

»Seinesgleichen?« Kathryn konnte ihr Entsetzen in ihrer Stimme nicht kaschieren.

»Ja, seinesgleichen. Muss ich dich daran erinnern, dass ich Erzieher und mir deshalb absolut bewusst bin, was subversiver Einfluss in einer kleinen Gruppe anrichten kann? Dass dir das klar ist: Wenn ich Rat brauche, welche Politur ich verwenden soll oder wie man die Teller wirklich sauber bekommt, dann frage ich dich. Bis dahin behalte deine Ansichten, die weder mich noch sonst jemanden interessieren, zu Themen für dich, von denen du wirklich keine Ahnung hast. Ist das klar?«

Zwar lächelte Mark während dieser Standpauke, aber sein Tonfall ließ Kathryn nicht daran zweifeln, dass sie in großen Schwierigkeiten steckte. Bevor sie die Chance hatte zu antworten, streckten die Kinder die Köpfe zur Tür des Speisesaals herein.

»Dürfen wir bitte nach Hause gehen? Es gibt Leute, die ein Leben außerhalb der Schule haben.«

»Herrgott, Kinder, können wir nicht einmal ein bisschen Herumknutschen, ohne von euch beiden gestört zu werden?«

»Echt krass, Dad.« Dominic schüttelte den Kopf.

Kathryn starrte ihren Mann an. Seine Fähigkeit, gleichzeitig zu lügen und zu lächeln, kannte wahrlich keine Grenzen.

Sobald sie dem Pfarrer zu seiner Predigt gratuliert, dem Chor gedankt und die Schüler entlassen hatten, gingen die Brookers gemeinsam den Weg zu ihrem Haus zurück. Dominic und Lydia liefen voraus, sie lockerten die schicken Kirchgangskrawatten und rollten die Socken herunter, weil sie es kaum erwarten konnten, wieder cool auszusehen.

Kathryn beobachtete, wie Mark mit hinter dem Rücken verschränkten Händen den Weg entlangschlenderte. Sein Talar blähte sich hinter ihm und verlieh ihm etwas von einer Fledermaus.

»Ich finde, es ist heute Morgen ziemlich gut gelaufen«, sagte er. »Ich denke, die Leute haben meine Ansprache interessant gefunden. Einige waren eindeutig gefesselt.«

»Wenn du *interessant* durch *langatmig* ersetzt und *gefesselt* durch *gelangweilt*, dann kommt das ungefähr hin, Dad«, rief Dominic ihm zu. Kathryn sah, dass ihr Mann den Kopf in den Nacken legte und laut loslachte. Es war unglaublich, dass er eine solche Offenheit und Kritik von Seiten der Kinder zuließ, ja sogar zu schätzen wusste, und auf die geringste Verfehlung ihrerseits mit solchem Zorn reagierte.

»Ich pflichte Dom bei«, meldete Lydia sich zu Wort. »Du redest und redest, Dad. Blablabla. Nach der Begrüßung habe ich schon gar nicht mehr zugehört.«

»Gut, ich habe es kapiert. Meine Kinder lernen endlich die Macht der Bündelung ihrer Bemühungen. Gut gemacht, Kinder. Was die Gehirnleistung anbelangt, sind zwei definitiv besser als nur einer.«

Dominic und Lydia klatschten einander in einem seltenen Moment der Kameradschaft ab.

»Wartet ab, Kinder. Euer Jubel könnte ein bisschen verfrüht sein. Ihr scheint die Tatsache zu übersehen, dass ich nicht notwendigerweise zahlenmäßig unterlegen bin. Ich habe meine liebe Frau, die meine Mannschaft verstärkt.«

»Ehrlich, Dad, es tut mir leid, dich zu enttäuschen, aber ich muss sagen, dass ich Mums Miene während deines Auftritts beobachtet habe. Sie hat zu Tode gelangweilt ausgesehen, genau wie wir anderen.«

»Stimmt das?«

Mark blieb stehen und blickte seiner Frau ins Gesicht.

»Komm schon, Kathryn, kläre uns auf. Was warst du? Gefesselt oder zu Tode gelangweilt, wie unser Sprössling es so prägnant ausdrückt?«

Die drei standen da und sahen sie an. Die Gesichter ihrer Kinder waren offen und heiter, aber Marks Blick war zornig, sein Mund zusammengekniffen.

»Ja, komm schon, Mum. Zu Tode gelangweilt oder gefesselt?«

Kathryn musterte das Trio, um das sich ihre ganze Welt drehte. Sie formulierte in Gedanken den richtigen Satz, bildete die Wörter, die ihren Mann besänftigen und ihre Kinder enttäuschen würden.

Es war ein Sekundenbruchteil der Konzentrationsschwäche. Ein ganz kurzer Moment, in dem die Worte ungefiltert und unzensiert aus ihrem Mund sprudelten. Es geschah unwillkürlich.

»Ich habe mich zu Tode gelangweilt.«

Dominic und Lydia krümmten sich vor Lachen und kicherten hysterisch angesichts dieser unerwarteten Wendung, und sie freuten sich, dass zumindest ihre Mutter den Spaß mitmachte. Dom wischte sich die Tränen aus den Augen, während er den Arm um die Schulter seiner Mutter legte.

»Das ist einmalig! Wirklich einmalig.«

Lydia schlang den Arm um Marks Taille und glich damit die Mannschaften aus.

Kathryn hielt dem Blick ihres Mannes stand, der trotz der Ablenkung durch die Kinder unverwandt blieb.

»Stimmt das, Kathryn? Zu Tode gelangweilt, he?«

Mark kniff die Augen zusammen und versuchte, die abweichende Meinung seiner Frau besser zu verstehen. Er starrte sie an, als versuche er herauszufinden, woher dieses neue Selbstvertrauen kam, was sich in ihrem Universum verändert und zur Folge hatte, dass sie sich offen gegen ihn wandte. Er war es nicht gewöhnt, dass man ihm widersprach, und ihm gefiel es nicht. Ihm gefiel es überhaupt nicht.

Sie suchte nach besänftigenden Worten, bemühte sich, die richtigen Worte für einen Rückzieher zu finden, die eine ernste Bestrafung verhindern würden. So sehr sie sich auch anstrengte, sie blieben beharrlich verborgen, als habe eine höhere Macht die Kontrolle über ihre Zunge, nicht sie.

»Sieht ganz danach aus, als wärst du endlich mal zahlenmäßig unterlegen, Dad.«

Dominic freute sich über den kleinen Sieg.

»Scheint so.« Mark lachte und löste die Umarmung seiner Tochter. Die Familie setzte sich wieder in Bewegung.

Kathryn verspürte eine überwältigende Woge der Sehnsucht nach ihren Kindern. Es fühlte sich wunderbar an, mit ihnen auf der gleichen Seite zu stehen. Sie drängte sich nach vorn und schlang die Arme um die Rücken ihrer Kinder, klammerte sich mit ausgestreckten Armen und gespreizten Fingern an sie. Beide sagten wie aus einem Munde: »Lass los, Mum!«, und: »Was machst du denn da?« Es war ihr egal. Das Trio blieb stehen.

»Ich hab euch so lieb. Ich bin so stolz auf euch und so stolz auf all das, was ihr, wie ich weiß, erreichen werdet. Ihr seid beide fantastisch, meine fantastischen Kinder. Versprecht mir, dass ihr immer gute Entscheidungen treffen werdet.«

Dominic schüttelte den Arm seiner Mutter ab.

»Selbstverständlich, du verrücktes Huhn«, sagte er, aber er drückte ihr einen flüchtigen Kuss auf die Wange, dann rannte er voraus nach Hause. Lydia ergriff die Hand ihrer Mutter, und die beiden setzten ihren Weg fort, dicht gefolgt von Mark.

»Ich hab dich auch lieb, Mum.«

Kathryn strahlte. »Danke, mein Schatz.«

»Erinnerst du dich, Mum, dass du mich vor einer Weile gefragt hast, ob ich gern dein Leben führen würde, und ich Nein gesagt habe?«

»Ja, ja, ich erinnere mich.«

»Na ja, ich hätte hinzufügen sollen, dass ich gern wie du wäre, auch wenn ich dein Leben nicht genauso führen wollte. Weißt du, immer nett und freundlich und hübsch. So wäre ich wirklich gern.«

Eine einzelne Träne rann Kathryn über die Wange.

»Danke, Lydia. Vielen Dank.«

Mark öffnete das Gartentor und trat zur Seite, um seiner Frau den Vortritt zu lassen, immer ganz der Gentleman. Kathryn verlangsamte den Schritt, als sie, den Blick gesenkt, an ihm vorbeiging. Der Moment der Euphorie war bereits verflogen.

»Ich bringe dich um.«

Seine Miene strafte die Tatsache Lügen, dass er gerade etwas gesagt hatte. Es war kaum mehr als ein Flüstern gewesen und so leise gesprochen, dass sie sich nicht sicher sein konnte, ob sie es sich nicht eingebildet hatte. Möglicherweise war das der Fall.

Kathryn band sich die geblümte Schürze um Hals und Taille und stellte den Wasserkessel auf. Sie versuchte, sich nicht auf die unsichtbare Lücke zwischen *Jamie Genial italienisch* und *Jamie Unterwegs* zu konzentrieren, wo bis gestern ihre verborgene Ausgabe von *Reifeprüfung* gestanden und auf einen gestohlenen Augenblick gewartet hatte, bis das Wasser zum

Kochen kam oder die Spülmaschine den letzten Gang surrend beendete. Ihre kostbaren Bücher waren alle dahin, verbrannt. Sie konnte noch immer nicht an das Feuer denken, ohne dass sich in ihrer Kehle ein Kloß bildete. Sie versuchte, sich mit dem Mantra zu beruhigen, dass das nur Dinge, nur Gegenstände waren. Nichts davon spielt eine Rolle. Aber in Wahrheit spielten sie eine Rolle, eine große Rolle sogar.

In den Sekunden, die sie brauchte, um den Kessel mit frischem Wasser zu füllen und einzuschalten, hatten sich die Kinder umgezogen und kamen gerade die Treppe heruntergepoltert.

»Tschüss«, brüllten sie im Chor.

»Wo geht ihr hin? Wann kommt ihr zurück? Seid ihr zum Abendessen da?«

Dominic blieb in der Tür stehen und schob sich die langen Haare aus den Augen.

»Welche Frage soll ich zuerst beantworten?«

»Hm, der Reihe nach, bitte.«

Sie lächelte ihren Jungen an, ihren schlauen, sarkastischen, lustigen Jungen.

»Grillen bei Amy. Spät. Nein.«

»Amüsiere dich und pass auf dich auf.«

»Was nun?«

»Was nun?«

»Ja, Mum, du kannst nicht beides haben.«

»In diesem Fall bin ich für die Sicherheit.«

»Langweilig.«

»So bin ich nun einmal, Dom. Die ordentliche, langweilige alte Mum.«

Dominic ließ den Türgriff los und ging in die Küche. Er

kam auf seine Mutter zu, nahm sie in die Arme und drückte sie fest an sich.

»Ja, das bist du, aber du bist meine ordentliche, langweilige alte Mum, und ich hab dich lieb.«

Mit der für Jugendliche typischen Verlegenheit ließ er sie rasch wieder los und rannte aus dem Haus. Diese Umarmung und das dahinter stehende ehrliche Gefühl waren etwas, worüber Kathryn wieder und wieder nachsinnen sollte. Keiner von beiden konnte deren Bedeutung zu diesem Zeitpunkt vorausahnen.

Weil sie so früh in der Kapelle hatten sein müssen und so viele Vorbereitungen zu treffen gewesen waren, hatte Kathryn es an diesem Morgen versäumt, das Bett zu machen. Sie wählte eine Garnitur weißer Leintücher aus dem Wäscheschrank aus und machte sich auf den Weg ins Schlafzimmer. Sie faltete das Laken halb auf, legte es auf das Bett und schüttelte es auf. Als sie beobachtete, wie sich das weiße Rechteck vor ihr bauschte, vernahm sie ein kaum hörbares Geräusch. Da, auf der Matratze, lag die letzte von Großmutters Wäscheklammern, und es war nicht irgendeine Klammer: Es war Peggy.

Sie ließ den Stoff fallen und nahm die Holzklammer mit den mit Filzstift aufgemalten Augen in die Hand. Während sie auf der Bettkante saß und den kostbaren Talisman festhielt, durchflutete sie eine Woge der Erleichterung. Sie streichelte ihre Wäscheklammer, ja liebkoste sie geradezu, rollte sie zwischen ihren Handflächen und seufzte.

»Danke«, flüsterte sie in den Äther hinein.

»Mit wem sprichst du?«

Mark war urplötzlich in der Tür aufgetaucht.

»Mit niemandem.«

»Ich verstehe. Hast du eine deiner aufschlussreichen Reden über die abartige Homosexualität und die Freundlichkeit gehalten?«

Sie schüttelte den Kopf. Das Selbstvertrauen von vorhin hatte sich inzwischen in Luft aufgelöst, so wie immer innerhalb der vier Wände ihres Zuhauses.

Plötzlich sprang Mark nach vorn und schlug ihr mit der Handfläche gegen den Kopf. Der Schlag traf sie mit solcher Wucht, dass Kathryn wie eine weggeworfene Stoffpuppe von der Bettkante fiel und auf dem Boden landete. Es klingelte ihr im rechten Ohr, und das Gesicht tat ihr weh. Sie machte die Augen weit auf und blinzelte, weil sie versuchte, wieder klar zu sehen und das Gleichgewicht zu finden.

»Siehst du, wozu du mich zwingst? Meinst du etwa, es gefällt mir, dich kontrollieren zu müssen, Kathryn?«

Sie wusste, dass das eine Fangfrage war, weil es ihm eindeutig gefiel, sie zu kontrollieren.

»Setz dich wieder aufs Bett.«

Sie gehorchte seiner Anweisung und hievte sich wieder auf die Matratze.

Mark tat einen Schritt auf seine Kommode zu, in der seine bevorzugte Waffe ordentlich in ihrem Wachspapier eingewickelt lag. Abrupt blieb er stehen und wandte sich zu seiner Frau um. Er lächelte.

»Was ist das in deinen Händen?«

»Nichts«, flüsterte sie.

Er lächelte wieder, und ein kurzes Lachen entfuhr seinen Lippen.

»Kathryn, du hast mir zwei interessante Antworten gegeben. *Mit niemandem* und *nichts* ist eine Kombination, die nachdenklich stimmt. Ich bin Lehrer, Kathryn, ein Erzieher junger Menschen. Glaubst du etwa, du bist die Erste, die diese beiden Wörter in dem Bemühen zu mir sagt, etwas zu verbergen und mich zu täuschen?«

Sie schüttelte den Kopf. »Nein, Mark.«

»Da könntest du recht haben, Kathryn. Du bist eindeutig nicht so dumm, wie du aussiehst.«

Kathryn spürte, dass sie zitterte, als er auf sie zukam. Nicht aus Angst vor dem, was er ihr antun würde, sondern weil sie die Kostbarkeit nicht hergeben wollte, die sie entdeckt hatte, den einzigen Gegenstand in ihrem Besitz, der einst ihrer Großmutter gehört und den die Hände ihrer Mutter berührt hatten.

Er streichelte ihr übers Haar, rieb die seidigen Strähnen zwischen den Fingern.

»Du verlässt dieses Zimmer nicht, bis die Kinder nach Hause kommen und etwas zu essen brauchen, hast du mich verstanden?«

Ihre Antwort ließ auf sich warten, weil sie überlegte, welche Möglichkeiten sie hatte. Was konnte sie tun, um Peggy zu verstecken?

Als er ihr wieder etwas sagte, schnauzte er sie mit verkniffenem Mund an.

»Ich habe gesagt, dass du dieses Zimmer erst wieder verlässt, wenn die Kinder nach Hause kommen und etwas zu essen brauchen. Hast du mich verstanden, Kathryn?«

Seine Hand ging vom Streicheln ihres Haares dazu über, sich Haarsträhnen direkt an ihrer Kopfhaut langsam um die Finger zu wickeln. Er packte fest zu und riss ihr ein Haarbüschel heraus. Weil es so wehtat, zuckte sie zusammen, aber sie gab kaum einen Laut von sich.

»Ja, Mark, ich habe verstanden.«

»Was hast du verstanden?«

Sie blickte ihm in die Augen.

»Ich habe verstanden, dass ich dieses Zimmer nicht verlasse, bis die Kinder nach Hause kommen und etwas zu essen brauchen. Ich verspreche es.«

»Gut. Jetzt gib mir, was du da in der Hand hast.«

»Bitte, Mark, ich …«

»Verwende niemals das Wort bitte. Es kommt Bettelei gleich und ist deshalb für uns beide entwürdigend. Hab ein bisschen Stolz, zeig ein bisschen Würde. Jetzt gib mir, was du da in der Hand hast, sonst breche ich dir das Handgelenk und nehme es mir.«

Diese Drohung hallte im Zimmer wider. Sie wusste, dass es in Wahrheit keine Drohung war, es war ein Versprechen. Sie öffnete die Hand und zeigte ihm das Klammerpüppchen. Langsam streckte er die Hand aus und nahm es zwischen Daumen und Zeigefinger.

»Na ja, ich muss wohl eine übersehen haben. Die eignen sich wirklich hervorragend als Anzünder.«

Er stand vor ihr, während sie zitternd auf der Bettkante saß. Er hielt die gespreizten Beine der Klammer und fing an, die Daumenkuppen dazwischen zu schieben.

»Schau, Kathryn. Schau her.«

Das war ein Befehl. Sie hob den Blick und sah hin. Mark hielt ihr die Klammer nur wenige Zentimeter vor das Gesicht und übte weiter Druck gegen die Unterseite aus. Kathryns Unterlippe bebte, und Tränen rannen ihr übers Gesicht. Nach einem leisen Knacken zeigte sich an der Klammer ein haarfeiner Riss, der sich schnell zu einer breiteren Spalte weitete.

Das Knacken, als die Wäscheklammer ihrer Großmutter schließlich entzweibrach, durchfuhr Kathryn. Weil sie unkontrollierbar bebte, fasste sie nach der Schürzentasche, um gegen das Zittern anzukämpfen. Ihre Fingerspitzen trafen auf etwas Hartes – ihr Gemüsemesser, das seit gestern noch in der Tasche steckte. Blitzschnell zog sie das Messer heraus und stieß es mit Wucht tief in Marks weichen Bauch. Mark brüllte auf, als die Klinge seine Milz durchstieß und seine Leber verletzte. Er sank am Fuß des Bettes auf die Knie und sackte genau an der Stelle zusammen, an der Kathryn auf seinen Befehl hin Nacht für Nacht gekniet hatte.

In Gedanken hörte Kathryn die Worte, die der Pfarrer an diesem Vormittag gesprochen hatte. *Dann sollst du nicht nachgeben und nicht auf ihn hören. Du sollst in dir kein Mitleid mit ihm aufsteigen lassen, sollst keine Nachsicht für ihn kennen und die Sache nicht vertuschen. Sondern du sollst ihn anzeigen. Wenn er hingerichtet wird, sollst du als Erster deine Hand gegen ihn erheben.* Mit einem Mal wusste sie, dass dies die Antwort war: ihr Weg zur Freiheit, ihre Rettung. Das war klar und deutlich. *Du sollst ihn umbringen.*

Kathryn stand vom Bett auf und hob gelassen die beiden Stücke der Klammer vom Boden auf.

»Ich denke, ich kann sie reparieren«, sagte sie.

Sie betrachtete die zerbrochenen Stücke und drehte sie, um zu sehen, ob es irgendwelche Verbindungen gab, die sich nicht ganz zusammenfügen würden. Die Tatsache, dass ihr Mann nach Luft rang, ließ sie aufblicken. Sie legte die Klammer auf ihren Frisiertisch und wandte die Aufmerksamkeit Mark zu.

»Komm schon, schauen wir zu, dass wir dich aufs Bett bekommen.« Sie sprach wie eine erfahrene Krankenschwester im Singsang.

Sie schob die Hände unter seine Achseln und hievte ihn hoch. Er schrie auf.

»Pst! Herrgott, Mark, ist es wirklich nötig, solchen Lärm zu machen?«

Sie zerrte ihn auf die Matratze. Das Laken knüllte sich unter ihm zusammen, und sein Kopf lag seltsam schräg auf dem Kissen. Beiläufig streckte sie den Arm aus und zog das Messer aus seinem Bauch. Wieder schrie er auf. Sie machte ein beruhigendes Geräusch. Durch das Herausziehen des Messers hatte sie die Wunde geöffnet, und Marks Blut spritzte pulsierend heraus. Es lief ihm zwischen den Fingern hindurch, als er instinktiv versuchte, den Schnitt zusammenzuhalten. Es rann über seinen Bauch und seine Beine, verfärbte alles rot und verströmte den vertrauten metallischen Geruch.

»Mensch, Mark, das ist sehr tief. Wie viele Punkte meinst du, rechtfertigen einen Schnitt wie diesen?«

Er versuchte, etwas zu flüstern.

»Ich kann dich nicht hören, deshalb werde ich raten müssen. Ich würde sagen, viele Tausend Punkte.«

Sie sah, dass seine Gesichtsfarbe begann, ihre schöne Frische zu verlieren und aschfahl zu werden.

»Gott, du siehst schrecklich aus. Und schau dir nur die Schweinerei auf diesen Laken an – die sind ruiniert.«

»Bitte ...« Sein Atem ging schwer, und seine Stimme war nur deshalb vernehmbar, weil er sich beim Sprechen so anstrengte.

Sie holte scharf Luft und legte die Handfläche auf ihr

Brustbein. »Mark Brooker! Hast du etwa bitte gesagt? Verwende niemals das Wort bitte. Es kommt Bettelei gleich und ist deshalb für uns beide entwürdigend. Hab ein bisschen Stolz, zeig ein bisschen Würde. Zeig im Sterben ein bisschen Würde, Mark. Alles andere wäre höchst ungebührlich.«

»Hol ... Hilfe ...«, murmelte er.

»Aber, aber, Mark, wie lange kennst du mich? Versuche nicht zu antworten. Ich sag es dir. Beinahe zwanzig Jahre. Und eines solltest du in der ganzen Zeit über mich gelernt haben, nämlich dass ich nie, niemals ein Versprechen breche. Niemals. Was habe ich dir versprochen, Mark? Noch einmal, versuche nicht, darauf zu antworten. Ich sag es dir. Ich habe dir versprochen, dass ich dieses Zimmer nicht verlasse, bis die Kinder nach Hause kommen und etwas zu essen brauchen – und, Mark, versprochen ist versprochen.«

Kathryn zog den Stuhl mit der Leiterlehne neben das Bett, ging zum Schrank hinüber und machte die Türen weit auf. Sie riss Kleider von den Bügeln und ließ sie achtlos in einem Haufen auf den Boden fallen. Nachdem sie eine passende Lücke geschaffen hatte, griff sie in den Schrank und holte vom obersten Fach ein Buch, das hinter einem Pulloverstapel verborgen gewesen war. Es war Louis de Bernières *Traum aus Stein und Federn*. Sie lächelte ihren Mann an.

»Das musst du übersehen haben.«

Sie klappte das Buch so weit auf, dass der Buchrücken brach, und warf einen Blick auf das erste Kapitel.

Anscheinend lässt das Alter das Herz schrumpfen. Einige von uns wandern gedankenverloren durchs Leben und träumen von der Vergangenheit, andere stellen eines Tages fest, dass sie verlernt haben, wie man in der Sonne steht. Für viele von uns ist der Gedanke an die Zukunft eher Grund zur Beunruhigung als zur Vorfreude, so als hätten wir genug Neues gesehen und sehnten uns nur nach dem langen Schlaf, der die Gestade unseres Lebens umschließt.

Sie hielt mit ihrer Lektüre inne.

»Mark, mir ist gerade durch den Kopf gegangen, dass das wahrscheinlich eine günstige Gelegenheit für mich ist, dir ein paar Fragen zu stellen, dir zu sagen, wie ich mich fühle, dir zu erzählen, welche Gefühle du in mir geweckt hast. Genau genommen ist das meine einzige, meine letzte Gelegenheit. Was ich dir sagen will, ist Folgendes: Ich glaube, du bist wirklich verrückt, Mark. Ich glaube, dein wahres Wesen entspricht dem, das ich jeden Abend zu Gesicht bekommen habe, und die Scharade ist das, was du dem Rest der Welt präsentierst, das Lächeln und die Herzlichkeit. Du magst den Rest der Welt zum Narren gehalten haben, aber mich nicht, nicht eine Sekunde lang. Vielleicht bin ich gar nicht so dumm, wie ich aussehe.« Sie seufzte und lächelte einen kurzen Moment.

»Hat es dich froh oder traurig gemacht, wie du mich behandelt hast? Mich hat es traurig gemacht, Mark, es hat mich sehr traurig gemacht. Du hast mich der Persönlichkeit beraubt, die ich einmal hatte, und du hast mich im Laufe der Jahre allmählich vernichtet, bis ich fast unsichtbar geworden bin. Warum ich, Mark? Warum hast du mich ausgesucht? Ich hatte so viel zu bieten, hatte so viel zu geben. Ich hatte ein Leben. Du hast mein Leben vernichtet, langsam, Stück für Stück, und deshalb vernichte ich jetzt dein Leben, verstehst du das?«

Er nickte mit weit aufgerissenen Augen.

»Mark, ich will, dass du weißt, dass ich mich wieder heil machen werde. Ich werde all die kleinen Splitter aufsammeln, die du abgeschlagen, in Schubladen gesteckt, unter den Teppich gekehrt und hinter Kissen versteckt hast, und ich werde wieder ich selbst sein. Ich werde all das werden, was ich einst für möglich gehalten habe. All den Träumen werde ich nachjagen, die ich hatte, bevor du mich vernichtet hast, und du wirst nur ein ferner, trauriger Gedanke sein. Mir ist es wichtig, dass du das weißt. Mir ist es wichtig, dass du weißt, dass du nicht gewonnen hast.«

Der Blutfluss schien zu stocken, entweder wegen der Gerinnung oder aus einem anderen Grund, aber das war ihr egal. Sie saß da und las den ganzen Nachmittag hindurch, dabei blickte sie hin und wieder auf das leere Gesicht ihres Mannes. Seine Haut war grau, und er schien schläfrig zu sein.

»Weilst du noch unter uns, du Schlafmütze?«, fragte sie einmal.

Einige Zeit später wurde ihre Lektüre durch das Geräusch von Schritten unterbrochen, die die Treppe hinaufgetrampelt kamen. Das schien ihren Mann aus seiner Benommenheit zu reißen. Er versuchte, die Hand auszustrecken, seinen Kindern durch die Wand hindurch ein Zeichen zu geben.

»Das ist zwecklos, Mark. Glaub es einem Menschen, der es weiß: Hilfe herbeizusehnen, Hilfe zu suchen, um Rettung zu beten – das funktioniert nicht. Aber sei unbesorgt, Mark, ich habe sie gefunden.«

Sie stand von ihrem Stuhl auf, knickte die Seite, die sie gerade gelesen hatte, um und klappte das Buch sorgfältig zu. Sie tapste über den Teppich, öffnete die Schlafzimmertür einen Spalt und streckte den Kopf hinaus.

»Hallo, ihr beiden«, rief sie.

»Hallo«, antwortete schließlich einer.

»Dad und ich sind früh schlafen gegangen, aber ich komme gern und mache euch etwas zu essen. Habt ihr Hunger?«

»Nein.« Dieses Mal war Lydias Stimme deutlich zu hören. »Wir haben bei Amy gegessen.«

»Was ist mit Dom, hat er Hunger?«

»Nein, Mum, ich hab's dir doch gesagt, wir haben beide bei Amy gegessen.«

»Also braucht niemand etwas zu essen?«

»Nein. Hör um Himmels willen auf, einen solchen Wirbel zu machen.«

»Also gut, wenn du dir sicher bist. Gute Nacht, Lyds.«

»Gute Nacht, Mum.«

»Gute Nacht, Dom.«

»Gute Nacht, Mum – du bist witzig, es ist erst halb acht.«

Sie schloss die Tür und ging über den Teppich zu ihrem Mann zurück, der mitten auf ihrem Ehebett lag.

»Nun, es sieht so aus, als bräuchten sie nichts zu essen, Mark, und versprochen ist versprochen. Ich verlasse dieses Zimmer nicht.«

Sie nahm ein Glas Wasser vom Nachttisch, hob es an den Mund und nippte langsam daran. Mark beäugte das Glas.

»Hast du Durst, Mark? Hättest du gern etwas zu trinken?«

Er brachte nur ein schwaches Nicken zustande. Sie lächelte ihn an.

»Ach, das kann ich mir vorstellen, aber heute Abend gibt es für dich nichts zu trinken, Mister.«

Sie erinnerte sich an den Sockenknebel in ihrem Mund und an ihre geschwollenen Lippen. Sie stellte das Glas auf den Nachttisch und stieß einen tiefen Seufzer aus, bevor sie sich wieder ihrem Roman zuwandte.

Kathryn musste eingenickt sein. Sie konnte sich nicht erinnern, eingeschlafen zu sein, aber mit einem Mal war sie sich bewusst, dass sie aufgewacht war. Sie war von der Atmung ihres Mannes gestört worden, die rasselnd und laut, fast gurgelnd klang. Sie warf einen Blick auf die Nachttischuhr. Es war zwei Uhr.

»Na, wie ist es, Mark? Bist du weg? Weg, um gerichtet zu werden, falls du an diese Dinge glaubst? Bist du an einem finsteren Ort, von dem es keine Wiederkehr gibt? Ich glaube schon, ich glaube, es ist Zeit. Hast du Angst? Fürchtest du dich davor, was als Nächstes kommen könnte?«

Die starren, weit aufgerissenen Augen sagten ihr, dass dies der Fall war. Sie lächelte und beugte sich tief über sein Gesicht.

»Das solltest du auch.«

»Ich halte nicht mehr lange durch.«

Seine Stimme wurde immer leiser, war kaum noch ein Flüstern. Er stieß seine letzten Worte zwischen stockenden letzten Atemzügen aus.

»Zu langsam, zu qualvoll. Dafür wirst du bezahlen.«

In Gedanken löschte sie die Worte aus, bevor er sie ausgesprochen hatte. Sie würde sie niemals wiederholen, niemandem davon berichten oder sich daran erinnern.

»Ach, Mark, ich habe schon bezahlt.«

Kathryn Brooker schaute zu, wie er sein Leben aushauchte. Sie war überzeugt zu sehen, dass der böse Geist seinen Körper verließ, sogleich im Boden verschwand und sich immer tiefer abwärts schlängelte. Sie lehnte sich auf ihrem Stuhl zurück und atmete tief durch. Sie hatte ein Hochgefühl erwartet oder zumindest Erleichterung. Was sie nicht vorausgesehen hatte, das war die Benommenheit, die sie umfing.

Sie hatte erwartet, mehr zu fühlen.

Nachdem sie in ihre Jeans geschlüpft war und sich einen Pullover übergezogen hatte, stand sie gelassen neben dem Bett, auf dem der bleiche Leichnam ihres Mannes lag. Nach reiflicher Überlegung wählte sie zum ersten Mal in ihrem Leben die 110.

Vor einem Monat

Kate saß am Frühstückstisch und füllte wieder einmal eines der verhassten Formulare aus. Inzwischen war Tanya seit drei Wochen zurück im *Haus zur Aussicht*, und Kate hatte es bisher nicht geschafft, den notwendigen Papierkram zu erledigen. Das Mädchen war hereinspaziert, als wäre es nie weg gewesen. Es war an einem Mittwochmorgen mit seiner Reisetasche aufgetaucht und hatte Tom gefragt, was es denn zum Mittagessen gebe. Kate war erleichtert, dass sie wieder zurück war.

»Wer ist Lydia?«

Kate drehte sich überrascht um. Sie hatte Tanya nicht in die Küche kommen hören.

»Wie bitte?«

Die Frage hatte sie überrumpelt.

»Wer ist Lydia? Du hast letzte Nacht ihren Namen gerufen. Ich habe überlegt, ob ich dich aufwecken und ins Bett bringen soll, aber es hat so ausgesehen, als wäre es für dich auf dem Sofa ganz gemütlich.«

»Ach, na ja, danke, dass du mich nicht geweckt hast, Tanya, das war sehr nett von dir. Ich muss eingeschlafen sein, als ich mir im Fernsehen irgendwelchen Müll angeschaut habe.«

»Und?«

»Und was?«

»Wer ist Lydia? Das hast du noch nicht beantwortet.«

Kate holte scharf Luft.

»Lydia ist meine Tochter.«

»Deine Tochter? Ich habe gar nicht gewusst, dass du eine Tochter hast. Wo ist sie?«

Kate schluckte die Tränen hinunter, die sich in ihrer Kehle sammelten. Man stelle sich das einmal vor. Tanya wusste nicht, dass Kate die Mutter des schönsten Mädchens und des hübschesten Jungen auf dem Planeten war, wusste nicht, dass sie jedes Mal, wenn sie die Schwangerschaftsstreifen auf ihrem Unterbauch berührte, an die Freude erinnert wurde, menschliche Wesen hervorgebracht zu haben. Ihre Kinder waren ihre größte Leistung, und Tanya, die unter ihrem Dach lebte, wusste nicht einmal, dass sie Mutter war.

»Ich ... na ja ... sie lebt in Hallton in North Yorkshire, in der Nähe ihrer Tante, meiner Schwester.«

»Siehst du sie hin und wieder?«

Tanyas Fragerei war typisch für sie und sehr direkt. In ihrer Welt war nichts tabu, keine Gefühle zu kostbar, um nicht darauf herumzutrampeln.

Bist du auf Droge?

Bist du schwanger? Hast du dich infiziert? Wo ist die Schlampe? Für sie war diese Art von Sprachgebrauch ganz normal.

»Nein, eigentlich nicht. Genau genommen gar nicht, seit einer ganzen Weile nicht mehr.«

»Das ist seltsam, oder?«

»Ja. Ja, es ist seltsam.«

Kate konnte ihr nur beipflichten. Aber Tanya war mit dem Thema noch nicht fertig.

»Ich meine, da bist du, bist für mich und alle, die es brauchen, wie eine Mutter, aber deine eigene Tochter siehst du nicht.«

»O mein Gott, Tanya – wenn Wörter Dolche wären ...«

Kate legte die Hände über die Augen. Sie wollte sich vor der Welt verstecken.

»Ach, du meine Güte, Kate! Tut mir leid. Ich wollte dich nicht aufregen. Gott, ich mache das ständig, nicht wahr? Es ist nur, dass ich manchmal sage, was mir durch den Kopf geht, ohne vorher nachzudenken.«

»Es braucht dir nicht leidzutun. Das ist nicht deine Schuld. Es ist eben, wie es ist – eine fürchterliche Situation, die mich jeden Tag von morgens bis abends verfolgt. Ich vermisse sie, Tanya, und meinen Sohn, Dominic. Ich vermisse die beiden schrecklich.«

»Das verstehe ich nicht. Meine Mum kann man absolut vergessen, aber ich kann sie sehen, wann immer ich will, was ich aber nicht mache. Du bist dagegen absolut fantastisch. Wenn du meine Mum wärst, würde ich dich ständig sehen wollen.«

»Vielleicht fühlt sich deine Mum wie ich, hast du je darüber nachgedacht? Vielleicht würde deine Mum dich gern sehen. Du kannst sie jederzeit anrufen, Tanya, das weißt du. Oder du könntest ihr schreiben. Ein Besuch von ihr ist mehr als willkommen. Wir haben jede Menge Platz.«

Tanya blickte sie unverwandt an, aber sie schwieg mehrere Sekunden lang.

»Das letzte Mal habe ich meine Mum an dem Abend gesehen, als ich verhaftet worden bin. Die Polizei hat an die Tür geklopft, und Mum hat herumgeschrien, weil sie dadurch geweckt worden war. Ich bin in ihr Schlafzimmer gegangen. Da hat es gestunken, und dieses dreckige, zottelige Schwein lag splitternackt mitten auf dem Bett und war völlig weggetreten. Beide waren auf Droge, und er war völlig neben der Spur. Ich habe die lange Aschewurst im Aschenbecher auf dem Boden bemerkt, die noch immer an der Kippe hing, weißt du, einfach liegen gelassen, damit sie abbrennt und ausgeht, weil man sie schlichtweg vergessen hat. Das hat mir Sorgen gemacht, weil ich schon sehen konnte, wie sie die ganze verdammte Wohnung abfackelt. Sie ist in solchen Sachen nicht gerade vorsichtig. Ich weiß nicht, was ich von ihr erwartet habe, aber ich wusste, dass ich echt in der Scheiße saß. Davor bin ich mit manchem durchgekommen, aber dieses Mal wusste ich, dass ich im Knast lande, und ganz ehrlich, Kate, ich hatte Angst. ›Hilf mir, Mum‹, hab ich gesagt. Und weißt du, was sie geantwortet hat? Sie hat sich eine neue Kippe angezündet und gesagt: ›Mach beim Rausgehen die verdammte Tür zu!‹ Seitdem habe ich nicht mehr mit ihr geredet und sie nicht mehr gesehen. Sie war nie für mich da und hat mir nie geholfen, und ich bin wirklich sauer auf mich, weil ich sie an diesem Abend um Hilfe gebeten habe. Deshalb glaube ich nicht, dass sie dasitzt und auf einen Anruf von mir wartet oder auf einen Besuch hofft. Das ist ihr scheißegal, Kate. So war es schon immer.«

Sie schwiegen ein paar Sekunden, in denen sie beide Bilanz zogen. Kate hatte es nie an mütterlicher Liebe gemangelt, aber sie wusste, was Grausamkeit war. Sie konnte Tanya keinerlei Vorwürfe machen, dass sie von ihrer Mutter nichts mehr wissen wollte.

»Na ja, ich bin zwar nicht deine Mum, aber ich kann dir sagen, dass ich ehrlich stolz darauf bin, was du erreicht hast. Tanya, noch vor ein paar Monaten war dein Leben im Begriff, aus den Fugen zu geraten, und jetzt steht dir die ganze Welt offen. Was immer du dir auch vornimmst, ich weiß, dass du Großartiges erreichen wirst.«

»Ich will nichts Großartiges erreichen, Kate. Ich will ganz normal sein. Ich würde mich mit ein bisschen Ruhe, einer kleinen Wohnung und einem Job zufriedengeben. Und ich hätte wirklich gern eine dieser schicken Kaffeemaschinen, wie die, die sie im Pub haben. Diesen Kaffee könnte ich den ganzen Tag trinken.«

»Und das wirst du bekommen, Tanya, alles.«

»Guten Morgen!«

Tom kam mit einem Korb, randvoll mit frischem Gemüse, durch die Hintertür herein.

»Heute mache ich meine legendäre Gemüselasagne.«

Sein italienischer Akzent war himmelschreiend. Alle drei lachten.

»Am Hafen bin ich gerade Rodney über den Weg gelaufen. Er motzt wie immer sein Boot auf. Ich habe es geschafft ihm dieses ganze Gemüse zum Einkaufspreis abzuluchsen Da habe ich gute Arbeit geleistet, wenn ich so sagen darf Hast du Lust, mir zu helfen, Tanya? Weißt du, der ganze Gemüseberg schneidet sich nicht von selbst klein.«

»Klar.«

Tanya rutschte von ihrem Stuhl und nahm zögernd das kleine Gemüsemesser zur Hand.

»Darin bin ich nicht sonderlich gut. Das Einzige, was ich in Sachen Kochen je gemacht habe, war, mir im Fernsehen *Das Kochduell* anzuschauen.«

Stacey kam die Treppe herunter, um ihren Morgenspaziergang anzutreten. Sie hatte das Ende der Unterhaltung aufgeschnappt.

»*Das Kochduell?* Himmel, das erinnert mich an eine von Nathans alten Damen, die ganz besessen davon war, und auch sie konnte nicht kochen. Er hat mir viel von ihr erzählt und mich damit zum Lachen gebracht.«

Sie lächelte bei dieser schönen Erinnerung.

»Na ja, ich bringe es Tanya bei, damit sie zumindest eine ordentliche Lasagne auf den Tisch zaubern kann. Das ist wirklich nicht schwierig. Bis ich mit ihr fertig bin, wird sie Meisterwerke hervorbringen, die sie in ihrer eigenen Küche schnell zubereiten kann.«

Alle drei sahen Kate an. Tom zwinkerte seiner Chefin zu. Tanya strahlte. Das verstärkte den Gedanken, dass sie eines Tages ihre eigene Küche haben und darin die Gerichte zubereiten würde, die Tom ihr beigebracht hatte. Sie konnte es kaum erwarten.

Kate hatte sich für einen Mittagsschlaf zurückgezogen. Gedanken an Lydia gingen ihr durch den Kopf, und sie malte sich aus, was der morgige Tag wohl bringen würde. Die Fahrt nach Bristol war zwar organisiert, trotzdem war sie unschlüssig, ob sie wirklich zur Ausstellung gehen sollte. Es gab so vieles, was falsch laufen konnte.

Ein Albtraum riss sie aus dem Schlaf. Das Lied, das sie meinte, für immer verbannt zu haben, schwirrte ihr durch den Kopf.

Hey, kleines Mädchen,
kämm dir das Haar, schmink dich,

bald wird er die Tür öffnen.
Glaub bloß nicht,
du bräuchtest dir keine Mühe mehr geben,
nur weil du einen Ring am Finger trägst.

Beim Aufwachen war sie sehr erleichtert. Es war nur ein schrecklicher Traum gewesen, und sie befand sich in Sicherheit. Mark lebte nicht mehr und konnte ihr nichts mehr antun. Sie setzte sich im Bett auf und schlang die Arme um die angezogenen Beine. Die Finger der rechten Hand fuhren über die Rückseite ihrer Oberschenkel und strichen über die Erhebungen und Dellen ihrer Narben, die sie stets an die Vergangenheit erinnerten. Sie erschauderte.

Wann immer Kate diesen Traum hatte, verbrachte sie die folgenden Stunden mit einem leichten Zittern der Hände und einem Beben in der Stimme. Die Erinnerung an ihr altes Leben beschwor eine Art schwaches Echo in ihrem Hinterkopf herauf. Und das verunsicherte sie.

Nachdem sie einen Kaffee hinuntergeschüttet hatte, um richtig wach zu werden, genoss sie bei einem Spaziergang durch den Garten die Sonnenstrahlen auf ihrer Haut. Die gewundenen Wege, die zu keinem speziellen Ziel führten, und die wild zusammengewürfelte Bepflanzung, die an einen Cottagegarten erinnerte, gefielen ihr viel besser als ... sie schob das Bild des Schulgeländes mit den gepflegten Rasenflächen und den einheitlichen Rosenbeeten beiseite. Ein Schauer durchfuhr sie. Bei der Wäscheleine strich sie mit der Hand über das fliederfarbene Laken, das im starken Wind Cornwalls wie ein Spinnaker an seiner Verankerung riss. Kate hatte seit vielen Jahren kein Leintuch mehr gewaschen.

Das war einer ihrer beiden unerschütterlichen Vorsätze gewesen, der andere bestand darin, jeden Tag Jeans zu tragen.

Sie ging den steilen Weg zum Strand hinunter und breitete ihre Decke auf dem Sand aus. Als sie *Die Teufelin* aufklappte, kam ihr Lesezeichen zum Vorschein. Jedes Mal, wenn sie das leuchtend pinkfarbene, von Glitter überzogene Kaninchen sah, stockte ihr der Atem.

Kate fuhr mit der Kuppe des Zeigefingers über den handgeschriebenen Text auf der Innenseite der Karte: *Happpy birday, Mummy.* Ihr Herz schwoll gleichermaßen vor Stolz und Trauer an. Wie hatte sie es geliebt, Mummy genannt zu werden! Wie sehr vermisste sie das! Lydias Unterschrift war von einem Oval aus Kussmündern umrahmt, eine durchgehende Kette, die ihre Tochter in einer Zeit gestaltet hatte, in der ihre Welt vollkommen gewesen war. In einer Zeit, in der ihr kleines Mädchen sich nicht bewusst gewesen war, dass der Wolf vor der Tür heulte. In einer Zeit, bevor Kate alles kaputt gemacht hatte.

Das Telefongespräch, an dessen Wortlaut sie sich jederzeit erinnerte, kam ihr in den Sinn. *Und manchmal, Mum, tue ich so, als wärt ihr beide tot, und das macht es irgendwie leichter. Ich tue so, als wärt ihr beide bei einem Unfall ums Leben gekommen, und dann brauche ich nicht mehr daran zu denken, dass du Dad etwas so Furchtbares angetan hast oder an die schrecklichen Dinge, die Dad dir angetan hat. Daran denke ich gar nicht gern, Mummy.*

Sie richtete den Blick auf den Horizont und betrachtete die Sonnendiamanten, die auf dem Wasser glitzerten, eingerahmt von den Felsklippen zu beiden Seiten der Bucht. Diese war so schön wie jede Bucht irgendwo auf der Welt. Vielleicht nicht so atemberaubend wie ihr hufeisenförmiges Paradies auf Saint Lucia, aber in gewisser Weise doch besser, weil es ihr Strand war, ihr besonderer Ort. Ein Ort zum Nachdenken. Und niemand würde ihn ihr unter den Füßen wegkaufen können.

In Bristol ging es hektisch und betriebsam zu – vielleicht übertrug Kate aber einfach ihre Aufregung und Energie auf die Stadt, in der sie sich befand. Das Leben in Penmarin verlief ruhig und gelassen, genau wie sie es mochte. Bristol war etwas ganz anderes. Sie genoss es, die Studenten zu beobachten, die sich auf eine Weise in den Gebäudeeingängen drängten, wie es nur junge und sorglose Menschen gern tun. Kate fand es lustig, dass sie die Schule verlassen und ihre Uniformen abgelegt hatten, nur um sich alle gleich zu kleiden. Und bald würden sie sich wieder wandeln, sich vielleicht der Gruppe der glamourösen Frauen anschließen, die über das Pflaster stolzierten, steife Papiertüten in der Hand, in denen die Beute des Tages steckte.

Die drei Freundinnen hatten vereinbart, sich im Browns Restaurant zu treffen, einem berühmten Wahrzeichen von Bristol. Sie saßen im Freien an einem Tisch oben an der Treppe. Mit Schürzen bekleidete Kellner brachten ihnen einen Krug gekühlten Pimm's, servierten Lachspasteten und die dazu bestellten dünnen goldbraunen Pommes frites.

Doch nichts konnte Kate von dem ablenken, was vor ihr lag. Mindestens zweimal setzte ihr Herz beim Anblick einer dunkelhaarigen jungen Frau auf der anderen Straßenseite einen Schlag aus – einen Sekundenbruchteil lang sahen sie wie Lydia aus, und Kate musste der Versuchung widerstehen, laut zu rufen. Sie hatte es eilig, das Mittagessen zu beenden und zur Galerie zu gehen, weil sie die Werke ihrer Tochter betrachten und das Ganze bald hinter sich bringen wollte.

»Wie fühlst du dich, meine Liebe?« Wie gewöhnlich konnte Janeece die Angst ihrer Freundin sehr gut nachempfinden. Kate zögerte. Wie fühlte sie sich?

»Ich bin nervös, aufgeregt, verängstigt und dann wieder nervös.«

Natasha legte die Hand auf den Arm ihrer Freundin. »Du schaffst das schon, wir sind ja bei dir.«

Kate nickte, aber Natashas Versicherung konnte ihre Angst kaum zerstreuen.

»Sie könnte in diesem Augenblick ganz in der Nähe sein. Ich könnte nur ein paar Schritte von ihr entfernt sein ...«, flüsterte Kate mehr sich selbst als den anderen zu.

Janeece ging voraus, um nachzuschauen, ob die Luft rein war. Sie ließ Kate und Natasha auf der Straße ein Stück zurück, wo sie auf das Zeichen warteten, dass sie kommen konnten. Es fühlte sich wie eine Ewigkeit an, aber in Wahrheit dauerte es nur wenige Minuten, bis sie wieder erschien.

»Also, ich habe mit einer aufgetakelten Mrs Soundso am Empfang geredet, die mir berichtet hat, dass die Künstlerin am Mittwochabend bei der Vernissage anwesend sein wird und dann nur noch einmal am Donnerstag. Also, da heute Dienstag ist, meine ich, dass wir loslegen können.«

Kate strahlte. »Gut. Dann lasst uns gehen.«

»Bist du dir sicher, dass du okay bist, Süße?«

Natasha wusste nur allzu gut, wie aufschlussreich Kunst

sein konnte, und sie war besorgt, dass das Erlebnis nicht so positiv ausfallen könnte, wie ihre Freundin es sich erhoffte.

»Ja, ich bin mehr als okay.« Kate ging allein voraus.

Das Gebäude war schön: großartig, mit viel Marmor, korinthischen Säulen und einem breiten, ausladenden Treppenaufgang. Kate bewunderte die riesigen, kunstvollen Ölgemälde an den Wänden. Ihr kleines Mädchen befand sich in guter Gesellschaft. Man stelle sich vor, dass ihre Tochter ihre Ausstellung an einem solchen Ort präsentierte. Vor Stolz schwoll ihr die Brust, was ihr das Schlucken erschwerte. Lydia ...

Sie verweilte vor dem Poster im Foyer des Obergeschosses – eine vergrößerte Version des Bildes auf dem Flyer, der in diesem Augenblick ganz unten in ihrer Handtasche steckte. Lydias makelloser Teint und die strahlenden Augen waren umwerfend.

Kate holte scharf Luft, als ihr klar wurde, wie viel sie versäumt hatte. Zwar hatte Francesca ihr im Laufe der Jahre ein paar verschwommene Schnappschüsse zugemailt, doch diese Profiaufnahme war etwas ganz anderes. Die Lydia, die sie in Erinnerung hatte, gab es nicht mehr. Dahin waren die Teenagerhaut und das ungeschickt aufgetragene, dicke Augen-Make-up. Jetzt, mit fünfundzwanzig, hatte Lydia ihren Stil gefunden und sich zur Frau entwickelt.

Kate studierte Lydias Bilder eingehend und las alle Titel gewissenhaft – Titel wie *Verlust der Selbstkontrolle* und *Das unterbrochene Leben*. Lydia war eindeutig begabt. Sie hatte ihre Fertigkeiten beträchtlich verbessert, seit Kate zum letzten Mal eines ihrer Werke gesehen hatte. Kate näherte sich mit einer Mischung aus Freude und Faszination jedem der Gemälde, auch wenn sie sie nicht ganz verstand.

Es war ein seltsames und einzigartiges Erlebnis. Kate war sich sicher, dass sie die Handschriften ihrer Kinder am winzigsten Fragment erkennen würde, ihre Stimmen an einem einzigen Wort identifizieren könnte, das sie in einer Gruppe sprachen, ihre Anwesenheit allein durch ein Husten bemerken würde. Sie hatte aber nicht in Erwägung gezogen, dass Lydias Persönlichkeit an jedem Pinselstrich so leicht zu identifizieren sein würde. Die kühnen Farben und zeitgenössischen Themen waren genauso Elemente ihres Charakters wie ihre Stimme und ihr Humor. Kate konnte erkennen, dass diese Arbeiten die Weiterentwicklung all der früheren Skizzen und Bilder waren – bis in ihre Kindheit zurück.

Als Janeece und Natasha Kate einholten, stand sie gerade wie gelähmt vor einer großen Leinwand von etwa viereinhalb auf viereinhalb Metern. Mit einem breiten Grinsen im Gesicht studierte sie jeden Quadratzentimeter. Ihre Hände flatterten vor ihrer Brust. Sie wollte vor Freude jauchzen.

Natasha las den Titel. »*Mein Hintergrundgeräusch* – das ist ein interessanter Titel, was meint ihr, bedeutet er?«

Kate drehte sich zu ihrer Freundin um, der Kunstexpertin, und konnte die Bedeutung des Werks mit Tränen in den Augen sicher interpretieren.

»Das bin ich, Tash. Ich bin ihr Hintergrundgeräusch. Nicht cool, sondern wie Marmelade oder ein Lieblingskissen.«

Kate strich mit den Fingern über die Farbkleckse, die zwei Lautsprecher darstellten, aus denen Blumen, Erdbeeren und Wäscheklammern in allen Regenbogenfarben herausquollen. Es war schön, und es war eine Botschaft, die Kate klar und deutlich entzifferte. Ihr ging das Herz vor lauter Glück auf.

»Ach, Lydia, mein kluges, schönes Mädchen! Ich warte auf dich.«

Als Natasha und Kate in die Einfahrt zum Haus einbogen, diskutierten sie noch immer über verschiedene Details von Lydias Werk. Kate wusste, dass sie das, was sie gesehen hatte, wieder und wieder analysieren und interpretieren würde. Sie fühlte sich ihrem kleinen Mädchen nahe. Ihre Hand hatte die Farbe berührt, die die Hand ihrer Tochter aufgetragen hatte. Es war wunderbar. Aber der Zustand der Begeisterung sollte nicht lang andauern, nachdem die Haustür erst einmal geöffnet war.

»Ach, Kate, ich bin so froh, dass du wieder da bist. Wir haben ein Problem.«

»Was für ein Problem, Tom? Steht das Haus in Flammen, und du hast die Nummer der Feuerwehr vergessen? Oder sind uns die Kekse ausgegangen, und wir müssen uns mit Kuchen begnügen? Ich hoffe wirklich, dass es sich eher um Letzteres handelt. Ich will nicht, dass mir mein herrlicher Tag verdorben wird!«

Tom schüttelte den Kopf und streckte ihr die offene Hand entgegen, in deren Mitte ein Plastiktütchen lag. Aufgrund der Zeit, die sie im Gefängnis verbracht hatte, und ihrer Arbeit auf dem Gebiet der Wiedereingliederung konnte sie die ungleichmäßig geformten, schmutzigweißen Bröckchen sofort als Crack identifizieren.

»Oh, bitte, lieber Gott, nein, nicht das! Gehört das Tanya?«

»Nun, ich denke, davon können wir ausgehen, Kate, es sei denn, du hast es dir angewöhnt.«

»Ach, Tom, führe mich nicht in Versuchung. Also, überlass das mir. Wo ist sie?«

»In ihrem Zimmer. Ich habe es ihr nicht gesagt.«

»Gut, das hast du richtig gemacht. Es musste ja heute passieren, nicht wahr? An dem einzigen Tag, an dem ich fort bin.«

»Wie war es denn, Chefin?«

»Es war herrlich.«

»Das freut mich. Wenn das alles ist, Kate, dann mache ich Feierabend. War ein ziemlich langer Tag. Stacey ist abgereist. Sie hat angerufen und berichtet, dass sie bei ihrer Mutter angekommen ist und dass es ihr gut geht. Sie sagt, dass sie in ein paar Tagen wieder zurückkommt.«

»Das ist gut. Also dann, Gute Nacht, Tom, und danke für heute.«

Kate sah den Lichtstreifen, der unter Tanyas Schlafzimmertür hindurch schien. Sie klopfte an und wartete.

»Ja?«

»Darf ich reinkommen, Tanya?«

Es war eine ungewöhnliche Uhrzeit für Kates Besuch, deshalb wusste Tanya sofort, dass etwas im Busch sein musste.

»Klar.«

Tanya saß, auf mehrere Kissen gestützt, im Bett und las eine Zeitschrift, an deren Rand sie mit einem Kugelschreiber herumkritzelte. Kate bemerkte, dass sie immer wieder wogende Wellen gemalt und damit den Artikel, den sie las, umrahmt hatte.

»Hey, Kate, wie war es?«

»Gut, danke, Tanya. Genau genommen faszinierend.«

Kate stieß einen tiefen Seufzer aus.

»Ist alles okay?«

»Nein, eigentlich nicht, Tanya. Es tut mir leid, dich das fragen zu müssen, aber weißt du darüber Bescheid?«

Kate öffnete die Hand und zeigte das Plastiktütchen mit der Droge.

»Ob ich darüber Bescheid weiß? Ich würde sagen, du hast den Stoff von irgendjemandem entdeckt. Nach der Farbe zu urteilen, gute Qualität, nicht allzu stark verschnitten. Wahrscheinlich dreieinhalb Gramm, genug für einen Fünfzehnstundentrip und einen Absturz, der so schlimm ist, dass der Betreffende für eine neue Dröhnung alles geben, sogar seine Großmutter verkaufen würde. Das ist alles, was ich darüber weiß.«

»Tanya, das ist nicht lustig. Danach habe ich nicht gefragt, und das weißt du ganz genau. Gehört es dir?«

»Na ja, dem verdammten Gutmenschen von Stacey wird es wohl nicht gehören, oder?«

Kate setzte sich ans Ende von Tanyas Bett. Sie rieb sich die Schläfen und fuhr sich mit den Fingern durchs Haar.

»Tanya, ich lasse dir jede Menge Freiheiten, weil ich denke, dass das der richtige Weg für dich ist, um herauszufinden, wo du herkommst und wohin du willst. Die einzigen Regeln, auf die ich bestehe, lauten: keine Drogen und nur wenig Alkohol, das weißt du. Das ist ein ernster Vertrauensbruch. Ich bin wirklich enttäuscht.«

»Willkommen in meiner Welt. Jetzt weißt du, wie es sich anfühlt, mein Leben zu leben. Ich bin ständig verdammt enttäuscht. Aber Kate, ich denke, wenn die schlimmste Enttäuschung, mit der du konfrontiert wirst, die Tatsache ist, dass ich eine kleine Menge Crack in meiner Tasche habe, dann kann dein Leben nicht allzu schlecht sein.«

»Ich bin nicht diejenige, die Tadel verdient hat, Tanya. Du hast die Regeln gebrochen. Es ist ja nicht so, als hätten wir viele. Und es ist nicht so, als hättest du Alkohol hereingeschmuggelt oder aus dem Fenster geraucht, das ist Crack! Das ist ein ganz anderes Kaliber. Manche Leute sind wegen viel Geringerem aufgefordert worden, das *Haus zur Aussicht* zu verlassen.«

»Wie gesagt, wieder eine Enttäuschung für mich. Los, mach schon, fordere mich zum Gehen auf. Das ist mir scheißegal. Wenn ich gehe, kann ich zumindest das essen, was ich will, nicht diese ganze Bioscheiße, die Tom kocht, und ich kann rauchen, was ich will, verdammt!«

»Tja, es ist deine Entscheidung, Tanya. Ich fordere dich nicht zum Gehen auf. Ich fordere dich lediglich auf, darüber nachzudenken, was du da machst.« Kate hob das Tütchen in die Höhe. »Das ist nicht das, was ich mir für dich wünsche, Tanya. Du kannst so vieles machen, stattdessen suchst du in diesem Dreck nach Antworten. Du musst unsere Regeln einhalten. Nur so können wir deine Sicherheit gewährleisten.«

Sie hielt inne, weil sie nicht recht wusste, wie sie dieses schreckliche Ende eines ansonsten perfekten Tages zum Abschluss bringen konnte.

»Ganz ehrlich, es ist für mich zu spät, um mich damit zu befassen. Wir können morgen darüber reden, wenn wir beide frisch und ausgeschlafen sind.«

Kate ging auf die Tür zu.

»Gute Nacht, Liebes.«

Tanya murmelte eine Antwort. Das meiste davon war nicht zu verstehen, aber Kate konnte immerhin die Wörter *Kuh* und *hau ab* ausmachen.

»Pfannkuchen, Tanya?«

Tom stand am Herd und wedelte mit dem Pfannenwender in der Luft herum, womit er darauf hinwies, dass zumindest er guter Laune war. Das kleine Radio in der Ecke übertrug eine lautstark geführte Debatte. Die Stimmen waren kaum hörbar, dennoch erzeugten sie ein heimeliges Hintergrundgeräusch.

Tanya, die ein viel zu großes Sweatshirt trug, zuckte mit den knochigen Schultern und ließ sich die Haare ins Gesicht fallen, als sie zum Boden blickte. »Ich weiß nicht, ob ich Pfannkuchen essen darf. Es könnte sein, dass ich nur noch Haferschleim bekomme, falls Madam was dazu zu sagen hat. Oder schlimmer noch, gar kein Frühstück mehr, bevor ich rausgeschmissen werde.«

Sie meinte das nur halb im Scherz.

»Tanya, ich bin mir sicher, dass es nicht so schlimm ist. Kate geht zurzeit viel im Kopf herum, das ist alles. Sie wirft dich nicht raus, Süße, da bin ich mir sicher. Sie ist kein Mensch, der leicht rumzukriegen ist, aber sie wird dich nicht aufgeben. Das weiß ich.«

»Ich weiß nicht, ob mich das überhaupt noch interessiert, Tom. Ich hab mir überlegt, dass ich vielleicht besser dran bin, wenn ich wieder nach London fahre. Hier ist es so verdammt ruhig, dass man verrückt werden könnte. Außerdem habe ich einiges zu tun, sollte mich mit ein paar Leuten treffen. Ich hab mir überlegt, dass ich vielleicht gehe, mir einen

Job beschaffe, ein paar Dinge in Ordnung bringe und für eine Weile bei einer Freundin wohne. Weißt du …«

Tom schmunzelte. Nein, er wusste es nicht, und er hatte genug von Tanya gesehen, ihrer zusammengesackten Haltung, dem nervösen Beiseiteschieben der Haare und dem Nagelkauen, um zu erkennen, dass sie es genauso wenig wusste.

»Tanya, du musst mit ihr reden. Es wird alles gut, du wirst schon sehen. Eines kann ich dir nämlich über Kate und Tash sagen: Sie wollen im Grunde nur dein Bestes. Ich sehe, dass sie besorgt sind und darüber diskutieren, wie jeder Bewohnerin am besten geholfen werden kann. Sie sind gute Menschen.«

Gleichgültig zuckte Tanya mit den Schultern und kräuselte die Oberlippe. Diese beiden schlichten Gesten zeugten von Aggressivität und Missfallen. In Wahrheit war das jedoch genau das Gegenteil ihrer wahren Gefühle. Sie wollte schluchzen, sich entschuldigen, sich eingewickelt in die hellrosa Lammwolldecke, den Kopf auf ein Kissen gelegt, vor dem Kamin ausstrecken. Sie wollte, dass man ihr sagte, sie könne für immer und ewig bleiben.

»Egal.«

Sie war sich nicht einmal sicher, wen das angeberische Benehmen beeindrucken sollte. Es war eine Angewohnheit, von der sie nicht wusste, wie sie sie ablegen konnte.

»Und heißt das jetzt, dass du Pfannkuchen haben willst oder nicht?«

Tanya lächelte, so sehr sie es sich auch zu verkneifen versuchte. Ihr knurrte der Magen, als sie den buttrigen Vanilleduft des Teigs einatmete, der der heißen Pfanne entströmte.

»Na ja, wenn du schon welche machst.«

Es war ein schöner, klarer Frühsommertag an der Küste Cornwalls, einer jener Tage, an denen sich das Wetter und die Menschen verschwören, um einen goldenen Tag der perfekten Erinnerungen zu schaffen. Die Sonne brannte heiß auf die nackte Haut. Der Himmel war bis auf ein paar Wolkenfetzen strahlend blau, die aussahen als wären sie mit dem Pinselstrich eines Künstlers gemalt worden. Die Luft war warm, und es ging ein lauer Wind, der die Blütenköpfe gerade so weit anhob, dass sie sich in ihrer ganzen Schönheit präsentierten. Kleinkinder dösten in Kinderwagen, Paare hielten Händchen, und Fremde lächelten einander an – jeder spielte seine Rolle.

Kate schlenderte am Hafen entlang, ließ sich mit ihren Besorgungen Zeit und genoss den Augenblick. Jedes Mal, wenn sie die Augen schloss, tauchte eines von Lydias Gemälden vor ihr auf. Sie fühlte sich ihr auf einmal irgendwie näher. Das Betrachten der Arbeiten ihrer Tochter war für sie, als hätte sie einen verstohlenen Blick in ein Tagebuch geworfen, das wunderbare Einblicke in die Gedanken ihres kleinen Mädchens bot. Sie war froh, dass sie trotz ihrer ursprünglichen Befürchtungen nach Bristol gefahren war. Kate musste sich jedoch einen Anflug von Enttäuschung eingestehen. Tief in ihrem Innersten hatte sie insgeheim gehofft, einen Blick auf ihre Tochter zu erhaschen. Es war schwierig gewesen, sich nicht gleich ein Wiedersehen auszumalen, bei dem sich beide in die Arme fielen.

Sie fragte sich, wie es Stacey zu Hause gehen mochte, und hoffte, sie würde einfach nach Penmarin zurückkommen, den Rest ihrer Sachen zusammenpacken und zu ihrer Mum und ihrem Bruder zurückkehren. So sehr sie Stacey auch vermissen würde, Kate wusste, dass sie dorthin gehörte. Auf lange Sicht war das für sie das Beste.

Die Auseinandersetzung mit Tanya in der vergangenen Nacht lastete schwer auf ihr. Sie würde Janeece anrufen und sie um Rat fragen. Drogenmissbrauch und Sucht waren Janeece' Spezialgebiet, obwohl Kate vermutete, dass es sich bei Tanya eher um gelegentlichen Konsum aus Langeweile handelte als tatsächlich um Abhängigkeit. Sie musste sie mehr beschäftigen. Vielleicht mit einem Job im Dorf, im Pub? Nein, nicht im Pub, was für eine dumme Idee! Dieser verdammte Rodney Morris. Allein der Gedanke an ihn brachte eine neue Welle der Empörung mit sich.

Sie würde darüber nachdenken und einen Ausweg finden, egal, was passieren mochte. Kate gefiel Tanyas Einstellung, auch wenn ihre Energie manchmal ein bisschen fehlgeleitet wurde. Wenn sie es sich genauer überlegte, musste Kate angesichts von Tanyas detaillierter Beschreibung des kleinen Drogentütchens sogar lachen. So ein freches Ding! Sie würde zurückgehen und mit ihr reden, damit sie alle wieder in ruhige Gewässer zurückfinden und nach vorn blicken konnten.

Kate atmete die frische Seeluft ein. Das Leben war schön.

Tanya verschloss ihre Zimmertür und drehte den schweren Schlüssel, bis ihr das beruhigende Knacken sagte, dass sie ungestört ans Werk gehen konnte. Im Badezimmer holte sie das, was sie sich gerade gekauft hatte, aus der weißen Plastiktüte. Sie wickelte den dünnen roten Zellophanstreifen von der rechteckigen Schachtel, dann löste sie die Schutzhülle. Tanya, deren Jeans und Slip ihr wie ein Nest um die Knöchel lagen, machte sich über die anstehende Aufgabe keine großen Sorgen. Indem sie sich in Gedanken an einen ganz anderen Ort begab, konnte sie noch ein bisschen länger so tun als ob nichts wäre.

Nachdem alles erledigt war, wusch Tanya sich gründlich die Hände, achtete darauf, auch unter den Nägeln zu putzen und zwischen den Fingern einzuseifen. Sie klopfte sich die Handflächen an dem flauschigen weißen Handtuch trocken Dann atmete sie, wie sie es immer tat, den frischen Duft ein, den diese Flüssigseife auf ihrer Haut hinterließ. Berauscht von dem ihr zu Kopf steigenden Blütenduft holte sie tief Luft. Sie liebte dieses kleine Ritual. Es hatte so viele Gelegenheiten gegeben, bei denen sie keine Seife und keine Möglichkeit gehabt hatte, sich zu waschen.

Das Plastikröhrchen lag auf der Glasablage über dem Waschbecken. Tanya war ein bisschen mulmig zumute, als sie daran dachte, was auf dem Spiel stand. Ihre Hand zitterte ein klein wenig, als sie es hin und her drehte. In Wahrheit kannte sie das Ergebnis, bevor sie hinschaute. Sie wusste es, weil ihr Instinkt es ihr in den vergangenen sechs Wochen immer wieder gesagt hatte.

Die leichte Übelkeit, die Müdigkeit, ihre Gefühlsduselei – es war sehr leicht gewesen, sich jedes dieser Phänomene zu erklären und abzutun. Es konnte an der neuen Umgebung oder an Toms ungewohntem Essen liegen. Selbst die Seeluft war dafür verantwortlich gemacht worden. Das alles hatte plausibel und vernünftig geklungen. Doch tief in ihrem Innersten wusste Tanya, dass die Symptome genau die gleichen gewesen wären, ob sie sich nun in London oder in Timbuktu aufgehalten hätte.

Sie konnte sich an die Stunde, wenn nicht gar an die Minute der Empfängnis erinnern. Es war weder schön noch romantisch oder überlegt gewesen. Das war es ja nie. Sie war zu ihm gegangen, um sich zu verabschieden und ihm zu erklären, dass sie einen Neuanfang ohne ihn wagen wolle, fern von diesem Leben, von dieser Versuchung. Er war ruhig und erstaunlich verständnisvoll gewesen, hatte ihr vorgegaukelt, dass sie ihm nie wirklich etwas bedeutet hatte, dass er bereits eine Nachfolgerin an Land gezogen hatte. Doch das spielte jetzt keine Rolle mehr.

Nach einem, zwei, vielleicht drei Drinks hatten sie das getan, was für beide selbstverständlich und vertraut war, um der alten Zeiten willen, zum letzten Mal. Seine tiefblauen Augen mit dem durchdringenden Blick faszinierten sie noch immer und zogen sie an. Sie hatte den Trost genossen, den sie in seinen Armen fand, hatte die Berührung seiner Haut geliebt. Dieser finstere, grüblerische Mann hatte ihr sowohl die Höhen der Ekstase gezeigt, die ihren Geist himmelwärts schickte, wo er zwischen den Sternen tanzen konnte, als auch die Tiefen der Verzweiflung, in denen sie um das kleinste bisschen Zuneigung, für das sie sehr dankbar war, betteln musste. Das war der Mann, für den sie durch brennende Reifen gesprungen, dem sie bis ans Ende der Welt gefolgt wäre und für den sie sogar den Kopf hingehalten hätte. Sie waren aus dem gleichen Holz geschnitzt: Zwei Individuen, deren Lebenserfahrung und Umfeld sich so ähnlich waren, dass ihre Verbindung weit über die rein körperliche Anziehung hinausreichte. Ihre Beziehung war tief, aber zerstörerisch. Es war ihr fast unmöglich, zwischen dem Verlangen nach dem Mann, der so großen Einfluss auf ihr Leben hatte, und der Droge zu unterscheiden, die er beschaffte, weil beides nicht voneinander zu trennen war. Eines wusste sie jedenfalls mit Sicherheit, nämlich dass er die Liebe ihres Lebens bleiben würde.

Nachdem sie das Waschbecken ausgewischt und die Klospülung betätigt hatte, kehrte Tanya ins Schlafzimmer zurück. Sie blickte aus dem Fenster und wunderte sich nicht zum ersten Mal über die Tatsache, dass man, wenn man weit genug schwimmen konnte, bis nach Kanada kommen würde. Sie würde gern nach Kanada schwimmen.

Was wusste sie über dieses Land? Dort aß man jede Menge Ahornsirup. Es gab große Bären und noch größere Berge. Irgendwo hatte sie gespeichert, dass Französisch gesprochen wurde. Stimmte das? Sie musste lachen. Man stelle es sich einmal vor, man schwimmt die ganze Strecke bis nach Kanada und kann nicht einmal Französisch.

Tanya machte das Bett. Sie zog das Laken gerade und strich die Falten des Bettbezugs glatt. Sie schüttelte die Kissen auf und legte sie übereinander, dann faltete sie die weiche Decke über die untere Hälfte der Kissen, so wie es ihr gefiel. Es hatte etwas Wunderbares, in ein Bett steigen zu können, das so schön gemacht war.

»*Bonjour*!«

Sie lachte, als sie das fremde Wort ausprobierte, dann trat sie vor den Spiegel über dem Kamin.

»*Bonjour*, ich bin Tanya, Herr Polizist. Kann ich ein wenig Ahornsirup haben, *s'il vous plaît?*«

Darüber musste sie noch mehr lachen. Sie kicherte, bis ihr Tränen in den Augen standen. Wer hätte das gedacht? Die dusslige olle Tanya Wilson, konnte sich, wenn sie die ganze

Strecke nach Kanada schwamm, tatsächlich ein bisschen auf Französisch mit dem berittenen kanadischen Polizisten unterhalten, der ihr am Strand ein Handtuch reichen würde. Das war doch wirklich verblüffend.

Sie knipste die Nachttischlampe aus und öffnete das Schiebefenster gerade so weit, dass das Zimmer ausreichend belüftet wurde. Sie putzte sich die Zähne und tupfte sich das Gesicht mit dem weichen weißen Handtuch trocken, das sie dann sorgfältig wieder an den Haken hängte. Tanya lehnte die Stirn an die kühle Fensterscheibe und konnte den Blick kaum vom Meer wenden, das sich vor ihr erstreckte, eine riesige, nicht enden wollende schwarze Decke. Ihre Finger lagen auf dem mit Zweigen bedruckten Vorhang und spürten die winzigen aufgestickten Lavendelbüschel.

»Machst du einen Spaziergang?«, fragte Tom, als sie an der Küche vorbeiging. Tanya nickte.

»Na, es ist wirklich ein schöner Tag. Und du wirst zumindest nicht zum Mittagessen wieder hier sein müssen. Wie viele Pfannkuchen hast du verdrückt? Du musst ja fast platzen!« Ehrlich erstaunt schüttelte er den Kopf.

»Danke, dass du mir beigebracht hast, wie man Lasagne macht, Tom. Sie hat nicht schlecht geschmeckt, oder?«

Er lachte und fragte sich, wie sie auf dieses Thema gekommen waren. »Gern geschehen, Süße. Unter uns gesagt, ich habe mir Sorgen um meinen Job gemacht – sie hat fantastisch geschmeckt. Du bist ein Naturtalent.«

Der Pfad an der Klippe, die vom Haus zum Strand hinunter führte, war schmal und gefährlich. Er wand sich wie eine Riesenschlange ohne ersichtliche Logik den steilen Abhang hinab. Zerbröckelnde, halb versunkene Stufen markierten seinen Verlauf. An den Rändern wuchsen dichte Büschel wildes Gras, auf denen man sich leicht den Knöchel verknackste. Tanya rutschte mit ihren glatt besohlten Sportschuhen auf den losen Steinen aus, geriet ins Stolpern und schwankte hin und her, bis sie das Gleichgewicht wiedergefunden hatte. Sie zog sich die Schuhe aus und hielt sie mit der rechten Hand in die Luft, als wolle sie sie vor weiterer Abnutzung bewahren. Sie hatte das Bild vor Augen, wie sie, wild mit Armen und Beinen rudernd, von der Klippe stürzt. Das wäre für ihr Leben einfach typisch – nichts lief für sie nach Plan. Doch die Nachricht auf dem Zettel in ihrer Tasche würde bleiben.

Als der Pfad schließlich ebener wurde und die Steine dem Sand Platz machten, wurden aus Tanyas unsicheren Tritten ausgreifende Schritte. Der Strand war menschenleer. Sie rannte die letzten Meter mit einem Lächeln auf dem Gesicht, während die salzhaltige Brise durch ihre Haare wehte und ihr gegen die Brust drückte.

Tanya schlüpfte aus ihrer Strickjacke und faltete sie ordentlich zusammen, bevor sie sie auf den Sand legte. Als Nächstes zog sie sich die Jeans aus und legte sie genau auf ihre Jacke. Sie öffnete den Verschluss ihres BHs und ließ die Träger über ihre dünnen Arme fallen, schließlich entledigte sie sich ihres Slips. Ihre Kleider bildeten einen ordentlichen kleinen Stapel, wie Wäsche, die darauf wartet, am Waschtag eingesammelt und weggebracht zu werden. Auf ihren Kleiderstapel legte sie den Haus- und ihren Zimmerschlüssel. Direkt darunter schob sie den cremefarbenen Umschlag und verdrehte ihn ein wenig, um sicherzustellen, dass er deutlich sichtbar war. Dann war sie fertig. Sie wandte den Blick himmelwärts und genoss die Sonnenstrahlen, die vom azurblauen Himmel schienen. Es war einfach herrlich, die Wärme auf der nackten Haut zu spüren.

Als Tanya auf das Wasser zuging, blieb sie mit einem Mal stehen und zuckte vor Schmerz zusammen. Eine kleine Glasscherbe, die noch nicht zu dunklem Meerglas abgeschliffen war, hatte sich in das weiße Fleisch ihrer Sohle gebohrt. Sie hob den Fuß, stützte ihn gegen das andere Knie, packte den winzigen Splitter und zog ihn heraus. Ein Tropfen Blut rann ihr dick und rot über das nackte Bein. Sie versuchte nicht, das Bluten zu stoppen, verglichen mit der Reise, die sie gerade antrat, spielte es keine Rolle. Sie war sich nicht sicher, wieso sie sich überhaupt die Mühe gemacht hatte, den Glassplitter herauszuziehen. Was spielte das für eine Rolle? Eine oder zwei Sekunden Schmerzen am Fuß hatten im Großen und Ganzen keinerlei Bedeutung.

Sie steuerte auf den dunklen Sand zu, die Linie, wo das Wasser an Land schwappte, dem Sand die Farbe dunklen Tees verlieh und Vertiefungen schuf, in denen kleine Würmer und Krebse schwammen.

Zögerlich ging Tanya weiter und spürte den Schock des eisigen Wassers auf der Haut. Sie war zum ersten Mal im Meer, und es war nicht das warme Bad, das sie erwartet hatte. Sie machte zuerst kleine, vorsichtige Schritte, bis sie knietief im Wasser stand. Dann nahm sie ihren ganzen Mut zusammen und ging mit großen Schritten weiter.

Sie ließ sich von den winzigen Wellen mit ihren salzigen Zungen umspülen. Schließlich drehte sie sich um und blickte zum Ufer, ging dabei langsam rückwärts, bis das Wasser ihre Schultern bedeckte. Ihr klapperten die Zähne, und ihre

Gliedmaßen zuckten unwillkürlich in dem Versuch, der Kälte entgegenzuwirken.

Für einen letzten Blick auf das *Haus zur Aussicht* schaute sie zur Klippe hinauf. Das war der einzige Ort, an dem sie glücklich gewesen war, der einzige Ort, an dem sie es gemütlich gehabt und sich willkommen gefühlt hatte. Sie dachte an das glänzende Badezimmer, erinnerte sich an die Bequemlichkeit ihres sauberen weißen Bettes und die Decke, die sie sich in kühlen Nächten über die Schultern gezogen hatte. Ihr war beim Gedanken, zum Gehen aufgefordert zu werden, das Herz schwer geworden. Sie hatte es vermasselt, und sie wusste es. Das war zu erwarten gewesen, sie vermasselte ja immer alles. Es war, als sei sie auf Selbstzerstörung programmiert.

Sie erinnerte sich an ein Weihnachtsfest ihrer Kindheit, als sie ein Furby geschenkt bekommen hatte. Bei ihr zu Hause gab es selten Geschenke, und sie hatte das pelzige Wesen geliebt, das die Augen und den Mund geöffnet hatte, wenn es sang. Sie hatte es mehr geliebt als alles andere, was sie je besessen hatte. Sie konnte nicht glauben, dass jemand wie sie etwas so Herrliches geschenkt bekam. Sie hatte mit dem Furby gesungen, es gestreichelt, es mit ins Bett genommen und an sich gedrückt. Dann, eines Abends, hatte ihre Mutter nach einem Zechgelage und einem Streit mit ihrem neuesten Typen noch schlechtere Laune gehabt als sonst. Sie hatte angedroht, auf ihr Furby zu treten, damit *das verdammte Ding endlich die Klappe hält!* Der Gedanke, zusehen zu müssen, wie ihr geliebtes Spielzeug zerstört wurde, war für Tanya so unerträglich, dass sie kurze Zeit nach der Schimpftirade ihrer Mutter ihr Furby in die feuchte, kalte Nacht hinausgenommen und selbst darauf herumgetrampelt hatte. Mit Tränen in den Augen hatte sie seinen ramponierten Körper in den Müllcontainer geworfen. Es war viel einfacher, mit dem Verlust fertig zu werden, als mit der ständig über ihr schwebenden Drohung, es könnte zerstört werden.

Tanya wusste, dass das Leben im *Haus zur Aussicht* nicht mehr übertroffen werden konnte. Jemand wie sie würde niemals eine Wohnung oder einen Job haben. Sie würde nie nach Kanada kommen oder eine solche Kaffeemaschine wie die im Pub besitzen. Doch auf diese Weise würde sie zumindest nie von ihrem Baby getrennt werden, nie den Schmerz kennenlernen, sich zwischen ihrer Lieblingsdroge und ihrem Kind entscheiden zu müssen. Wenn die Wirkung der Droge nachließ, würde sie sich nie mit schweren Lidern fragen müssen, wer das Kleine wohl füttert und badet, während sie sich in die Arme des Mannes schmiegte, der ihr das Gift beschaffte.

Das Haus oben auf der Klippe war ein wunderschöner Anblick. Ihre letzten Blicke hätten auch auf etwas ganz anderes fallen können – eine fleckige Zimmerdecke, die sich lösende Tapete an einer feuchten Toilettenwand oder die schlammigen Pflastersteine einer menschenleeren Gasse. Das hier war besser, viel besser. Ihr gefiel die Tatsache, dass sie diesen Entschluss gefasst hatte. Sie hatte die Kontrolle übernommen.

Sie legte ihre wie eine Dörrpflaume verschrumpelte Hand auf ihren flachen Bauch und beschrieb kleine Kreise. Sie war nicht allein. Sie würde nie mehr allein sein, sondern für immer ihren Frieden finden mit ihrem kleinen Geheimnis, das in ihr geborgen war und es behaglich hatte.

»Du wirst dich nie vor Wasser fürchten.«

Sie formulierte die Wörter im Stillen, damit der kleine Menschenkeim es hörte, der in Liebe empfangen worden war und in ihr wuchs. Der Gedanke tröstete sie sehr.

Ihr Körper war wegen der extremen Kälte ganz taub geworden und von Gänsehaut überzogen. Ihr feines Haar trieb wie orangefarbenes Seegras um ihren Kopf. Den Blick noch immer auf das Haus gerichtet, machte Tanya bewusst zwei Schritte rückwärts. Der weiche Sand unter ihren Füßen führte ins Nichts, und sie versank immer tiefer im Wasser wie die Meerjungfrau, die zu sein sie sich so oft ausgemalt hatte.

Das kalte Wasser drang in ihre Atemwege ein, zuerst langsam, da ihre instinktive Reaktion darin bestand, den Mund zu schließen und sich die Nase zuzuhalten. Doch sobald sie sich entspannte, strömte es ein und füllte ihre Lungen mit Salzwasser. Als ihr Gehirn registrierte, dass ihr Würgereflex zwecklos war, wurde sie von einer angenehmen Gelassenheit überwältigt. Ein kleiner Lichtfleck leuchtete über ihr. Sie lächelte. Dann schloss sie langsam die Augen und begrüßte den Frieden und die Ruhe, die vor ihr lagen.

Als Kate in die Einfahrt einbog, fiel ihr auf, dass Tom an der Hintertür stand. Er war sichtlich nervös, weil er das karierte Geschirrtuch von einer Hand in die andere warf.

»Ach, großartig, was ist jetzt schon wieder los? Welches Drama erwartet mich dieses Mal? Bitte nicht noch mehr Drogen.«

Sie sprach in den Spiegel in ihrer Sonnenblende und hoffte, dass die Katastrophe darin bestand, dass die Karotten ausgegangen waren, befürchtete jedoch etwas viel Schlimmeres. Vielleicht hatte Janeece ja recht, und sie wurde langsam alt, wahrscheinlich zu alt.

Kate stieg mit ihrem Einkaufskorb in der einen und der Lokalzeitung in der anderen Hand aus dem Jeep.

»Tom, ist alles in Ordnung?«

»Alles bestens, Kate.«

Trotz dieser Antwort drehte er das Tuch in den Händen, was auf das genaue Gegenteil schließen ließ.

»Gut. Dann harrt also dieses Mal keine Katastrophe meiner Aufmerksamkeit?«

»Nein, nichts dergleichen. Es ist nur, dass du Besuch hast.«

»Gut, ich gehe gleich hinein.«

Nach Toms nervöser Haltung zu urteilen, konnte es ein unerwarteter Hausgast sein. Es war schon einmal passiert, dass wegen mangelhafter Kommunikation und langsamer Postwege ein Mädchen für einen Kurzaufenthalt ohne Vorankündigung aufgetaucht war. Das spielte keine Rolle – sie würden die Lage meistern, so wie es ihnen bislang immer gelungen war. Sie hatten jede Menge Platz, und alles würde gut werden, sobald sie zusammen eine Tasse Tee getrunken und ein paar freundliche Worte gewechselt hatten.

Oder es handelte sich um einen Überraschungsbesuch des Sozialdienstes – ein deutlich weniger angenehmes Szenario. Allein bei dem Gedanken ließ Kate den Kopf hängen. Ihre Stimmung verdüsterte sich. Warum ausgerechnet an einem so herrlichen Tag? Nicht etwa, dass sie etwas zu verbergen gehabt hätte, weit gefehlt. Sie verfolgten eine Politik der offenen Tür, aber es wäre lästig und zeitraubend, und sie hätte ihren Papierkram gern ein bisschen besser geordnet gehabt.

Kate betrat die Küche mit einem heiteren Hallo.

Und blieb wie angewurzelt stehen.

Die Zeitung fiel auf den Boden, als sie sich mit der Hand auf den Mund schlug. Ihr Herz raste so schnell, dass sie sich ganz benommen fühlte. Am Tisch saß ihr Sohn.

Tom stellte einen Becher mit Tee auf den Tisch, der zu jenem passte, den er Dominic bereits gebracht hatte, und verzog sich leise.

»Hallo.«

»Meine Güte! Ach, Dom!«

Kate ging zu ihm und strich ihm mit der einen Hand über den Rücken, mit der anderen umfasste sie seinen Hinterkopf. Ihre Berührung war sanft und vorsichtig – nicht nur, weil sie sich unsicher war, wie sie aufgenommen würde, sondern aufgrund der Angst, er könnte wieder verschwinden. Sie hatte sich dieses Wiedersehen so oft vorgestellt, dass sie dachte, es könnte sich um einen Traum handeln. Aber das war es nicht. Sie spürte ihn unter ihren Händen, er war wirklich da und saß in ihrer Küche.

Sie atmete seinen Duft ein, vertraut und berauschend.

»Ach, Dom, schau dich nur an! Schau dich nur an! Das ist wunderbar, das ist der schönste Augenblick ... Ich habe dich vermisst.«

Sie hatte den Eindruck, das wäre eine krasse Untertreibung. Man konnte mit Worten unmöglich beschreiben, was die Abwesenheit ihrer Kinder für sie bedeutet hatte – sie waren alle viel zu schwach, nichtssagend und unpassend.

»Du zerquetschst mich noch.«

»Ach, tut mir leid, Schatz.«

Kate nahm auf dem Stuhl Dom gegenüber Platz.

Sie musterte den Mann vor ihr. Er trug Jeans, ein dickes weißes Baumwollhemd und sah wirklich fantastisch aus. Seine muskulösen Unterarme waren dicht mit dunklen Haaren bedeckt. Sie blinzelte und blendete aus dem Gedächtnis das Bild der mageren Arme ihres Jungen darüber, bedeckt mit hauchdünnen Spiderman-Tattoos, die in einer Kaugummipackung gesteckt hatten. Sie sah seine dürren, sommersprossigen Gliedmaßen vor sich, die aus gestreiften T-Shirt-Ärmeln herausragten. Die Ärmel wirkten sehr weit, weil seine Arme weder einen Bizeps noch einen Trizeps vorzuweisen hatten.

Wie lange war das her? Zehn Jahre? Nein, zwanzig Jahre. Du meine Güte, wie die Zeit verging!

Kate stellte fest, dass aus dem schlaksigen Teenager ein muskulöser Mann mit dichtem dunklem Haar geworden war. Alles Eckige und Spitze war durch solide Rundungen ersetzt worden.

Die körperlichen Veränderungen waren gewaltig, aber Kate konnte darüber hinaus erkennen, dass er bereits vor einiger Zeit die Grenze vom gelangweilten Teenager zum vom Leben gezeichneten Mann überschritten hatte. Sein Blick musterte die Dinge nicht mehr beiläufig, sondern zögerlich, verstohlen. Sein Bein zuckte, sein Absatz wippte, und seine Finger trommelten auf den Tisch. Er war unruhig, nervös und redete ein bisschen zu schnell, verbreitete eine gereizte Stimmung. Kate fühlte sich an ein in die Ecke gedrängtes sprungbereites Tier erinnert.

»Ich kann es kaum fassen, dass du hier bist, ehrlich. Es gibt so vieles, was ich dir sagen will, Dominic, aber ich weiß gar nicht, wo ich anfangen soll. Das ist verrückt, denn seit ich dich zum letzten Mal gesehen habe, habe ich darüber jeden Tag nachgedacht. Ich bin so glücklich. Wie lange kannst du bleiben?«

Die Angst, er könnte wieder gehen, überschattete bereits ihre kostbaren gemeinsamen Augenblicke.

»Ich habe Zimmer, die schon hergerichtet sind. Wir können alles nachholen. Hast du Hunger? Wie bist du hergekommen? Bist du mit dem Auto gefahren? Francesca hat erzählt, dass du beruflich viel unterwegs bist. Ich komme mir wie ein kleines Kind vor! So aufgeregt bin ich! Wie geht es Lyds?«

Die Wörter sprudelten wie ein Wasserfall aus ihr heraus.

»Nein, ich kann nicht bleiben, aber danke fürs Angebot. Lydia geht es sehr gut, danke. Sie ist eine echte Künstlerin, die überschwängliche Kritiken für ihre Werke bekommt, und die hat sie sich ehrlich verdient. Sie ist sehr begabt.«

Kate hasste die Art und Weise, wie er ihr dankte – höflich, als wäre sie eine Fremde. Seine Antwort hatte nichts Herzliches. Der Tonfall, in dem er von seiner Schwester sprach, klang beschützend und unterschwellig spöttisch. *Was geht das dich an?*, schien er zu fragen.

Kate beschloss, ihm nicht zu erzählen, dass sie einige von Lydias Gemälden gesehen hatte, die die überschwänglichen Kritiken eindeutig verdienten.

»Und was ist mit dir, Dom, was machst du beruflich? Arbeitest du immer noch mit Luke und Gerry zusammen?«

»Ja, wir betreiben eine Immobilienfirma – Kauf und Verkauf, Renovierung, Innendesign, solche Sachen. Es läuft ziemlich gut.«

»Ach, das ist ja fantastisch. Es klingt so klischeehaft, aber du bist groß geworden, du siehst großartig aus. Du bist schön, Dom, ein so gut aussehender Mann. Ich habe immer gewusst, dass du das einmal werden wirst. Hast du eine Freundin?«

Seine Antwort fiel vage aus. Er hatte das Bild seiner jüngsten Eroberung vor Augen, aber das spielte keine Rolle. Welches Mädchen blieb schon bei ihm, wenn es erst einmal seine Geschichte kannte? Er hatte nicht vor, sich seiner Mutter anzuvertrauen. Stattdessen sah er sich in dem Raum um, in dem sie saßen.

Kate hatte gewusst, dass ihr erstes Treffen so ablaufen könnte, aber das machte es nicht leichter. Sie wollte ihn so dringend fest an sich drücken. »Ich kann dir gar nicht sagen, wie glücklich ich bin, dich zu sehen.«

Er ignorierte ihre Feststellung. »Das ist eine schöne Einrichtung, die du hier hast. Das Haus ist interessant ...«

Kate nickte. Sie wollte nicht über das Haus sprechen. »Dom, ich habe dich schrecklich vermisst.«

»Na, du hast doch gewusst, wo ich war. Wenn du mich so sehr vermisst hättest ...«

Sie hielt seinem Blick stand. »Liebling, das ist nicht fair. Ihr habt absolut klargemacht, dass ihr mich nicht sehen wollt, und ich habe euren Wunsch respektiert. Ich habe mir gedacht, dass ihr zu mir kommen werdet, wenn ihr dazu bereit seid.«

Dominic lachte, aber es war eher ein gekünsteltes Kichern, das sie für einen kurzen Augenblick an Mark erinnerte.

»Das ist typisch für dich. Die ganze Amateurpsychologie zahlt sich offenbar aus, hier bin ich! Du hast mir einmal gesagt, dass ich immer mit dir reden könnte, dass du mir immer zuhören würdest. Du hast gesagt, das wäre dein Job.«

Kate lächelte. Ja, das hatte sie gesagt.

»Tja, den hast du ziemlich schlecht gemacht. Ich bin richtig sauer auf dich, Mum.«

Er klang wie ein kleiner Junge, und das schnürte ihr das Herz ab. Sie stellte sich vor, dass er den gleichen Tonfall anschlug, um sich darüber zu beschweren, dass er ins Bett gehen oder Spargel essen musste. Aber er hatte sie Mum genannt! Wie hatte sie das vermisst.

»Dom, wir waren zu lang voneinander getrennt. Ich möchte unser Wiedersehen nicht durch Streitereien ruinieren.«

»Vielleicht geht es aber nicht immer darum, was du willst. Vielleicht gibt es etwas, das ich will, das ich brauche.«

»Was, Dom? Sag mir, worum es geht, und ich werde mein Bestes geben, dir zu helfen. Ich hab dich so lieb. Ich will dich nicht leiden sehen.«

»Leiden?« Er legte die gespreizte Hand über den Mund und umfasste Kinn und Wange, weil er ein neuerliches, unpassendes Lachen unterdrücken wollte. »Himmel, du hast von Leiden keine Ahnung.«

»O Dom, ich glaube, ich habe davon mehr als nur eine Ahnung.«

Sie schluckte die Worte, die ihr auf der Zunge lagen, hinunter: *Dein Vater war ein Monster. Du hast keine Ahnung, wie ich gelebt habe. Ich bin achtzehn Jahre lang gefoltert worden, aber ich habe es dir und Lydia zuliebe hingenommen.* Sie behielt sie für sich, weil sie ihren Sohn nicht noch mehr belasten wollte.

»Dom, ich erwarte nicht, dass du das verstehst, und ich weiß, was du wegen meiner Tat durchgemacht hast.«

»Wirklich, Mum?«, fiel er ihr wieder ins Wort. »Weißt du wirklich, was ich wegen deiner Tat durchgemacht habe? Was Lydia durchgemacht hat?«

Kate senkte den Blick und wartete auf den Angriff, der kommen würde, wie sie wusste. Den Angriff, mit dem sie in den vergangenen zehn Jahren gerechnet hatte.

»Ich kannte nichts anderes als Mountbriers. Die Leute dort waren nicht nur meine Freunde, sie waren meine Familie. Ich war so gern Teil davon. Ich war immer stolz, diese Uniform anzuziehen und jeden Tag durch den steinernen Torbogen zu gehen. Das hat mir das Gefühl vermittelt, etwas Besonderes zu sein. Das war das Wichtigste für mich. Ich habe mich sehr angestrengt, mich gut geschlagen, für die goldene Zukunft geplant, die vor mir lag, wie du mir ständig erzählt hast. Aber du hast gelogen, nicht wahr? Du hattest andere Pläne für meine Zukunft, für unsere Zukunft. Und ich habe die Schule nicht so verlassen wie die anderen Schüler. Ich habe kein Stipendium erhalten oder bin auf eine andere Schule gewechselt. Meinen Eltern ist nicht das Geld ausgegangen und sie haben mich deshalb auf die öffentliche Schule geschickt. Das ist vielen Kindern so ergangen, und es war für sie in Ordnung. Sie konnten noch immer teilhaben, wenn sie wollten. Aber ich nicht. Ich konnte nicht mit den anderen in Kontakt bleiben, übers Wochenende vorbeikommen oder auch nur das verdammte Schuljahr zu Ende machen.«

»Dom, ich ...«

»Nein. Lass mich fertig erzählen. Die Polizei hat Lyds und mich stundenlang befragt, wusstest du das? Wir waren in einer Polizeistation in separaten Zimmern mit lauter Fremden, die gefragt haben, ob Dad mich angefasst und mir wehgetan hat. Kannst du dir das vorstellen? Ich war völlig verwirrt. In der einen Minute war ich mit meinen Freunden beim Grillen und in der nächsten fliegt mir meine ganze Welt um die Ohren, und dieser Typ fragt mich, ob mein Dad mich je ...«

Dominic atmete tief durch, um seinen Herzschlag zu beruhigen und zu verhindern, dass die Tränen der Enttäuschung ihm in die Augen stiegen. Er war aber noch nicht fertig.

»Dad hat mir oder Lyds nie ein Haar gekrümmt. Das hätte er niemals getan. Er war ein toller Vater, ob es dir gefällt oder nicht. Er war toll, und ich habe ihn geliebt. Er war klug, lustig, clever. Ich habe immer gehofft, dass ich eines Tages heiraten, Kinder bekommen und genau wie er sein würde. Ist das nicht komisch? Stell dir vor, ich wollte genau wie er sein.«

»Dominic, ich kann mir nur ausmalen ...«

Er erlaubte ihr nicht zu antworten, denn er wollte erst aufhören, wenn er die bösen Geister ausgetrieben hatte.

»Wir durften nichts aus dem Haus mitnehmen, gar nichts. Hast du das gewusst? Die haben meinen Computer konfisziert, meine Fotos, mein Handy, meine Kleider, alles. Alles, was ich je besessen oder gekannt hatte, war ausgelöscht. Mein Zuhause ist zu einem Tatort geworden. Bei dem Verbrechen, das dort begangen worden war, hat es sich nicht um einen Einbruch oder Überfall gehandelt, sondern um einen Mord. Mein Vater wurde erstochen – nicht von einem namenlosen Angreifer, sondern von meiner Mutter. Von dir! Ich habe meine Schule verloren, meine Freunde, mein Eigentum, mein Zuhause, meine Eltern, alles! Ich habe mein ganzes verdammtes Leben verloren. Kannst du dir das vorstellen? Und es war kein Fremder, der mir das angetan hat, es war meine eigene verfluchte Mutter! Du hast mir, du hast uns das alles genommen!«

Jetzt liefen ihm die Tränen ungehindert über die Wangen, und Kate empfand ein seltsames Gefühl der Erleichterung über die erlösenden Tränen.

Sie streckte ihre Hände über die Tischplatte – eine Sache von Zentimetern, aber für Mutter und Sohn waren es Kilometer und Jahre. Kate nahm die große Hand ihres Sohnes und umfasste sie mit beiden Händen. Sie spürte, wie er die Fingerspitzen einzog, als sie sich an ihre schmiegten. Ein kleiner Akt von enormer Bedeutung.

Sie saßen schweigend da, bis seine Tränen verebbten und seine Atmung wieder gleichmäßig wurde. Sie hatten alle Zeit der Welt.

Als er wieder etwas sagte, klang seine Stimme ruhiger, gelassener.

»Du hast uns das angetan, Mum. Ich mache nicht dich allein dafür verantwortlich. Ihr beide wart schuld, du und Dad. Ihr wart beide Lügner, und ihr habt aus unserer ganzen Existenz, aus unserer ganzen Kindheit eine einzige große Lüge gemacht.«

Kate erinnerte sich an Lydias schmerzhafte Worte am Telefon aus vielen Kilometern Entfernung. »Mein ganzes Leben und die Leute, denen ich vertraut habe, das alles war eine einzige Täuschung.«

Dominic war noch immer nicht fertig. »Ich denke an die vielen Male, die wir am Frühstückstisch gesessen haben, wenn Dad Witze gerissen und geplaudert hat. Du hast gelächelt, während du den verdammten Speck angebraten hast. Und nur eine Stunde zuvor ... Wer war der bessere Lügner, Mum? Ich bin mir nicht sicher. Ich weiß, dass Dad damit angefangen hat, er hat dich übel behandelt. Aber du hast es zugelassen, und ich weiß nicht, was schlimmer ist. Es ist für dich okay, du bist Kate Gavier geworden. Das kann ich nicht machen, ich kann nicht Kate Gavier werden. Ich muss Dominic Brooker bleiben. Ich nenne meinen Namen und beobachte, wie es in ihrem Kopf arbeitet, wenn sie herauszufinden versuchen, warum er ihnen bekannt vorkommt. Und dann weiten sich ihre Augen, wenn es ihnen einfällt. *Ach ja, Brooker. Sprössling des Scheißkerls Mark und der Verrückten Kathryn.* Und du fragst mich, ob ich eine Freundin habe? Was glaubst du denn? Wie würde die Unterhaltung beim ersten Treffen mit ihren Eltern verlaufen? Das wäre ein absoluter Rohrkrepierer.«

»Tut mir leid, Dom.« Das war eine unangebrachte, automatische Antwort.

»Und dann bist du verschwunden. Zuerst ins Gefängnis und danach hierher, um dich mit den Problemen anderer Leute zu beschäftigen, damit du dich nicht mit unseren zu befassen brauchst. Als ob wir nicht mehr zählen würden, als ob wir nicht genug zählen würden.«

»Dom, ihr habt immer gezählt. Ihr wart immer das Einzige, was gezählt hat. Ihr seid der Grund, warum ich weitermache. Ich liebe dich und Lydia mehr, als du dir vorstellen kannst, mehr als du je begreifen wirst. Ich habe mich nicht vor euch versteckt. Ich habe auf euch gewartet. An jedem Tag denke ich in jeder Minute bei jedem Atemzug daran, welche

Möglichkeiten ich habe, euch zu sehen, euch nahe zu sein oder Kontakt mit euch aufzunehmen, ohne euch noch mehr Kummer zu bereiten.«

Wieder fiel er ihr ins Wort.

»Ich denke über jene Nacht nach, Mum. Ich denke häufig darüber nach. Obwohl ich es nicht will. Wir waren im Zimmer nebenan. Wir waren in dem verdammten Zimmer direkt nebenan! Nur wenige Meter vom Geschehen entfernt. Und du warst fröhlich. Ich erinnere mich, dass du sehr fröhlich geklungen hast. Das habe ich auch der Polizei gesagt, und trotzdem hat Dad die ganze Zeit auf dem Bett gelegen ... Ich wette, er wollte, dass ich ihm zu Hilfe komme. Ich wette, er hatte Angst und fühlte sich allein. Mum, ich frage mich, ob er nach mir gerufen hat. Wollte er, dass ich ihm helfe? Mum, ich kann es nicht fassen, dass ich nebenan tief und fest geschlafen habe, in Gedanken mit dem Grillfest und Emily Grant beschäftigt, während du ...«

»Ach, Schatz. Ach, Dom. Das darfst du nicht tun. Das hat keinen Sinn. Es macht dich nur kaputt.«

»Glaubst du?«, fragte er mit sarkastischem Unterton. »Seit damals schlafe ich nicht mehr tief. Ich liege da und spitze die Ohren, für den Fall, dass jemand meine Hilfe braucht, für den Fall, dass Dad meine Hilfe brauchen könnte.«

Kate rieb sich über die Augen. »Das tut mir leid, Dom. Mir tut es wirklich sehr leid, dass ich euch beiden solchen Kummer bereitet habe. Eines Tages werden wir auch über die Angst, das Alleinsein und die Gründe dafür sprechen, aber nicht heute. Nicht heute, Dom. Es ist wichtig, dass du weißt, dass ihr bei mir immer, immer an erster Stelle gestanden habt. Ich ...«

Kate konnte ihren Satz nicht beenden.

Die Küchentür knallte so laut gegen die Wand, dass beide zusammenzuckten und in die Richtung blickten, aus der der Krach kam.

Rodney Morris stand da, einen Arm ausgestreckt, die Handfläche an der offenen Tür. Sein Körper war nicht an die Geschwindigkeit gewöhnt, mit der das Adrenalin ihn vom Strand heraufgetrieben hatte. Er keuchte und schwitzte, sein Gesicht war puterrot. Die andere Hand drückte er sich gegen die Brust, und dazwischen hielt er etwas, was wie Kleidung aussah. Schlüssel baumelten von seinen Fingern.

Kate ließ die Hand ihres Sohnes auf die Tischplatte fallen, als sie von ihrem Stuhl aufstand.

»Rodney! Was ist denn los? Was gibt's?«

Er hob langsam den Kopf, bis seine Augen, in denen Tränen standen, auf gleicher Höhe waren wie ihre.

»Tanya«, stammelte er.

Er händigte Kate den geöffneten cremefarbenen Umschlag aus, den er zusammengeknüllt in seiner Faust hatte.

Kate schlang den Arm um ihn und führte ihn zu einem Stuhl, und die Feindseligkeiten zwischen ihnen waren angesichts seines offenkundigen Kummers sogleich verflogen.

Sie zog das Blatt Papier aus dem Umschlag und las hastig Tanyas Zeilen.

»Wo ist sie, Rodney?«, schrie sie. »Ist es zu spät?«

Rodney wiegte sich auf seinem Stuhl langsam hin und her und brabbelte etwas Unverständliches.

»Oh, nein! Oh, bitte, lieber Gott, nein«, brüllte Kate fast hysterisch.

»So schön, so jung«, murmelte Rodney und weinte.

Kate las Tanyas Nachricht wieder und wieder, gefesselt von den zehn Zeilen. Sie versuchte, ihre Bedeutung zu verarbeiten. Ihr Atem ging stoßweise. Der Schmerz in ihrer Brust war plötzlich und stark. Sie hob den Blick und suchte das Gesicht ihres Sohnes, suchte nach Trost und Bestärkung, aber er war verschwunden.

Vor zehn Jahren

Während des Gerichtsverfahrens hatte Kathryn den Eindruck, unter Wasser zu leben. Sie konnte nicht zwischen Tag und Nacht unterscheiden. Die Stunden gingen ineinander über, unterbrochen von kurzen Nickerchen und der gelegentlichen Aufnahme von geschmacklosem Essen, das hölzern schmeckte. Wörter klangen verzerrt, Geräusche gedämpft und alle Farben sahen gedeckt aus. Sie fühlte sich fast wie in der Schwerelosigkeit. Aus der Menschenmenge, die in ihre Richtung spähte, stachen nur Lydia und Dominic deutlich und erkennbar heraus. Ihre Gesichter waren traurig und verkniffen, ausdruckslos, starr vor Kummer.

Während sie den dröhnenden Stimmen lauschte, die jedes kleinste Detail ihres Lebens auseinandernahmen und analysierten, kam es ihr vor, als redeten sie über eine Fremde. Sie fühlte sich von den Vorgängen abgekoppelt, unfähig, das Verfahren wirklich zu verstehen. Manchmal standen Menschen im Zeugenstand, die sie wiedererkannte. Sie war sich vage bewusst, dass Judith sie höhnisch angrinste, als sie ihre mollige Hand auf eine Bibel legte.

Für Kathryn waren die Fakten klar. Mark hatte sie über einen langen Zeitraum hinweg gequält, und eines Tages, nachdem sie ganz besonders provoziert worden war, hatte sie genug gehabt und ihn umgebracht. Nicht mehr und nicht weniger. Sie wäre zwar nicht so weit gegangen und hätte das, was sie getan hatte, als gerechtfertigt bezeichnet. Sie wusste, dass die genaueste Überprüfung und Erörterung an der Lage nichts an den Tatsachen ändern würde. Es war nun einmal, was es war. Die Geschworenen, zwölf Männer und Frauen, erklärten sie für schuldig, genau wie sie es vorausgesehen hatte. Das Urteil war jedoch fair. Acht Jahre, von denen sie bei guter Führung fünf würde absitzen müssen. Kate verspürte eine gewisse Genugtuung, denn diese zufällig ausgewählten Fremden waren zu dem Schluss gelangt, dass seine Übergriffe auf sie ungeheuerlich gewesen waren, und zumindest dafür war sie dankbar.

Kate – nicht mehr Kathryn – lag auf ihrer harten Gefängnispritsche und versuchte, sich an ihr neues Zuhause zu gewöhnen. Sie war erleichtert, dass ihre Gefängnisstrafe endlich begonnen hatte. Es war wie bei einem Marathon. Je früher sie startete, desto früher würde sie ihn hinter sich haben.

Das Frauengefängnis von Marlham war um einen zentralen Lichthof erbaut, umschlossen von Gängen mit Metallböden und Plexiglasscheiben sowie Zellenreihen auf jeder Etage. Es war hässlich und laut: Selbst die leichteste Berührung eines Geländers erzeugte ein lautes Scheppern, wie das Niesen in einer stillen Kirche. Ursprünglich war es als Sanatorium errichtet, inzwischen aber durch allerlei ausgeklügelte Anbauten aus rotem Backstein erweitert worden.

Die Zellen waren wesentlich wohnlicher, als die Gemeinschaftsbereiche erahnen ließen. Freilich gab es weder Chintzvorhänge noch gedämpfte Beleuchtung, aber sie bestanden nicht aus glänzenden magnolienfarbenen Backsteinen und Metallgittern, wie die Fernsehserie *Porridge* Kate hatte erwarten lassen. Es erinnerte alles eher an eine Jugendherberge, funktional und karg.

Ein winziges rechteckiges Fenster befand sich hoch in der Außenwand. Das Sicherheitsglas war mattiert, und es gab keinen Mechanismus, um es zu öffnen, trotzdem waren zur Sicherheit vier Metallstangen angebracht worden. Kate versuchte erst gar nicht, sich die Welt jenseits des Fensters auszumalen. Das war einfacher so. In ihrer Vorstellung gab es ihr altes Leben und ein neues, zukünftiges Leben, das sie erwartete. Das hier war die Zeit des Übergangs – ein notwendiger Schwebezustand.

Sie wünschte sich, den Kindern sagen zu können, dass es ihr gut ging und dass es nicht so grauenhaft war, wie sie es sich vielleicht vorstellten. Sie hatte eine Zelle für sich, die recht wohnlich und warm war. Es hätte viel schlimmer sein können. Im Gegensatz zu den meisten ihrer Mitgefangenen sehnte Kate sich nicht nach ihrer Matratze zu Hause. Ganz im Gegenteil. Sie fühlte sich in ihrer neuen Umgebung behaglich und sicher und genoss es, im Einzelbett zu schlafen.

Ihre Überlegungen wurden von einer korpulenten Wärterin unterbrochen, die zu ihrer Zelle kam und die Tür öffnete, die erst wenige Minuten zuvor verschlossen worden war. Kate kannte die Abläufe noch nicht.

»Auf die Beine.« Die Anweisung wurde eher als freundliche Bitte erteilt denn als Befehl.

Kate rutschte vom Bett und schob die Füße in die an der Ferse offenen Slipper mit Gummisohle, die man ihr ausgehändigt hatte.

Die Wärterin ging ihr voraus und nutzte eine Kombination aus Schlüssel und Magnetkarte, um von einem Korridor in den nächsten zu gelangen. Sie folgten kreuz und quer mehreren Gängen, bis Kate auf einmal in einem klinisch kalten, grauen Badezimmer stand. Es gab nur eine einzige matte Glühbirne in einem Gehäuse, das wie ein kleiner Käfig aussah. Das Waschbecken hatte einen Sprung und war von rostfarbenen Wasserstreifen durchzogen, die zum Abfluss führten. Die Luft war feucht, und es roch schimmelig.

»Du kannst duschen, Kate.«

Kate lächelte sie an. »Danke, das mache ich gern. Wie viel Zeit habe ich?«

Die Wärterin antwortete freundlich: »Nimm dir so viel Zeit, wie du brauchst, meine Liebe.«

»Wirklich?«

Die Frau nickte. »Heute Abend ist nicht viel los. Du kannst dir Zeit lassen.«

In Gedanken wiederholte Kate die Worte der Wärterin immer wieder: *Nimm dir so viel Zeit, wie du brauchst, meine Liebe.*

Sie konnte es nicht fassen. Diese zehn Wörter klangen in ihren Ohren wie Musik.

Kate trat in eine der vier identischen Duschkabinen und bemerkte den seltsamen Geruch von Umkleideräumen und Gemeinschaftsbädern, der an eine Molkerei erinnerte. Als sie sich das Wasser über Kopf und Körper rinnen ließ, lachte sie in den Wasserschwall hinein. Aus dem Lachen wurde schnell ein Weinen. Doch es waren Tränen der Erleichterung, nicht der Traurigkeit. Sie hatte sich geschworen, niemals eine Träne um Mark oder über das zu vergießen, was sie ihm angetan hatte. Niemals. Ohne Eile seifte sie sich ein und wusch sich die Haare – zwei Mal! Sie blieb noch lang, nachdem sie mit dem Waschen fertig war, in der kleinen quadratischen

Kabine stehen und ließ das Wasser auf ihre Haut prasseln, nur weil sie sich so freute, das tun zu dürfen.

Dann schloss sie die Augen und speicherte dieses brandneue Gefühl. So fühlte es sich also an, ohne ein wild hämmerndes Herz zu duschen, ohne in Gedanken einen Wecker zu stellen, ohne im Kopf die anstehenden Pflichten aufzulisten, während ihre Hand unter dem zu heißen Wasser zitternd nach dem Shampoo oder der Seife tastete. Sie kicherte. Eine Wärterin stand auf der anderen Seite der Tür, und sie war im Begriff, in eine Zelle zurückzukehren, in der sie für die Nacht eingesperrt sein würde. Trotzdem wurde ihr klar, dass sie nach über achtzehn Jahren aus ihrer eigenen, privaten Hölle befreit worden war.

»Besser?«, fragte die Wärterin, als Kate aus dem Badezimmer kam.

»Oh ja, viel besser.«

***

Die Tränen kamen eine Stunde später. Das Schluchzen aus Kates Zelle war auf dem ganzen Korridor zu hören. Es gab mehrere Rufe: »Sei still, verdammt!«, und ein paar einfühlsamere Äußerungen.

Die diensthabende Wärterin stand am Ende des Flures. So etwas kam häufiger vor, wenn das Drama des Gerichtsverfahrens erst einmal verblasst war und der neuen Gefangenen allmählich klar wurde, dass sie die nächsten Jahre hier würde verbringen müssen. Sie wartete ab. Kates Kummer war offensichtlich. Die Wärterin konnte Charaktere gut einschätzen und wusste nach nur wenigen Stunden in ihrer Gesellschaft, dass Kate keine von denen war, die Schwierigkeiten machen wollten.

»Lichter aus, meine Damen.« Die Wärterin knipste an den Schaltern im Korridor die Lampen aus. »Und bitte bemüht euch, nicht so laut zu sein.«

Sie hörte das unverkennbare Geräusch eines raschelnden Kissens und vermutete, dass Kate versuchte, ihr Schluchzen zu dämpfen.

Nach einer Stunde machte sie ihre Runde, um nachzuschauen, ob auch alle Lichter ausgeschaltet waren und alle sich dort befanden, wo sie sein sollten. Als sie durch das Gitter in Kates Zellentür spähte, stellte sie fest, dass Kate auf der Bettkante saß. Die Haare hingen ihr über das Gesicht.

»Wie geht es?«, flüsterte die Wärterin.

»Ganz gut, danke.«

Kate lächelte die dunkle Gestalt an. Ihre Stimme stockte zwischen zwei trockenen Schluchzern. Ihre Atmung ging nicht mehr im natürlichen Rhythmus. Sie klang wie ein Kleinkind, das nach einem Wutanfall nicht sprechen kann.

»Genau genommen ...«

»Ja, Kate?«

Es war nicht ungewöhnlich, dass die Insassen zu dieser nächtlichen Stunde eine Unterhaltung begannen und um etwas baten.

»Ich habe mich gefragt, ob Sie mir vielleicht helfen können.«

»Worum geht es?«

Die Stimme der Wärterin war auf einmal streng, weil sie mit einem verbalen Angriff oder einer lächerlichen Bitte rechnete. Solche Dinge waren auf den nächtlichen Runden die Norm.

Kate hob die linke Hand und hielt sie an das kleine Gitter. »Ich muss meinen Ehering loswerden. Mein Anwalt hat mir gesagt, dass ich ihn während der Gerichtsverhandlung anlassen soll, aber die ist ja vorüber. Ich hasse es, ihn zu tragen, ehrlich, aber ich bekomme ihn einfach nicht ab. Ich möchte keine weitere Nacht mit dem Ring an meinem Finger verbringen, keine einzige Nacht mehr.«

Kate wollte sich unbedingt des Symbols ihres Elends entledigen. Als ihr der Goldreif an den Finger gesteckt worden war, war sie jung, hoffnungsvoll und voller Lebensfreude gewesen. Die Frau mittleren Alters, die jetzt am dritten Knöchel ihres linken Ringfingers herumzog und herumzerrte, hatte Gelenke und Finger, die von der schweren Arbeit und den Misshandlungen angeschwollen waren. Sie hatte den Eindruck, als wäre mitten in der Nacht ein Zeitdieb dahergekommen und hätte Jahrzehnte ihres Lebens gestohlen. Das war ein grausamer Trick, der allergrausamste.

Sie vergoss viele Tränen.

»Ich möchte den wirklich nicht mehr am Finger haben. Bitte.«

Es war das erste und letzte Mal, dass die Wärterin einen solchen Auftritt von Kate erleben sollte. Er ging ihr nahe, und sie wollte Kate helfen. Nach ein paar Minuten kam sie mit einer Schüssel mit warmem Wasser und einem Stück Seife zurück. Sie schloss die Tür auf und gab die Sachen der freundlichen, zutiefst bekümmerten Frau.

»Vielen Dank. Ich bin Ihnen sehr dankbar.« Kate lächelte sie mit tränennassem Gesicht an.

Sie seifte sich den Finger ein und zerrte und zog so heftig an dem Ring, bis der Finger blutete. Das bestärkte sie nur weiter in ihrem Entschluss. Wieder seifte sie den Finger ein und probierte es erneut. Beim dritten Versuch hatte Kate trotz der Tatsache Erfolg, dass der Finger weiter angeschwollen war, was die Sache noch zusätzlich erschwert hatte. Sie ließ den Ring zusammen mit der Seife in die Wasserschüssel fallen und prüfte die Kerbe, die er an ihrem Finger hinterlassen hatte.

»Was glauben Sie, wie lange wird es dauern, bis die verschwunden ist?«, fragte sie, als die Wärterin auf ihrer nächsten Runde vorbeikam.

»Ich weiß nicht. Vermutlich ein paar Monate.«

Kate nickte. Ein paar Monate konnte sie warten.

»Was soll ich damit anfangen?« Die Wärterin hatte den glänzenden Goldring aus dem Wasser gefischt und hielt ihn zwischen Daumen und Zeigefinger in die Höhe.

Kate wedelte mit der Hand in Richtung Fenster. »Ach, das ist mir egal. Irgendwas! Werfen Sie ihn bitte weg.«

Sie nickte, bevor sie die Aufmerksamkeit wieder ihrem Finger zuwandte, ihn beugte und ihre nackte Hand bewunderte. Sie hätte auch von der Seife sprechen können, so gleichgültig war ihr der goldene Ring.

Kate schlüpfte zwischen die steifen, gestärkten Laken und wusste, dass sie endlich frei war. Das war ihr letzter Gedanke, bevor sie in einen tiefen, festen Schlaf driftete. Das war eine völlig neue Qualität von Schlaf. Sie hatte ganz vergessen, dass es das überhaupt gab.

Als sie am Morgen aufwachte und die Sonnenstrahlen zwischen den Gefängnisstäben hindurchschienen und ihre graue Decke mit Streifen überzogen, hatte sie ein Lächeln auf dem Gesicht und war mit sich im Reinen. Sie hatte es geschafft. Sie war entkommen und hatte ihren Frieden gefunden.

Kate grinste. Es fühlte sich einfach wunderbar an.

Heute

Im Haus war es unheimlich still. Natasha und Kate saßen auf dem Sofa vor dem offenen Kamin. Beide hatten weder Appetit noch Energie. Es war ein zermürbender Tag, ein zermürbender Monat gewesen. Die beiden Frauen waren mit ihrer Trauer beschäftigt, von ihrem Kummer erschöpft, und die Organisation der Beerdigung hatte ihre ganze Zeit in Anspruch genommen. Jetzt war es an der Zeit, in Ruhe nachzudenken, tief durchzuatmen, weil sie seit dem Tag, an dem Tanya sich das Leben genommen hatte, kaum hatten Luft holen können.

Kate spielte in Gedanken die Beerdigung noch einmal durch, als könne sie ihr dadurch etwas von ihrem Grauen nehmen. Düstere, dumpfe Orgelmusik hatte durch Penmarins kleine Kirche gehallt, als sie und Natasha angekommen waren – ein viel zu trauriges Stück für ein junges Mädchen wie Tanya, dachte Kate. Es hätte etwas Leichtes und Unbeschwertes sein sollen.

Die Bankreihen waren voll. Janeece und ihr Mann Nick waren bereits da, und Kate erkannte Leute, die sie aus dem Pub vom Sehen kannte, aber auch verschiedene Ladenbesitzer und Lieferanten des Hauses. In den hinteren Reihen saßen einige von Tanyas Freunden und Bekannten aus London. Einer von ihnen konnte der Exfreund sein, ein Jugendlicher mit krausen Haaren und tiefblauen Augen. Kate lächelte ihm zu, weil ihr daran lag, dass er sich in dieser fremden Umgebung am traurigsten aller Tage getröstet fühlte. Sie freute sich für Tanya, dass ihre Freunde die Reise unternommen hatten, die ohne eigenes Auto weder billig noch bequem war. Der Junge lächelte verlegen in ihre Richtung, steckte die Hände in die Taschen seiner Lederjacke, dem einzigen schwarzen Kleidungsstück, das er trug. Er blickte Kate weiter verstohlen an, als fragte er sich, wie viel sie wusste. Jedenfalls so viel, dass ein nettes Mädchen für ihn den Kopf hingehalten hatte und eigentlich etwas Besseres verdient hätte.

Tanyas Mutter hatte die Teilnahme abgelehnt und gesagt, es wäre am besten, wenn sie nicht käme. *Am besten für wen?*, fragte sich Kate. Wahrscheinlich hatte die Frau sogar recht, da weder sie noch Natasha für die Wahrung der Höflichkeit garantieren konnten. Sie wären dafür einfach zu erschöpft gewesen.

Rodney hatte die ganze Bestattung bezahlt, das war zweifellos seine Art der Entschuldigung. Doch Kate fand das zu wenig und zu spät. Was hatte er gesagt? *Was Tanya anbelangt, ist meine Neugier mehr als befriedigt.* Dieser Scheißkerl.

Es schwebten zu viele »Ach-wenn-doch-nur« unter den normannischen Deckenbalken. Rodney dachte: Wäre ich doch nur früh genug zum Strand gegangen, dann hätte ich sie von ihrer Tat abhalten können. Natasha wünschte sich, sie hätte Tanya in ihren Kunststunden ein bisschen stärker bedrängt. Sie hatte bereits gemerkt, dass sie äußerst verletzlich war. Hätte sie doch nur tief genug gegraben, um Tanyas Plan aufzudecken und sie an der Umsetzung zu hindern.

Tanyas Leiche war noch immer nicht geborgen worden. Das war gut so, dachte Kate, weil es ihnen allen ermöglichte, sie mit ihren Sommersprossen und dem breiten Lächeln in

Erinnerung zu behalten. Der leere Sarg stand vorn in der Kirche auf seinem Katafalk.

Kate dachte an den Tag von Tanyas Ankunft in Penmarin zurück.

Ich weiß aus zuverlässiger Quelle, dass man, wenn man bis auf der anderen Seite schwimmen könnte, in Kanada ankommen würde. – Kanada bei Amerika? Wollen Sie mich veräppeln? – Nein, es stimmt – wenn du schwimmen würdest, bis du an wieder einen Strand kommst, dann würde dir wahrscheinlich ein berittener kanadischer Polizist ein Handtuch reichen. Stell dir das mal vor. – Ich kann nicht schwimmen. – Würdest du es gern lernen? – Nein.

Tanya hatte die Worte laut und nachdrücklich hervorgestoßen.

Kate dachte an die letzten Tage vor Tanyas Tod zurück. War ihr etwas Wichtiges entgangen? War sie zu streng mit ihr gewesen? Sie hätte die Dinge anders anpacken müssen, hätte Unterstützung und Verständnis anbieten sollen statt Tadel. Was würde Kate nicht dafür geben, dass Tanya jetzt hier wäre, völlig zugedröhnt, aber immer noch da.

Sie blickte zu den lächelnden Heiligen mit den ausgebreiteten Armen in den Buntglasfenstern hinauf, durch die das Sonnenlicht in Grün- und Blaugrünschattierungen auf die versammelte Trauergemeinde fiel. Einige Worte aus Tanyas Abschiedsbrief gingen Kate immer wieder durch den Kopf.

Kate, ich habe immer alles vermasselt, und es tut mir leid, dass ich auch dich enttäuscht habe. Mach ohne mich weiter. Die Welt wird Tanya Wilson nicht vermissen – wer war sie denn schon?

Während die Gemeinde ein bekanntes Gebet sprach, flüsterte Kate in den Äther hinauf: »Ich werde dich vermissen, Tanya Wilson, ich werde dich immer vermissen.«

Kate schüttelte den Kopf, um das Bild zu vertreiben. Sie wünschte, sie könnte aufhören, an die Trauerfeier zu denken. Sie wollte Tanya mit ihren feuerroten Haaren und der schalkhaften Miene in Erinnerung behalten, nicht diesen traurigen Anlass, der das Sinnbild ihres größten Versagens war. Vielleicht mit der Zeit ...

Ihre Worte durchbrachen die Stille und waren für ihre Freundin überraschend.

»Tash, ich schließe das *Haus zur Aussicht*. Hier möchte ich nicht mehr leben.«

Natasha schwieg eine ganze Minute lang.

»Ich denke, es ist zu früh, eine solche Entscheidung zu treffen, Kate. Du brauchst Zeit, um alles zu verarbeiten. Schau, wie du dich fühlst, wenn wir wieder zur Normalität zurückgekehrt sind.«

»Zur Normalität zurückgekehrt? Ich glaube nicht, dass wir je wieder zur Normalität zurückkehren, was immer normal auch bedeuten soll. Und in Wahrheit bin ich mir gar nicht sicher, ob ich das überhaupt will. Nein, mein Entschluss steht fest. Erstaunlicherweise fällt mir die Entscheidung leicht. Tatsache ist, dass ich dachte, ich könnte etwas bewirken, aber das kann ich nicht, das habe ich nicht. Sonst wäre Tanya noch immer hier, und damit ist die Sache erledigt.«

»So funktioniert das nicht, Kate, und mit der Zeit, mit einem klareren Kopf, wirst du das bestimmt erkennen. Du hast vielen Mädchen geholfen, und den meisten davon geht es heute prächtig. Ihr Leben hat sich deinetwegen, unsretwegen verändert. Das darfst du nicht aus den Augen verlieren.«

Kate betrachtete den Becher mit starkem Tee, den sie in den Händen hielt. Das Einzige, was ihr fröstelndes Inneres beruhigen konnte, war das langsame, ständige Nippen an heißem Tee.

»Ich denke, dass ich die Sache mit den Drogen anders hätte anpacken müssen. Vielleicht war ich zu aggressiv oder zu abweisend. Hätte ich nur ein bisschen mehr Verständnis gezeigt. Es lag daran, dass ich müde war und mir nach der Ausstellung Lydias Bilder im Kopf herumgeschwirrt sind. Ich kann mich nicht genau erinnern, was ich gesagt habe, aber ich wünschte mir, ich hätte es anders gemacht. Was Tanya gebraucht hat, war meine Hilfe. Aber ich bin in ihr Zimmer gegangen und habe den starken Mann markiert. Hätte ich das nicht getan, vielleicht ...«

Natasha lächelte wehmütig. »Kate, du könntest niemals den starken Mann markieren, selbst wenn dein Leben davon abhängen sollte. Und das Mädchen hatte Crack in unser Haus gebracht – das ist keine Kleinigkeit. Was war denn die Alternative? Es nicht zu erwähnen? Natürlich musstest du die Sache zur Sprache bringen. Kate, du darfst dir deswegen keine Vorwürfe machen. Du kannst sie vermissen, ja, und selbstverständlich um sie trauern, aber bitte gib dir nicht die Schuld dafür. Das führt zu nichts und macht sie nicht wieder lebendig.«

»Meinst du etwa, ich wüsste das nicht, Tash?«

»Ja, natürlich weißt du das. Aber es ist meine Aufgabe, dich daran zu erinnern, dass Tanya eine ganze Menge Probleme hatte, bevor sie in unser Leben gekommen ist. Probleme, von denen weder du noch ich eine Ahnung haben, vor allem, weil uns so viele Puzzlestücke fehlen. Es ist nie, niemals nur ein Aspekt, der einen Menschen zu einem solchen Entschluss treibt. Es ist etwas, was vor sich hin brodelt und mit der Zeit anwächst. Sie könnte diese Entscheidung getroffen haben, lange bevor sie uns begegnet ist.«

»Ich weiß, dass das logisch klingt, aber sie hatte solche Fortschritte gemacht. Sie war hier glücklich, das weiß ich.«

»Ja, sie hat einen glücklichen Eindruck gemacht. Aber wir hatten gerade erst angefangen, an der Oberfläche zu kratzen. Du weißt genauso gut wie ich, dass das, was wir von außen sehen, nicht immer dem entspricht, was sich im Inneren abspielt.«

Kate hatte sich selbst in Mountbriers vor Augen, wie sie ein strahlendes Lächeln aufsetzte, die Schultern straffte und alle davon zu überzeugen versuchte, dass in ihrer Welt alles in Ordnung war. Sie fuhr fort, als hätte ihre Freundin nichts gesagt. »Ich glaube, Dom hatte recht: Ich bin eine Amateurpsychologin, die sich hier einigelt. Das ist nicht gut. Ich will nicht mehr hier sein.«

»Hast du den Brief gelesen, den Stacey geschickt hat? Wenn du dich von mir nicht überzeugen lassen willst, dann schau, was du für sie getan hast. Sie ist wieder zu Hause. Sie ist auf dem Weg, sich vollständig zu erholen, und das hat sie dir zu verdanken.«

»Vielleicht hätte sie sich auch von allein erholt. Vielleicht mische ich mich nur in Dinge ein, aus denen ich mich lieber heraushalten sollte.«

»Kate, schau, wie weit du es gebracht hast. Schau, wie sich dein Leben verändert hat.«

»Ja, es hat sich verändert, klar, aber in letzter Zeit hatte ich das Gefühl, als wäre ich lediglich aus der Achterbahn ausgestiegen und in ein Karussell geklettert, und davon habe ich allmählich die Nase voll.«

Natasha schüttelte den Kopf. Sie hatte ihre Freundin noch nie so pessimistisch erlebt.

»Wie wäre es, wenn du verreisen würdest? Ein Tapetenwechsel könnte die Dinge wieder ins Lot bringen.«

»Was glaubst du, soll wieder ins Lot gebracht werden, Tash? Wir haben gerade Tanyas Beerdigung hinter uns gebracht, haben gerade einen leeren Sarg begraben – Sinnbild ihres aussichtslosen kurzen Lebens! Sie hat sich bloß eine verdammte Kaffeemaschine gewünscht. Das war kein großer Wunsch, oder?«

Sofort bereute sie es, laut geworden zu sein.

»Tut mir leid, ich will dich nicht anschreien.«

»Das weiß ich, Liebes. Es ist schon gut, du kannst mich anschreien, so viel du willst. Ich glaube nur, dass du vielleicht einmal rausmusst. Warum fliegst du nicht fort und besuchst Simon? Du redest doch schon lange davon, dass du dir das neue Missionsgebäude anschauen willst.«

»Nein, das ist der letzte Ort, an den ich reisen will. Ich brauche nicht an die vielen guten Absichten erinnert zu werden, mit denen ich hier angefangen habe. Es würde die Sache irgendwie nur verschlimmern.«

»Na ja, ich gehe jedenfalls fort, Kate. Ich mache einen Monat Urlaub und fahre in den Lake District, um zu wandern und zu malen. Unterwegs lege ich einen Stopp bei Francesca ein. Warum unterhalten wir uns nicht darüber, wenn ich wieder zurück bin? Aber bitte fälle bis dahin keine

Entscheidung. Ich denke, wir beide brauchen bloß ein bisschen Zeit.«

Lege ich einen Stopp bei Francesa ein. Kate sog die Lippen über ihre Zähne und biss zu. Der beiläufige Hinweis, dass Natasha ihre Kinder sehen würde, heiterte sie nicht gerade auf. Wie immer war es, als hätte man ihr einen Dolch ins Herz gestoßen. *Meine Kinder.*

Sie nickte, mehr um ihre beste Freundin zu beschwichtigen als aus Überzeugung, dass sich die Lage nach vier Wochen verändert haben könnte.

»Also gut, Tash, wir warten einen Monat ab, aber ich glaube, meine Entscheidung steht fest.«

»Noch etwas Tee?« Natasha hob zum fünften Mal an diesem Abend ihren leeren Becher hoch.

Kate nickte. Genau, noch eine Tasse Tee.

Tom machte eine große Schau daraus, wie er seinen kleinen Koffer den Weg entlang schleppte. Er reiste wirklich höchst ungern ab.

»Kate, bist du sicher, dass ich nicht jeden Tag vorbeikommen und dir etwas kochen soll? Es würde mir gar nichts ausmachen. Ich bin sowieso in der Gegend, und um ehrlich zu sein, komme ich mir ein bisschen überflüssig vor.«

»Das ist sehr nett von dir, Tom, aber Urlaub heißt Urlaub – genieße ihn! Du hast einen ganzen Monat für dich. Unternimm etwas Besonderes. Fahre irgendwohin.«

»Aber ich habe Gewissensbisse, wenn ich bezahlt werde, ohne zu arbeiten.«

»Lass es sein. Sonst hast du nichts von deinem Urlaub und kannst ihn nicht genießen.«

»Ich dachte, ich könnte meine Schwester oben in Bodmin besuchen, ein bisschen Zeit mit ihr und den Kindern verbringen, falls du wirklich sicher bist, dass du mich nicht brauchst.«

»Tom, gib mir deine Hausschlüssel. Das ist die einzige Möglichkeit, dich davon abzuhalten, dass du vorbeikommst und mich mit Lasagne zwangsernährst.«

Zögernd händigte er seiner Chefin den Schlüsselbund aus.

»Gut. Und jetzt geh! Zwing mich nicht, die Schlösser austauschen zu lassen.«

Tom trottete die Einfahrt entlang und ließ Kate allein. Sie verschloss die Tür und schob die Riegel vor, dann ließ sie die Jalousie herunter und zog im Wohnzimmer die Vorhänge zu. Sie wollte allein und im Dunkeln sein. Sie wollte sich zusammenrollen und sich für ein Weilchen von der Welt zurückziehen.

Sie warf einen Blick auf die Uhr auf dem Kaminsims. Tash würde auf dem Weg zum Lake District wohl gerade bei Francesca angekommen sein. Wahrscheinlich würde sie sich in diesem Moment mit Lydia unterhalten, über Kunst fachsimpeln oder einfach Zeit mit ihr verbringen. Kate schluckte die Galle hinunter, die in ihr aufzusteigen drohte. Das Leben konnte verdammt ungerecht sein.

Ungeachtet der Tageszeit stieg Kate die Treppe hinauf und steuerte auf das Zimmer mit dem Namen *Wunsch* zu. Sie trat ein und zog sich bis auf die Unterwäsche aus. Dann schlug sie die Daunendecke zurück, schlüpfte zwischen die frischen weißen Laken und fiel in einen tiefen Schlaf.

Es war kurz vor Mitternacht, als Kate aus dem Schlaf gerissen wurde. Sie war sich nicht sicher, ob sie geträumt hatte, aber sie hatte die Stimme ihres Mannes so klar und deutlich gehört, als stünde er direkt neben ihr.

»Hallo, Kathryn.«

Sie schnellte hoch und schrie auf. Sie war mit dem Kopf gegen das Kopfteil des Betts gekracht, und ihre Haut war mit einem feinen Schweißfilm bedeckt. Erleichtert lachte sie auf und rieb sich den Schädel. Es war nur ein Albtraum gewesen. Sie legte sich wieder hin und zog sich die Decke bis zum Kinn hoch. Trotz der Wärme im Zimmer fröstelte sie. Mark hatte noch immer die Macht, ihr das anzutun.

Um drei Uhr morgens wachte Kate widerwillig erneut auf. Ihr Kissen war feucht von den Tränen, die sie im Schlaf vergossen hatte. Ihre Augen waren geschwollen, ihr Hals trocken. Sie hatte nicht gemerkt, dass sie geweint hatte, aber es fühlte sich schrecklich vertraut an und erinnerte sie an die vielen Male, die sie im elterlichen Schlafzimmer in Mountbriers erwacht war. Dort war sie wegen ihres elenden Lebens häufig tränenüberströmt zu sich gekommen. Sie hatte wegen der Nacht geweint, die sie hatte ertragen müssen, und wegen des Tages, der vor ihr lag und den sie erst noch durchzustehen hatte, und dann hatte sie ihr Lächeln aufgesetzt und war mit ihrem Wäschekorb ins Freie hinausgegangen.

Sie beschloss, dass ein Schluck Whisky genau das Richtige sein würde, um wieder einschlafen zu können. Tom hatte irgendwo hinten in der Speisekammer eine Flasche versteckt. Sie tat immer so, als wüsste sie es nicht, genau wie sie seine Mittagsschläfchen in seinem Lieferwagen ignorierte. Der Gute!

Kate schenkte sich einen ordentlichen Schluck ein und trug das Glas zum Sofa. Der Whisky schmeckte widerlich.

Hin und wieder konnte sie ein Glas Wein vertragen, aber das hier war etwas ganz anderes. Sie nippte trotzdem weiter, und zu ihrem Erstaunen war der Geschmack nach dem ersten Glas beinahe angenehm. Der Whisky wärmte ihr allmählich die Kehle und begann, ihren Kummer zu betäuben. Sie begrüßte diese Art von Flucht. Der Kopf sank ihr auf die Brust. Als sie die Augen wieder aufschlug, saß Mark ihr gegenüber im Sessel.

»Hallo, Kathryn.«

Wieder war es die unverkennbar geschliffene Sprache ihres Mannes. Er trug seinen dunkelgrauen Anzug, ein blendend weißes Hemd und eine hellblaue Krawatte. Er hatte die Beine übereinander geschlagen, und das schmale Hosenbein war gerade so weit nach oben gerutscht, dass eine hellblaue Seidensocke zu sehen war. Seine verschränkten Finger bildeten eine Pyramide und lagen auf seiner Brust. Er sah sonnengebräunt aus, entspannt und glücklich. Und er lächelte. Ihr stieg der unverkennbare Duft von Floris Nr. 89 in die Nase.

Ihr Atem ging stockend. Sie zitterte. Sie schloss die Augen und hoffte, dass er verschwunden sein würde, wenn sie sie wieder öffnete. Aber das war er nicht.

»Redest du nicht mit mir, Kathryn?«

»Verschwinde. Du bist nicht mehr da!«

»Kathryn Brooker, habe ich dir denn gar nichts beigebracht? Wo bleibt denn dein Benehmen? Die Höflichkeit verlangt, dass du dich mit einem Gast, der zu dir zu Besuch kommt, unterhältst, ob er eingeladen ist oder nicht.«

»Ich kann mich mit dir nicht unterhalten, weil du nicht mehr da bist.«

»Stimmt das? Wen schaust du denn gerade an, du dummes Mädchen? Wer sitzt denn in diesem Moment in deinem Wohnzimmer?«

»Ich will nicht mit dir reden. Ich will nie mehr mit dir reden!«

»Ach, süße Kathryn, aber du sprichst doch gerade mit mir.«

»Ich heiße jetzt Kate.«

Sie war sich bewusst, dass sie ein bisschen lallte. Er kicherte leise.

»Stimmt das, Schatz? Und wie lange bist du schon Kate?«

Sie überlegte.

»Ich habe immer Kate geheißen, aber das durfte ich eine Weile nicht, so lange nicht, bis du verschwunden warst.«

Seine Stimme klang fest, unerschütterlich.

»Nein, mein Schatz. Du wirst nie Kate sein. Niemals, nicht wirklich. Aber das weißt du tief in deinem Innersten selbst, nicht wahr, Kathryn?«

»Ich bin Kate, nicht Kathryn, und du bist tot, Mark. Du kannst mir nicht mehr wehtun.«

Sie warf den Kopf von einer Seite zur anderen und versuchte auf diese Weise, dafür zu sorgen, dass er verschwand. Mark lachte in sich hinein. Er beugte sich vor, und seine Stimme war kaum mehr als ein Flüstern.

»Das glaubst du doch nicht wirklich, oder?«

»Doch! Es ist wahr. Du kannst mir nicht mehr wehtun. Ich bin von dir befreit, Mark.«

»Ach, Kathryn. Was hast du einmal zu mir gesagt? *Ich werde all das werden, was ich einst für möglich gehalten habe.* Ist dir das gelungen, Schatz? Bist du all das geworden, was du für möglich gehalten hast? Hast du dir dabei vorgestellt, du könntest einsam, alt und ohne Kinder sein? Hast du dir das gedacht? Und was deine Feststellung anbelangt, dass ich dir nicht mehr wehtun kann, so wissen wir doch beide, dass ich dir trotz deiner mutigen Worte noch immer jeden Tag wehtue. Es braucht mehr, als in Jeans zu schlüpfen und kein Bett mehr zu machen, um mich loszuwerden. Ich schaue dir über die Schulter, wenn du in den Spiegel blickst. Ich atme an deinem Hals, bevor du einschläfst, und ich bin der Grund, wieso die Kinder dich hassen. Kathryn, du hast sie verloren. Aber das weißt du selbst, nicht wahr?«

Sie schluchzte laut und hemmungslos.

»Sie hassen mich nicht. Das ist eine Lüge. Sie sind meine Kinder, sie hassen mich nicht!«

»Und wo sind sie dann, Kathryn? Wo sind sie in diesem Moment? Warum hast du keine Antwort auf all die jämmerlichen Briefe bekommen, die du geschrieben hast? Wie schwer ist es für die beiden, nach dem Telefon zu greifen? Warum haben sie dich nie besucht? Warum machen sie das nicht?«

Sie schüttelte den Kopf.

»Ich weiß nicht, warum, und ich weiß nicht, wo sie sind.«

»Und Lyds erstaunt mich noch immer. Ich hätte gedacht, dass du in ihr eine Verbündete gefunden hast, vor allem, da eure Erfahrungen im Leben sich nicht unähnlich sind.«

»Unsere Lebenswege waren nie miteinander vergleichbar.«

»Nicht?« Mark zog die Augenbraue hoch, und sein Lächeln wurde breiter. »Denk darüber nach, Kathryn, denk logisch darüber nach.«

»Mark, wenn du sie angerührt hast, ich schwöre bei Gott ...«

»Was, Schatz? Was tust du dann? Bringst du mich um?«

Er lachte laut los.

»Ich bin nur bei dir geblieben, um für ihre Sicherheit zu sorgen, und wenn sie nicht sicher waren ...«

»Das stimmt, Schatz – dann wäre alles umsonst gewesen. Paradox, nicht wahr? Ach, Kathryn, was für einen Preis hast du bezahlt. War es das wert, *amor vitae meae?*«

Kate sank auf den Boden. Ihre Tränen rannen ihr in den Mund.

»Nein«, schrie sie in den Äther hinein. »Das war es nicht wert. Ich will meine Kinder zurückhaben. Ich will meine Kinder haben, und ich würde sofort in dieses Leben zurückkehren, wenn das heißen würde, dass ich meine Babys jeden Tag sehen könnte! Das war es nicht wert, Mark! Du hast gewonnen. Bist du jetzt zufrieden? Du hast gewonnen!«

Ihre Kehle war heiser vom Schreien. Sie lag in der schmalen Lücke zwischen Sofa und Couchtisch und schlief auf der Stelle ein, auf die sie gesunken war.

Kate war damit beschäftigt, das Durcheinander der Nacht im Wohnzimmer zu beseitigen, Staub zu saugen und die Kissen aufzuschütteln. Als sie im Arbeitszimmer Schecks ausstellte, konnte sie das Zittern ihrer rechten Hand nicht unter Kontrolle bringen. Sie beglich sämtliche Rechnungen, die bis zu diesem Tag eingegangen waren. Dann kritzelte sie noch ein paar Zeilen dazu, steckte die Papiere in Umschläge und verschloss sie. Es war alles geregelt. Die Spülmaschine war eingeschaltet. Die Toiletten geputzt. Die Pflanzen gegossen. Die Wäsche gefaltet. Das Bett gemacht.

Kate zog die Haustür hinter sich zu und genoss das Gefühl der Morgensonne auf ihren Wangen. Das war immer ihre bevorzugte Tageszeit gewesen. Als der Pfad in der Ebene verlief und Kate Sand statt Steinen unter den Füßen spürte, wurden ihre bis dahin zögernden Schritte ausgreifend. Die letzten Meter legte sie mit einem Lächeln im Gesicht rennend zurück, während die salzige Brise durch ihre Haare wehte und ihr gegen die Brust drückte.

Kate zog das T-Shirt aus, faltete es ordentlich zusammen und legte es auf den Sand. Dann schlüpfte sie aus ihrer Jeans, die sie genau auf ihr T-Shirt legte. Sie öffnete den Verschluss ihres BHs und ließ die Träger über ihre muskulösen Arme gleiten, schließlich entledigte sie sich ihres Slips. Ihre Kleider bildeten einen ordentlichen kleinen Stapel, wie Wäsche, die darauf wartet, am Waschtag eingesammelt und weggebracht zu werden. Sie war bereit.

Kate spürte das Pieksen kleiner Steine und Muscheln unter ihren empfindlichen Fußsohlen. Sie unternahm jedoch nichts dagegen, weil sie dachte, dass das im Vergleich zu der Reise, die sie vor sich hatte, keine Rolle spielte. Eine Sekunde oder zwei Schmerzen am Fuß zu haben, hatte im Großen und Ganzen nichts zu bedeuten. Sie fuhr sich mit den Handflächen über die Rückseite ihrer Oberschenkel. Sie hatte Schlimmeres erlebt. *Guten Morgen, Mrs Bedmaker. – Guten Tag, Mrs Bedmaker. – Mrs Bedmaker – Mrs Bedmaker …* Sie hatte es immer registriert, jedes Mal.

Sie ging weiter auf die dunkle Linie im Sand zu, wo das Wasser an den Strand schwappte, dem Sand die Farbe von dunklem Tee verlieh und Vertiefungen schaffte, in denen kleine Würmer und Krebse schwammen.

Vorsichtig setzte Kate den Weg fort, weil sie den Schock der eisigen Fluten auf ihrer nackten Haut spürte. Das Wasser war kälter, als sie es in dieser Jahreszeit in Erinnerung hatte. Ihre Gedanken wanderten kurz zum warmen karibischen Meer zurück, das sie vor so vielen Jahren unter der heißen Sonne umspült hatte. Sie erinnerte sich daran, wie sie sich in das milde Gewässer gestürzt und gespürt hatte, dass die Wärme die Verspannungen ihrer Muskeln löste. Sie erinnerte sich, wie sie beim Karneval im Regen getanzt und dabei einen Kopfschmuck aus grünen Federn getragen hatte. Ihr fiel ein, dass sie von starken Armen gehalten worden und außer einem Handtuch nichts zwischen ihr und einem schönen Mann gewesen war. Sie erinnerte sich an einen Kuss voll Liebe und Verheißung. Das war ein perfekter Tag gewesen.

Der Mann wendete das Auto auf der kurvenreichen Straße und hatte mit dem ungewohnten Schaltknüppel des Mietwagens zu kämpfen, dessen Getriebe protestierend knirschte und aufjaulte. Er fuhr in eine Parkbucht, um ein Wohnmobil und ein starkes Allradfahrzeug überholen zu lassen. Seine Beifahrerin zuckte zusammen, kreischte auf und schloss angesichts seines gefährlichen Manövers die Augen. Der Mann stieß aus den aufgeblasenen Wangen laut die Luft aus. Es würde eine Weile dauern, bis man sich an diese Straßen gewöhnt hatte. Erleichterung und Lachen erfüllte das Auto.

Kate ging mit ausgreifenden Schritten weiter ins Wasser und ließ sich von den winzigen Wellen mit ihren salzigen Zungen umspülen. Sie drehte sich um und blickte zum Ufer, ging dabei langsam rückwärts, bis das Wasser ihre Schultern bedeckte. Ihr klapperten die Zähne, und ihre Gliedmaßen zuckten unwillkürlich in dem Versuch, der Kälte entgegenzuwirken.

Der Mann bog in die Einfahrt ein. Sie hatten ihr Ziel erreicht. Das sperrige Gepäck und eine halb aufgetaute Lammpastete waren schnell aus dem kleinen Kofferraum geholt und zur Haustür getragen. Die junge Frau schützte die Augen gegen die Sonne und blickte aufs Meer hinaus.

»Das will ich unbedingt malen.«

Der Mann legte den Arm um ihre Schultern.

»Nervös?«

Sie nickte und biss sich auf die Unterlippe.

»Ich auch«, sagte er.

***

Kate schaute zur Klippenkante hinauf, um einen letzten Blick auf das *Haus zur Aussicht* zu werfen. Das war der einzige Ort, an dem sie glücklich gewesen war, der einzige Ort, an dem sie sich wohl und gebraucht gefühlt hatte. Kate wusste, wann sie geschlagen war. Mark hatte recht, er hatte gewonnen. Sie würde sich nie von der Erinnerung an das, was er ihr angetan hatte, befreien können. Ihre Narben waren zu tief, und der Schmerz lauerte direkt unter der Oberfläche. Ein Mensch wie sie würde niemals Frieden finden, dafür war sie zu verletzt. Die Aussicht auf ein Leben ohne ihre Kinder konnte sie nicht in Betracht ziehen. Tief in ihrem Inneren hatte sie das schon immer gewusst. Sie würde sich lieber verabschieden, als sich dieser Realität zu stellen.

Das Haus sah schön aus. Sie dachte, wie leicht ihr letzter Blick auf etwas anderes hätte fallen können – auf Marks grinsendes Gesicht, auf die Unterseite eines Kissens in Mountbriers, auf das Spiegelbild ihres eigenen, flehenden Gesichts. So war es besser, viel besser. Ihr gefiel die Tatsache, dass es durch ihre eigene Hand geschah, nicht durch seine. Sie hatte alles unter Kontrolle.

Kates Körper war wegen der extremen Kälte taub und von Gänsehaut überzogen. Ihr feines Haar trieb wie braunes Seegras um ihren Kopf. Den Blick auf das *Haus zur Aussicht* geheftet, machte Kate zwei Schritte rückwärts. Der weiche Sand unter ihren Füßen führte ins Nichts, und sie strampelte im Wasser, bereitete sich darauf vor, unterzugehen.

Als das kalte Wasser sie zu verschlingen begann, wurde sie von einer angenehmen Gelassenheit überwältigt. Kate lächelte über die Aussicht auf Ruhe und Frieden. Sie würde nur noch einen Augenblick brauchen, sich vorbereiten.

Ihr Blick suchte den Strand ab. Sie hatte ein Bild der Kinder vor Augen. Sie waren noch klein mit dicken, kleinen Bäuchen und pummeligen, breiten Füßen. Sie tapsten mit kleinen roten Eimern voll Wasser am Strand hin und her, das überschwappte und herausspritzte, sodass nichts mehr darin war, was sie in den Graben hätten schütten können, als sie schließlich bei der Sandburg ankamen. Sie lachte ins Wasser und schloss die Augen. Als sie sie wieder aufschlug, waren die Kinder neun und zehn Jahre alt. Lydia lag mit einer riesigen gelben Sonnenbrille in ihrem ersten Bikini strahlend auf einem Strandtuch und bemühte sich, ungeheuer erwachsen zu wirken. Dominic, der sich von hinten an seine Schwester herangeschlichen hatte, hielt ein Büschel nasses Seegras in der Hand, das er ihr in wenigen Minuten auf den Bauch legen würde.

Ihre kostbaren Erinnerungen würden mit ihr verschwinden. In gewisser Hinsicht war es ein unglückliches Leben gewesen. Doch Kate konnte mit Fug und Recht behaupten, dass sie das alles noch einmal durchmachen würde, nur der großen Freude wegen, Mutter zweier solch außergewöhnlicher Menschen zu sein. Sie würden ihr größter Erfolg bleiben, ihr Vermächtnis, und niemand, nicht einmal Mark, konnte ihr dies nehmen.

Kate holte tief Luft und bereitete sich darauf vor, unterzutauchen. Sie spähte in Richtung Ufer, atmete langsam aus und blinzelte durch die nassen Wimpern, um genauer hinsehen zu können. Wieder eine Erinnerung, allerdings fühlte sie sich anders an. Die Kinder sahen älter aus, und so sehr sie auch in ihrem Gedächtnis kramte, sie konnte sich an das Bild nicht erinnern. Es war eher wie eine Vorahnung. Da waren sie, endlich erwachsen. Dominic stand groß in einem offenen weißen Hemd da, den Arm um Lydias Schulter geschlungen. Sie riefen, sie winkten. Waren sie gekommen, um sich zu verabschieden? Sie strengte sich an, um zu hören, was sie riefen, aber sie hatte nur Simons Singsang im Kopf: *Bemühe dich, daran zu denken, dass Hoffnung in vielerlei Gestalt daherkommt. Manchmal ist es ein Ort, manchmal ein Mensch.*

Lydia und Dominic standen am Ufer. Das war keine Erinnerung. Sie waren es wirklich. Sie waren endlich gekommen. Jetzt standen die Geschwister Arm in Arm zaghaft am Ufer und warteten. Was in aller Welt tat sie da? Sie hielten ihr Kleiderbündel hoch und machten ihr Zeichen, ans Ufer zu kommen.

»Beeil dich! Wir brauchen dringend eine Tasse Tee«, brüllte ihr Dom zu.

Kate lächelte und weinte ins Wasser.

Oder Menschen, dachte sie. *Manchmal kommt sie in Gestalt von Menschen daher.*

Kate begann zu schwimmen, auf das Ufer zu, auf die Hoffnung zu, die sie die ganze Zeit gehegt hatte, auf die Zukunft zu, eine Zukunft mit ihren Kindern. Sie wusste, dass sie frei war. Endlich würde sie ihren Kindern die Geschichte von Mrs Bedmaker erzählen können, ohne Angst haben zu müssen.

»Ich bin Kate«, rief sie. »Ich bin Kate!«

Am Ende hatte sie doch gewonnen.

Danksagung

Ich möchte dem fantastischen Team von Head of Zeus danken, dessen Leidenschaft für das geschriebene Wort aus einer guten Geschichte eine großartige macht – vor allem Laura, die sich nicht scheut, kühne Veränderungen vorzuschlagen, die den entscheidenden Unterschied ausmachen.

Danken möchte ich auch meiner wunderbaren Caroline Michel und dem Team von PFD, deren Unterstützung und Ermunterung genau das waren, was eine unsichere Anfängerin braucht.

Meinen lieben Söhnen Josh und Ben, die es hingenommen haben, immer wieder allein gelassen zu werden, und sich an jenen Abenden, an denen Mami am Laptop saß, mit Pizzen vom Lieferservice zufriedengaben.

Ich danke all jenen Frauen, die mir ihre Geschichten erzählt haben, Frauen aus allen Gesellschaftsschichten, die das Geräusch des Schlüssels im Türschloss fürchten. Ihr seid nicht allein.

Und schließlich danke ich meinem Simeon, der das genaue Gegenteil von Mark Brooker ist. Er hat mein Herz in seiner Hand und geht sehr sorgsam damit um – ich kann mich glücklich schätzen.